JOHANNES MARIO SIMMEL

Seul le vent
connaît
la réponse

Johannes Mario Simmel

Seul le vent connaît la réponse

roman

Traduit de l'allemand
par Alex Borg

Albin Michel

Edition originale allemande :
« Die Antwort kennt nur der Wind »
© Droemersche Verlagsanstalt Th. Knaur Nachf.
München/Zürich 1973.

Traduction française :
© Editions Albin Michel, 1975
22, rue Huyghens, 75014 Paris.

ISBN 2-226-00148-4

A Agnelet

J'étais dans une nuit sans précédent
Et tu vins alors, ma vision bien-aimée
Tu fis de cette nuit un jour aimable
Tu chantas et tu me versas à boire
Tu prononças des paroles que je n'ai pas oubliées
d'une si primitive et fervente inspiration
que cette nuit cruelle s'évanouit en fumée.

Firdousi, poète persan,
939 à 1020 après J. C.

L'action se déroule principalement à Cannes et dans ses environs.

Cannes et ce qui en fait partie : les grands hôtels, les yachts, les casinos, les magasins, les restaurants et bien d'autres lieux ; mais surtout un cercle de gens sympathiques qui vivent et travaillent là et qui m'ont autorisé à les citer nommément et à les laisser agir et s'exprimer dans ce livre.

Bien distinct est le second cercle de gens évoqué ici : il s'agit, en effet, d'un cercle de personnages imaginaires et l'intrigue, à ce niveau, est aussi fictive que ses protagonistes. Autant dire que toute ressemblance avec des personnes réelles, vivantes ou mortes, ne saurait donc être que l'effet du hasard. Et c'est au hasard aussi qu'il faudrait imputer toute espèce de ressemblance qui pourrait être constatée entre les faits décrits et certaines crises monétaires et manipulations financières bien réelles.

J.M.S.

Prologue

I

Le jeune homme fit tournoyer un long bout de corde au-dessus de sa tête ; le vieux l'attrapa habilement et tira dessus. Le canot à moteur glissa doucement vers l'escalier taillé dans la falaise à l'extrémité sud-ouest du cap d'Antibes. L'eau recouvrit la marche sur laquelle se tenait le vieux. La mer ici était bleu foncé et si limpide qu'on pouvait en voir le fond, et distinguer les moindres anfractuosités de la roche et les plantes qui y croissaient. Je vis s'éloigner à toute allure des nuées de poissons minuscules. Pas plus gros que des têtes d'épingles.

Le vieux avait halé le canot contre l'escalier. Le bas de son pantalon de lin beige et ses pieds nus étaient immergés dans l'eau. Il portait une chemise complètement délavée et un chapeau plat à larges bords. Un corps sec, courbé, usé par les ans. Les mains sillonnées de veines saillantes, les ongles plats, cassés au bout, la peau des pieds, des bras, des mains, du visage, comme du parchemin. Les pommettes saillantes au-dessus des joues creuses. Souriant, mais uniquement avec ses yeux bleu foncé comme la mer. Les lèvres serrées témoignaient de l'effort qu'il déployait pour tirer le canot à lui et le maintenir contre l'escalier.

Le jeune homme sauta adroitement sur une marche. Il s'appelait Pierre. Marin à bord du yacht ancré au large, il était aussi l'unique coéquipier du capitaine. Visiblement, Pierre et le vieux se connaissaient bien car ils se saluèrent en s'appelant par leur prénom. Je tendis à Pierre mes chaussures et celles d'Angela puis je me tins debout dans le canot ; Pierre me prit par la main et je sautai sur l'escalier. Je tendis la main à Angela et elle sauta à son tour.

« Bonjour madame, dit le vieux, bonjour monsieur. Belle journée, n'est-ce pas ?

— En effet, dis-je. Très belle journée.

— Mais aussi, très chaude, dit le vieux.

— Oui, dis-je. Très chaude en effet. »

Et maintenant — Pierre lui avait pris la corde des mains et regagné le canot — il souriait, pas seulement avec les yeux mais aussi avec la bouche, découvrant une rangée régulière de fausses dents étincelantes. Je fouillai dans ma poche, le vieux remarqua mon geste et dit : « Je vous en prie, monsieur. Vous retournerez certainement à bord et il sera toujours temps alors... »

Pierre avait remis en marche le moteur du canot qui décrivait maintenant une large courbe et filait droit sur le yacht, creusant derrière lui un large sillon d'écume. Il allait chercher les Trabaud et leur chien. Le canot était trop petit pour nous transporter aisément tous ensemble. Le yacht appartenait aux Trabaud et s'appelait le *Shalimar*.

Angela remit ses chaussures. J'en fis autant et consultai ma montre. Il était deux heures moins vingt et il me restait juste une heure et onze minutes à vivre.

« Allons-y », dit Angela en me prenant par la main.

Nous grimpâmes côte à côte les marches de l'escalier qui aboutissait à un chemin menant au restaurant Eden Roc, une annexe de l'hôtel du Cap. L'établissement était éloigné de quelques centaines de mètres seulement. Je vis qu'il y avait nombre de gens se dorant au soleil sur les terrasses rocheuses en contrebas du restaurant et je songeai aux tablées de milliardaires américains et à toutes les têtes célèbres que j'avais entrevues à l'Eden Roc : Liz Taylor et Richard Burton, Juan Carlos, prétendant au trône d'Espagne, l'ex-roi de Grèce en exil avec toute sa famille, princes, princesses, comtes et barons, et puis aussi Curd Jürgens, Henry Kissinger, la Begum et qui sais-je encore. Et il m'apparut soudain que c'était folie d'avoir précisément fixé rendez-vous en ce lieu à l'homme que je devais rencontrer ; et si Angela n'avait pas été à mon côté, je crois bien que j'aurais tourné casaque sur l'heure et que j'aurais fui, cédant à la peur. Le vertige de la peur... Fuir... De toute façon, c'eût été vain au point où en étaient les choses. Car où trouver refuge ? Et puis Angela était à mon côté, et elle me tenait par la main, et je continuai donc d'avancer sur le chemin surplombant le bleu profond de la mer, sous le bleu profond du ciel, parmi les orangers et les citronniers, les pins, les palmiers, les cyprès, les eucalyptus, les massifs de roses et d'œillets et ces gros buissons de fleurs jaunes dont j'ignore le nom. Nous avancions rapidement et je constatai, non sans surprise, que mon pied gauche ne me faisait pas souffrir. Comment cela se faisait-il ? A bord du *Shalimar* il ne m'avait pas laissé de repos. Etais-je donc nerveux au point de ne plus avoir la sensation de mon mal ? Ou bien ce mal était-il imaginaire et pouvais-je encore m'en tirer ? Et me tirer en même temps de cette sale affaire ?

Angela s'arrêta brusquement et m'embrassa. Son corps se serra contre le mien. Ses grands yeux noisette étaient pleins de larmes.

« Qu'est-ce que tu as ?

— Rien, dit-elle. Ce n'est rien. »

Juste devant moi, par-dessus son épaule, je voyais l'allée semée de fin gravillon blanc, bordée d'une haie de thuyas soigneusement taillée. Plus loin, la façade jaune de l'hôtel du Cap et, tout autour, le puzzle complexe des parterres de fleurs. Angela se serra plus fort contre moi et je respirai le parfum de sa peau. C'était comme du lait frais et je me serais presque cru au jardin des délices si un certain tiraillement ne s'était manifesté au même instant dans mon pied gauche pour me rappeler qu'on en était encore loin. Très loin.

2

« Bonjour Marcel ! » éructa Marcel, le perroquet.

Nous nous tenions devant sa grande cage suspendue en bordure de l'allée qui mène à l'Eden Roc. J'avais passablement mal au pied gauche maintenant et il faisait chaud, terriblement chaud, en ce début d'après-midi du 6 juillet 1972, un jeudi. Il y avait des années que je ne supportais plus la chaleur et j'étais en nage bien que très légèrement vêtu : chemisette bleu ciel, pantalon blanc, mocassins blancs sans chaussettes. Je me sentis brusquement très faible, en proie à un léger vertige. Mais je savais que c'était la chaleur qui me mettait dans cet état et qu'il me fallait tenir bon jusqu'à la venue de l'homme à qui j'avais fixé rendez-vous ici même. Je laissai errer mon regard sur la mer : trois douzaines de yachts au moins étaient ancrés au large et, parmi eux, plusieurs voiliers de fort tonnage. A côté du pavillon français, on voyait flotter les couleurs américaines, allemandes, anglaises, italiennes, suisses, belges et d'autres encore. Claude et Pasquale Trabaud grimpaient justement à bord du canot amarré contre la coque du *Shalimar*. L'échelle mobile était encore fixée au bastingage. Le chien courait sur le pont, en proie à une visible excitation. Pas un souffle d'air. Mon regard glissa légèrement vers la droite, par-dessus la mer immobile, rencontra le port bigarré et les maisons de Juan-les-Pins puis, au-delà, au fond de la grande baie à demi masquée par le voile miroitant de lumière et de chaleur, l'image floue du vieux et du nouveau port de Cannes, Port-Canto, les palmiers bordant la Croisette et les hôtels blancs en surplomb, et toute la ville en silhouette, les immeubles, les villas, les résidences édifiées dans les grands jardins à flanc de coteau. Et tout là-bas, à l'extrémité Est de la ville, La Californie, le quartier d'Angela.

« Beautiful lady ! » croassa Marcel en fixant sur Angela les billes noires et brillantes de ses yeux. Belle, Angela ? Pour moi, cela ne fait aucun doute. J'aime ce qu'elle est. Et j'aime tout en elle. Sa chevelure rousse, flamboyante, son visage ovale, ses yeux noisette, sa bouche plutôt grande aux lèvres finement dessinées, sa poitrine petite et ses longues jambes et sa peau brune qui sent le soleil et la mer, le sel et le miel. Et j'aime aussi sa simplicité et la simplicité de sa tenue : le pantalon blanc, les espadrilles bleues, le pull-over blanc sans manches, largement décolleté dans le dos. Et son teint si frais : pas la moindre trace de fard, pas d'autre parfum que celui de sa peau. A l'annulaire de sa main gauche, une alliance dont les ciselures obliques miroitent au soleil.

« Deux heures et trois minutes, dit Angela. Ton type a du retard.

— Oui, dis-je, mais il viendra. Il doit venir. C'est Brandenburg lui-même qui m'a annoncé sa venue. Et c'est Brandenburg lui-même qui lui a remis les instructions chiffrées et l'argent dont j'ai besoin pour payer mes indicateurs.

— Mais pourquoi lui avoir fixé rendez-vous ici ? Pourquoi justement ici ?

— Voyons, Angela, tu le sais bien. Ne te l'ai-je pas dit et répété ? Après tout ce qui s'est passé, mieux vaut éviter de prendre des risques. Ici, en plein jour, en présence de tous ces gens, une tentative criminelle est pratiquement exclue. Brandenburg veut que je sois prudent. Et je l'approuve. Je ne tiens pas à ce qu'il m'arrive la même chose qu'aux autres.

— Mon Dieu, murmura-t-elle. J'ai peur, Robert. J'ai très peur ! Je ne veux pas te perdre ! Je ne veux pas vivre sans toi ! Je ne sais pas ce que je ferais si...

— Voyons Angela ! calme-toi ! Tout va très bien se passer. Il n'y a aucune raison de...

— Je ne sais pas, dit-elle à voix basse. Toute cette histoire... Et maintenant, tout cet argent qu'on doit te remettre. Je n'aime pas ça. Il s'agit de beaucoup d'argent, n'est-ce pas ?

— Une montagne ! Mes informateurs sont très gourmands ! De plus en plus gourmands ! »

Je mentais effrontément. Mais je n'avais plus le choix. Angela ne devrait jamais apprendre la vérité sur le rendez-vous prévu devant la cage de Marcel. L'homme que je devais rencontrer n'était pas du tout un émissaire de mon chef. De l'argent, oui, il devait m'en apporter. Un bon paquet. Et ce n'était qu'un premier versement. Mais pour ma pomme, s'il vous plaît ! Des versements, il y en aurait d'autres, oh oui ! Tout ça était très bien goupillé. En deux mois, j'avais beaucoup changé. A force de se débattre parmi la canaille, on devient canaille soi-même. Mais cela, Angela n'en savait rien. Et moi ça m'était égal. Tout m'était égal. La seule personne qui comptait encore, c'était Angela. Elle seule.

Elle revint à la charge.

« Et s'il lui était arrivé quelque chose ?

— Que veux-tu qu'il lui soit arrivé ? Il va venir. Il doit venir. Il sera là dans un moment. »

Soucieux de dissimuler ma nervosité, je tirai un paquet de cigarettes de la poche de ma chemise en m'efforçant de contrôler le tremblement de mes doigts. Il m'était interdit de fumer. Mais cette interdiction avait-elle encore un sens au point où j'en étais ? L'ultime vérité, je la connaissais et il n'y avait donc plus de raison de se laisser imposer aucun interdit. J'avalai de travers, la fumée me fit tousser.

« Smoke too much », croassa Marcel.

« Il a raison, renchérit Angela.

— C'est ma première cigarette aujourd'hui, protestai-je.

— Tu m'avais promis de ne plus fumer du tout », me rappela Angela.

Je jetai la cigarette par terre et l'écrasai dans la poussière ocrée.

« Merci », dit Angela. Elle jeta son bras par-dessus mon épaule.
« Voici les Trabaud », dit-elle.

Le canot du *Shalimar* décrivait en effet un vaste arc de cercle avant de venir se placer contre l'escalier où nous venions nous-même d'accoster. Une chance, me dis-je, que mon interlocuteur soit en retard. J'avais prié Claude Trabaud de faire discrètement quelques photos du bonhomme et de moi. Claude avait un très bon appareil et je tenais beaucoup à avoir des photos du type que j'attendais, des photos de lui et de moi et de la transaction prévue. Parfait, me dis-je, tout va bien.

Un bateau à moteur passa lentement au-dessous de nous. A son bord, trois moines en robe blanche. C'étaient des cisterciens du monastère de l'île Saint-Honorat. Nous leur fîmes signe de la main, Angela et moi. Nous les connaissions pour leur avoir rendu visite dans leur île et ils répondirent à notre salut par de grands gestes.

« Ils auront fait une livraison de Lérina à l'Eden Roc », commenta Angela. Lérina était le nom d'une liqueur qu'ils fabriquaient.

Je suivis le bateau des yeux et, de nouveau, mon regard tomba sur l'image indistincte de Cannes, là-bas, au fond de la baie.

« Dès que tu auras réglé ta petite affaire, dit Angela, nous rentrerons à la maison, n'est-ce pas ?

— Oh oui, répondis-je. Le plus vite possible. Il n'est rien que je souhaite autant.

— Et moi donc ! » s'exclama Angela. Puis, dans un murmure : « Me retrouver tout contre toi, oh Robert, Robert ! » Elle jeta ses bras autour de mon cou et m'embrassa sur la joue.

« Lucky guy ! » commenta Marcel.

Et j'étais en effet un type heureux. Depuis huit semaines, j'étais le type le plus heureux du monde. Malgré les ennuis. Et peut-être à cause d'eux. Angela s'était écartée de moi pour suivre des yeux les Trabaud qui montaient maintenant l'escalier que nous avions emprunté avant eux. Je lui dis : « Je t'en prie, Angela. Si je devais mourir ici même, sur l'heure, promets-moi... »

Cette phrase, je ne pus l'achever. Un choc terrible me creusa le dos sous l'épaule gauche. Je tombai en avant, visage contre terre. Un coup de feu, pensai-je. Une balle. Et pourtant, je n'ai pas entendu de détonation.

J'entendis crier Angela mais je ne compris pas quoi. Bizarrement, je songeai au vieil homme : il n'aurait jamais son pourboire. Bizarrement aussi : je ne ressentais aucune douleur. Mais vraiment pas la moindre. En revanche, impossible de bouger ni d'émettre un son. Je perçus encore d'autres voix puis ce fut le noir et la sensation de choir vite, de plus en plus vite, en un tourbillon vertigineux. Avant de perdre connaissance, je pensai : c'est donc cela, la mort.

Mais ce n'était que la première phase de la mort.

3

Je repris conscience à plusieurs reprises, encore qu'imparfaitement. En ouvrant la première fois les yeux je rencontrai ceux d'Angela.

Angela parlait. Son visage était tout près du mien et cependant je ne comprenais pas ce qu'elle disait car un vrombissement dont j'ignorais la cause couvrait sa voix. Il me fallut un moment pour comprendre qu'il s'agissait du moteur de l'hélicoptère. Nous volions. La carlingue vibrait. J'étais étendu sur une civière, retenu par des sangles. A côté de moi, un homme en blouse blanche soulevait une bouteille. Un tuyau reliait la bouteille à mon bras gauche. Une aiguille était fichée dans le creux de mon coude. Le tendre visage d'Angela était inondé de larmes, à demi masqué par les longs cheveux roux qui lui retombaient sur le front. Je voulus dire quelque chose mais ne parvins pas à émettre un son. Elle s'agenouilla et posa sa bouche contre mon oreille et je compris enfin ce qu'elle disait :

« Robert, je t'en prie, je t'en supplie, ne me quitte pas ! Tu survivras mais il faut le vouloir ! Il faut le vouloir ! »

Je voulus acquiescer mais ce fut à peine si je réussis à mouvoir imperceptiblement la tête. Et l'effort me laissa sans forces. Je dus fermer les yeux. Et je fus alors plongé dans une sorte de tourbillon kaléidoscopique, un vertige de couleurs, de sons et de formes. Puis le rouge. Le vertige se dissipa et tout devint rouge. Rouge vif. Ma femme, Karin, son joli visage grimaçant de colère, sa voix perçante : « Dis-le que je te dégoûte, que tu en as marre de moi ! Tu ne veux pas l'admettre, hein ! Lâche ! Lâche ! allez, vas-y ! » Boucles argentées traçant des méandres à travers le rouge. Oui, c'était bien ça : la gouvernante italienne, couchée sur le dos, le couteau plongé jusqu'à la garde dans sa poitrine. L'image s'évanouit, cédant un instant la place à celle de mon chef, Gustave Brandenburg, ses rusés yeux porcins, sa puissante mâchoire inférieure, en bras de chemise, susurrant du bout des lèvres : « Ça ne va plus, Robert ? Le boulot ne te convient plus ? Ras le bol ? Ou alors simplement fatigué ? » Porc ! Fils de porc ! Et maintenant, fleuve doré. Dans deux ans, la cinquantaine. Toute ma vie passée à turbiner. Profiter enfin du peu de temps qui me reste. J'ai le droit d'être heureux, moi aussi, après tout ? Heureux ? Comment cela ? Aux dépens d'autres gens ? Irruption de bleu dans le fleuve doré. Bleu profond, comme la mer. Le crime le plus ignoble qui se puisse imaginer parce que la loi ne le punit pas. Soixante-dix milliards de dollars, monsieur Lucas, soixante-dix milliards de dollars ! De quoi déclencher une véritable catastrophe monétaire aux dimensions de la planète ! Et contre cela, monsieur Lucas, nous ne pouvons rien, rien de rien ! C'est Daniel Friese, du ministère des Finances. Bleu et argent, argent, orange et vert, coulées serpentines, boucles, méandres. Le moteur de l'hélicoptère rugit. Les yeux d'Angela, démesurés, je me vois dedans. Musique douce. Nous dansons, Angela et moi, sur la terrasse du Palm Beach. Les autres danseurs s'écartent. Drapeau français et, à côté, drapeau américain. Orange intense, compact puis, explosion de couleurs, gerbes d'étoiles, fontaines et tourniquets de lumière. Feu d'artifice ! Sous une lumière crue, un homme pendu dans sa salle de bains. Masses de couleurs se gonflant et se dégonflant comme des baudruches. Qui est là ? C'est moi, ivre mort, à côté de moi, une femme aux cheveux de jais avec une bouche comme une plaie ouverte. Elle est nue et nous nous roulons dans son lit. Qui ? Qui ? Jessy la putain !

Vert maintenant, vert en toutes nuances. Deux types me cognent dessus.
L'un me maintient immobile, l'autre me défonce la figure et le bas-ventre.
Il cogne, cogne, cogne. Et je tombe. Je ne cesse de tomber. Retiens-moi,
Angela, retiens-moi, je t'en prie ! Mais Angela n'est pas là. Il n'y a qu'un
grand trou noir dans lequel je tombe. Un cocon d'ouate dans lequel je
m'enfonce. De nouveau, je perds connaissance. Et il me reste trente-deux
minutes à vivre.

Je reprends connaissance. Tout autour de moi, des fleurs, des fleurs de
toutes sortes. Jasmin blanc, fleurs violettes des bougainvillées, pétunias
bleus, rouges, blancs, violets, glaïeuls rouges, reines-marguerites, blanc et
jaune... C'est le jardin d'Angela, sur la terrasse. Petites roses multicolores...
Et des œillets. Non, pas d'œillets ! Les œillets portent malheur. Le tabouret dans la cuisine d'Angela. Elle prépare un plat, je suis assis sur le tabouret et la suis des yeux. Nous sommes nus car il fait chaud. Très chaud. Je
sens la sueur perler à mon front. Vrombissement de moteur, jaune maintenant, jaune éclatant. Défilé de visages. John Kilwood, fin saoul, tout en
violet. Malcolm Thorwell, au golf, le club sous le bras, tout en rose. Le
visage inexpressif de Giacomo Fabiani jouant à la roulette. Hilde Hellmann
trônant dans son lit à baldaquin. Retour aux coulées d'or. Sons et formes
défilant de plus en plus vite. Notre restaurant préféré, l'*Age d'or*. Murs
blanchis à la chaux. Plafonds bas. Nicolaï, l'aubergiste, glisse un rôti
dans la gueule ronde du poêle. Rouge son tablier, blanche sa chemise. La
succursale des joailliers Van Cleef et Arpels sur la Croisette. Jean Quémard
et sa femme. Ils nous adressent un sourire, à Angela et à moi. Quelque chose
brille... L'alliance d'Angela ! Et voici que tout brille soudain d'un insoutenable éclat. Sur la terrasse, Angela et moi, surplombant Cannes. Les
innombrables lumières de la ville, les feux des bateaux, la route illuminée
au pied de l'Esterel. Lumières rouges, blanches, bleues. Nous faisons
l'amour, Angela et moi. Impression toute neuve, joie sans bornes, pléni-
tude, mais qui gémit dans l'ombre ? C'est moi. Brun et jaune. Razzia sur
La Bocca. Rafale de pistolet-mitrailleur. Retour au bleu. « Notre » coin
sur la terrasse de l'hôtel Majestic. Bref et puissant rugissement du moteur.
Gris, gris, tout gris. Une grue retire une Chevrolet du bassin du vieux
port. Au volant, Alain Danon, bien mort, un petit trou au milieu du
front, un gros trou dans l'occiput. Or et rouge, rouge et or. Le plus grand
crime — et pas de châtiment parce qu'il échappe à la loi. Impuissance de

la loi devant l'énormité du crime... Bleu. Bleu d'outremer. La petite église au fond du jardin à l'abandon. Angela murmure une prière. Ses lèvres remuent mais sans émettre le moindre son. Le jeune prêtre s'éloignant sur sa moto, en soutane, une corbeille de légumes fixée sur le porte-bagages. Et tout en rouge, rouge, rouge. Le palace des Hellmann. Ecrans radars dressés contre le ciel. Ordinateurs géants en plein travail. Des lumières courent sur les tableaux de commandes. Détournés mais sans contrevenir à la loi, légalement escroqués, revendus avec des profits formidables. Qui est-ce qui rit ? Qui ? Rose pêche. Le bar du club Port-Canto. Angela chante pour moi *Blowin' in the wind*. Trois postes de télévision allumés. Trois fois les visages et les voix des journalistes. La livre britannique en flottement. En pratique, dévaluation de huit pour cent. Grève générale. Banques fermées. Avions à réaction privés à Nice. Je connais leurs propriétaires, oh oui !

... *How many seas must a white dove sail before she sleeps in the sand ?*
... Angela chante.

Une guitare. Une dague ancienne. Un éléphant. La tache blanche sur le dos de la main d'Angela. Je t'aime, je t'aime. Et maintenant le blanc. Faites quelque chose ! Tout en blanc. Mais *faites quelque chose,* nom de Dieu ! Et que voulez-vous que je fasse, messieurs ? Je n'y puis rien ! Je suis seul et je n'ai aucun pouvoir. Nous n'avons aucun pouvoir. Nos agents sont impuissants ! Le voici, tout en vert, vert éclatant. C'est lui. C'est Kessler. Maigre, l'âge de la retraite. L'un des meilleurs agents...

Angela chantonne : ... *How many times can a man turn his head pretending he just doesn't see ?*

Des assassins. Nous sommes tous des assassins...

Ivre mort, John Kilwood glapit.

Des assassins, oui, tous ! Argent et noir : mon avocat à Düsseldorf. Grave, le sourcil froncé, le docteur Joubert de l'hôpital des Broussailles. Vous voulez la vérité, monsieur ? Toute la vérité ? Vous en êtes sûr ? Bon — eh bien dans ce cas...

Angela chantonne : ... *The answer, my friend, is blowin' in the wind, the answer is blowin' in the wind...*

Treize roses rouges dans ma chambre d'hôtel. Avec un pli écrit de la main d'Angela...

... Voilà, cher monsieur. Vous savez tout maintenant... Je vous sais gré de ne pas m'avoir épargné, docteur. Il fallait que je sache...

... *How many ears must one man have before he can hear people cry ?* chantonne Angela.

Mais voici que, de nouveau, je plonge et plonge, entraîné par le tourbillon, vertige, vertige sans fin. Ou bien est-ce la fin ?

Fini ? Terminé ? C'est donc cela, la fin.

Non. Une fois encore, je reviens à la vie.

Secousses répétées. On me transporte sur un brancard. Plusieurs personnes en blouse blanche se tiennent sur le toit où l'hélicoptère s'est posé. Des infirmières, des hommes en blouse blanche, Angela. Brancard monté sur roulettes. On me pousse dans un ascenseur. Les portes se ferment. Chute.

Le tournis. Le grand tournis. Le grand tournant. Les lèvres d'Angela remuent mais sans émettre un son. Un souffle froid me frôle. Me voici en mer. Mer plate, obscure. Est-ce la mort ? Maintenant ? Enfin ? Non, rien qu'une nouvelle perte de connaissance. Il me reste encore sept minutes à vivre.

Une autre fois, je reprends conscience. On me pousse très vite le long d'un couloir qui paraît ne pas avoir de fin. Puis c'est l'immobilité. Des lampes au-dessus de moi. Je ferme les yeux. La voix d'Angela me parvient, très distincte. Elle lit un poème. Traduit de l'américain mais le nom du poète ne me revient pas, bien que le texte me soit familier : « Libre du vouloir vivre, de toute peur, de tout espoir, rends grâce à ton Dieu quel que soit Son Nom... »

On me transporte encore. On m'étend. Quelque chose se déchire. C'est ma chemise. Un disque de lumière aveuglante. Des hommes masqués se penchent sur moi. Une aiguille pénètre dans le creux de mon coude droit. La voix d'Angela se fait plus distante : « ... Que toute vie trouve son terme et que la mort soit sans retour... »

Couleurs ! Couleurs ! Fantasmagorie ! Je sens mon bras qui pèse de plus en plus lourd. On me presse quelque chose contre la face. Fabuleuses, les couleurs, non ce ne sont pas des couleurs de ce monde.

Très faible maintenant, la voix d'Angela : « ... Que le fleuve le plus las trouve aussi le chemin de la mer... »

Clapotis léger. Et d'un seul coup, je le vois. Fleuve profond serpentant

à travers une immense prairie tapissée de fleurs. Des doigts lisses me touchent le corps. Quelque chose de froid, de coupant contre ma poitrine. Je
sais ce que c'est que ce cours d'eau. C'est le Léthé qui sépare le monde
des vivants de celui des morts, le Léthé où les âmes des trépassés boivent
l'oubli. Surprise : le soleil brille sur les berges du fleuve.

Puis, progressivement, mon cœur faiblit. Je le sens faiblir. Il va s'arrêter.
La prairie tapissée de fleurs, le fleuve Léthé s'effacent doucement ; les
couleurs s'assombrissent, virent au gris puis au noir. Me voici de nouveau
entraîné par le tourbillon. Je me dénoue. Je sombre, une dernière fois.
Mon souffle s'arrête. Mon sang cesse de battre dans mes veines et dans
mes artères. Puis c'est l'obscurité, une paisible moiteur. Et alors je suis
mort.

Livre premier

I

« A la fin de la semaine, l'Angleterre va faire flotter la livre, dit Gustave Brandenburg. Jusqu'à présent, on s'est accroché à la parité fixe. Mais la valeur réelle de la livre n'était depuis longtemps plus celle des cours officiels. Or l'Angleterre va rejoindre le Marché commun. Et le gouvernement a décidé de faire flotter la livre afin de la ramener à sa valeur réelle et faciliter ainsi l'intégration du pays à la CEE.

« Cela signifie-t-il que la livre va être dévaluée ?

— Evidemment, dit Gustave Brandenburg. J'entends parler de huit pour cent.

— Et de qui tiens-tu cette information ?

— J'ai mes sources.

— Sans doute, sans doute. Mais de telles décisions se prennent habituellement pendant le week-end et nous ne sommes jamais que vendredi », dis-je. Cela se passait le vendredi 12 mai 1972, peu après neuf heures. Il pleuvait à Düsseldorf, un fort vent soufflait et il faisait plutôt frais pour la saison. Presque froid. « Si cette décision doit être prise ce week-end, comment se fait-il que tu la connaisses déjà ?

— Je te l'ai dit, j'ai mes sources à Londres.

— Bien placées, je suppose.

— Plutôt, oui. Inutile de dire que l'information m'a coûté un bon paquet. Mais il fallait que je sache. Comme toujours. La maison m'en saura gré jusqu'au Jugement dernier. Songe un peu à ce que notre filiale à Londres est encore en mesure de faire avant que la décision soit effective ! Songe un peu à ce que nous aurions perdu sans cela ! Cette information, j'aurais pu la payer trois fois plus cher. Dix fois plus cher ! Quelle importance ? A la direction, ils sont aux anges.

— Pas à dire, t'es un sacré malin.

— Oui, c'est vrai », fit Brandenburg en continuant à mâchonner son havane de la façon inappétissante qui lui était propre. Petit, trapu, Brandenburg avait un crâne énorme et parfaitement chauve, une tête carrée, un peu comme un dé monstrueux, et qui semblait lui pousser littéralement hors des épaules. Des mâchoires puissantes, un nez charnu et de petits yeux vifs et malins. Des yeux porcins. Au bureau, il tombait la veste et travaillait en chemise, les manches retroussées. Il affectionnait les chemises rayées de couleur voyante, plus particulièrement les rayures vertes sur fond mauve. Ses cravates étaient démodées, souvent fripées, voire même quelque peu effilochées sur les bords, et il se baladait pendant des semaines et des semaines dans le même complet mal coupé et chiffonné. A table, il offrait un bien triste spectacle, mangeant comme un porc, il se tachait, il tachait la nappe, il tachait sa serviette. Ses ongles étaient longs et noirs. Difficile d'imaginer un individu moins soigné de sa personne. Difficile aussi d'imaginer un type plus futé. Célibataire, il avait 61 ans et s'il l'avait exigé, la direction lui aurait versé pour le garder son pesant d'or.

Brandenburg était le chef du service *Dommages V*. Son bureau était situé au septième étage du gigantesque immeuble occupé par les assurances *Global* dans la Berliner Allee. La Global était l'une des plus grosses compagnies d'assurances du monde. Nous assurions quasiment n'importe quoi aux quatre coins de la planète — vie, autos, avions, bateaux, productions cinématographiques, propriétés foncières, bijoux, gens et parties de gens, seins, yeux, jambes d'actrices, et que sais-je encore.

Le siège social était à Düsseldorf mais nous avions des filiales un peu partout, en Belgique, en Angleterre, en Hollande, en Autriche, en France, au Portugal, en Suisse, en Espagne. Nous étions représentés aussi en Australie, aux Bahamas, au Brésil, au Costa Rica, en Equateur, au Salvador, au Guatemala, au Honduras, au Japon, en Colombie, au Mexique, en Nouvelle-Zélande, au Nicaragua, à Panama, au Paraguay, au Pérou, en Uruguay, aux Etats-Unis et au Venezuela. Le chiffre d'affaires de la compagnie se montait à douze milliards de marks et nous tournions avec un capital de trois cents millions. La Global employait au total quelque trente mille personnes dont deux mille cinq cents à Düsseldorf. Je travaillais depuis dix-neuf ans au service *Dommages V*.

Juriste de formation comme moi, Brandenburg intervenait personnellement dès l'instant qu'il flairait quelque chose de suspect dans une affaire. Et il flairait le mensonge ou le crime à distance, même contre le vent. Il tenait d'emblée les gens pour coupables aussi longtemps que leur innocence n'avait pas été clairement établie, et les preuves de leur innocence, c'était à nous de les fournir. A nous, c'est-à-dire à l'un ou l'autre des quatre douzaines d'agents placés sous sa férule. Dès que son gros nez le démangeait, dès qu'il humait quelque chose de louche, Brandenburg envoyait sur les lieux l'un ou l'autre de ses émissaires. Sa méfiance atavique avait épargné des sommes considérables à la compagnie. On l'appelait le Vampire et il était fier de ce surnom. Inutile de préciser qu'il touchait une solde à la mesure des services rendus. Néanmoins, ce célibataire avait des allures de cloche et vivait dans une chambre d'hôtel. Il avait passé toute sa vie dans des chambres d'hôtel et abhorrait l'idée de posséder un appartement ou une maison à lui. Il adorait le pop-corn et en trimballait toujours sur lui de pleins cornets. Sa table en était constamment jonchée et il ne cessait d'en enfourner des poignées dans sa bouche. Il fumait de dix à quinze havanes par jour. Tout exercice physique lui était pénible et pour la moindre course il faisait venir une voiture. Il n'avait pas de petite amie, rien à quoi il s'intéressât hormis son boulot. Le boulot, jour et nuit. A huit heures du matin il était déjà installé à sa table — une table dont l'aspect était aussi repoussant que celui de sa propre personne — et à minuit il était toujours là. Il rentrait rarement avant, souvent après cette heure. Voilà quel homme était Gustave Brandenburg.

« Si l'on avait un bon paquet de fric, là, tout de suite, on pourrait se faire du beurre avec ce qu'on sait », dit le Vampire. De la cendre tomba sur sa cravate. Il ne le remarqua même pas. Une petite croûte de confiture rouge collait à son menton, vestige du petit déjeuner.

« De l'argent ? dis-je. Mais tu en as une montagne.

— Je suis un pauvre homme », dit-il. C'était un de ses tics. Il parlait tout le temps de sa pauvreté, ce type qui, je le savais pertinemment, percevait actuellement un salaire mensuel de dix-huit mille marks. Ce qu'il faisait de son argent, ça je n'avais jamais réussi à le savoir. « Qui plus est, un honnête homme ne fait pas des choses pareilles.

— Mais la compagnie, oui, n'est-ce pas ?

— Bien entendu », dit-il. Il se cura les dents avec l'ongle de son index, considéra ensuite le résultat de cette opération et continua de suçoter son havane sans mot dire.

« Ecoute voir, dis-je. Tu m'as fait venir pour m'entretenir soi-disant d'une affaire urgente. Peut-être pourrais-tu m'en toucher quelques mots ? »

Il me regarda par en dessous pendant un long moment puis, le cigare toujours au bec :

« Herbert Hellmann est mort.

— Non ! dis-je.

— Si, dit-il.

— Mais il était en bonne santé à ma connaissance.

— Il est mort en bonne santé. Mais brutalement.

— Accident ?

— Peut-être bien que oui, marmotta-t-il. Et peut-être bien que non.

— Pour l'amour du ciel, Gustave, parle normalement ! Tu vas me rendre dingue ! » Je tirai un paquet de cigarettes de ma poche. Pendant que j'en allumais une, il devint un peu plus disert.

« Peut-être un suicide », dit-il en s'envoyant une poignée de pop-corn dans la bouche. Il en retomba des miettes parce que, à son habitude, il parlait la bouche pleine. « Le suicide, ce serait bien. Ce serait parfait. Car dans ce cas, nous n'aurions pas à payer.

— Payer quoi ?

— La destruction du *Moonglow*.

— Qu'est-ce que c'est que ça ?

— Le yacht de Hellmann, dit Gustave. Assuré chez nous.

— Pour quelle somme ?

— Quinze millions.

— Joli, dis-je, très joli.

— Assurance tous risques. Incendie, naufrage, toutes causes de dommages, explosion, piraterie, collision, sabotage, tout ce que l'on voudra sauf l'autodestruction. Sauf dans le cas où le sieur Hellmann se serait fait sauter lui-même à bord de son *Moonglow*.

— Je vois », dis-je.

Il s'empara d'un cornet de pop-corn, s'en versa dans le creux de la main. « Tu en veux ?

— Non merci. Mais dis-moi, le yacht est fichu ?

— En mille miettes. Et Hellmann était dessus. » Gustave mastiqua et déglutit. Puis il se remit à suçoter son havane. « Lui et d'autres personnes. Ils étaient treize à bord au départ de Cannes. Sept hommes d'équipage, Hellmann, deux couples et une autre personne. Ils étaient allés en Corse et revenaient sur Cannes. C'est arrivé hier, peu avant minuit, à peu près à mi-chemin entre la Corse et Cannes. Explosion. J'ai eu un entretien téléphonique avec les autorités compétentes à Cannes. J'étais encore là quand la nouvelle nous a été transmise par la DPA [1], vers une heure du matin environ. C'était l'Ascension hier. Hellmann a bien choisi son jour pour faire le grand voyage. » Gustave Brandenburg s'empara d'un bout de papier crasseux posé sur sa table. « Le nom exact de la police maritime à Cannes est plutôt longuet : *Direction des affaires maritimes, Marine Méditerranée, sous-quartier Cannes*. Ça se trouve au vieux port. Le quartier général est installé à Nice. Mais c'est le sous-quartier qui s'occupe de l'affaire. Tu parles couramment français, non ? »

« Oui », dis-je. Je parlais aussi couramment l'anglais, l'italien et l'espagnol.

« Je suis nul en français. Mais j'ai quand même réussi à saisir l'essentiel : Le patron — on l'appelle administrateur-chef — effectue actuellement un séjour d'étude en Amérique. En son absence, c'est son adjoint qui s'est rendu sur les lieux de l'accident avec plusieurs agents de la direction. Il s'agit d'un certain Louis Lacrosse. J'ai téléphoné une deuxième fois à Cannes très tôt ce matin. J'ai pu obtenir quelques détails. Très belle explosion, paraît-il. Les débris auraient été projetés à plusieurs centaines de mètres. Quant aux gens qui se trouvaient à bord, on a repêché quelques morceaux : des bras, des mains, des doigts, l'une ou l'autre tête. Des pêcheurs qui se trouvaient dans les parages. Eh ouais, l'Ascension.

— Mais dis-moi, Hellmann c'était bien la plus grosse banque privée de la République fédérale ?

— L'une des plus grosses, en tout cas. Et l'une des plus grosses fortunes du pays. Un chiffre avec huit zéros, dit-on. Enfin... Disons qu'il y a peu de temps encore il pesait ses huit zéros bon poids.

— Qu'est-ce que tu veux insinuer ?

— Les fluctuations de la livre, Robert. C'est pourquoi j'ai commencé par là. Je suis allé coller mon oreille derrière les portes de nos banquiers.

1. Deutsche Presse Agentur.

2

Spécialement à Francfort. Sacredié ! Autant essayer de faire jacasser une huître ! Mais j'ai tout de même appris quelque chose d'intéressant : depuis quelques jours, Hellmann ne paraissait pas dans son assiette. Un vrai fantôme, si j'en crois mes informateurs. A décidé brusquement de s'envoler pour Cannes, mercredi dernier. Avait, dit-on, une mine de déterré. Je suppute qu'il a dû lui arriver quelque chose de grave pour le mettre dans cet état.

— Comment ? Tu penses qu'il savait quelque chose de la dévaluation imminente de la livre ?

— Peut-être ne savait-il pas. Mais il pouvait s'en douter après toutes ces grèves. Peut-être s'était-il trompé dans ses calculs. Peut-être avait-il peur de se ramasser une gamelle en cas de dévaluation de la livre.

— Un type comme Hellmann ne se ramasse pas une gamelle pour un oui ou pour un non.

— C'est toi qui le dis. Mais n'oublie pas que c'était notre cheval de parade. Le banquier à la veste blanche immaculée. Le financier sans peur et sans reproche.

— Oui, c'est vrai. Hellmann passait aux yeux du monde pour un financier irréprochable.

— Et alors ? Et s'il mijotait justement je ne sais quelle saloperie dont le succès reposait sur le cours de la livre ? Ne me regarde pas comme ça ! Tu sais bien qu'ils s'adonnent tous à cette sorte de spéculation ! A la différence près que certains — et Hellmann était de ceux-là — ne se font jamais prendre la main dans le sac. Mais voilà ! Peut-être justement la réputation de M. Hellmann était-elle en jeu, cette fois ! Peut-être justement, M. Hellmann allait-il tacher sa belle veste blanche immaculée ! » Gustave crachota un peu de jus de pop-corn qui se répandit sur son horrible chemise rayée. « Et dans ce cas, il ne restait à M. Hellmann qu'à rentrer sous terre !

— Hum !

— Qu'est-ce que ça veut dire, hum ? Rentrer sous terre, oui ! J'apprends qu'avant de s'envoler pour Cannes, il était complètement à bout de nerfs ! Souffrait d'accès de vertige ! Bégayait comme une vieille femme débile !

— Mais pourquoi Cannes ?

— Ça, je n'en sais rien. Il a une maison là-bas, tu le sais aussi bien que moi. Sa sœur y habite à l'année. Hilde-Gros-Diams, comme on la surnomme. Merde alors ! Cette saloperie vous reste tout le temps coincée entre les dents ! » Gustave plongea son doigt dans la bouche. J'allumai une cigarette au mégot de la précédente.

« Il ne se sera pas borné à aller pleurer dans le giron de sa sœur, dis-je. Ta façon de te curer les dents est ignoble.

— Et alors ? Tu n'as qu'à regarder ailleurs ! Naturellement qu'il ne s'est pas borné à aller pleurer dans le giron de sa sœur.

— Alors quoi ?

— Je n'en sais rien. Mais je te dis que tout cela sent mauvais. Mon pif me démange.

— Je veux bien. Admettons qu'il soit parti avec l'intention de se suicider. Est-ce qu'on se fait sauter sur son yacht avec douze personnes à bord ?

— Pour masquer le suicide, oui.

— Une telle absence de scrupules n'est pas courante.

— Quoi ?

— Se faire sauter avec douze autres personnes.

— Crois-tu donc qu'on peut s'embarrasser de scrupules pour faire carrière dans la banque ? Au demeurant, il s'est fait sauter avec onze personnes seulement.

— Ne m'as-tu pas dit qu'ils étaient treize à bord ?

— Au départ de Cannes, oui. Au départ de Corse, ils n'étaient plus que douze.

— Et le treizième ?

— La treizième. Car il s'agit d'une femme. Elle est restée en Corse. Gustave fouilla dans ses papiers. Voilà. Son nom : Angela Delpierre.

— Pourquoi est-elle restée en Corse ?

— N'en sais fichtre rien. Aussi ai-je tout organisé. Billet d'avion. Réservation d'hôtel. Tu habiteras au Majestic. Départ par Lufthansa, via Paris, à quatorze heures trente. Arrivée à Nice à dix-sept heures quarante-cinq.

— Tu veux dire que je...

— Crois-tu donc que je parle pour ne rien dire ? Les bateaux, ça te connaît, non ? Et quinze jours de repos, c'est assez, ou bien ? »

Il poussa vers moi l'enveloppe avec le ticket d'avion. « Les Français ont d'ores et déjà nommé un expert. Il s'agit d'un ex-officier de marine. Tu feras sa connaissance. Qu'est-ce que tu as à me regarder comme cela ? » Ses petits yeux porcins s'amincirent pour ne plus former qu'une fente. Enfin il se présentait sous son véritable aspect. Un aspect que je connaissais bien. « Ça ne va plus, Robert ? Le boulot ne te convient plus ? Ras le bol ? Tu veux que je te prenne avec moi au siège ? A moins que tu n'aies l'intention de tout laisser tomber ? Voilà dix-neuf ans que tu fais ce travail. Je comprendrais aisément que tu en aies ta claque. »

Ce jeu-là, je n'avais hélas pas les moyens de le jouer. Il ne me restait qu'à faire mon numéro, bien qu'en réalité j'eusse volontiers jeté le manche après la cognée. Je pris un air ahuri et déclarai : « Ça alors, j'aurais jamais pensé que ça marcherait !

— Hein ? fit Gustave légèrement agacé.

— J'ai graissé la patte d'une vieille sorcière afin qu'elle te transforme en crapaud et figure-toi que ça a marché !

— Ha ! fit Gustave. Haha ! Te fatigue pas surtout ! » Il se pencha vers moi et me glissa, à mi-voix, sur le ton de la fausse confidence et avec une inquiétude feinte : « Tu as une mine de déterré. Dis-moi, Robert, tu ne serais pas malade, des fois ? »

Quelque part, dans ma tête, cela fit tilt. Porc, fils de porc. Je suis à ta merci et tu le sais. J'ai quarante-huit ans. De loin le plus vieux de tes hommes. J'ai résolu pas mal d'affaires à ta satisfaction. Et la Global n'a pas eu à raquer. Mais ça, ça ne compte pas. Je suis payé pour ça. Bien payé. Très bien payé. Il se trouve que j'ai aussi salopé deux ou trois boulots, notamment ces derniers temps. C'est du moins ce que tu prétends, espèce de sagouin. Mais il n'y avait rien à saloper. De toute manière, on était *obligé* de banquer ! Et tu le sais très bien ! Mais voilà, quand ça ne tourne pas à notre avantage, le responsable, c'est toujours le type qui a fait le boulot sur place. C'est du moins ta façon de voir les choses. Ou plutôt de les présenter, saligaud !

« Si tu ne te sens pas en forme, Robert, dis-le. Ce sont des choses qui arrivent. Je puis toujours mettre Bertrand sur l'affaire. Ou Holger. Mais tu vaux mieux que les deux à la fois, c'est pourquoi j'ai songé à toi. Mais si ça ne va pas...

— Ça va très bien ! » Non, ce jeu-là, je ne pouvais pas m'y prêter. Bertrand ? Holger ? Et tous les autres ? Plus jeunes que moi. Frais et dispos. Comparés à eux, j'étais presque un vieillard. Et si j'admettais que j'étais fatigué, que je ne me sentais pas dans mon assiette ? Et si je passais la main, pour une fois ? Après tout, Gustave était mon ami ! Ne sommes-nous

pas de vieux amis, disait-il toujours. Mon vieil ami Gustave Brandenburg !
Mon bon ami Gustave ! Eh ben merde alors ! Pas un instant il n'hésiterait
à faire son rapport à la direction ! Pas un instant il n'hésiterait à recommander à ces messieurs de me retirer du circuit !

Et le médecin du travail ?

J'avais rendez-vous avec lui aujourd'hui même. Visite annuelle obliga-
toire. Cette visite, il y avait des semaines que je l'attendais. Avec anxiété !
Car le médecin verrait forcément ce qui n'allait pas. Et alors ? Alors ?

J'avais longuement réfléchi à la question. Une seule issue : nier. Contes-
ter. Je me sentais parfaitement bien. Une forme éblouissante. Les symptômes
décelés ? Je n'y comprenais rien. Des malaises, moi ? Jamais, au grand
jamais ! Non, je ne voyais vraiment pas de quoi il voulait parler. La seule
issue possible, ma seule planche de salut, c'était ça. Et si le docteur restait
sur ses positions ? Et s'il affirmait malgré tout que j'étais malade ? Qu'il
fallait me mettre au repos ?

Pauvre Gustave, il en aurait le cœur brisé. Ce chien puant qui pressait ses
hommes comme des oranges et les jetait ensuite quand il en avait exprimé
tout le jus et quand il n'y avait plus rien à en tirer.

« Rien à craindre, dis-je. Je tiens la forme.

— J'en suis bien content, Robert. Oui, oui, bien content ! Mais quand
même, tu as drôlement mauvaise mine. Qu'est-ce qui ne va pas ? Des
ennuis ? »

Je ne dis rien.

« Chez toi ?

— Hum.

— Karin ?

— Hum.

— Qu'est-ce qui se passe avec Karin ?

— Rien de spécial, dis-je. Toujours la même musique. »

2

« Tu as de nouveau gueulé cette nuit, dit ma femme.

— Ce n'est pas une nouveauté, dis-je. Je gueule toutes les nuits, non ?

— Mais jamais si fort que cette nuit, dit ma femme Karin. J'ai failli venir te voir dans ta chambre pour te réveiller. Sans doute les Hartwig t'ont-ils de nouveau entendu. Peut-être même les Notbach et les Thaler. » C'étaient les gens qui habitaient en face, au-dessus et au-dessous de nous. « Ces cris sont terribles, tu ne comprends donc pas cela ? » dit Karin. Nous étions en train de prendre notre petit déjeuner. Cela se passait une heure et demie avant mon entretien avec Gustave Brandenburg. Karin beurrait un petit pain et me parlait sans me regarder. Elle mangeait beaucoup au petit déjeuner et buvait du café fort. Pour ma part, il y avait longtemps que je me contentais d'un peu de thé. « C'est terrible, terrible, répéta Karin. Mme Hartwig ne manque pas une occasion pour m'en parler. Personne ne croit plus à des cauchemars. On te déclare malade. Dans la tête. Hier encore, Mme Hartwig me disait que tu devrais aller chez un psychiatre. Tu peux imaginer comme c'est agréable de s'entendre faire des réflexions pareilles.

— Oui, en effet, ce n'est pas très drôle », dis-je. Je bus une gorgée de thé.

Karin parlait la bouche pleine : « Je pense aussi que tu devrais te faire examiner par un psychiatre. Voilà deux ans que cela dure. Est-ce que ça t'arrive aussi en voyage — dans les hôtels ?

— Je ne sais pas, dis-je en allumant une cigarette. Je ne crois pas.

— Alors seulement à la maison. Quand tu es avec moi ! siffla ma femme. Quand monsieur est en bordée, tout va bien, c'est ça, non ? »

Je ne dis rien.

« A la maison, mon mari devient fou. A l'hôtel, quand il couche avec ses petites poules, tout va bien ! Mais avec moi, non ! Donc, c'est de ma faute ! Hein ? C'est ça, non ?

« Et lâche avec ça ! siffla Karin. Sûrement qu'il est plus bavard en voyage ! Et plus entreprenant ! A la maison, rien ! Depuis deux ans, rien ! Monsieur fait le dégoûté ! Dis-le, que je te dégoûte ! Que tu en as marre de moi ! Allez ! Dis-le ! »

Elle mangeait un œuf à la coque maintenant et continuait de me lancer sarcasmes et réprimandes sans cesser de porter la petite cuiller à la bouche. J'étais habillé, prêt à partir dès que j'aurais pris mon thé. Elle portait une robe de chambre et un turban autour de ses cheveux blonds. A trente-huit ans, Karin n'avait pas une ride. Son joli visage lisse, un peu poupin, était resté le même tout au long des années. Et son corps — ce corps aux formes plutôt généreuses qui m'inspirait naguère encore une passion exclusive — était resté celui de la jeune femme que j'avais connue dix années auparavant. Il faut dire que Karin passait une bonne partie de ses matinées à se faire des masques puis à se maquiller. Elle allait aussi fréquemment au sauna et une masseuse venait à la maison deux fois par semaine. Nous occupions un bel appartement dans une maison bourgeoise très calme. Deux locataires seulement par étage. L'appartement : presque trop grand pour un couple sans enfants, et encombré de meubles et d'objets auxquels, naguère encore, je tenais énormément. Ma grande collection d'éléphants en ivoire, par exemple. La vitrine avec toutes les curiosités que j'avais rapportées de mes voyages aux quatre coins du monde. Et puis les grands tapis. Les vases chinois. Le miroir vénitien dans le salon. Ma collection de disques. Ma bibliothèque murale, toute une pièce avec des livres, du sol au plafond. Mon bureau et mon fauteuil Renaissance. Les grands candélabres en argent massif, le service de table anglais, la collection de pipes Dunhill et Savinelli. (Je ne fumais plus que la cigarette maintenant.) Toutes ces choses, ce décor auquel j'avais été si attaché. Et maintenant, l'indifférence. Rien ici à quoi je tinsse, non, rien.

La robe de chambre de Karin s'entrouvrit, découvrant en grande partie sa poitrine. J'étais rentré quinze jours auparavant au terme d'un séjour de deux mois à Hong-Kong. Et, sans doute, Karin s'attendait-elle, malgré les doutes qu'elle nourrissait à mon sujet, à ce que je lui manifeste un minimum d'intérêt, de tendresse, d'attention. Mais elle n'avait rien reçu de ce qu'elle attendait. Certes oui, c'était ma faute, uniquement ma faute si cela

ne marchait pas entre nous. La lassitude, une immense lassitude me para-
lysait. Même parler m'était devenu difficile, presque insupportable. Et le
mal ne faisait qu'empirer de mois en mois. Je me dis : Karin me fait de la
peine. Elle me fait vraiment de la peine. Et elle a raison. Je me conduis
mal avec elle. Mais quoi ? Tout juste si je suis encore capable de faire
correctement le boulot que l'on me confie. J'investis là-dedans toutes mes
forces, toute ma volonté, toute ma ruse, toute mon intelligence. Et après,
je suis vidé. Quand je rentre, je suis complètement vidé. Et il ne me reste
rien à lui offrir.

Bien souvent déjà, je m'étais fait ces réflexions. Je m'étais dit qu'il me
faudrait lui en parler. Essayer de lui expliquer. Le comment et le pourquoi.
Mais j'étais trop vidé. Et puis je ne voulais pas de compassion, ni d'apitoie-
ment. Il n'est rien que je craigne autant. Rien qui m'inspire une telle peur,
une honte si brûlante. Que l'on me prenne en pitié, que ma femme me
prenne en pitié, non, jamais.

Je vis remuer les lèvres de Karin. Elle parlait toujours mais je ne l'entendais plus. C'était comme un film qui défilait dans ma tête. Hong-Kong
Hilton. Ma chambre. Mon lit. Moi dessus. La main de fer se crispant sur mon
plexus. Je ne trouve plus mon souffle. Mon corps s'arc-boute. Je suis glacé,
inondé de sueur aussi. Je râle. Cette fois, je vais crever. Cette fois, mon
compte est bon. Angoisse mortelle, douleur aiguë qui me fouaille la poitrine. Dieu, Dieu ! Délivre-moi de ce mal ! Puis, le vide, le noir. L'étau
qui se relâche. La crise va passer. Une fois encore, elle va passer. Mais
jamais elle n'avait atteint ce paroxysme. Le mal disparaît comme il est venu,
progressivement. La douleur se retire d'abord de la poitrine. Puis du bras
et de la main. Enfin de la jambe et du pied. C'est par là qu'elle arrive. Par
le pied. Et c'est par là qu'elle se retire. Mais c'est là aussi qu'elle persiste le
plus longtemps. Je la sens qui se résorbe dans mon pied. Ce n'est bientôt plus
que ce tiraillement familier, là, dans mon pied gauche. Je suis étendu sur
mon lit défait, tout habillé, vidé, vidé, la tête sur le côté, les yeux grands
ouverts. Sur la table de nuit, la boîte de Nitrosténon. Une fois encore, le
médicament a fait son effet. Les rideaux sont tirés, la lumière allumée.
Je m'endors d'un sommeil de plomb...

3

Le médecin du travail de la Global s'appelait Wilhelm Betz et son cabinet se trouvait dans un immeuble neuf de la Grafenberger Allee. Distingué, la quarantaine à peine, les cheveux blanc neige coupés en brosse, le teint basané comme un homme qui revient de vacances — et le docteur revenait fort souvent de vacances —, tel était Wilhelm Betz. Le docteur jouissait d'une situation plutôt confortable : médecin-conseil de trois grosses sociétés et une clientèle privée essentiellement recrutée dans les couches aisées.

La visite était finie. J'étais assis en face de Betz trônant derrière son massif bureau d'ébène, tout autour de lui les objets dont il aimait s'entourer, un décor très personnel, en parfaite contradiction avec l'idée qu'on se fait habituellement d'un cabinet médical. Sculptures et masques africains. Un monstre d'un mètre cinquante poussant littéralement du plancher, un dieu de la fécondité affublé d'un phallus de cinquante centimètres au moins. Deuxième phallus, encore plus imposant et pourvu de ses accessoires, étendu de tout son long sur le plateau du bureau du docteur. La chose en soi, pour ainsi dire. De temps en temps, le docteur Wilhelm Betz frottait vigoureusement le gland du membre d'ébène assorti à son bureau, geste qui dénotait un effort intense de concentration. Devant lui, sous son nez, deux électro-cardiogrammes — celui qu'il venait de me faire et celui de l'année d'avant. Il les examina longuement sans souffler mot et je sentis croître en moi une certaine inquiétude. Le docteur m'avait fait faire quinze génuflexions et il me faut bien admettre que cet exercice m'avait coupé le sifflet. Mais maintenant, je me sentais plutôt en forme. Il n'était pas tout à fait midi et la pluie crépitait contre les grandes fenêtres du cabinet de Betz. Du bureau de Gustave, j'avais téléphoné à ma femme Karin. Je lui avais appris que je devais partir en mission dans le Midi de la France et l'avais prié de préparer mes affaires. Clouée de colère et de dépit, elle avait raccroché sans commentaire. Il faut dire que la petite scène conjugale du petit déjeuner s'était déroulée suivant le processus habituel et qu'après avoir été honni et conspué, il m'avait fallu endurer les reproches affectueux, les pleurnicheries attendries et enfin une vague d'élans amoureux à laquelle je n'avais pu me soustraire qu'en assurant cette chère petite Karin que j'allais suivre son conseil et prendre davantage de congés...

« Pardon ? » J'avais été tiré de mes pensées par le Dr Betz qui venait enfin de desserrer les dents. Je levai la tête. Betz me regardait d'un air grave, ajustant le nœud de sa cravate d'une main, massant de l'autre le monstrueux pénis sculpté.

Il demanda : « Est-ce que vous souffrez beaucoup ?

— Souffrir ? Moi ? » Il y avait donc effectivement quelque chose qui n'allait pas et Betz en avait la preuve sous les yeux. Surtout ne pas marcher dans cette combine. Je pris un air étonné et déclarai : « Je ne vois pas de quoi vous voulez parler. Mais dites-moi, docteur, qu'est-ce qui vous fait penser que...

— En ce qui concerne les analyses de sang, je ne peux rien dire encore. Il nous faut attendre les résultats du laboratoire. Mais votre électrocardiogramme ne me plaît pas. Pas du tout. »

Il frotta nerveusement le gland du pénis.

« Comment cela ? Mon dernier électrocardiogramme...

— Votre dernier électrocardiogramme est parfaitement normal.

— Et alors ?

— Il remonte à un an. » Betz se leva et se mit à déambuler dans la pièce, les mains dans le dos. En face du dieu de la fécondité était plantée une déesse avec un ventre ballonné et des seins pendants. Le docteur Betz traça une sorte de slalom parmi ses trésors. « Dites-moi, monsieur Lucas. Vous avez quarante-huit ans, n'est-ce pas ?

— Oui.

— Un âge dangereux. »

A qui le dis-tu, pensai-je.

« Vous fumez beaucoup ?

— Assez, oui.

— Combien ? Trente, quarante, cinquante cigarettes par jour ?

— Plutôt soixante.

— Eh bien, monsieur Lucas, ça c'est fini ! » Il se planta devant moi et je pus sentir le parfum mentholé qui émanait de la personne du docteur Betz. « Fini ! Vous m'entendez ! Vous allez arrêter de fumer ! Dès aujourd'hui ! Pas de tabac, pas d'alcool. C'est dur, je le sais, mais je vous le demande. Et si vous ne m'écoutez pas... » Il feignit d'hésiter.

« Si je ne vous écoute pas?

— Vous pourrez demander votre retraite anticipée dans une petite année. A supposer que vous passiez l'année. »

Je bondis de mon siège et faillis entrer en collision avec lui.

« Que voulez-vous dire, docteur ? L'électrocardiogramme est donc si mauvais ?

— Asseyez-vous. Oui, il est mauvais. Pas catastrophique, non. Mais mauvais, très mauvais par rapport à celui que nous avons fait l'année passée. » Et il se mit à me poser des questions d'une telle précision que j'eus du mal à conserver mon sang-froid.

« Les attaques, monsieur Lucas ? Elles sont fréquentes ?

— Les attaques, docteur ? Je ne comprends pas.

— Allons, allons, monsieur Lucas. Je vois bien comment fonctionne votre cœur. Je vous parle d'attaques cardiaques. De crises douloureuses s'accompagnant de suées, de difficultés respiratoires, de sensations d'anxiété, de fortes sensations d'anxiété. » Le pénis d'ébène eut droit à un autre vigoureux massage.

« Vraiment, docteur... Non. Jamais. Aussi vrai que je suis assis là !

— Vous en êtes sûr ?

— Pourquoi vous mentirais-je, docteur ?

— Quelle question ! dit-il.

— Je vois de quoi vous voulez parler. Mais vous savez, j'ai un excellent contrat. Si je devais partir à la retraite maintenant, je toucherais les quatre cinquièmes de mon salaire actuel. Et mon salaire actuel est confortable. Quel intérêt aurais-je à mentir ? »

J'espère qu'il ne va pas se renseigner, pensai-je. Car je venais de mentir effrontément. Si Betz me mettait à la retraite maintenant, je toucherais un tiers de ma paye seulement. Il fallait éviter à tout prix qu'il alerte la Global.

« Bon, bon. Donc, pas d'accès sténocardiaques. Pas encore, du moins.

— Sténocardiaques, docteur ?

— Oui, monsieur Lucas. Sténocardiaques. Cœur mal irrigué. Si vous continuez à fumer, vous saurez bientôt ce que c'est. Et je ne vous cacherai pas que ce genre de crises est très, très désagréable.

— Je vais arrêter la cigarette, docteur. C'est promis.

— Et marcher, monsieur Lucas. Vous arrivez encore à marcher ?

— Je ne vois ce que vous voulez dire, docteur.

— Les pieds ? Ils ne vous font pas mal ?

— Non.

— Le pied gauche, non ? » Il tapota de l'index sur le gland d'ébène.

« Absolument pas, docteur ! » J'éclatai de rire. En réalité, je n'avais pas envie de rire du tout.

« Douleurs spasmodiques dans la jambe et dans le pied gauche ? » s'entêta-t-il. Son doigt tambourinait maintenant à toute allure contre le phallus en bois.

« Je vous l'aurais dit tout de suite, docteur !

— Oui ? » Il me regarda avec insistance puis il s'approcha de la fenêtre et regarda la pluie tomber. « Douleurs spasmodiques sur le côté gauche du torse ? s'informa-t-il.

— Non.

— Sur le côté gauche du torse et irradiant ensuite le bras et la main gauches ?

— Jamais de ma vie ! »

Je me revis au Hong-Kong Hilton, me tordant sur mon lit...

« Dites-moi, monsieur Lucas. Et la sensation d'être brusquement devenu vieux, vous n'avez jamais connu ça ? »

Je ricanai.

« Vieux ? Non, jamais ! Et spécialement en ce moment, je me sens très bien. Une forme terrible. D'ailleurs je pars cet après-midi même pour Cannes. Il y a quinze jours encore, j'étais à Hong-Kong. Vieux ? Moi ? Vous voulez rire !

— Non, monsieur Lucas, non, je ne veux pas rire », dit-il à mi-voix. Je remarquai soudain mon image se reflétant dans le carreau de la fenêtre, très distincte sous l'éclairage de la lampe de bureau que Betz avait dû allumer tellement il faisait sombre dehors. Le docteur me tourna le dos mais je savais qu'il me voyait dans le carreau et il importait donc de garder un masque serein. « Vous avez des accès de faiblesse. » Ce n'était ni plus ni moins qu'une constatation.

« Absolument pas !

— Des vertiges ?

— Jamais ! »

Tous les symptômes d'un mal que je connaissais bien y passèrent un à un.

« Des maux de tête ?

— Je ne sais pas ce que c'est ! »

Il fit volte-face, traversa la grande pièce en virevoltant tel un skieur émérite parmi ses trésors archéologiques, stoppa net devant la cloison opposée pour remettre en place un masque légèrement de travers, revint ensuite à son bureau et s'assit. « Bien, bien, monsieur Lucas. Il se peut que vous m'ayez dit la vérité...

— Vous permettez, docteur ! Je...

— Allons, allons, monsieur Lucas. Ne vous énervez pas inutilement. » Il me regarda gravement. « Il se peut aussi que vous m'ayez menti. Je n'en sais rien. Je ne puis lire dans vos pensées. Mais cet électrocardiogramme, là, je sais le lire ! Et maintenant, écoutez-moi bien. Allez à Cannes. Mais cessez de fumer. Dans votre état ce serait un suicide de continuer à fatiguer votre cœur. Et les symptômes que je vous ai décrits, vous les ressentiriez bientôt ! Si jamais quelque chose clochait à Cannes de ce côté-là — on ne sait jamais, le changement de climat, une mission difficile — enfin... si vous deviez avoir une crise ou ressentir l'un de ces symptômes, revenez aussitôt.

— Je vous le promets, docteur », dis-je. Et je pensai : Tu parles Charles !

« Que vous teniez ou non votre promesse, il me faut faire un rapport à la société. Est-ce qu'on vous laissera à Cannes ? Je n'en sais rien. » Pas très encourageant, ça. « Mais enfin, en général, il n'y a guère de réaction à mes rapports que lorsqu'ils concernent des personnes occupant des fonctions directoriales. Ce n'est pas votre cas, n'est-ce pas ?

— Non, docteur, non. » Voilà qui était déjà mieux. On ne s'intéressait guère, apparemment, à l'état de santé des troupiers. Mais j'avais moi aussi une question à poser :

« Dites-moi, docteur, de quelle maladie voulez-vous m'accabler ? Cette histoire de cœur et de douleur dans le pied, qu'est-ce que ce serait, d'après vous ?

— Je vous l'ai déjà dit. Une mauvaise irrigation du cœur. Troubles de la circulation sanguine. Et la douleur au pied, le boitillement occasionnel, est l'un des symptômes caractéristiques de ce mal. *Claudicatio intermittens,* mon cher monsieur. Souvenez-vous de ce nom au cas où vous viendriez à ressentir une telle douleur. » Je songeai que cette façon de masser sans arrêt un pénis en bois, même d'ébène, devait bien dissimuler aussi quelque maladie secrète. Un impuissant peut-être...

« Et on ne peut rien faire contre cela ?

— Si. Cesser de fumer et prendre certains médicaments.

— Lesquels ?

— Comme vous ne souffrez pas encore de ces symptômes, je vais vous prescrire quelque chose à titre prophylactique. » Il gribouilla sur son carnet d'ordonnances, détacha le feuillet et me le tendit. Il m'avait prescrit du Nitrosténon. Le médicament que je prenais depuis un an dès que je ressentais une douleur dans la poitrine et dans le bras...

« Si ça ne va pas, prenez-en une ou deux dragées. Croquez. Et n'oubliez pas : plus de cigarettes ! »

Il se releva brusquement.

« Vous voudrez bien m'excuser. J'ai un rendez-vous important à midi. Bon voyage. Et bonne chance. »

Il me tendit une main froide et sèche quoique molle. L'autre massait avec application le gigantesque phallus de bois. Les petites manies du docteur Betz. Drôle de zigue, me dis-je. Mais il faut de tout pour faire un monde.

4

On allait arriver à Nice. Le soleil était déjà bas quand l'appareil, après avoir décrit une longue courbe au-dessus de la mer, se posa enfin sur la piste d'atterrissage. Tandis que les passagers descendaient, j'étais assailli par deux impressions contradictoires : un vague malaise dû sans doute à la chaleur mais aussi un vif soulagement ; j'étais provisoirement tiré d'affaire, hors de portée de ma femme, loin de Düsseldorf, abordant un autre monde. Un monde que je ne connaissais pas encore. La lumière me parut d'une transparence sans égale, l'air doux comme un bain tiède. Je me tenais tout près du tapis roulant par lequel mes bagages devaient arriver et je respirais profondément, comme soulagé d'un grand poids. Et, une fois installé dans le taxi qui me conduisait à Cannes par le bord de mer, je me dis que c'était ici qu'il aurait fallu vivre. Qu'il fallait vivre.

Nous longeâmes de nombreuses plages. Il y avait foule partout et les gens me parurent plus beaux qu'en Allemagne. Impression assez absurde puisqu'il devait y avoir pas mal d'Allemands parmi ces baigneurs. Et, en tout cas, une confortable majorité de touristes de toutes nationalités. Mais enfin, il y avait cette lumière, cette transparence exceptionnelle de l'air, les villas, les jardins fleuris, une atmosphère de paix et de bonheur tranquille. Et peut-être était-ce uniquement cela qui rendait les gens plus beaux.

Le taxi longea un champ de courses puis ce fut un défilé de petits cabanons en bois, presque tous des restaurants.

« Si vous avez envie de manger une bonne bouillabaisse pendant votre séjour, c'est ici qu'il faut aller », me confia le chauffeur en montrant de la main une sorte de remise peinte en blanc, au bord de la mer. Je lus l'enseigne. Tetou. La mer, le ciel. Bleu. Mais là-bas, à l'ouest, l'azur virait au rouge, illuminant de reflets mordorés les parois rocheuses d'une longue chaîne montagneuse.

« Et ces montagnes ? demandai-je au chauffeur.

— L'Esterel, monsieur », dit-il.

Après les plages, de belles villas blanches et cossues avec de grands parcs, les palmiers, les pins parasols, les cyprès, les eucalyptus. La mer, une voie ferrée, l'autoroute et, de l'autre côté, en surplomb, à flanc de coteau, rien que des villas. Des villas et des jardins. Deux trains nous croisèrent l'un après l'autre. Il y avait pas mal de circulation et le chauffeur mit près d'une heure pour rejoindre Cannes. La Croisette. Les palmiers en rang, les bancs de fleurs et de gazon partageant l'énorme avenue en son milieu. D'un côté les façades blanches des grands hôtels, de l'autre la mer. Des fleurs partout. Taches multicolores, jaune, bleu, pourpre, orange. Je transpirais abondamment. Mon Dieu, quelle chaleur ! Et de fait, les gens étaient plutôt légèrement vêtus. Les hommes en bras de chemise, les femmes en robes ou ensembles d'été.

A hauteur du Carlton, le chauffeur étendit le bras pour me montrer quelque chose : « La plage des homosexuels », fit-il. Il n'y avait effectivement que des hommes sur la plage. « Officiel, monsieur. Ce bord de mer leur est réservé.

— Je vois qu'on est à la pointe du progrès par ici », déclarai-je sans savoir trop comment la plaisanterie serait accueillie. « Et il y a beaucoup d'homosexuels à Cannes ?

— Oh oui, monsieur. Beaucoup. » Il me fit un vague clin d'œil par-dessus l'épaule : « Mais il y a aussi énormément de jolies femmes. Plus qu'ailleurs certainement. Vous verrez, vous verrez ! »

On atteignit le Majestic. L'hôtel était situé un peu en retrait par rapport à la Croisette. On y accédait par une grande allée blanche tournant en pente douce autour d'un immense parterre de fleurs. Après avoir réglé la course et tandis qu'on transportait mes bagages dans l'hôtel, je détaillai la place. A gauche de l'entrée, une vaste terrasse pleine de monde à cette heure. Derrière la terrasse, une piscine en marbre blanc à laquelle on accédait directement. Il y avait quelques baigneurs bien que le soleil fût sur le point de disparaître. Mon regard erra à travers la Croisette. Le fleuve ininterrompu de voitures et, au-delà, la mer. Des voiliers au large. Les voiles rouges dans la lumière du couchant. Je les regardais évoluer depuis un moment lorsque je fus abordé par un employé de la réception.

« Monsieur Lucas ?

— Oui.

— Bienvenue à Cannes, dit l'homme avec un sourire. Puis-je vous conduire jusqu'à votre appartement ? »

J'acquiesçai et lui emboîtai le pas sans cesser de me retourner : les palmiers, les fleurs, la mer. Et bon nombre de jolies femmes aussi, ainsi que je pus m'en rendre compte.

5

« Enchanté, monsieur Lucas », dit Louis Lacrosse, représentant de l'administrateur-chef de la Direction des affaires maritimes, Marine Méditerranée. J'avais appelé Lacrosse de mon appartement au Majestic et il m'avait prié de venir le voir sur-le-champ.

« Votre patron, monsieur Brandenburg, nous a signalé votre prochaine arrivée. Nos hommes sont toujours sur les lieux de l'explosion. De même d'ailleurs que notre expert, le capitaine Viale. » Lacrosse était un petit homme fluet. Il parlait très vite et s'accompagnait de petits gestes rapides. A sa mine, je jugeai qu'il devait avoir l'esprit aussi agile que la langue. Son bureau donnait directement sur le vieux port ; par la fenêtre, je vis d'innombrables voiliers rangés côte à côte le long du quai, les mâts nus se dressant vers le ciel. Pas de yachts mais, en revanche, de nombreux bateaux à moteur.

« Qu'est-ce que c'est que ces bateaux ? demandai-je à Lacrosse.

— Des vedettes. Elles font la navette entre la gare maritime et les îles. Les petites îles. »

Derrière la gare maritime, un bout de plage. Des barques de pêcheurs couchées sur le sable blanc et de grands filets largement déployés.

« Et votre enquête, monsieur Lacrosse, elle avance ?

— Pas grandement, monsieur Lucas. Une explosion d'une incroyable puissance. Vous voulez vous faire une idée ? » Lacrosse me montra une série de photos. Débris disséminés sur une vaste surface de mer.

« Est-ce que l'explosion d'un moteur peut provoquer de tels dégâts ?

— Non, sûrement pas », dit Lacrosse. Il avait une petite moustache dont il tiraillait les poils de ses doigts jaunis par la nicotine. Il fumait sans arrêt. Il m'avait d'ailleurs offert une cigarette dès le début de notre entrevue mais j'avais refusé. Bizarrement, je n'avais aucune envie de fumer.

« Il doit donc s'agir d'un acte criminel ? »

Il acquiesça.

« Oui. Et je crains que votre compagnie doive payer la casse.

— Des suspects ? »

Il tira sur les poils de sa moustache.

« Rien de précis pour le moment.

— Vous pensez que Hellmann avait des ennemis ?

— Et vous ? demanda le petit Lacrosse.

— Je n'en sais rien. Mais enfin, Hellmann était banquier. Un homme puissant. Et les hommes puissants ne manquent généralement pas d'ennemis.

— C'est bien mon avis. Et c'est aussi l'avis de Mme Hellmann.

— Sa sœur ?

— Oui. Nous lui avons évidemment rendu visite. Un bref entretien seulement. Elle était encore sous le choc de la funèbre nouvelle. Et vous savez, au demeurant, que cette dame est malade. Depuis des années. Elle vit sous la surveillance continuelle d'une infirmière. Elle nous a dit que son frère était arrivé à Cannes l'avant-dernier mercredi, soit il y a onze jours, complètement à bout de nerfs, au bord de la dépression.

— Et qu'est-ce qui l'avait mis dans cet état ?

— Mme Hellmann n'en sait rien. Elle déclare que son frère ne s'est pas confié à elle. Il s'est borné à lui apprendre qu'il devait aller en Corse. Mais vous savez, elle est un peu — hum — comment vous dire... Il n'est guère facile d'avoir une conversation suivie avec Mme Hellmann. Vous le constaterez vous-même si d'aventure vous lui rendez visite.

— Estimez-vous possible que Hellmann se soit fait sauter lui-même à bord de son yacht ? Qu'il se soit suicidé, autrement dit, pour se tirer d'une situation sans issue ? »

Lacrosse tirailla nerveusement sur sa moustache. Il avait l'air légèrement agacé.

« Quelle genre de situation sans issue ? s'enquit-il.

— Financière, cela va de soi. »

Lacrosse haussa les sourcils.

« Allons, allons, monsieur Lucas. Hellmann n'était-il pas l'un des plus gros banquiers de votre pays ?

— Justement, dis-je.

— Je ne puis imaginer une chose pareille, dit Lacrosse. Non ! C'est une hypothèse qui me paraît parfaitement gratuite.

— D'après vous, il s'agirait donc d'un meurtre ?

— Oui. Ainsi que je vous l'ai dit tout à l'heure.

— L'un de ses ennemis, en somme. »

Lacrosse souffla une bouffée de fumée blanche.

« Non, monsieur Lucas. L'un de ses amis. »

6

« L'un de ses amis ?

— Oui, monsieur. Et c'est aussi l'avis de Mme Hellmann, la sœur du défunt. Il est vrai que cette dame est un peu bizarre. Et quand je dis un peu... Mais le fait est que j'ai retenu l'une de ses déclarations comme parfaitement plausible.

— De quoi s'agit-il si je puis me permettre ?

— D'après elle, son frère se serait brusquement rendu compte qu'il avait été odieusement trompé par l'un de ses proches amis, banquier ou magnat de la finance avec qui il travaillait en étroite collaboration depuis de longues années. Ce qui expliquerait son brusque déplacement à Cannes, et l'état dépressif dont il paraissait souffrir. Mme Hellmann pense que l'ami en question a fait disparaître son frère pour ne pas avoir à subir les consé-quences de sa trahison.

— Si tel devait être le cas, pourquoi ne pas se débarrasser uniquement de Hellmann ? Pourquoi avoir choisi un moyen qui entraînait dans la mort onze autres personnes ?

— Pour faire croire à un accident », déclara le petit Louis Lacrosse.

Dehors, le jour décroissait à vue d'œil et les premières lumières s'allumaient sur le vieux port.

« Pouvez-vous me dire qui se trouvait sur le yacht en dehors de l'équipage ?

— Oui, dit Lacrosse. Il y avait deux couples : Franz et Clara Bienert, Paul et Babette Simon. Les uns et les autres propriétaires de villas à Cannes. Bienert était suisse et banquier comme Hellmann. Simon était industriel à Lyon.

— Quel genre d'industrie ?

— Matériel électronique.

— De la famille ?

— Oui, mais personne ne s'est déplacé jusqu'ici. Il faut dire que nous n'avons pas retrouvé de corps. Rien que des moignons de chair qui ont d'ailleurs été brûlés entre-temps. Non sans que notre Institut de médecine légale à Nice ait préalablement soumis ces macabres vestiges aux examens et tests habituels en vue de découvrir quelque indice qui pût nous guider dans notre enquête.

— Et alors ? A-t-on découvert quelque chose ?

— Maigre provende, monsieur Lucas. Néanmoins ces examens nous permettent d'affirmer que c'est une charge importante de dynamite qui a fait sauter le bateau.

— Et vous pensez réellement que c'est parmi les amis du défunt qu'il faut chercher le responsable ?

— Oui, monsieur. Je le pense, encore que je n'en aie pas la preuve formelle. Et, à cet égard, il n'y a pas tellement de gens qui entrent en ligne de compte. Un petit cercle constitué uniquement de gens fortunés, industriels ou financiers. Nous avons d'ailleurs fait le tour de ces personnes et nous les avons priées de rester à Cannes — où tout ce petit monde réside plu-sieurs mois de l'année — aux fins d'enquête.

— Et qui sont ces gens ?

— J'en ai dressé la liste, déclara le petit Lacrosse. Tenez, en voici un double. »

Il me tendit un papier et je lus :

John Kilwood, Etats-Unis, pétrole.

Giacomo et Bianca Fabiani, Italie, industrie lourde.

Malcolm Thorwell, Grande-Bretagne, armement.

Claude et Pasquale Trabaud, France, chaînes d'hôtels.

José et Maria Sargantana, Argentine, conserveries de viande.

Athanasios et Melina Tenedos, Grèce, armateur.

« Pas d'Allemands, dis-je étonné.

— Non. Pas un seul. Bizarre, n'est-ce pas ?

— Bizarre, oui... Mais, après tout...

— Comme vous dites, après tout... », répéta le petit Louis Lacrosse en triturant sa fine moustache d'un air songeur. « Après tout, il ne faut pas trop s'étonner. Car nous nous trouvons en présence de quelques-unes des plus grosses fortunes du monde occidental. Tous ces gens, sans exception, sont des milliardaires. Hormis Mme Hellmann, ils n'habitent ici qu'une partie de l'année. Les Trabaud ont un château aux environs de Paris. Les autres possèdent demeures, villas, ranchs, appartements un peu partout dans le monde. Le monde des super-riches, monsieur Lucas. Difficile de pénétrer la pensée de ces gens-là. Difficile de saisir la logique de leurs actions. » Lacrosse prit un livre ouvert sur sa table. « Je lis justement une parution récente sur Hemingway et j'ai sous les yeux un passage qui reproduit une conversation entre Hemingway et Scott Fitzgerald. Une conversation sur les super-riches. J'ai relevé ce passage parce que j'ai pensé qu'il pouvait m'être utile — nous être utile — en cette occurrence. Vous voulez bien que je vous le lise ? »

J'acquiesçai.

Lacrosse lut à haute voix, la cigarette au coin du bec : « ... ils ne sont pas comme toi et moi. Très tôt dans leur vie, ils possèdent et jouissent. Toute la différence vient de là. En des occasions où nous nous montrons durs, ils se montrent doux. En des occasions où nous agissons en confiance, ils se montrent froids et cyniques. C'est difficile de comprendre cela si l'on n'est pas né riche. Au plus profond d'eux-mêmes, ils pensent qu'ils valent mieux que nous. Nous qui avons été astreints toute notre vie à trouver des solutions, à créer les conditions de notre équilibre. Même quand ils pénètrent profondément dans notre monde, même quand ils tombent bien plus bas que nous, ils continuent de penser qu'ils valent mieux que nous. Ils sont différents. »

Lacrosse haussa les sourcils. « Vous voulez savoir ce que Hemingway a répondu à cela ?

— Oui.

— Il s'est borné à dire ceci : Différents ? Exact. Ils ont plus de fric. »

Je m'esclaffai.

« J'admets que la repartie est assez drôle, dit tristement Lacrosse. Mais Fitzgerald avait raison. Les riches sont vraiment différents. J'ai pu le constater par moi-même ces derniers temps. Et dire qu'il a fallu que cette histoire nous tombe sur les bras au moment où mon patron est absent ! Je joue de malchance.

— Prévenez le ministère et demandez du renfort.

— C'est déjà fait. Mais qui sait quand on m'enverra quelqu'un ? Et qui l'on m'enverra ? » Sur un ton suppliant, il dit : « Vous êtes bien d'accord qu'il faut procéder avec une extrême prudence dans un cas comme celui-ci ?

— Absolument, monsieur Lacrosse, dis-je.

— Prenez votre pays, ou les Etats-Unis, si vous voulez. Aux Etats-Unis, une poignée de gens contrôle l'essentiel des richesses. Et ce sont ces gens-là qui tiennent les leviers de commande de l'économie et définissent la ligne politique de la Maison-Blanche. Vous connaissez sans doute les chiffres : la quasi-totalité des moyens de production repose entre les mains d'un peu plus de deux pour cent de la population. Dans votre pays, monsieur Lucas, le rapport est à peu près le même : les trois quarts des moyens de production sont détenus par un peu moins de deux pour cent. Et les mouvements de concentration économique rendent les super-riches encore plus riches. Le processus inflationniste n'atteint jamais que les salariés et les petits épargnants. La valeur des moyens de production détenus par les super-riches, en revanche, ne fait que croître. »

Lacrosse m'apprit que les Trabaud se trouvaient là depuis pas mal de temps lorsque Hellmann était arrivé à Cannes. Les autres gens figurant sur la liste étaient tous arrivés un ou deux jours avant ou après lui.

« Est-ce Hellmann qui les a convoqués ? Ou le contraire ?

— Je n'en sais rien, dit-il. Ils s'étaient tous retrouvés à Cannes pour fêter

son soixante-cinquième anniversaire. Mais allez donc savoir si c'est vrai... »
Le petit Lacrosse poussa un soupir. « Ces gens-là sont si puissants. Ils n'en
font qu'à leur tête et ne disent que ce qu'ils veulent bien dire.

— Vous représentez la loi, non ?

— La loi, monsieur Lucas ? Quelle loi ? La vôtre ou la mienne ?

— Il n'y en a qu'une et tout le monde y est assujetti.

— Vous m'en direz tant, monsieur Lucas ! Si seulement il en était ainsi !
Hélas, le philosophe Solon l'a dit voici des millénaires et cette constatation
reste valable : Les lois sont comme une toile d'araignée, les petites mou-
ches y sont prises, les grandes les brisent. Eh oui, monsieur Lucas. Et
je suis bien placé pour le savoir. Comprenez-moi : la fortune de ces gens-là
ne m'en impose pas. Mais je sais fort bien que si je ne me montre pas extrêmement souple — que si je marche un peu trop sur les pieds de l'un ou
l'autre de ces messieurs-dames... »

Lacrosse parut hésiter. Je le tirai d'embarras :

« Oui, oui, monsieur Lacrosse, je vois ce que vous voulez dire. » Et
je lui fis cette confidence : « D'ailleurs, je suis dans la même situation que
vous. Un faux pas et je saute en marche. »

Il me considéra sans mot dire pendant un long moment. Enfin, il rompit
le silence : « Quoi qu'il en soit, j'ai demandé l'aide de la police judiciaire
de Nice et j'ai averti aussi les services spécialisés du ministère de l'Eco-
nomie et des Finances à Paris. Je voudrais que l'on prenne un peu tous ces
gens-là sous la loupe. Moi tout seul, je n'ai pas assez de pouvoir. Et vous
non plus, monsieur Lucas. Un multimilliardaire assassiné probablement par
l'un de ses pairs. Des milliards en jeu fort probablement. Non, il ne s'agit
pas d'un crime banal. Certainement pas.

— Si Paris est averti, vous êtes couvert.

— Oui, oui, on dit cela. Mais je ne m'y fie pas trop », déclara le petit
Louis Lacrosse.

Et soudain, il me parut encore plus fluet, assis là, derrière son bureau,
la cigarette au bec, considérant d'un air absent le dos de ses mains. Un rire
de jeune fille nous parvint de l'extérieur. Puis, de nouveau, ce fut le silence.
Je soufflai une bouffée de fumée blanche et alors seulement je me rendis
compte que j'avais allumé une cigarette.

7

« Dans cette affaire, dit Louis Lacrosse, la seule personne qui ne soit pas milliardaire, c'est Angela Delpierre.

— La femme qui était à bord du yacht au départ de Cannes et qui n'y était plus au retour de Corse ?

— En effet.

— Savez-vous pourquoi elle est restée en Corse ?

— Elle souffrait d'une indigestion et se sentait trop mal pour revenir avec les autres. Entre-temps, l'un de nos bateaux l'a ramenée à Cannes.

— Angela Delpierre, dis-je. Qui est-ce ?

— C'est une artiste. Portraitiste quasi officielle du gratin. En tant que telle, elle jouit d'une réputation internationale et je m'étonne que vous n'ayez jamais entendu prononcer son nom.

— Mariée ?

— Non. Elle a trente-quatre ans et vit seule. Une femme de tête. J'ai eu un entretien avec elle ce matin même et je ne puis que vous suggérer de lui demander rendez-vous. Elle sait beaucoup de choses et connaît à peu près tout le monde. Les fortunes carrées séculaires et les nouveaux riches ; les snobs et les blasés ; tout ce qui a un nom et tout ce qui voudrait en avoir un.

— Où habite-t-elle ? »

Il me donna son adresse et son numéro de téléphone. Je les transcrivis dans mon agenda. Puis je lui dis que je l'appellerais le lendemain matin et qu'il pouvait, de son côté, me joindre au Majestic s'il y avait du nouveau.

8

La nuit était tombée mais il faisait toujours très chaud. Je rejoignis l'hôtel à pied, longeant la Croisette côté mer. Je transpirais à grosses gouttes bien que j'eusse retiré ma veste. La Croisette était illuminée et les feux des bateaux croisant au large ponctuaient la mer.

La plage était déserte. Je m'arrêtai un instant, contemplant les vagues qui déferlaient doucement sur le sable. Un vieil homme m'adressa la parole. Je ne compris pas tout de suite ce qu'il voulait puis je réalisai qu'il me demandait l'aumône. Je lui donnai dix francs et il déclara qu'il prierait pour moi. Tandis qu'il s'éloignait discrètement, je me disais que ça ne pouvait pas faire de mal. Dix francs. Cinq marks. En définitive ce n'était pas payer cher un tel service — surtout dans ma situation. Après tout, j'aurais pu me fendre davantage...

Un flot ininterrompu de voitures défilait dans les deux sens. Triple file sur chaque côté de l'avenue. Un nombre important de voitures de grand luxe. Je continuai mon chemin, songeant à ces super-riches dont Lacrosse m'avait donné la liste, me demandant ce que cela pouvait signifier : être riche à ne pas savoir que faire de ses richesses. Je ne parvins pas à me faire une idée là-dessus. Décidément, Lacrosse avait raison. Pas facile de se mettre dans la peau de ces gens-là. De nouveau, je fus abordé par un homme. Mais cette fois, il ne s'agissait que de me demander du feu. L'homme était jeune, très vigoureux. Portait un complet blanc, une chemise bleue et une cravate blanche.

A la flamme du briquet, je distinguai très nettement son visage. Un visage souriant, un peu trop même, les traits délicats, presque féminins. La flamme s'éteignit. L'inconnu me remercia et je poursuivis mon chemin avec, dès lors, le sentiment très net d'être filé. Deux ou trois fois, je me retournai brusquement mais il n'y avait personne derrière moi. Et pourtant, j'en étais sûr : j'étais suivi. Peut-être de loin, par quelqu'un qui progressait de l'autre côté de la Croisette, mais suivi en tout cas. Et je ne pouvais pas me tromper. Dans ma profession on acquiert rapidement le sens de ces choses. J'atteignis enfin le Majestic et traversai alors la Croisette. Dans la cour de l'hôtel, une file de grosses voitures au pas attendait de déverser son flot de messieurs en smoking blanc et de dames en tenue de soirée.

« Que se passe-t-il ? m'enquis-je auprès du groom.

— Un gala, monsieur. »

A peine si je réussis à me frayer un passage à travers le hall encombré de monde. Oui, il y avait vraiment de belles femmes à Cannes. Et les riches messieurs qui les sortaient ne lésinaient réellement pas sur la dépense pour les rendre plus éclatantes encore. Elles étaient couvertes de bijoux, mais littéralement couvertes. Jamais encore je n'avais vu aussi fabuleuse exposition de joyaux et de parures. Flonflons d'orchestres en provenance de la grande salle à manger et du bar. J'entrai dans l'ascenseur et montai au cinquième. Au moment où j'ouvrais la porte de mon appartement, le téléphone se mit à sonner. Je filai au salon et décrochai.

« Lucas », dis-je en desserrant d'une main le nœud de ma cravate.

« Ecoute-moi bien, merdeux, dit une voix d'homme à l'autre bout du fil. Ne fourre pas ton nez là-dedans, compris ? Si tu n'as pas quitté Cannes demain à midi, on te descend. Attention ! Il n'y aura pas de second avertissement.

— Qui... » commençai-je. Mais déjà, on avait raccroché.

Le type avait parlé d'une voix contrefaite, mais en allemand et sans le moindre accent. Ainsi donc, je ne m'étais pas trompé. On m'avait suivi. Je m'assis dans l'inconfortable fauteuil Louis XV planté à côté du guéridon sur lequel reposait le téléphone. Je délaçai mes chaussures car j'avais mal aux pieds. Le salon était entièrement meublé en Louis XV et peint en blanc et or. La chambre à coucher, elle, était tapissée en rouge et blanc. La salle de bains carrelée en noir. Je laissai errer mon regard sur les boiseries du salon. Cet appel téléphonique me laissait somme toute assez froid. J'étais habitué à ce genre de choses. Plus d'une fois on m'avait menacé. A Rio, à Los Angeles, à Ankara. Et encore tout récemment, à Hong-Kong. Voilà en tout cas qui semblait aller à l'encontre de la théorie de mon chef selon laquelle Herbert Hellmann s'était suicidé.

Je me fis couler un bain et me déshabillai. J'avais très chaud malgré le conditionnement d'air et je croquai deux dragées pour parer à toute éventualité. Puis j'appelai le central de l'hôtel et demandai le numéro d'Angela Delpierre.

Elle décrocha dès la première sonnerie.

« Allô ?

— Madame Delpierre ?

— Oui, qui est à l'appareil ? » La voix était posée, légèrement rauque.

« Mon nom est Robert Lucas. J'arrive d'Allemagne. Excusez-moi de vous appeler à cette heure. J'espère que je ne vous dérange pas trop.

— Non, pas du tout. De quoi s'agit-il ? »

Je le lui expliquai brièvement et la priai de bien vouloir m'accorder un rendez-vous.

« Volontiers, monsieur Lucas. Si cela peut faciliter votre travail.

— M. Lacrosse m'a dit que vous parliez couramment l'allemand. »

Il y eut un silence.

« Madame...

— Oui.

— J'ai dit...

— J'ai bien entendu. Oui, je parle allemand. C'est exact. Mais enfin... J'aime autant ne pas faire usage de cette langue. Et puisque vous parlez vous-même français...

— Certainement, madame. Quand pourriez-vous me recevoir ?

— Attendez un peu... Demain matin à dix heures j'ai quelqu'un... » Tandis qu'elle parlait, il me semblait entendre une lointaine voix d'homme. La télévision peut-être. « Neuf heures, cela vous irait ?

— Oui, c'est parfait.

— Vous connaissez l'adresse ?

— Résidence Cléopâtre, avenue de Montrouge, bloc A, quatrième étage.

— Très bien, monsieur. Je vous attendrai à neuf heures. Passez une agréable soirée.

— Je vous souhaite, moi aussi, une excellente soirée, madame », dis-je. Mais elle avait déjà raccroché.

Je raccrochai à mon tour et restai assis tout nu sur la chaise Louis XV, contemplant mes orteils et me demandant qui, avant cette personne, avait eu le bon goût de me souhaiter une agréable soirée. Qui et quand ? J'eus beau me triturer la cervelle, je ne trouvai pas. Si jamais quelqu'un avait émis un tel souhait, cela devait remonter à pas mal de temps. Je me rappelai brusquement que mon bain coulait et bondis de ma chaise. La baignoire était presque pleine. Je m'y prélassai un bon moment puis je pris une douche froide. Je vidai ensuite mes valises et rangeai linge et vêtements dans les placards de la chambre à coucher. Je mis de côté le code télégraphique et mes papiers. Il me faudrait mettre ces documents à l'abri. Je demandai à la réception que le dîner me soit servi dans ma chambre car le gala avait attiré une foule de monde et j'avais plutôt envie d'être seul. La cuisine était excellente mais je mangeai peu. Quand le serveur eut débarrassé, je me rendis dans la chambre à coucher et m'étendis sur le lit, en robe de chambre. Les mains derrière la nuque, je songeai à Louis Lacrosse et à la crainte que lui inspirait cette confrontation soudaine avec le monde des puissants. Ne pas leur marcher trop fort sur les pieds, sinon... A vrai dire, je n'en menais pas large non plus.

Le téléphone sonna à côté du lit et dans le salon. Je décrochai.

« Oui ?

— Bonsoir, monsieur Lucas », dit une voix féminine. Un court instant il me sembla que c'était Angela Delpierre. Mais non, je ne connaissais pas cette voix. « Je crois avoir quelque chose d'intéressant à vous raconter.

— Qui êtes-vous ?

— Qu'importe mon identité. J'ai quelque chose à vendre. Quelque chose qui devrait vous intéresser.

— Quoi donc ?

— La vérité.

— La vérité ? A quel sujet ?

— Vous le savez bien, monsieur.

— Je n'en ai pas la moindre idée.

— Qu'êtes-vous venu faire à Cannes ? La vérité que vous cherchez, je puis vous la vendre.

— D'où appelez-vous ?

— Ah, quand même ! Du hall de l'hôtel. Est-ce que vous descendrez ?

— Oui, dis-je. Mais comment vous trouverai-je ?

— Je serai assise au bar. J'ai des cheveux noirs, une robe noire largement décolletée dans le dos. Je jouerai avec une rose rouge. »

9

Je m'habillai à la hâte et descendis dans le hall, mes papiers et le code télégraphique sous le bras. A la réception, je demandai à louer un coffre. On me conduisit dans une petite pièce. Je déposai mes documents dans le casier qui m'avait été attribué. On me donna une clé et je dus signer un reçu.

Je traversai ensuite deux grandes salles où l'on dansait. Dehors, les chauffeurs des invités bavardaient par petits groupes. Le bar était bondé. Lumière tamisée, musique douce jouée en trio. A une extrémité du bar, une femme en robe noire largement décolletée dans le dos. Je m'approchai. Elle avait une rose rouge à la main. Le trio jouait un air connu. Dans mon métier, on apprend à juger les gens à leur mine et cela ne veut pas dire forcément que l'on se fie aux apparences. Cette personne essayait de se faire passer pour une femme du monde. Mais en vain. Demi-mondaine, tout au plus...

Je me plantai à côté d'elle.

« Hello ! dis-je.

— Hello ! » dit la femme à la rose. La trentaine environ et présentant assez bien. Assez bien mais pas plus. Quand elle riait, on voyait ses dents gâtées. Aussi parlait-elle du bout des lèvres et souriait-elle d'un sourire contraint, s'efforçant de dissimuler autant que possible ce défaut. Je m'assis sur le tabouret inoccupé à sa droite et lui demandai si elle voulait boire quelque chose. Elle déclara qu'elle prendrait un whisky *on the rocks* et j'en commandai deux.

« A la vérité ! dit-elle en levant son verre.

— A votre aise », dis-je. Nous bûmes tous deux. Le tabouret à ma droite se libéra. L'homme qui l'occupait fut aussitôt remplacé par un personnage en smoking qui commanda une demi-bouteille de champagne. Je le dévisageai furtivement. C'était un type d'une cinquantaine d'années, grand, maigre, les cheveux blonds clairsemés, la tempe gauche barrée d'une cicatrice.

« Mais dites-moi, comment vous appelez-vous ?

— Nicole Monnier, dit la femme à la rose.

— Comment saviez-vous que j'habitais ici ?

— C'est un ami qui me l'a dit.

— Un ami ? Hum !

— Que voulez-vous dire par un ami, hum ?

— Laissons cela, voulez-vous ? » J'étais assez agacé d'un seul coup, ayant brusquement acquis la quasi-certitude que cette personne n'avait rien à vendre qui pût m'intéresser.

Whenever we kiss, I worry and wonder, jouait maintenant le trio.

« Ainsi donc, vous voulez me vendre la vérité ?

— Oui, dit Nicole Monnier.

— Combien ? demandai-je.

— La vérité vaut son pesant d'or, dit-elle. Attendez-vous à la payer cher.

— Assez d'énigmes, je vous prie ! Combien ? » J'étais d'abord absolument certain d'être descendu pour rien, mais maintenant je n'en étais plus certain du tout.

« Le prix reste à débattre, dit-elle. De toute façon, il se situera bien en dessous de la somme que votre compagnie va devoir débourser. Quinze millions de marks, n'est-ce pas ?

— Comment savez-vous...

— Pssst », fit-elle avec un léger signe de tête.

Je me retournai et entrai en collision avec le grand maigre qui venait de commander du champagne.

« Nous ne parlons sans doute pas assez fort pour vous ? lui lançai-je assez brusquement.

— Oh vous, dit-il d'une voix douce, foutez-moi la paix, vous voulez bien ! »

Je me retournai vers Nicole Monnier.

« Nous ne pouvons pas parler ici, dit-elle à voix basse. Nous serons plus tranquilles chez moi.

— Quand voulez-vous ?

— Je vais filer maintenant. Restez encore ici une heure. Ensuite, prenez un taxi. J'ai une carte de visite sous ma main. Mettez votre main sur la mienne. ›

Je fis ce qu'elle me demandait. Elle retira sa main et descendit du tabouret. Je la saluai d'un signe de tête et elle se dirigea vers la sortie, suivie des yeux par le grand maigre à la cicatrice. Je commandai un autre whisky après avoir fourré la carte dans ma poche. Je consultai ma montre. Onze heures moins le quart. J'allumai une cigarette sans même y penser, pivotai légèrement sur mon tabouret et suivis des yeux les danseurs. Au bout d'un quart d'heure environ, le grand type à la cicatrice quitta le bar.

Ici également, presque tous les hommes étaient en smoking. Je restai là à siroter mon whisky. Je fumai encore deux cigarettes, observant les danseurs, écoutant la musique douce jouée par le trio. Je me sentais très à l'aise. Je commandai un troisième whisky et me surpris à songer que j'aurais bien voulu vivre une nouvelle fois ma vie : être jeune et en bonne santé. Le trio joua *Moonglow,* un air tiré du film *Picnic* et je songeai au yacht de feu Hellmann : le *Moonglow* qui avait explosé en pleine mer. C'était un peu comme si l'orchestre avait joué une musique funèbre à la mémoire des douze personnes qui avaient sauté avec le bateau. Douze personnes, douze morts dont on ne savait pas s'il fallait les compter au nombre des honnêtes gens. Les hommes d'équipage sûrement, mais Hellmann ? Mais ses quatre invités ? Honnêtes gens ? Canailles ? Canailles richissimes en tout cas. Je commandai un quatrième whisky et cessai aussitôt de me poser des questions oiseuses pour consacrer toute mon attention à la boisson qu'on venait de me servir. Le whisky. Une boisson délectable oui. Un vrai nectar.

10

« Avenue Bernard, dis-je au chauffeur de taxi. Résidence de Paris, bloc C.

— Entendu, monsieur. › La grosse Chevrolet démarra aussitôt. Il était juste minuit moins le quart. Hormis le nom et l'adresse, la carte de visite de Nicole Monnier mentionnait le quartier : le Petit-Juas.

Le taxi remonta la Croisette jusqu'à la rue des Serbes dans laquelle il s'engagea. Je fis de mon mieux pour déchiffrer les noms des rues au passage car j'aime bien connaître très vite et le mieux possible les villes où je suis appelé à séjourner, serait-ce pour une période de courte durée. Le taxi croisa la rue d'Antibes et longea la vieille gare centrale de Cannes. Il obliqua ensuite vers le nord en prenant par le large boulevard Carnot. On atteignit la place où se trouve la caserne des pompiers et on tourna deux fois à gauche, d'abord dans l'avenue Saint-Jean puis dans l'avenue Bernard.

On se trouvait dans l'un de ces quartiers luxueux qui s'étendent à la périphérie et en surplomb du vieux Cannes. La « Résidence de Paris », comme bon nombre de ces grands ensembles, était édifiée dans un vaste parc. Le chauffeur stoppa devant le bloc C. Il y avait là un parking où il put aisément faire demi-tour pour repartir dans l'autre sens après que j'eus réglé la course. La lune éclairait la façade du grand immeuble et le parc planté de cèdres, de cyprès et de palmiers. En contrebas, la ville de Cannes et ses lumières innombrables, le vieux port et, plus loin, la mer, elle aussi ponctuée de feux. L'air était plus frais maintenant. Je respirai profondément. Longeant le bord d'une piscine, je progressai vers le bloc C. J'y étais presque arrivé lorsque je vis les deux types. Ils étaient planqués derrière un palmier. Je n'eus pas le temps de battre en retraite que déjà ils étaient sur moi. L'un des deux me retourna les bras dans le dos, m'immobilisant complètement pendant que l'autre me fourrait un chiffon mouillé dans la bouche. Je le reconnus aussitôt : c'était l'homme un peu trop souriant, aux traits un peu trop délicats, qui m'avait demandé du feu sur la Croisette. Il se mit à me cogner dessus sans que je fusse capable d'émettre le moindre son avec ce maudit torchon enfoncé dans la bouche. Il frappa de toutes ses forces, me défonçant les côtes, puis l'estomac, puis le bas-ventre. Les deux types étaient pressés. Le parc était désert mais quelqu'un pouvait survenir à tout moment. Le mignon qui était en train de m'assaisonner se mit à transpirer. Moi aussi. J'eus l'impression que mon ventre allait éclater et mes tripes se répandre par terre. Ils ne mirent probablement pas trois minutes pour arriver au bout de leurs peines. Je perdis connaissance.

II

Quand je revins à moi, j'étais couché dans l'herbe, sur le dos. Je sentis aussitôt mon estomac se soulever. J'arrachai le chiffon de ma bouche et vomis abondamment. Je tentai ensuite de me redresser mais mes genoux refusèrent de me porter. Je rampai jusqu'à un coin de la piscine où un filet d'eau coulait d'un robinet. Je me rinçai la bouche puis je laissai couler l'eau sur ma tête en respirant à petits coups. J'avais atrocement mal partout et j'eus l'impression que j'allais m'évanouir de nouveau. Je m'assis dans l'herbe. A l'exception d'un mouchoir et de quatre billets de dix francs, mes poches avaient été vidées et retournées. Je m'essuyai la figure et me levai. Je retombai aussitôt par terre. Je fis une autre tentative. La troisième fois, je réussis à me tenir debout tant bien que mal. Les mains sur le ventre, je m'approchai en vacillant du bloc C. J'avançai en tâtonnant le long de la façade blanche. J'atteignis enfin l'entrée. La porte vitrée était ouverte et la lumière allumée dans le hall. Je gagnai l'ascenseur et montai au sixième. Un couloir... Trois portes. Appartement 612, je me souvenais du numéro porté sur la carte de Nicole Monnier. C'était là. Pas de nom sur la porte. Je sonnai. Rien. Je sonnai encore. Rien. Je sonnai une troisième fois et ne lâchai plus le bouton. Au bout de deux minutes, une voix d'homme excédée se fit entendre de l'autre côté de la porte. L'homme gueula quelque chose. La porte s'ouvrit brutalement. Et comme j'étais appuyé contre, je boulai littéralement à l'intérieur de l'appartement et me retrouvai face au canon d'un pistolet tenu par un type d'une quarantaine d'années, grand, mince, le cheveu rare, habillé d'un pyjama blanc rayé de bleu.

« Saligaud », dit l'homme en m'enfonçant brutalement le canon de son arme dans l'estomac. Il était très vigoureux et je tombai le dos contre la cloison de l'entrée. Tandis que je me retenais à la cloison, les genoux tremblants, à deux doigts de m'effondrer, l'homme me regardait d'un air sceptique.

« Rangez donc ce machin-là », dis-je car le pistolet était toujours braqué sur mon ventre.

« Vous ne savez sans doute pas que l'immeuble est cambriolé une nuit sur deux, dit l'homme au pyjama. Vous comprendrez donc que les gens, ici, soient plutôt méfiants.

— Vous avez déjà vu un cambrioleur sonner ? demandai-je.

— Vous pourriez avoir des complices. Sonner pour créer une diversion et leur permettre de descendre par le toit sur le balcon... » Il se retourna brusquement. Mais rien ne bougeait côté balcon. De nouveau, il me dévisagea.

« Et la porte, c'est vous ou moi qui l'avez ouverte ? m'enquis-je.

— Bon, bon, vous n'êtes pas un cambrioleur. Mais alors ? Vous êtes saoul ?

— Non.

— Défoncé ?

— Pas davantage.

— Et l'état dans lequel vous êtes ? Sale et mouillé. Qu'est-ce qui vous arrive ?

— Deux types m'ont malmené, là, juste à l'entrée de l'immeuble.

— Quand ? »

Je regardai ma montre.

Il était une heure cinq.

« Il y a un quart d'heure peut-être. Non, une demi-heure. Attendez... » Mes genoux me lâchèrent, je glissai doucement le long du mur.

« Je vais appeler la police...

— Non.

— Si ! La police doit faire un constat !

— Et après ? dis-je. Mes agresseurs ont disparu depuis longtemps et ça ne servira donc strictement à rien. Donnez-moi plutôt quelque chose à boire.

— Cognac ?

— Oui. »

Il disparut et revint avec un grand verre à pied à moitié plein de cognac. Je bus une rasade et me sentis horriblement mal. Je vidai aussitôt le verre et la nausée se dissipa. Je réussis à me redresser.

« Ce n'est tout de même pas par hasard que vous avez sonné chez moi, lit l'homme au pyjama. Je m'appelle Alain Danon. Que me voulez-vous ? »

Il me regarda. J'omis de décliner mon identité et déclarai : « Je cherche Mlle Nicole Monnier.

— Qui ça ?

— Mlle Nicole Monnier. Elle habite ici.

— Je vous demande bien pardon. C'est moi qui habite ici. Comment dites-vous ? Monnier ? Jamais entendu ce nom.

— Elle m'a pourtant donné sa carte de visite avec toutes les indications Bloc C, sixième étage, appartement 612. Normalement, elle devait m'attendre ici. Nous sommes bien au 612, non ?

— Oui. Mais cette demoiselle ne vous attend pas.

— Mais puisque je vous dis que l'adresse était sur la carte.

— Faites voir.

— Je ne l'ai plus. Mes agresseurs m'ont vidé les poches.

— Ecoutez...

— Je vous en donne ma parole. Ils m'ont littéralement plumé, hormis un mouchoir et quatre billets de dix francs.

— Vous êtes étranger ? Allemand ?

— Oui.

— Et qu'est-ce qu'elle vous voulait cette demoiselle... Comment disiez-vous déjà ?

— Monnier.

— Oui, Monnier. Alors ?

— Elle voulait me vendre quelque chose.

— Quoi donc ?

— La vérité.

— Quelle vérité ?

— Je n'en sais rien. »

De nouveau, il me dévisagea d'un air méfiant.

« Ecoutez, je ne comprends rien à ce que vous me racontez. D'ailleurs, je ne vous crois pas. Et apparemment, de votre côté, vous ne me croyez pas. Je vais donc vous faire visiter les lieux. Vous vous rendrez compte que la personne dont vous me parlez n'habite pas ici. Ça vous va ? »

J'acquiesçai et il me conduisit à travers tout l'appartement. Il était très vaste et luxueusement installé. Il y avait deux chambres à coucher. Dans l'une des deux, cloisons et plafond étaient habillés de miroirs. Une cordelette qui pendait au-dessus du lit à moitié défait permettait de régler le miroir du plafond. Il me fit tout visiter, y compris la cuisine et les deux W.-C.

« Alors ? Vous êtes content maintenant ? Est-ce que je peux aller me recoucher ? Je dois sortir très tôt demain matin.

— Je ne comprends vraiment pas...

— Il se peut que vous soyez un type réglo. Mais dans ce cas, vous vous êtes fait posséder. Un piège, cela tombe sous le sens. Elle vous a donné rendez-vous ici. Et c'est ici que vous vous êtes fait étriper et détrousser, non ?

— Hum.

— Pour moi, c'est très clair, non ? Vous auriez intérêt à vous montrer plus prudent à l'avenir.

— Voudriez-vous m'appeler un taxi ?

— Bien sûr. » Il s'exécuta. « Cinq minutes », dit-il après avoir raccroché.

Il écarta les lourds rideaux qui dissimulaient une grande baie vitrée. A nos pieds, les lumières de la ville et les feux des bateaux sur la mer.

« Un panorama magnifique, non ? J'habite ici depuis huit ans et je peux vous dire que je ne me lasse pas de ce point de vue. Une ville magnifique. Mais dangereuse. Comme vous avez pu vous en rendre compte.

— Oui.

— L'argent, dit Danon. Songez aux milliards qui affluent ici. A tous les magnats de la finance et de l'industrie que Cannes reçoit tout au long de l'année. Pas étonnant qu'il y ait une telle criminalité. » Il s'empara d'un journal qui traînait sur une petite table : *Nice-Matin*. « Tenez. Tous les jours plusieurs colonnes de faits divers. Cambriolages. Vols de voitures. Agressions. Hold-up. Deux pages pleines chaque jour. Et pourtant, c'est la plus belle ville du monde. Une sorte de paradis à mes yeux. Est-ce que vous comprenez cela ?

— Je le comprends fort bien, dis-je. Il ne me reste plus qu'à vous prier de m'excuser. Je vais descendre maintenant. Le taxi ne va sûrement pas tarder.

— Un petit cognac avant de partir ?

— Non merci », dis-je en me dirigeant vers la porte. Danon me proposa obligeamment de m'accompagner jusqu'en bas. Je l'en dissuadai. L'ascenseur glissa jusqu'au rez-de-chaussée. Le taxi m'attendait déjà.

« Majestic, dis-je.

— D'accord, chef », fit le chauffeur.

A l'hôtel le gala battait toujours son plein.

Je me rendis à la réception et demandai la clé de ma chambre : « Ça va durer jusqu'à quelle heure ?

— Oh, jusqu'à trois, quatre heures je pense, déclara le portier. Est-ce que vous voulez la clé de votre coffre, monsieur Lucas ?

— Non, dis-je. Gardez-la.

— Comme il vous plaira, monsieur. »

Avant de quitter l'hôtel, j'avais déposé la quasi-totalité de l'argent que j'avais sur moi ainsi que mon passeport dans le coffre de l'hôtel et j'avais confié la clé au portier. Il y a certains réflexes que l'on acquiert rapidement quand on exerce une profession comme la mienne. Ou alors, on ne fait pas de vieux os. Je donnai vingt francs de pourboire au portier et montai dans mon appartement. Je me déshabillai. Mon corps était couvert de marques de coups. C'est demain que ça va être joli, me dis-je. Je pris une douche et me couchai. Par la fenêtre ouverte, je vis les raies lumineuses sillonnant l'Esterel et les feux des bateaux sur la mer. Des feux rouges, verts et bleus.

La musique lointaine d'un orchestre de danse me parvint.

Je restai un moment couché sur le dos à réfléchir. Je songeai à la rose rouge avec laquelle Nicole Monnier jouait pendant que nous étions assis au bar. Dans l'appartement d'Alain Danon aussi, il y avait une rose rouge. Sur un guéridon, dans la chambre à coucher aux murs et au plafond garnis de miroirs. Mais évidemment, cela ne voulait pas dire grand-chose.

12

« M. Lucas ? » dit la jeune femme qui me faisait face. Elle était presque aussi grande que moi ; des cheveux roux, des yeux bruns avec de longs cils, un visage ovale, une bouche grande et bien dessinée. Elle portait un short et un chemisier noué par-dessous les seins. Mince avec de longues jambes et une peau très bronzée. Elle sourit, découvrant une rangée de dents parfaites. Bizarrement, il restait une ombre de tristesse dans ses yeux, même quand elle souriait. Ce fut le détail qui me frappa le plus la première fois que je vis Angela Delpierre.

« Je ne vous ennuierai pas longtemps, dis-je en pénétrant dans l'entrée. Je voudrais simplement vous poser quelques questions.

— Vous avez une heure, monsieur Lucas. Comme je vous l'ai dit, j'ai quelqu'un à dix heures. Mon Dieu, mais vous êtes en nage ! Faites-moi le plaisir d'enlever votre veste. La cravate aussi. C'est un accessoire désagréable par cette chaleur.

— Je n'ai pas pris les vêtements appropriés au climat de Cannes, dis-je en m'exécutant. Elle accrocha la veste et la cravate à un cintre.

— Nous allons nous installer sur la terrasse. Il y fait plus frais. » Elle me précéda. Nous passâmes à côté de l'atelier dont la porte était grande ouverte. Je vis plusieurs chevalets et des tableaux partout. Puis on franchit le salon, une très grande pièce avec une bibliothèque encastrée couvrant tout un mur. Mobilier et décoration modernes. En face de la bibliothèque, une vitrine avec au moins cinquante éléphants sculptés dans des matériaux divers. Je m'arrêtai un bref instant. Il y avait notamment un minuscule éléphant d'ébène qui me fit penser à une pièce de ma propre collection. Mais je ne m'attardai pas car Angela Delpierre avait pris de l'avant et m'attendait à l'autre bout de la pièce, non loin d'une table supportant un grand téléviseur. Nous passâmes dans le jardin d'hiver. Il y avait de nombreuses fleurs en pots et un second téléviseur. Angela Delpierre remarqua mon regard.

« Il y en a un troisième dans la cuisine, dit-elle. Je suis une fan de la télé, vous savez. Je la regarde sans la regarder. J'aime la présence d'une image animée là où je me tiens. D'ailleurs, il y a un quatrième poste dans mon atelier. Un peu fou, non ? »

Nous sortîmes sur la terrasse et je respirai profondément. Cette terrasse était immense et courait sur deux fronts le long de l'appartement. Il y avait des sièges en osier et une balancelle. Le sol était carrelé avec des dalles bleues et blanches et la rambarde qui la bordait était à peine visible sous les rosiers grimpants plantés dans de grands bacs en terre. Angela Delpierre remarqua de nouveau mon regard. « Vous savez, j'adore les fleurs et je leur consacre d'ailleurs l'essentiel de mes loisirs. Mais dites-moi, que puis-je vous offrir à boire. Un jus de fruit ? Ou plutôt un tonic ? Ou un Bitter Lemon ?

— Un Bitter Lemon, ce serait parfait.

— Un moment », dit-elle, et elle disparut nu-pieds à l'intérieur de l'appartement.

Je m'approchai de la balustrade d'où le regard plongeait directement sur la mer. Juste au-dessous de moi, la grande baie de Cannes. Je vis le vieux port et, plus à gauche, un second port où de nombreux gros yachts étaient ancrés. La ville paraissait toute blanche sous la lumière crue du soleil. Un avion passa à quelque distance. Il volait très bas et cependant, c'est à peine si l'on entendait le bruit des réacteurs.

« A gauche, vous voyez Port-Canto, dit la voix d'Angela derrière moi. Plus loin, c'est Palm Beach. »

Je me retournai. Angela me tendit un verre.

« Votre Bitter Lemon. Avec de la glace et du citron. Cela vous convient ?

— Parfaitement. »

Elle buvait un jus de pamplemousse. « Tenez, dit-elle, prenez donc place sur la balancelle. Vous y serez à l'ombre. » Elle s'installa sur un siège en rotin, juste en face de moi, en plein soleil. « Et maintenant, monsieur Lucas, que puis-je pour vous ?

— Me parler d'Herbert Hellmann.

— D'accord. Mais ne vous faites pas trop d'illusions. Je ne sais pas grand-chose de lui. » Elle me lança un sourire. De petites rides se formèrent sur les bords extérieurs de ses yeux. « C'est sa sœur qui me l'a présenté. J'ai fait leur portrait à tous deux. D'abord celui de la sœur. Le portrait de M. Hellmann est resté longtemps inachevé. Quand il est arrivé à Cannes, la semaine dernière, il est venu me voir afin que j'y mette la dernière main. Trois fois en tout. Deux heures par séance. Le tableau est maintenant prêt. Mais M. Hellmann est mort. Il va falloir que j'appelle sa sœur un de ces jours pour lui en parler.

— Est-ce que je pourrais voir ce portrait ?

— Mais bien sûr. Elle se leva et me précéda dans l'appartement. Sa démarche avait quelque chose d'aérien. L'atelier était spacieux. Il y avait au moins une douzaine de toiles en cours. Blouses blanches tachées de couleurs, palettes, tubes de peinture, boîtes de pinceaux, flacons d'essence de térébenthine, toiles vierges empilées sur une table. Elle me conduisit vers un portrait sans cadre posé contre le mur dans un angle de la pièce. « Le voilà. »

Je considérai attentivement le tableau. Le portrait ne montrait que la tête d'Hellmann. Si Angela Delpierre ne flattait pas ses clients — et d'après ce que je savais et voyais, ce n'était pas son genre — le banquier Hellmann pouvait se féliciter de sa bonne mine. Une physionomie non dénuée de noblesse, le front haut et bombé, des yeux gris à l'expression chaleureuse, un sourire plein de bonté, les cheveux grisonnants légèrement ondulés.

« Pas mal, dis-je.

— Un vrai seigneur, oui. Angela Delpierre hésita un moment. Mais il faut bien admettre que la semaine dernière, il avait moins bonne mine. L'air contrarié, très nerveux. Constamment sur le qui-vive.

— Est-ce qu'il vous a donné l'impression d'avoir peur ?

— Ce n'est pas exclu. Je... je... Comment vous dire ? J'avais le sentiment qu'il venait ici essentiellement pour se détendre. Le portrait était devenu une sorte de prétexte. Il avait beaucoup d'affection pour moi. Et moi aussi. D'ailleurs, j'ai été plusieurs fois invitée à bord de son yacht. Comme... comme cette dernière fois.

— Et vous ne devez la vie qu'à une circonstance tout à fait fortuite, n'est-ce pas ?

— Oui, dit-elle. J'ai eu de la chance. Normalement, je devrais être morte moi aussi. Et qui sait si... » Elle s'interrompit.

« Que vouliez-vous dire ?

— Rien.

— Mais si !

— Non, monsieur Lucas ! Allons, venez ! Retournons sur la terrasse. »
Elle me précéda de nouveau et nous nous retrouvâmes dehors, moi sur la
balancelle, elle sur le siège en rotin.

« Le fait est qu'on le relançait jusqu'ici.

— Comment cela ?

— Au téléphone.

— Vous savez qui ?

— Des financiers, des hommes d'affaires, est-ce que je sais, moi ? Il
était question d'argent en tout cas. »

Je tirai de ma poche la liste de noms que m'avait confiée Louis Lacrosse
et la lui tendis.

« Est-ce que vous connaissez ces gens-là ? »

Elle dit : « Un moment. » Elle disparut dans le salon et revint aussitôt,
des lunettes à la main. Elle reprit place sur le fauteuil et chaussa les
lunettes. « Ma vue a baissé ces derniers temps, expliqua-t-elle. Je n'arrive
plus à lire sans lunettes. Conduire, oui. Et tout le reste aussi. Mais pas lire. »
Elle examina le papier. « A l'exception du couple Sargantana, je les connais tous. J'ai fait le portrait de John Kilwood. Celui des Fabiani et des
Tenedos aussi. Mais ce sont les Trabaud que je connais le mieux. Je suis
assez liée avec eux. Surtout avec Pasquale. » Elle enleva ses lunettes.
« Les Trabaud séjournent régulièrement tout l'été à Cannes. Le reste du
temps, ils habitent dans la région parisienne. Mais je ne saurais vous dire
qui appelait M. Hellmann. Je décrochais. On demandait M. Hellmann,
je lui passais la communication.

— Et les conversations étaient très animées ?

— Oh oui. Il s'énervait. Parfois même il devenait violent, ce qui n'était
pas son genre. Et après, il était très nerveux ou alors complètement abattu.
Mais il ne m'a pas dit de quoi il s'agissait. Et, bien entendu, je ne lui ai
pas posé de questions.

— Et vous vous rappelez quand M. Hellmann vous a rendu visite ?

— Il est venu trois jours d'affilée. La semaine dernière. Et puis il m'a
invitée à l'accompagner en Corse.

— Vous savez ce qu'il allait faire en Corse ?

— Il devait rencontrer des industriels à Ajaccio.

— Et les conversations téléphoniques ? En quelle langue étaient-elles ?

— En anglais.

— Vous parlez l'anglais ?

— Couramment.

— Puis-je vous demander de quoi il était question ? Ou bien n'étiez-vous pas présente ?

— Oh si, j'étais là ! Quand je faisais mine de me retirer, M. Hellmann lui-même me demandait de rester. Mais vous savez, le fait d'assister à ces entretiens ne m'a guère éclairée. Tout ce que je puis vous dire, c'est qu'il était question de délais et de quelque chose à quoi M. Hellmann tenait par-dessus tout. Quoi ? Je n'en sais rien. Il y a un mot cependant qui m'a frappée parce qu'il revenait tout le temps — et c'est le mot *cover*. Ou plutôt, non, il y avait deux mots : *cover* et *coverage*.

— *Cover,* répétai-je. *Coverage,* hum.

— Attendez, dit Angela Delpierre, je vais chercher un dictionnaire... » Elle disparut dans l'appartement et revint avec un gros volume. « Voilà : *Cover* : tapis, dessus, fourreau, bâche. Ensuite : enveloppe, abri, voile, provision, marge, garantie, couverture... » Elle releva la tête. « Vous pensez que cela peut vous avancer ?

— Peut-être. Voulez-vous continuer ?

— *To cover* : couvrir quelqu'un. Viser, franchir, rapporter, traiter... Voyons... *Covered court, covered wire, cover girl...*

— Oui, nous avons dépassé le problème.

— Sûrement. Mais alors quoi ? *Cover, coverage,* ces mots revenaient tout le temps.

— Laissons cela pour le moment, vous voulez bien. »
Elle acquiesça.

« Et cette explosion, qu'est-ce que vous en pensez ? Accident ou crime ?

— Crime, dit-elle sans l'ombre d'une hésitation.

— Qu'est-ce qui vous fait dire cela ?

— M. Lacrosse m'a parlé d'une forte charge de dynamite. Et surtout, il y avait l'attitude de M. Hellmann.

— Vous pensez qu'il avait peur ?

— Oui, je crois. Il y avait la peur. Mais aussi la colère, l'amertume. Je dirais presque le désespoir.

— On pourrait donc admettre qu'il s'est suicidé ?

— Suicidé ! Avec onze personnes à bord ? Impossible. On voit bien que vous n'avez pas connu M. Hellmann. C'est parfaitement exclu ! »

Elle me lança un regard songeur, puis : « Je ne vous suis pas d'un grand secours, n'est-ce pas ?

— Oh si, madame ! »

Elle sourit. Je souris à mon tour, mais d'un sourire presque machinal. « *Cover,* dis-je.

— Et *coverage* », ajouta-t-elle.

Elle me tendit la liste que m'avait confiée Louis Lacrosse. « Je vous remercie d'avoir bien voulu me recevoir », dis-je en me levant. J'esquissai une légère courbette et, de nouveau, elle me sourit d'un air presque amusé. Nous traversâmes l'appartement jusque dans le petit hall et là, je remis ma cravate et ma veste. Tout cela sous le regard amusé d'Angela Delpierre.

« Eh bien... Au revoir, madame. » Je lui tendis la main. Elle ne bougea pas.

« Monsieur..., dit-elle d'une voix douce.

— Oui ? » Je me sentis soudain vaguement mal à l'aise.

« Monsieur Lucas, je voudrais vous demander quelque chose. Mais il ne faudra pas le prendre mal, n'est-ce pas ? Vous me le promettez ?

— Je vous le promets.

— Est-ce qu'il vous arrive de rire ? demanda Angela. Est-ce que vous savez rire ?

— Je... Je ne comprends pas...

— Riez pour voir », dit-elle.

J'éclatai d'un rire sonore et parfaitement contraint.

« Vous appelez cela rire ?

— Oui.

— Moi, non.

— Il n'est pas facile de rire sur commande...

— Oui, c'est vrai. Et je vous prie de m'excuser.

— Mais pas du tout ! Je vous comprends. Vous voulez parler de cette raideur toute germanique qui... que...

— Non, monsieur Lucas, ce n'est pas cela. C'est plutôt...

— Quoi donc, madame ?

— Ecoutez, monsieur Lucas, dit Angela. Vous pouvez décliner mon offre et me juger parfaitement incorrecte mais... mais je voudrais quand même vous le dire. Voyez-vous, je pense que... que...

— Allez-y, madame, ne vous gênez surtout pas !

— Eh bien, voilà, dit-elle sans hésiter davantage. Le fait est que votre tenue vestimentaire n'est pas appropriée au climat de Cannes. Je dois aller en ville cet après-midi pour acheter des tubes de peinture et chercher une robe chez ma couturière. Et comment vous dire... Je vous trouve sympathique, monsieur... très sympathique.

— C'est bien la première fois qu'on me dit une chose pareille.

— Je m'en doute.

— Vous vous en doutez ! Je... Euh...

— Ecoutez, monsieur Lucas. Est-ce que vous verriez un inconvénient à ce que je vous accompagne ? Vous achèteriez les vêtements qu'il vous faut et je vous tiendrai lieu de conseillère. Il faut une femme pour... Vous voyez ce que je veux dire, n'est-ce pas ?

— Oui, vous voulez dire que je suis mal fagoté, c'est cela, non ?

— Mal fagoté ! Ne dramatisons pas, monsieur Lucas, dit-elle. Disons que votre tenue démontre une certaine absence de sens pratique.

— Quoi qu'il en soit, madame, je me réjouis de votre proposition », dis-je. Et je sentis soudain mon cœur battre la chamade. « Ce sera vraiment avec joie. Mais à condition que nous déjeunions ensemble avant.

— Volontiers. Mais je vous préviens, j'ai un appétit féroce.

— Tant mieux ! Je vais retenir une table au Majestic.

— Laissez-moi plutôt retenir une table ailleurs, voulez-vous ?

— A quelle heure puis-je passer vous prendre ?

— Disons à une heure ?

— Fort bien. A une heure donc. Et je... Je me réjouis d'avance. Vraiment... Oui, oui, vraiment.

— Moi aussi, monsieur, déclara Angela Delpierre. Je vais appeler un taxi. La station est juste à côté. Le temps que vous arriviez en bas et il sera là, je pense. » Elle me tendit la main. Je jetai un dernier regard dans le salon, en direction de la vitrine et je déclarai, assez stupidement : « Vous savez, j'ai aussi une collection d'éléphants. Les vôtres me plaisent beaucoup. Surtout le petit, en ébène.

— Vous êtes un peu superstitieux, non ?

— Un peu ! Très superstitieux, madame, très !

— Moi aussi. » Elle ouvrit la porte de l'appartement. Je filai jusqu'à l'ascenseur et attendis la cabine. Comme elle tardait, je me retournai. Angela Delpierre attendait sur le seuil de sa porte. De nouveau, elle rit. De mon côté, je tentai de rire mais le résultat fut plutôt lamentable. Et soudain, je me sentis vraiment malheureux. Malheureux comme une pierre, et sans raison. La cabine arriva. J'y pénétrai. Elle leva la main en guise de salut. Je fis de même, mais trop tard car la porte de l'ascenseur s'était déjà refermée. Je poussai sur le bouton rez-de-chaussée et l'ascenseur glissa silencieusement vers le bas. L'une des cloisons de la cabine était revêtue d'un miroir. Je me regardai attentivement et, une fois encore, je tâchai de rire. Mon visage se déforma en une grimace plutôt lamentable. Décidément, Angela Delpierre devait avoir raison, je n'étais pas doué pour le rire.

13

« Un meurtre. » Basse et rauque était la voix de Hilde Hellmann. « Un meurtre barbare et répugnant ! »

Elle était assise, toute droite, dans un énorme lit à baldaquin. Sa chambre à coucher était plongée dans la pénombre. Je compris tout de suite pourquoi mon chef, Gustave Brandenburg et le Gotha international la connaissaient sous le nom de Hilde-Gros-Diams. A l'annulaire de sa main droite, grosse émeraude sur monture de platine ornée de diamants. Au poignet gauche, bracelet d'émeraude, également enrichi de diamants et au cou, le sautoir assorti. De ma vie, je n'avais vu chose pareille. Le sautoir était formé de huit éléments, chacun représentait une feuille dont le centre était occupé par une émeraude piriforme et dont toute la surface était ponctuée de brillants. Et pour compléter la panoplie, Hilde Hellmann portait des pendants d'oreilles : deux émeraudes d'une exceptionnelle grosseur couronnées de diamants. Il y en avait pour un bon paquet de millions. Et tout cela, dans son lit ! Ce lit qu'elle ne quittait jamais. Ce lit où elle trônait, blafarde, avec ses yeux d'albinos, sa perruque noire posée légèrement de travers et qui laissait entrevoir son crâne presque chauve, emmitouflée dans une liseuse vert pâle sous laquelle on distinguait les poignets en dentelle de sa chemise de nuit.

« Et quel meurtre ! » dit Hilde-Gros-Diams.

De la Californie, quartier où se trouvait situé l'appartement d'Angela Delpierre, je m'étais fait conduire d'abord chez Louis Lacrosse, au vieux port, puis au Majestic et enfin à l'extrême ouest de la ville, aux Vallergues, chez Hilde Hellmann.

Il m'avait suffi de prononcer le nom de Hilde Hellmann. Le chauffeur n'avait pas eu besoin de plus de renseignements. En cours de route, il m'avait expliqué que la villa avait appartenu autrefois à un prince russe en exil. La demeure de Hilde Hellmann était située au fond d'un immense parc entouré d'un haut mur au sommet duquel courait un fil électrifié pourvu d'un système d'alarme. Un portier en uniforme blanc avait surgi de sa maisonnette. Le chauffeur lui avait fait signe d'ouvrir, mais en vain.

Le portier était sorti par une petite grille attenante au portail et nous avait expliqué qu'aucune voiture n'était autorisée à pénétrer dans le parc et qu'il me fallait descendre. Il était alors onze heures moins dix. J'avais appelé la villa des Hellmann du bureau de Louis Lacrosse et l'on m'avait donné rendez-vous à onze heures. J'avais informé le petit Lacrosse, le matin même, au lever, avant de me rendre chez Angela Delpierre, de l'agression dont j'avais été victime la veille au soir et de ma rencontre avec Nicole Monnier et Alain Danon. Lacrosse m'avait promis de faire son possible pour tirer au clair cette énigme...

Il y avait une autre personne dans le bureau de Lacrosse. Un homme en pantalon et chemise beige, le cheveu noir, le visage buriné. C'était le capitaine Laurent Viale, expert chargé de l'enquête sur les causes de l'explosion survenue à bord du *Moonglow*. Viale devait avoir dans les trente-cinq ans. Les recherches effectuées par lui sur les lieux du drame prouvaient qu'il s'agissait d'un acte criminel. Ses hommes avaient retiré de la mer les débris d'une machine infernale. La charge de dynamite placée à bord du yacht de Hellmann était suffisamment puissante, d'après lui, pour faire sauter un gros paquebot. Viale espérait, sur la foi de certaines traces, pouvoir définir plus exactement la nature de la dynamite utilisée. Mais il nous faudrait patienter un peu. Le spectromètre de l'expert était cassé, il fallait attendre que Paris lui expédie un appareil de rechange. D'emblée, je trouvai Viale fort sympathique et je pensais que nous ferions sûrement du bon travail ensemble.

« Quand nous connaîtrons la composition précise de l'explosif, il ne sera pas très difficile de savoir d'où il provenait. Et cela risque de nous faire pas mal progresser », expliqua Viale.

De retour du laboratoire de la Direction des affaires maritimes où Viale m'avait montré les étagères pleines de vestiges repêchés sur les lieux du drame, j'avais aussitôt pressé le petit Louis Lacrosse.

« Alors ?

— Alors rien, avait-il dit. Danon a disparu.

— Disparu ? Qu'est-ce que ça veut dire ?

— Ça veut dire ce que ça veut dire. J'ai envoyé deux hommes à la Résidence de Paris. Comme personne ne répondait au 612, et que le concierge lui-même ne savait rien, ils ont forcé la porte. Personne. Danon avait décampé. Il manquait le linge, des costumes, plusieurs valises. Sa voiture n'était plus au garage. Il a dû filer dans la nuit. Nous avons donné son signalement à la gendarmerie et à la police de la route. Mais s'il est malin, il va se planquer et nous risquons fort de ne pas le retrouver de si tôt.

— Pourquoi diable a-t-il jugé bon de filer ?

— Pourquoi diable vous a-t-il dit que Nicole Monnier n'habitait pas là ?

— Elle habitait donc bien là ? » fis-je, surpris.

Lacrosse alluma une cigarette au mégot de la précédente.

« Les armoires et les placards sont pleins de robes, de linge et de chaussures de femme. Quant à l'appartement, il est loué à son nom.

— Et naturellement, elle a filé avec lui ?

— On peut le supposer, oui. Mais au fait, votre entrevue avec Mme Delpierre ? »

J'évoquai brièvement notre conversation.

« Rien de nouveau en somme.

— Que peuvent bien signifier les mots *Cover* et *Coverage* ?

— Pas la moindre idée, fit Louis Lacrosse.

— Couverture. Couvrir. Découvert. Hum, intervint Laurent Viale. Ce sont des termes bancaires, non ?

— Oui, déclarai-je. J'y ai songé moi aussi. Mais il nous faudrait plus de précisions. » Puis, m'adressant à Lacrosse : « Puis-je passer un coup de fil ?

— Mais bien sûr ! » fit Lacrosse. Et quand je pris congé de lui il fit la grimace : « Bonne chance chez Hilde-Gros-Diams. »

Je m'étais fait conduire au Majestic. J'avais retiré de l'argent de mon coffre et expédié un télégramme en code à Gustave Brandenburg. En clair, la formulation du télégramme brève et simple : « TOMBE CONSTAMMENT SUR TERMES " COVER " ET " COVERAGE " STOP AVEZ-VOUS INTERPRÉTATION PARTICULIÈRE ? » J'avais fait passer mon télégramme en mentionnant que c'était très urgent, puis j'étais allé, à bord du même taxi, chez Hilde Hellmann où le portier m'avait signifié qu'il était interdit de pénétrer dans le parc en voiture...

Je m'exécutai. Je réglai ma course. Le portier en uniforme blanc me fit entrer dans le parc par la petite grille et il me fallut attendre pendant qu'il téléphonait pour annoncer mon arrivée.

« On va venir vous prendre », déclara-t-il. Quelques minutes plus tard, un véhicule des plus bizarres s'arrêtait devant la maisonnette et le chauffeur me priait de monter. C'était une sorte de jeep surmontée d'un toit en tissu de parasol monté sur quatre colonnes. A l'avant, il y avait la place du chauffeur. A l'arrière et à côté du siège du conducteur, trois chaises rembourrées dont les pieds étaient vissés au plancher du véhicule. Le chauffeur portait une livrée bleu ciel à boutons de cuivre et parements dorés. On s'enfonça dans le parc. Je consultai ma montre. La course dura cinq minutes et trente secondes. Par endroits la végétation était si dense qu'on avait l'impression de rouler dans un tunnel de verdure. Çà et là, des bancs, de gigantesques jarres et aussi des sculptures dont certaines très endommagées ou carrément brisées. On passa à côté d'une grande piscine sans eau. Enfin, on atteignit la villa, un vaste édifice de style colonial entouré de gazon et de plates-bandes fleuries.

Un large perron à colonnes prolongé par une terrasse pleine de bacs fleuris et de meubles de jardin en métal blanc, conduisait vers l'entrée de la villa. Le chauffeur en livrée disparut à bord de son étrange véhicule.

La porte s'ouvrit et un troisième domestique, en blanc comme le portier, me pria d'entrer.

« Veuillez me suivre, monsieur. »

Je lui emboîtai le pas et nous franchîmes un vaste hall dont le sol en marbre blanc était couvert de tapis persans. Aux murs, des tableaux : Rubens, Botticelli, le Greco, Vermeer de Delft ; et aussi de gigantesques tapisseries anciennes. Il y avait une foule de meubles. Les styles les plus disparates se côtoyaient — Renaissance, baroque, rococo — à telle enseigne qu'on avait un peu l'impression de visiter un magasin d'antiquités. Par terre, de grandes potiches avec des fleurs — toute la maison en était embaumée. Le domestique me conduisit au premier étage auquel on accédait par un imposant escalier de pierre qui menait à un long couloir donnant sur des chambres. Là encore, tableaux, potiches avec des fleurs, meubles anciens et aussi de nombreuses vitrines avec des sculptures en ivoire représentant essentiellement des animaux. Le couloir tourna à droite, on monta deux marches puis on en descendit trois après avoir tourné à gauche ; enfin le domestique s'arrêta devant une porte et frappa. Une femme de chambre ouvrit et me fit entrer dans un salon entièrement tapissé de bleu. On me pria de patienter un moment et on me laissa seul. Il y avait encore plus de fleurs dans ce salon que dans le reste de la maison, leur parfum était carrément obsédant et je fus pris d'un vague mal de tête. J'allumai une cigarette et m'approchai d'une table chargée de livres. Rien que des livres reliés en cuir avec des titres frappés à l'or fin : traités de botanique rédigés en latin. J'attendis. J'allumai une deuxième cigarette après avoir avalé deux dragées de Nitrosténon. J'étais en nage malgré l'air conditionné. Je consultai ma montre : onze heures vingt. A onze heures et demi, une porte s'ouvrit et je vis entrer un homme de trente-cinq ans environ, vêtu d'un complet beige d'excellente coupe.

« Seeberg », dit-il en s'avançant vers moi et en me tendant une main molle. « Paul Seeberg. Très heureux de faire votre connaissance, monsieur Lucas. Mme Hellmann va vous recevoir dans un instant. » Il m'adressa un aimable sourire mais son regard était d'une froideur glaciale. « Mme Hellmann est couchée — elle est encore sous le choc du terrible accident qui a emporté son frère. Vous comprenez, n'est-ce pas ?

— Oui, oui, je comprends fort bien.

— Je suis fondé de pouvoir de la banque Hellmann, déclara Seeberg.

Un ami de la famille pour ainsi dire. J'ai pris l'avion dès que la terrible nouvelle m'est parvenue. Mme Hellmann était effondrée. Elle aimait beaucoup son frère, comprenez-vous. Aussi vous demanderai-je de ne pas trop la fatiguer. Et surtout, de faire en sorte qu'elle ne s'énerve pas.

— Cela ne dépend pas de moi.

— Oh si, monsieur Lucas. Cela dépend de vous. Vous ne faites que votre devoir et je le comprends fort bien. Mais allez-y prudemment, n'est-ce pas ? Tâchez de ne pas raviver les plaies. »

Je haussai les épaules. Décidément, c'était la maison des parfums. Seeberg aussi embaumait. Bien que ce ne fût pas une question à poser, je jouai mon va-tout.

« Dites-moi. cher monsieur, quelle est donc votre eau de toilette ? »

Il eut l'air plutôt surpris mais n'en répondit pas moins : « Grès pour homme.

— Délicieux, fis-je.

— N'est-ce pas ? C'est une eau de toilette qu'on ne trouve qu'ici. » J'avais réussi à le flatter et j'en profitai pour en tirer avantage.

« Auriez-vous l'extrême obligeance de m'inscrire cela ?

— Mais bien volontiers. » Il tira de sa poche un stylo à bille et une carte de visite et inscrivit au dos : Grès pour homme, Paris.

Il me tendit la carte.

« Merci beaucoup.

— Mais je vous en prie ! »

La porte par laquelle il était entré s'ouvrit de nouveau, cédant le passage à une femme en blouse blanche, yeux et cheveux noirs, non pas grosse mais forte, l'image même de la mamma italienne. La gouvernante, me dis-je aussitôt.

« Madame est prête à vous recevoir, me dit cette personne.

— Vous êtes italienne, n'est-ce pas ? lui glissai-je.

— Italienne, oui monsieur. De Milan. Il y a six ans que je suis en France, au service de Madame mais je crois que je n'arriverai jamais à me débarrasser de mon accent. » Elle me sourit puis elle ouvrit la porte.

Je pénétrai dans la chambre de Hilde-Gros-Diams. La gouvernante me présenta. « Bien, bien. » Hilde parlait avec difficulté, comme quelqu'un qui aurait pris pas mal de tranquillisants. « Laissez-nous, Anna. Et qu'on ne nous dérange pas surtout.

— Oui madame. » La porte se referma. Mes yeux s'habituaient lentement au clair-obscur qui régnait dans la pièce. « Venez par ici, monsieur Lucas. Prenez une chaise. Oui, celle-ci. Asseyez-vous tout près de moi afin que je puisse vous voir. » Elle me toisa un bon moment de ses yeux d'albinos. Ses doigts fourrageaient nerveusement dans les plis du couvre-lit. Je suais à grosses gouttes. Elle, en revanche, paraissait grelotter.

« L'assurance, oui, oui. Je comprends. Je comprends. Mais vous me pardonnerez si... » Elle exhiba un mouchoir brodé, détourna la tête et sanglota silencieusement. J'attendis patiemment. Hilde se retourna brusquement. Son visage était blanc et lisse et elle murmura d'une voix rauque : « Un meurtre. Un meurtre barbare et répugnant ! » Elle étouffa un sanglot et ajouta : « Et quel meurtre !

— Que voulez-vous dire par et " quel meurtre " ? » demandai-je. Je sentais un léger tiraillement dans mon pied gauche.

« Comment trouvez-vous ma parure d'émeraudes ? demanda-t-elle soudain rassérénée.

— Magnifique ! Mais que vouliez-vous dire par et " quel meurtre " ?

— Sur les dix émeraudes composant cette parure, huit proviennent d'un collier qui a appartenu au tsar Alexandre II.

— Chère madame, que signifie la remarque que vous venez de faire au sujet du meurtre de votre frère ?

— Vous le savez bien, dit Hilde en fermant à moitié les yeux et en ébauchant un étrange sourire. Vous devez le savoir !

— Non, je n'en sais rien. Tout ce que je sais, c'est ce que vous avez dit à M. Lacrosse. A savoir que votre frère aurait été supprimé par un partenaire en difficulté.

— Ah, M. Lacrosse ! Elle fut secouée d'un rire dément qui me flanqua le frisson. Ce pauvre petit M. Lacrosse ! Si petit et supportant si mal le poids de ses responsabilités ! J'ai vu tout de suite qu'il n'y aurait rien à en tirer et je lui ai dit n'importe quoi !

— Un mensonge, en somme.

— Cette émeraude piriforme, là — elle pointa le doigt sur l'élément central du sautoir — a été taillée à partir d'une pierre beaucoup plus grosse. Ce qui ne l'empêche pas de peser encore soixante-quinze carats...

— Avez-vous réellement dit n'importe quoi à M. Lacrosse ?

— ... Et les huit émeraudes pèsent au total cent quatre-vingt-trois carats. »

Je songeai un moment à lui demander si elle avait une idée sur le sens à prêter aux termes *Cover* et *Coverage* mais je résolus de passer outre.

« A votre avis, pour quelle raison a-t-on supprimé votre frère ?

— Il fallait qu'il disparaisse, voilà tout !

— Mais qui avait intérêt à ce qu'il disparaisse ?

— Qui ? Voyons, monsieur Lucas ! Elle eut un sourire presque extatique. Tout le monde ! Tous ses prétendus amis !

— Tous ?

— Tous, évidemment ! Vous êtes allemand. Nous sommes compatriotes ! Vous savez quel homme était mon frère ! Un grand homme ! Trop grand pour les autres ! Elle s'esclaffa. Ne faites pas cette tête-là ? Vous savez bien qu'ils sont tous dans le coup ! »

Je me souvins des vœux ironiques exprimés par Lacrosse quand j'avais pris rendez-vous en sa présence avec Hilde Hellmann. Je me demandais maintenant si cette femme était réellement folle.

« Tous ses amis, répéta Hilde en étouffant un rire. Tous, vous m'entendez. Car il fallait que mon frère disparaisse ! Il fallait qu'il ne soit plus ! »

Je risquai le tout pour le tout.

« Ses amis n'étaient-ils pas venus à Cannes pour fêter l'anniversaire de votre frère ?

— Son anniversaire ! Elle éclata brutalement en sanglots. Oui... Aujourd'hui il aurait... » Elle ne put poursuivre.

Je bondis de ma chaise et filai vers la porte.

« Où allez-vous ?

— Appeler votre gouvernante...

— Non ! » Sa voix était soudain devenue coupante. Je fis volte-face. Elle était assise toute droite dans son lit ; elle ne pleurait plus bien que son visage fût inondé de larmes. « Elle restera dehors. Et vous n'appellerez personne. Revenez. Tout de suite !

— Holà ! dis-je.

— Comment ?

— Ne me parlez pas sur ce ton. Je n'aime pas cela.

— Excusez-moi. Elle sourit de nouveau de son étrange sourire. Mes nerfs... J'ai les nerfs en pelote... J'ai parfois l'impression que je vais perdre la raison. Je vous en prie, monsieur Lucas, asseyez-vous. »

Je m'assis.

« Vous accusez donc ses amis et partenaires. »

Elle s'esclaffa.

« Quelle idée, monsieur Lucas ! Mon Dieu, quelle idée ! Ses bons amis ! Nos bons amis ! Haha ! » Elle me regarda par en dessous et soudain, redevenue sérieuse : « Vous ne devriez pas plaisanter sur un pareil sujet !

— Mais je ne plaisante pas. Vous avez dit tous ses amis. Qui sont-ils ?

— Vous le savez aussi bien que moi ! » siffla-t-elle. Elle me prit par la main. Sa main était glacée, la mienne moite. « Monsieur Lucas, je vous paierai ! Votre prix sera le mien !

— Je crois plutôt que c'est l'assurance que je représente qui va devoir vous payer, vous », dis-je.

Hilde balaya l'air d'une main méprisante.

« L'assurance, Pfff ! Je vous paierai si vous faites en sorte que ces gens-là passent en justice. Votre prix sera le mien. Mais il faut qu'on les empêche de nuire. » Elle réfléchit puis, le regard vide, comme perdue dans un rêve :

« Vous m'entendez, monsieur Lucas ! Il faut faire quelque chose. Car maintenant, c'est moi qui suis en danger.

— Comment cela ?

— Je suis l'héritière. L'unique héritière de mon frère. Dorénavant tout est à moi. Je suis la seule parente de mon pauvre frère.

— Cela signifie-t-il que la banque...

— Bien entendu.

— Mais comment... Dans votre état... Je vous demande pardon.

— Dans mon état, vous l'avez dit. Je ne puis aller en Allemagne. Et d'ailleurs, je ne m'y entends guère en affaires. Mais par chance, nous avons Seeberg.

— Qui ?

— Paul Seeberg, notre fondé de pouvoir. Vous l'avez bien vu tout à l'heure ?

— Ah oui.

— J'ai toute confiance en lui. Mais votre expérience est différente de la sienne. Et c'est pourquoi, en l'occurrence, c'est à vous que je m'adresse. Alors ? Qu'en dites-vous ? Combien voulez-vous ? Aidez-moi à liquider cette engeance et je vous donnerai ce que vous voulez. Et ne me dites plus que vous ne savez pas de qui je veux parler. »

Etait-elle complètement folle ? De toute façon, pensai-je, il était inutile de pousser plus avant.

« Je ne veux rien. Il est de mon devoir de tirer cette affaire au clair. Me recevrez-vous si j'apprends quelque chose ou si j'ai besoin d'un renseignement ?

— Mais bien entendu, mon cher ami. Bien entendu ! Quand vous voudrez ! »

Je me levai.

« Tenez, je vais vous montrer quelque chose », dit Hilde. Elle poussa sur un bouton à la tête de son lit. Une lumière s'alluma dans mon dos. Je me retournai. Entre deux armoires colossales, j'aperçus un portrait de Hilde-les-Gros-Diams. Figure spectrale, presque plus vraie que nature avec, dans le regard, toute la charge de déraison que j'avais entrevue en cette femme.

« Magnifique, n'est-ce pas ? Vous connaissez Angela Delpierre, non ?

— De réputation, dis-je.

— Pas personnellement ?

— Non.

— Il faut absolument que vous fassiez sa connaissance.

— Oui, dis-je. Auriez-vous l'amabilité de m'inscrire son nom et son adresse sur mon agenda ? Je ne puis écrire sans mes lunettes et je les ai malheureusement oubliées à mon hôtel. » Je tirai de ma poche un crayon à bille et mon carnet. Bizarrement, elle s'exécuta sans se faire prier. Elle se trouvait dans une position un peu inconfortable — mon agenda reposant sur ses genoux — je me dis que cela risquait de déformer quelque peu son écriture. Mais tant pis. J'espérais que cela ferait néanmoins l'affaire et me félicitai d'avoir réussi à obtenir d'elle ce que j'avais déjà obtenu de Seeberg.

« C'est une grande artiste. Il m'arrive de passer une nuit entière à contempler ce tableau et souvent je dors avec la lumière allumée de façon à voir le tableau dès que je me réveille. Je ne sais pas pourquoi mais cela me fait du bien... »

La porte s'ouvrit et Seeberg parut.

« Je vous prie de m'excuser, monsieur Lucas, mais je me sens un peu responsable de Mme Hellmann. Elle est encore très faible et il ne faudrait surtout pas qu'elle se fatigue.

— J'étais sur le point de prendre congé », dis-je. Une seconde fois, Hilde Hellmann me tendit une main glacée. J'esquissai une légère courbette et elle murmura de façon presque imperceptible : « Un million si vous voulez ! Deux millions ! Appelez-moi ! Vous savez maintenant ce qu'il vous reste à faire ! »

J'acquiesçai. J'étais presque arrivé à la porte lorsqu'elle s'écria : « Nous avons acquis toute la parure à une vente aux enchères chez Sotheby, à Zurich ! »

Seeberg m'accompagna jusqu'à l'entrée de la villa. La jeep à baldaquin m'attendait déjà.

« Vous trouverez un taxi devant le portail, m'apprit Seeberg.

— Merci, dis-je. Mais dites-moi, Mme Hellmann a-t-elle réellement un bon médecin ?

— Le meilleur ! Et je dirai même, les meilleurs ! Un généraliste qui la suit depuis longtemps et un psychiatre en renom.

— Un psychiatre...

— Vous avez bien remarqué que Mme Hellmann n'a pas tous ses esprits, non ? »

Je hochai la tête.

« Je vous souhaite d'arriver rapidement au terme de votre enquête, déclara Seeberg. Je suppose que nous nous reverrons très bientôt.

— Certainement, monsieur Seeberg. »

Je montai dans la jeep qui démarra aussitôt. Je me retournai quand le véhicule eut contourné les plates-bandes devant la villa. Seeberg avait disparu. Mais au premier étage, je distinguai deux visages blafards pressés contre un carreau — c'étaient les visages de Hilde-Gros-Diams et de sa gouvernante, Anna. Je crus discerner une peur muette dans la physionomie de ces deux femmes. Elles s'aperçurent que je levais les yeux vers elles et un rideau masqua immédiatement la fenêtre.

14

Angela Delpierre pilotait une Mercedes 250 S blanche. J'étais assis à côté d'elle. L'air était brûlant. On longea un moment l'avenue du Roi-Albert-Ier, puis on obliqua à gauche pour rejoindre la Croisette en passant par la vieille ville. Ruelles étroites bordées de maisons vétustes, murs ornés de panneaux publicitaires défraîchis, voire déchirés. On était loin ici du luxe des quartiers résidentiels. Arrivés à la Croisette, Angela prit vers l'ouest. J'étais assis légèrement de biais et je ne cessai de l'observer tandis qu'elle conduisait. Sa chevelure rousse me fascinait. Elle conduisait avec beaucoup de sûreté et j'admirais ses mains fines souplement posées sur le volant. Et c'est alors que je vis une tache blanche sur le dos de sa main droite.

« Vous vous êtes blessée ?

— Où donc ?

— Là, sur le dos de votre main.

— Non, dit-elle. Elle parut hésiter puis : C'est une tache qui ne s'en va pas.

— Mais comment cela se fait-il ? »

Elle haussa les épaules.

« Aucune idée. Une fois, je suis allée chez une voyante. Il y en a une très célèbre à Saint-Raphaël. Elle vient deux fois par semaine à Cannes. Des amis m'avaient persuadée d'aller la voir. Que de bêtises il m'a fallu entendre ! Mais je ne veux pas être injuste, elle m'a aussi dit des choses assez vraies sur mon compte. Et elle a vu la tache claire sur ma main. D'après elle, cette tache a dû apparaître à la suite d'un choc psychique subi pendant mon enfance. Et elle ne disparaîtrait jamais...

— Avez-vous *réellement* subi un choc ? »

Angela ne répondit pas à cette question.

Je déclarai presque sans me rendre compte de ce que je disais : « Je ne crois pas que cette tache subsistera. Elle disparaîtra un jour...

— Et pourquoi disparaîtrait-elle ?

— Je n'en sais rien. Mais j'en suis sûr. Je le sens. Je...

— Oui ?

— J'ai l'impression que je suis en train de dire n'importe quoi.

— J'ai cette impression, moi aussi », déclara Angela. Elle alluma la radio. La voix de Bob Dylan se fit entendre : ... « *How many roads must a man walk down before you can call him a man ?...* »

« *Blowin' in the wind* », dis-je.

Et nous ajoutâmes à l'unisson : « Ma chanson préférée. »

« *...and how many times must a cannon-ball fly, before they are all of them banned ?* » chantait Bob Dylan.

Nous remontions la Croisette et Angela regardait droit devant elle. La mer était lisse et couleur de plomb fondu. Les couronnes des palmiers se dressaient immobiles dans le ciel. On était dans le quartier des villas blanches et des palaces somptueux. Massifs de fleurs variées rutilantes de couleurs. Automobiles de luxe. Ici, apparemment, il n'y avait place que pour les riches.

« *... the answer, my friend, is blowin' in the wind. The answer is blowin' in the wind...* », chantait Bob Dylan.

Angela éteignit la radio et se gara le long du trottoir.

« Il va falloir marcher un bout de chemin », dit-elle. Nous remontâmes encore la Croisette, passant devant des boutiques de luxe, toutes fermées à cette heure. Nous nous arrêtâmes un instant devant la vitrine d'une succursale de Van Cleef & Arpels. Angela sembla s'intéresser tout particulièrement à des pendants d'oreilles de très belle facture. Boucles en or blanc se prolongeant par des fils portant des brillants. Je sentis sa main sur mon coude. Nous poursuivîmes notre chemin. Mon pied gauche me faisait de nouveau mal. Je songeai à Hilde Hellmann. Je me dis que, si elle le désirait, elle pouvait s'offrir d'un coup tout ce qu'il y avait dans la vitrine et dans l'arrière-boutique de cette succursale de Van Cleef & Arpels. Et se faire livrer le tout sur simple appel téléphonique. Hilde-Gros-Diams, la folle, dans sa villa-tombeau. Ou bien n'était-elle pas folle du tout ? Une Rolls-Royce passa lentement à côté de nous. A côté du chauffeur chinois en livrée était assis un domestique également chinois, également en livrée. Au fond de la voiture, un monsieur distingué à la mine terriblement lasse, terriblement ennuyée. Il téléphonait justement.

15

On arriva à une aire dégagée plantée de palmiers et de massifs floraux. En bordure de la Croisette mais légèrement en retrait, un bâtiment blanc à ras du sol avec de grandes baies vitrées : « Chez Félix ». Il y avait une pergola et des tables dessous. Mais personne n'y était installé. Il faisait trop chaud à l'extérieur. A l'intérieur, en revanche, il y avait foule. Des gens attendaient au bar que l'une ou l'autre table se libère. Le propriétaire aperçut Angela et vint aussitôt la saluer. Angela nous présenta. Une table nous avait été réservée tout au fond du restaurant. Une vitre seulement nous séparait de la Croisette. Après avoir bu le traditionnel pastis, je commandai un cocktail de crabe et un chateaubriand pour deux personnes. Le cocktail de crabe fut servi avec une bouteille de Dom Pérignon.

Juste en face de nous, sur la promenade au bord de la mer, un peintre avait suspendu ses toiles à une corde tendue entre deux palmiers. Les toiles représentaient essentiellement des paysages, des vues de la Croisette et du vieux port. Le peintre, un homme encore jeune, était assis par terre, attendant le client, mais les gens passaient sans s'arrêter.

« Il est là tous les jours, dit Angela. Pas mal doué pour le paysage, il faut bien le dire. Mais il n'a pas beaucoup de chance.

— Ce n'est pas comme vous, dis-je.

— C'est vrai, dit-elle. J'ai de la chance. Et vous, monsieur Lucas, avez-vous de la chance ?

— J'ai beaucoup de chance, déclarai-je. Surtout depuis hier. Ne parlons même pas d'aujourd'hui. Ne suis-je pas assis près de vous, madame ? N'ai-je pas tout loisir de vous admirer ? » J'étais surpris moi-même des paroles que je m'entendais prononcer. Il y avait des années que je n'avais pas parlé sur ce ton à une femme.

Angela me regarda avec un sourire amusé. Ce sourire que je lui connaissais déjà et qui se mariait si étrangement avec l'ombre de tristesse dont ses yeux paraissaient toujours empreints. « Que me chantez-vous là, monsieur Lucas ? Est-il possible ? Mais je dois dire que, venant de vous, c'est tout à fait agréable. Son visage redevint sérieux. Vous a-t-on déjà dit que vous étiez charmant ? Oui, tout à fait charmant ?

— Cela m'est arrivé, madame. Mais ce fut assez rare et, le plus souvent on s'intéressait probablement à autre chose qu'à mon prétendu charme. Enfin, vous voyez ce que je veux dire...

— Je vois sans voir tout en voyant. Mais je puis vous certifier que je pense ce que je dis. En toute occasion. » Elle leva sa coupe. Son regard me parut soudain pétillant avec, en plus, l'émotion rare que me procurait les petites rides aux coins de ses yeux. « Oui, dit-elle, presque gravement, tout à fait charmant. A votre santé monsieur Lucas, ou plutôt, *le Chaïm !* »

— *Le Chaïm ?* fis-je. C'est nouveau pour moi.

— C'est de l'hébreu, m'apprit Angela. J'ai beaucoup d'amis juifs. Alors ?

— *Le Chaïm !* dis-je en levant ma coupe. A votre santé, madame ! Et à la prompte disparition de la marque blanche sur le dos de votre main ! »

16

Nous étions au pousse-café quand le capitaine Laurent Viale entra dans la salle. Il jeta un regard circulaire, à la recherche d'une place, nous aperçut, Angela et moi, et vint à notre table.

« Angela ! Il lui fit un baisemain et me salua d'un signe de tête. Puis-je m'asseoir un instant ?

— Bien entendu, dis-je et je commandai : Un café et une fine pour monsieur. Vous connaissez Angela à ce que je vois ?

— Il y a de nombreuses années, oui ! Viale regarda tendrement Angela :
Tu vas bien ?

— Très bien, oui ! Et toi ?

— Pas mal. Mais cette enquête me procure pas mal de soucis. Je sors
du labo à l'instant même. Je n'ai toujours pas fini. Mais je pense que demain
j'en saurai davantage sur la nature de l'explosif qui a servi à faire sauter
le bateau. »

Le garçon arriva avec le café et le vieil armagnac. Viale attendit qu'il se
fût éloigné et poursuivit :

« Quand cette affaire sera résolue, je voudrais vous inviter ici, tous les
deux. Vous m'êtes très sympathique, monsieur Lucas. Et Angela est une
amie de si longue date ! Est-ce que vous acceptez ?

— Ce sera avec grand plaisir, Laurent. Angela posa une main sur celle
de Viale, ce qui me rendit brusquement très jaloux. Mais maintenant, il va
falloir que nous y allions. Nous avons pas mal de courses à faire.

— Je vous téléphonerai au Majestic demain dans la matinée, me dit Viale.
Histoire de vous tenir au courant. »

J'allai payer à la caisse pour presser un peu le mouvement. De loin, je
vis qu'Angela parlait avec Viale. Ils rirent. Viale embrassa Angela sur les
deux joues. Puis elle me rejoignit. Nous sortîmes du restaurant et regagnâmes sa voiture.

« Qu'est-ce que vous avez ? me demanda-t-elle.

— Rien.

— Mais si !

— Mais non, madame Delpierre.

— Appelez-moi Angela. Je vous appellerai Robert. Et maintenant, dites-
moi ce que vous avez.

— Ce Viale est un type très bien, dis-je.

— Ah, c'est donc cela ! Oui, il est très bien, c'est vrai.

— Et le pire, c'est que je le trouve sympathique.

— Allons, allons, pas de détours ! Vous voulez savoir si nous avons
fait l'amour ensemble, c'est cela, non ?

— Oh... Je... Non, madame...

— Angela.

— Non, Angela, je ne me serais pas permis... Je... Euh... Vous avez fait
l'amour avec lui ? »

Angela s'esclaffa.

« Nous avons eu quelques échanges sur ce plan. Il y a déjà des années de cela. » Nous longeâmes, dans l'autre sens et sans nous arrêter, la devanture de Van Cleef & Arpels. « Mais ça n'a pas marché trop bien, poursuivit Angela. Vous savez ce que c'est... Enfin, nous étions déjà bons amis, nous le sommes restés. Cela vous tranquillise ?

— Je... Euh... Je suis mal placé pour...

— C'est vrai. Mais répondez quand même. »

Elle démarra et nous remontâmes la Croisette. Il faisait une chaleur terrible dans la voiture et je sentis une légère douleur sur le côté gauche de ma poitrine. Je croquai aussi discrètement que possible deux dragées de Nitrosténon.

« Que faites-vous là ? demanda aussitôt Angela.

— Un remède que je dois prendre après les repas », me bornai-je à dire en espérant qu'elle ne me poserait pas davantage de questions à ce sujet.

17

« C'est toi, Robert ?

— Oui, Karin. »

Ma femme au téléphone. Je devinai, au son de sa voix, qu'elle était dans tous ses états.

« Je croyais que tu devais m'appeler dès ton arrivée à Cannes ?

— J'ai oublié. Pardonne-moi.

— Oublié ! Laisse-moi rire. Tu t'en fiches pas mal que je me fasse du souci, c'est ça, hein ?

— Du souci ? Mais si vraiment tu te faisais du souci, tu pouvais m'appeler plus tôt !

— Je ne veux pas te donner l'impression d'être à tes trousses. J'ai attendu ton coup de fil. Et si j'ai fini par t'appeler, c'est uniquement parce que je n'y tenais plus. Comment se fait-il que je te trouve à l'hôtel ? Moi qui croyais que tu avais tellement de travail !

— J'ai du travail. Plus qu'assez. Et il se trouve que j'ai justement un entretien avec quelqu'un à la terrasse de l'hôtel.

— Avec quelqu'un ? Voyez-vous ça ! Avec une poule sans doute !

— Ecoute Karin, ne commence pas, s'il te plaît.

— J'ai raison, hein ? Allez ! Dis-le ! C'est bien une poule, hein ? Une poule, une poule, une poule !

— Au revoir, Karin, dis-je. Je crois qu'il vaut mieux abréger puisque tu le prends sur ce ton.

— Oui, n'est-ce pas ? Pourvu que tu t'amuses bien ! Il n'y a que cela qui compte, hein ? Eh bien, bonne chance ! Fais bien tes petites affaires ! Va la rejoindre, ta poule du jour ! Ici il pleut toujours, je suppose qu'il y a du soleil là-bas. » Clic. Elle avait raccroché.

Je sortis de la cabine et me retrouvai dans le hall du Majestic où j'étais revenu avec Angela, après un après-midi épuisant mais merveilleux passé à faire des courses essentiellement vestimentaires. Si l'habit fait le moine, on peut dire que j'étais devenu un autre homme. Angela m'avait convoyé dans les bons endroits et j'étais maintenant vêtu comme il se doit : la veste, je l'avais jetée aux orties et la cravate aussi. Je portais un pantalon blanc d'excellente coupe, une chemise bleu ciel et un foulard de soie bleu à pois blancs. Aux pieds, des mocassins légers dans lesquels je me sentais admirablement bien. D'autres vêtements devaient m'être livrés incessamment : un second pantalon en lin beige, plusieurs chemises Lacoste, deux autres foulards de soie, un smoking blanc, des souliers noirs vernis, des chaussettes en fil d'Ecosse.

Je regagnai la terrasse où nous sirotions du champagne, Angela et moi, au terme de cet après-midi mémorable.

« Mauvaises nouvelles ?

— Pas le moins du monde », dis-je.

Elle me regarda pensivement.

« Je vous assure que tout va bien. »

Je remplis les coupes une nouvelle fois. Il restait un petit fond de champagne dans la bouteille. Je la vidai sur le sol dallé de marbre. « Aux dieux qui sont sous terre !

— Afin qu'ils nous soient propices ! déclara Angela. Et elle ajouta : En France aussi les dieux ont soif. Peut-être devrions-nous leur sacrifier ce qui reste dans nos coupes ?

— Vous avez sans doute raison, approuvai-je. Prudence est mère de sûreté. »

Nous levâmes tous les deux nos verres et en déversâmes le contenu à nos pieds.

« Aux dieux !

— Aux dieux !

— Angela, dis-je. Je voudrais vous demander une chose.

— Oui ?

— Vous connaissez bien tous les gens qui figurent sur ma liste, n'est-ce pas ?

— A l'exception des Sargantana.

— A l'exception des Sargantana, oui. Ecoutez, il faut absolument que je fasse connaissance avec ces gens. Le mieux serait que je puisse les rencontrer tous ensemble dans une atmosphère aussi neutre que possible. Eux et aussi un certain Paul Seeberg, le fondé de pouvoir de la banque Hellmann. Est-ce que vous pensez pouvoir arranger cela ?

— Vous voulez dire une soirée, n'est-ce pas ?

— Exactement.

— Un déjeuner. Ou un dîner.

— Pourquoi pas ? »

Elle réfléchit.

« Chez moi, impossible. Je n'ai pas la place. Et pas non plus le personnel nécessaire. Mais chez les Trabaud peut-être. Ils ont une grande maison et, comme vous le savez, je suis très liée avec Pasquale Trabaud. J'essaierai de les joindre. Elle me regarda attentivement. Et maintenant, qu'est-ce que vous faites ? En ce qui me concerne, je dois rentrer chez moi. Ma femme de ménage m'attend. C'est le jour où je la paye.

— Je... Euh... Rien.

— Dans ce cas, rentrons chez moi, dit Angela. Et dans sa bouche, cette proposition était parfaitement naturelle. Nous dînerons ensemble si vous voulez. Vous verrez. Quand je m'y mets, je suis un véritable cordon-bleu ! Elle sourit. Ça vous épate, hein ?

— Moi ? Pas du tout ! J'aurais juré que vous cuisiniez divinement bien.

— Flatteur ! Et moi qui vous trouvais si sérieux !

— Mais je suis sérieux ! Pensez-vous que vous pourrez essayer de contacter Mme Trabaud depuis chez vous ?

— Vous ne perdez pas le nord, en tout cas, dit Angela en souriant. J'essaierai. Allons, venez ! »

18

Alphonsine Petit était une vieille femme aux cheveux blancs et aux manières discrètes. Elle s'occupait du ménage de pas mal de gens à la résidence Cléopâtre. Elle venait chez Angela le mardi, le jeudi et le samedi à partir de midi. Angela me présenta à la vieille dame. Tandis que nous nous rendions au salon, cette dernière ne cessait de me lancer des regards en coulisse. Dans un grand vase disposé sur une tablette, une brassée de roses que j'avais commandées chez Floréal dans l'après-midi, pendant qu'Angela achetait ses tubes de peinture.

« Quand ces fleurs sont-elles arrivées ?

— Il y a deux heures environ, madame. Il y a aussi une enveloppe que j'ai posée sur la table, à côté du bouquet. »

Angela ouvrit l'enveloppe et lut à haute voix : « Merci pour tout, Robert Lucas. »

Elle me dévisagea. « Très gentil de votre part. Et des sonias qui plus est. Ce sont mes roses préférées. Merci.

— Je sais que ce sont vos roses préférées. Aussi en aurez-vous dorénavant tous les samedis en souvenir de ce 13 mai. Le plus beau jour de ma vie. De ma nouvelle vie. Car je considère que je suis né une seconde fois aujourd'hui. Puissiez-vous éprouver quelque chose d'analogue, c'est mon vœu le plus cher. »

Alphonsine avait quitté la pièce.

« Une seconde naissance ? Il importe avant tout que *vous* vous sentiez comme un nouveau-né, Robert. » Angela me sourit en disant ces mots.

« Pourquoi dites-vous cela ?

— Vous aviez l'air si... si fatigué quand vous êtes venu me voir. Et quand je dis fatigué... Je devrais plutôt dire épuisé, au bout du rouleau. » Angela me tournait le dos et arrangeait un peu le bouquet de roses.

« Au bout du rouleau ? demandai-je légèrement oppressé.

— Oui. » Elle fit volte-face après avoir reposé l'enveloppe sur la tablette. Alphonsine revint sur ces entrefaites et, au cours des minutes qui suivirent, les deux femmes ne me prêtèrent plus attention. Assises côte à côte sur un divan, elles firent leurs comptes à haute voix. Ce qu'Alphonsine avait dépensé au cours de la semaine pour les achats courants, les heures qu'elle avait passées à faire le ménage chez Angela. Penchées sur un cahier d'écolier, elles calculaient à mi-voix, se trompaient, reprenaient à zéro. Je m'approchai de la bibliothèque murale et passai en revue quelques-uns des auteurs qui y étaient représentés : Camus, Sartre, Hemingway, Greene, Mailer, Giono, Malraux, Priestley, Bertrand Russell, Huxley, Mary McCarthy, Silone, Pavese, Irwing Shaw, Wallace... Il y avait aussi un grand nombre de livres d'art. Deux bibles posées à plat sur l'étagère supérieure et, trônant dessus, un petit bouddha en bronze.

Les deux femmes étaient enfin arrivées au bout de leurs peines et Alphonsine Petit avait touché son dû. Elle me salua et quitta le salon, accompagnée par Angela. Je les entendis chuchoter brièvement dans l'entrée. Il y eut un bruit de porte. Angela revint dans la pièce.

« Vous venez de faire une conquête, Robert : Alphonsine. Elle vous trouve très sympathique.

— Ah, ah ! Vous voyez ? Mon fameux charme joue à plein ! Et dire que sans vous, je ne m'en serais peut-être jamais aperçu !

— Comment ? fit Angela ironique. Monsieur le charmeur n'était pas conscient de son charme ? Monsieur le charmeur est-il au moins conscient de sa faim ? Je ne savais pas que je serais invitée par monsieur le charmeur à déjeuner. Il me reste une masse d'endives. Et des steaks. Salade d'endives et steak, est-ce que cela vous convient ?

— Ce sera parfait. »

Angela mit un petit tablier multicolore, sortit les steaks du frigo et pré-

4

para la salade d'endives. Elle poussa brusquement un petit cri : « Les informations ! »

Elle alluma un petit poste japonais installé dans la cuisine puis elle fila au salon et dans le jardin d'hiver et alluma les postes qui s'y trouvaient. Elle tira le grand poste du jardin d'hiver contre la porte vitrée menant à la terrasse.

« Les informations... Vous savez ce que c'est ? Je ne les rate jamais. Une sorte de manie. »

C'était en effet l'heure du journal télévisé et nous le suivîmes. Première nouvelle : l'Angleterre avait dévalué la livre. Panique sur le front monétaire, surtout en Italie et au Japon. Conséquemment à cette dévaluation, le Stock Exchange et la Bourse de Francfort resteraient fermés le lundi...

La table fut disposée sur la terrasse, sous le grand parasol. Une brise fraîche avait succédé à la chaleur caniculaire de la journée. Le ciel était vert bouteille et le jour déclinait rapidement. Les gros avions qui s'envolaient de Nice ou y atterrissaient glissaient comme des ombres par-dessus la mer. A peine si l'on percevait le ronronnement des réacteurs. Les images défilaient sur l'écran du poste tourné vers la terrasse. Les dockers anglais toujours en grève. Grève générale imminente des cheminots italiens. Naufrage d'un paquebot aux abords de Ténériffe.

Angela fila à la cuisine. Elle retourna les steaks dans la poêle. Elle me confia une bouteille de rosé et me fit signe de la poser sur la table. Le dîner était prêt. Je lui donnai un coup de main pour transporter les plats sur la terrasse. Il faisait pratiquement nuit maintenant. Les avions avaient allumé leurs clignotants rouges. Cannes la Blanche brûlait déjà de tous ses feux nocturnes et la mer aussi était ponctuée de lumières. Une musique lointaine se faisait entendre pendant les brefs temps morts, entre deux nouvelles : détournement d'avion au Chili, durs combats entre catholiques et soldats britanniques en Irlande du Nord...

Les steaks étaient légèrement saignants et le rosé agréablement frais et piquant sur la langue. Le journal télévisé prit fin. Angela se leva et éteignit le poste. « Le supplice s'achève. Informations dernières vers vingt-trois heures. D'ici là, j'espère pouvoir contacter Pasquale Trabaud. »

Le dîner s'achevait lui aussi. Nous débarrassâmes la table et transportâmes tout à la cuisine. « Qu'est-ce qu'on boit maintenant ? demanda

Angela. Du champagne, ça vous irait ? » Elle tira du réfrigérateur une bouteille qu'elle me tendit. Je lus l'étiquette : Henriot, 1961.

« Voici des coupes, dit Angela. Voulez-vous déboucher la bouteille ? Je vais aller me changer. »

Je portai la bouteille et les coupes sur la terrasse et les posai sur une petite table, non loin de la balancelle.

Angela revint. Elle portait une robe d'intérieur brune avec des manches bouffantes et un col en velours boutonné jusqu'au cou. Je débouchai la bouteille et remplit les coupes. Angela s'assit à côté de moi. La musique lointaine s'était tue et le silence maintenant était total. Comme si nous avions été seuls au monde. Nous restâmes assis là, silencieux, buvant le champagne, à contempler la mer, les feux multicolores des bateaux et, au-dessous de nous, la ville illuminée. Nous en étions déjà à la deuxième bouteille quand Angela rompit enfin le silence.

« Je vous ai blessé, n'est-ce pas ? demanda-t-elle à mi-voix.

— Blessé ? Moi ? Mais jamais de la vie !

— Si, j'en suis sûre. Quand nous avons fait connaissance au téléphone. Quand je vous ai dit que je ne tenais pas à parler allemand.

— Oui, je me souviens, dis-je.

— Je voudrais vous expliquer cela...

— Pourquoi faire ? Cela n'a aucune importance.

— Si, cela en a plus que vous ne croyez. Elle parlait toujours à mi-voix. Qu'est-ce que vous faisiez pendant la guerre ?

— La guerre, répondis-je.

— Oui, naturellement. Quel était votre grade ?

— Soldat de première classe. Je ris. Je ne suis jamais allé plus loin.

— Vous étiez en France ?

— Non. Pas pendant la guerre. Je n'avais que seize ans en trente-neuf. En quarante, on m'a envoyé en Russie. J'ai été fait prisonnier. Je suis resté en captivité pendant trois ans. Jusqu'en quarante-cinq. J'ai eu de la chance. Je m'en suis tiré.

— Oui, dit Angela songeuse. Certains ont eu de la chance. Mes parents n'en ont pas eu. Ni aucun des membres de ma famille. Tous déportés. Morts. Je suis née en 1938. Des amis m'ont recueillie. En quarante-cinq, je n'avais plus personne...

— La tache blanche sur votre main ! » dis-je assez fort car l'idée m'était venue d'un seul coup. « Avez-vous assisté à l'arrestation de vos parents ?

— Vous savez, j'étais si jeune ! Je n'ai pas eu réellement conscience de ce qui se passait. Cependant, j'ai rêvé pendant des années de soldats chaussés de lourdes bottes. Et je criais souvent la nuit. »

Et elle criait souvent la nuit...

« Le choc dont vous a parlé cette voyante et qui serait cause de cette tache blanche sur votre main... Peut-être que ça vient de là...

— C'est possible, après tout. Je n'y avais jamais pensé. Bizarre, non ?

— Quand vous serez heureuse, la tache disparaîtra. Vous verrez, vous verrez.

— Mais je suis heureuse.

— Non. Je ne le crois pas. Vous n'êtes pas heureuse.

— Si.

— Non. Vous faites comme si vous l'étiez. Mais vous ne l'êtes pas. Pas vraiment. »

Angela me dévisagea longuement.

« Vous avez peut-être raison, après tout, dit-elle enfin. Mais vous êtes bien le premier à me le faire remarquer. Elle observa un long silence puis, à brûle-pourpoint : Ne me dites pas que je noie mon chagrin dans l'alcool !

— Pourquoi vous le dirais-je ?

— En effet, ce soir je ne suis pas saoule ; pas comme ce jour-là en tout cas. Mon Dieu, comme j'étais saoule ce jour-là !

— De quand, et de quoi voulez-vous parler ?

— Du jour où... Du jour où Jean... De nouveau, elle me regarda pensivement. Je ne sais pas pourquoi je vous raconte cela, Robert. Je vous connais à peine et...

— Ne me dites rien si vous estimez qu'il vaut mieux vous taire.

— Si, je vais vous raconter cette histoire. D'abord parce qu'il est inutile de vouloir contacter les Trabaud avant onze heures. Ils passent leurs journées en mer et au retour ils dînent dehors avec des amis. Ensuite parce que je sens qu'il faut que vous sachiez. Je ne sais pas pourquoi et cela peut paraître idiot mais... Oui, je veux que vous sachiez. N'étiez-vous pas jaloux de Laurent cet après-midi ?

— De qui ?

— De Laurent Viale, l'officier de marine.

— Ah, oui ! Je l'admets, dis-je.

— Vous n'aviez aucune raison de l'être. Je ne l'ai jamais aimé. Réellement aimé. Il n'y a eu qu'un homme dans ma vie. Un homme dont j'étais follement éprise. Trois ans ont passé déjà... » La voix d'Angela se fit plus douce, plus lointaine encore. « L'amour, Robert. Vous savez ce que c'est. On s'oublie complètement soi-même, n'est-ce pas ? »

Je ne dis rien. La balancelle oscillait doucement. Je bus une gorgée de champagne et tirai sur ma cigarette.

« Je ne vivais plus que pour et par cet homme... Il habitait ici, dans cet appartement... Nous devions nous marier... Il était souvent en voyage. Mais quand il était à Cannes, il habitait ici. J'avais tout préparé pour notre mariage, vous comprenez ? Nous devions nous marier discrètement, dans l'intimité... Le moins mondainement possible si vous voyez ce que je veux dire. »

J'acquiesçai silencieusement.

« Et puis vint ce jour funeste. Il me dit... » De nouveau, Angela s'interrompit. Elle semblait en proie à une vive émotion. « Il me dit qu'il ne pouvait pas m'épouser. Il me révéla qu'il était marié et qu'il avait deux enfants. Je lui avais toujours fait confiance et ce fut un choc terrible pour moi... Oui, un choc terrible. Tous les projets que j'avais échafaudés s'écroulaient d'un seul coup... Je l'invitai à quitter l'appartement sur-le-champ. Il s'exécuta. Réunit ses affaires et disparut. Et alors je me suis mise à boire. A pleurer et à boire. Du whisky. Whisky pur et glaçons. Oui, ce jour-là. Ou plutôt cette nuit-là. Je me saoulai. Je bus. Je... »

19

« ... bus encore et encore. » Les quatre télés marchaient. L'œil sec, Angela était effondrée sur le divan du salon, la bouteille de whisky, les glaçons et le verre à portée de main. Elle était déjà complètement chavirée par l'alcool mais les larmes ne viendraient que plus tard. Pour l'instant, ce n'était qu'un grand vide, une immense consternation, un creux vertigineux au niveau de l'estomac. Elle avait été trompée. Trompée, oui. Et maintenant, elle se retrouvait seule. Cet homme qui avait rempli sa vie, cet homme en qui elle avait mis toute sa confiance, il l'avait quittée. Table rase.

Soudain, elle sursauta.

Quelqu'un hurlait.

Elle resta un moment interloquée puis elle comprit que c'était la télé. On était alors le 10 juin et c'était le 10 juin aussi, mais trente ans en arrière, en 1944, que la Waffen SS avait réduit en cendres le village d'Oradour-sur-Glane dans le centre de la France à la suite de l'exécution d'un général allemand par le maquis. Les hommes du village avaient été passés par les armes. Les femmes et les enfants avaient été enfermés dans l'église et celle-ci incendiée purement et simplement. Et ce qui passait présentement à la télé, c'était une émission documentaire retraçant ce terrible et sanglant événement. Bouts de films tournés à l'insu des nazis, photos souvenirs, interviews de vieilles gens qui furent témoins de ce bain de sang et en réchappèrent miraculeusement. Images cauchemardesques. Rangées d'hommes couchés dans leur sang. L'église. SS poussant femmes et enfants à l'intérieur. On ferme le grand portail. Les captifs chantent des cantiques. Puis les flammes qui montent, embrasant le ciel. Cris de femmes. Et après, les maisons d'Oradour que l'on fait sauter une à une, sous l'œil attentif des tortionnaires bottés et casqués, le pistolet-mitrailleur plaqué contre la hanche.

Angela demeura assise, le verre de whisky à la main, oubliant de boire, fascinée par les terribles images. « Mon père, ma mère, Fred, Maurice, André, mes cousins ; mon oncle Richard. Tante Henriette, tante Madeleine. Morts. Tous morts... » Et soudain, elle n'y tint plus. Elle se leva et fila en vacillant jusqu'au balcon. Il pleuvait cette nuit-là. Les plantations d'Angela étaient en pleine floraison. Mais déjà, plus rien n'existait pour Angela. Une seule pensée la poussait : en finir. Il fallait en finir. Maintenant. Tout de suite.

Elle faillit glisser sur le carrelage mouillé de la terrasse. Cependant, elle atteignit la balustrade. Elle s'y accrocha à deux mains. Elle leva une jambe et réussit à poser un pied dessus. Le gauche. Elle scruta le macadam du parking au-dessous de la terrasse, quatre étages plus bas sans ressentir la moindre peur. Dans un instant, elle s'écraserait là. Et tout serait fini. Elle tira à elle sa jambe droite, posa le pied droit sur le dessus de la balustrade, desserra ses mains et se redressa lentement, centimètre par centimètre comme pour goûter encore un ultime instant de vie. Ses cheveux, son visage, sa robe, tout était ruisselant de pluie. Elle se tenait debout maintenant, sous le ciel noir. A ses pieds, la ville aux innombrables lumières et juste en dessous d'elle, le macadam. Un coup de vent la frappa de plein fouet. Elle venait de songer : il faudrait que...

Mais déjà, elle tombait.

20

Quand elle reprit connaissance, elle était étendue sur le carrelage de la terrasse, dans une flaque d'eau. Le coup de vent l'avait rejetée en arrière.

« Non... non... ce n'est pas possible... Je veux mourir... Je veux... » Elle se leva, tomba à la renverse, se releva, tomba encore. Elle rassembla toutes ses forces pour se remettre sur ses jambes. Elle y parvint enfin. Elle se tenait debout, les jambes molles. Elle gagna la balustrade mais ne trouva pas la force de l'enjamber. Une fois encore, elle scruta le macadam, quatre étages plus bas. Mais les forces lui manquaient maintenant. Elle se sentit défaillir. La peur. Et pourtant, il fallait... il fallait...

Elle retourna au salon en chancelant, des sanglots lui nouant la gorge. Elle s'empara de la bouteille de whisky, but au goulot, se laissa tomber dans un siège à côté de la table où était posé le téléphone.

Le téléphone !

Il fallait qu'elle parle à quelqu'un. Mais à qui ? Elle avait tant d'amis ! Tant d'amis ? Vraiment ? Mais qui ? Qui ? A qui pouvait-elle se confier ? Confier sa peine ? Sa déchirure ? Et la terrible résolution qu'elle avait prise ? A personne, il fallait bien le reconnaître.

Elle s'empara de l'annuaire, se mit à le feuilleter. A la recherche de quoi ? de qui ? Ses mains tremblaient, le livre tomba par terre, elle le ramassa... Trouver quelqu'un à qui parler... Parler... Parler ! Cela devait bien pouvoir se trouver ! Un bureau d'assistance téléphonique ! Risible ! Les églises ! Elle consulta la rubrique églises. Fit un numéro. Pas de réponse. Un autre. Pas de réponse. Un troisième. Sonnerie. Une fois, deux fois, elle soupira, trois fois. On décrocha et une voix d'homme, grave et calme, se fit entendre. Angela ne comprit pas tout d'abord ce que disait la voix. Et elle-même ne parvint pas à émettre la moindre syllabe, tellement elle était soulagée d'avoir trouvé un possible interlocuteur. Un sanglot la secoua.

La voix calme dit : « Je suis à l'appareil. Je vous écoute. Prenez votre temps, tout votre temps. Je suis à votre entière disposition.

— Je... je... Vous... Vous êtes prêtre ?

— Oui. Pleurez autant que vous voudrez. Prenez votre temps. Je ne suis pas pressé. »

Angela pleurait bruyamment. Enfin, elle trouva la force de dire : « Tuer... Avant... Je...

— Vous avez tué quelqu'un ?

— Non... Je voulais... Je voulais me tuer... Vous comprenez ? Me jeter du balcon... Mais je n'y suis pas arrivée... Et maintenant... Maintenant... »

Elle se remit à sangloter.

« Je... Je ne veux plus vivre. Je ne peux plus vivre... »

Entre les phrases balbutiées, des minutes s'écoulaient. Angela étouffait des sanglots et la voix du prêtre répétait inlassablement : « Je suis là. Je vous écoute. Prenez tout votre temps.

— Trompée... Abandonnée... L'homme que j'aimais... Et maintenant, je suis seule, toute seule... Je ne peux plus... Je n'avais que lui... que lui... Vous comprenez ? Je connais beaucoup de gens... Beaucoup... Mais.

— Oui, je sais, dit la voix à l'autre bout du fil. Cela ne veut pas dire grand-chose. C'est le vide malgré tout.

— Oui... oui.

— Et cependant, vous êtes moins seule que vous ne le croyez.

— Comment cela ?

— Je suis là. Et je vous écoute... Et je comprends votre situation.

— Vraiment ?

— Vraiment. Je puis imaginer votre vie. Une profession qui vous oblige à connaître beaucoup de monde. Et vous connaissez beaucoup de monde. Mais personne, en cette circonstance difficile, à qui vous puissiez vous confier. Il vous faut continuer à tenir le rôle que vous jouez dans le monde. Porter le masque. Rester fidèle à l'image que vous donnez de vous-même. A laquelle les gens s'attendent. N'est-ce pas un peu cela ?

— Oui, oui, dit Angela. Je ne peux jamais... Je... Jamais être moi-même. Jamais me montrer comme je suis en réalité... Je passe pour une personne gaie et heureuse... Que penserait-on si je me mettais à gémir, à me lamenter ? Et comment vivrais-je ? Car je subsiste grâce à mon masque. Et nul ne s'intéresse à ce que je suis réellement.

— Mais moi je m'y intéresse, dit la voix. Vous savez, beaucoup de gens se sentent seuls, abandonnés. Peut-être moins que vous en ce moment. C'est que le masque qu'il vous faut porter vous pèse et vous fait mal. C'est que vous en avez assez de jouer toujours ce rôle que l'on vous a attribué. C'est que cet homme vous manque. Cet homme auprès de qui vous pouviez montrer votre véritable visage. Vous dévoiler, parler sans détour.

— Oui, oui. Il savait tout de moi. Et maintenant...

— Et maintenant, c'est moi qui vais tout savoir, dit la voix calme et grave à l'autre bout du fil.

— Mais vous ne savez même pas qui je suis ! s'écria Angela.

— Cela ne fait rien à l'affaire. Nous parlons ensemble. Et ceci n'est peut-être que le début de notre conversation. Il ne tient qu'à vous de venir me voir. Je suis le prêtre de la petite église orthodoxe près du boulevard Alexandre-III. Je vous attendrai — disons demain matin — cela vous va ? Nous pourrons continuer à parler.

— Mais je suis protestante !

— Aucune importance. Je vous attends.

— Non... Je ne viendrai pas. Ne m'attendez pas. J'ai trop honte. Trop, oui.

— Alors, peut-être viendrez-vous après-demain ? Ou alors, vous me rappellerez. Pourquoi ne me rappelleriez-vous pas ? Je suis toujours là à cette heure. Le matin aussi. Je suis là pour vous. Ne l'oubliez surtout pas. »

Angela se sentit soudain en proie à une immense lassitude. « Merci, dit-elle. Merci. » Elle raccrocha. Un instant plus tard, elle était endormie. Assise, tout habillée, sur le siège, près du téléphone, elle dormit d'un sommeil profond. Profond comme le sommeil des morts. Ou comme le sommeil de ceux qui viennent miraculeusement d'échapper à la mort... La lumière allumée. Les quatre récepteurs de télévision allumés, avec les points lumineux dansant sur leur écran noir. Et dehors, la pluie tambourinait sur le carrelage de la terrasse.

21

On voyait clignoter les feux de position rouges et blancs de l'appareil plongeant rapidement vers l'aéroport de Nice. Angela avait fini de raconter son histoire. Il y eut un long silence. Enfin, elle dit : « Je me suis réveillée à neuf heures du matin. J'avais mal partout. Et une terrible nausée avec ça.

— Vous êtes allée chez le prêtre ? »

Elle me regarda. Les reflets de la lampe allumée dans le salon faisaient briller ses yeux.

« Jamais.

— Pourquoi pas ?

— J'avais trop honte. Et puis je n'ai plus jamais songé à me suicider depuis.

— Cet homme vous a sauvé la vie, dis-je.

— Oui. » Angela but une gorgée de champagne. Elle alluma une nouvelle cigarette et je fis de même.

« Et néanmoins...

— Et néanmoins, je ne lui ai jamais rendu visite et je ne l'ai pas non plus rappelé. L'église où il officie n'est pas très éloignée d'ici », dit Angela le regard perdu dans le vide.

Je me levai, m'approchai de la balustrade et considérai le parking quatre étages plus bas. Soudain, je la sentis à côté de moi.

« Là ? dis-je.

— Oui, dit-elle. Là. »

Je fis mine de mettre mon bras autour de son épaule mais elle s'écarta prestement.

« Non, dit-elle. Je vous en prie.

— Excusez-moi.

— Il est onze heures moins dix. A onze heures, nous verrons les informations télévisées. Ensuite j'appellerai Pasquale Trabaud. Je suis à peu près sûre qu'à cette heure-là... »

Le téléphone sonna. Angela fila au salon et décrocha. « Pour vous, me lança-t-elle aussitôt après. Lacrosse. »

La voix de Lacrosse était encore plus mélancolique que d'habitude.

« Nous vous avons cherché à votre hôtel et ailleurs. Pour finir, j'ai appelé chez Mme Delpierre à tout hasard.

— Il y a du nouveau ?

— Oui.

— De quoi s'agit-il ?

— Impossible d'en parler au téléphone. Pouvez-vous venir tout de suite ?

— Je... oui... Naturellement. Où cela ?

— A mon bureau.

— J'arrive. A tout de suite. » Je raccrochai.

« Que se passe-t-il ? s'enquit Angela en s'approchant de moi.

— Je n'en sais rien. Il me faut aller au vieux port. Soyez assez aimable pour téléphoner à votre amie Pasquale, n'est-ce pas ? Nous pourrions nous rappeler demain matin, voulez-vous ?

— D'accord, dit-elle avec un sourire radieux.

— Je vois que vous portez de nouveau votre masque.

— Oui, dit-elle. Mon masque. Mon visage d'Asiate. Si c'est grave, appelez-moi cette nuit.

— Mais enfin, Angela... Cela peut durer des heures...

— Aucune importance. Promettez-moi de m'appeler.

— Mais pourquoi cette nuit ?

— Parce qu'il s'agit de vous. D'une affaire dont vous vous occupez. Je veux que vous me teniez au courant.

— Angela... »

Mais de nouveau, elle s'était écartée. Elle composa un numéro au téléphone. « Je vais vous appeler un taxi », dit-elle.

Puis, elle me raccompagna jusqu'à la porte de son appartement. Elle avait recouvré cette froideur souveraine qui m'avait frappé lors de notre première rencontre. Elle me salua sur le pas de sa porte et celle-ci se referma avant même que je fusse monté dans l'ascenseur.

Je me retrouvai sur le parking mais le taxi n'était pas encore arrivé. Je tirai mon paquet de cigarettes de la poche de ma chemise. Je remarquai alors qu'il y avait un bout de papier dedans. C'était la carte sur laquelle j'avais écrit : *Merci pour tout*. Le mot *tout* était barré et, à la place, il y avait maintenant un autre mot écrit de la main d'Angela. Je demeurai immobile sous la lampe qui éclairait l'entrée de l'immeuble. J'allumai une cigarette et considérai la carte pendant un long moment.

Merci pour tout, avais-je écrit.
Merci pour rien, était-il écrit maintenant.

22

Il était couché sur le sol du laboratoire dans une mare de sang, la figure à moitié arrachée. Il était couché sur le flanc et ce qui manquait de son visage était éparpillé dans la pièce sous forme d'éclats d'os, de peau, de chair, de sang. Du sang, il y en avait partout : sa chemise en était barbouillée, et aussi son pantalon, ses bras, ses mains, ses cheveux.

Je restai là, cloué, considérant avec horreur ce qui avait été un homme vivant et Lacrosse se tenait à côté de moi. La pièce était presque uniquement meublée de tables et d'étagères chargées d'instruments divers, microscopes, becs Bunsen, produits chimiques, appareils de mesure. Les experts de la police s'affairaient, photographiant le cadavre, répandant du graphite un peu partout à la recherche d'empreintes digitales. Ils étaient six et il faisait très chaud dans le labo aux fenêtres munies de barreaux. « Quelle boucherie ! » dis-je à Louis Lacrosse. Et comme il ne se montrait pas très disert, je lui demandai : « Mais qui est-ce ?

— Laurent Viale », dit le petit Lacrosse sur un ton plus mélancolique que jamais.

« Quoi ! Viale !

— Laurent Viale, oui. » Lacrosse était blême. Bouleversé au point qu'il ne songeait même pas à rallumer le bout de cigarette éteint planté au coin de son bec.

« Mais qui a pu faire ça ?

— Qui ? Je n'en sais fichtre rien. Tué à bout portant avec un gros calibre.

— Mais comment l'assassin a-t-il pu entrer ici ? Il n'y a donc aucune surveillance ?

— Vous voulez rire ! Nous manquons déjà d'effectifs ! Je suis venu moi-même il y a trois quarts d'heure pour voir un peu où Viale en était de ses recherches. Et voilà ce que j'ai trouvé. » Lacrosse fit un geste vague en direction du corps étendu. « J'ai averti aussitôt la police judiciaire à Nice. Inutile de vous dire que cela dépasse mes compétences, et de loin ! Heureusement que le commissaire Roussel est arrivé très vite avec une équipe d'experts. »

L'un des experts venait justement de faire rouler le cadavre de Viale sur le dos. L'homme qui avait des cheveux gris et portait des lunettes se mit à examiner le corps sous toutes ses coutures.

« Le docteur Vernon, médecin légiste à Cannes », me dit Lacrosse à haute voix. Le susnommé me fit un bref signe de tête. Puis il se mit à farfouiller avec des pincettes dans la charpie sanguinolente qui avait été la figure de Laurent Viale, peut-être sa bouche. Une grosse mouche se posa non loin des pincettes du docteur Vernon. Ce dernier ne parut pas s'en formaliser. Il glissa sa main sous la nuque sanglante du mort et fit pivoter légèrement ce qui restait de sa tête.

« Là, petit, dit-il à Lacrosse. L'entrée de la balle. Toute petite. Le visage arraché. Balle dum-dum.

— Je croyais qu'il n'existait des balles dum-dum que pour fusils, dis-je.

— Il en existe aussi pour automatiques. » Le docteur Vernon était de toute évidence un vieux routier de la police. Un homme qui avait appris, par la force des choses, à contrôler ses émotions. A ne plus éprouver de répulsion quel que fût le spectacle qui s'offrait à ses yeux. Et peut-être, après tout, à ne plus rien ressentir du tout : ni horreur, ni dégoût, ni haine, ni compassion.

« Viens par ici, petit, et apporte ton bloc », croassa-t-il à l'adresse de l'un de ses collaborateurs. Et il se mit à dicter à toute vitesse un rapport détaillé sur la mort de Laurent Viale.

« Et le mobile ? » demandai-je à Lacrosse. Il esquissa un geste en direction des étagères, naguère chargées des débris du *Moonglow* repêchés sur les lieux de l'explosion : vides.

« Tout a disparu, dit Louis Lacrosse. Non seulement les pièces à conviction mais aussi les notes de Viale. Et il en avait pris pas mal depuis le début de l'enquête. »

Un homme corpulent et de très haute taille entra dans la pièce à ce moment-là. Il portait une tenue tropicale et une chemise à col ouvert. Un visage fin, très énergique, des yeux sombres surmontés de sourcils épais et broussailleux, des cheveux blancs ondulés.

« Commissaire Roussel, de la police judiciaire de Nice. » Lacrosse fit les présentations.

« Belle saloperie, hein ? » me lança-t-il.

Je hochai la tête.

« Mais on va voir de quel bois je me chauffe ! Ça ne se passera pas comme ça. Peu m'importe que des fortunes carrées soient mêlées à cette affaire ... quand bien même le monde leur appartiendrait ! A mes yeux, ils ne valent pas plus cher que le dernier des clodos du vieux port.

— Peut-être, dit Lacrosse. Mais ils ont plus d'influence. Quand le pouvoir ne repose pas entre leurs mains...

— Influence ? Pouvoir ? Qu'est-ce que tu nous chantes là, Louis ! s'exclama le commissaire. J'ai téléphoné à Paris. Aux Renseignements généraux et aux Finances. J'ai mis ces messieurs au parfum. On va nous envoyer du monde.

— Et le scandale ? Il paraît qu'il faut l'éviter à tout prix !
du monde.

— L'éviter ? Un meurtre a été commis dans cette pièce. Au siège même de la police maritime. Et si je ne m'abuse, ce meurtre est lié à l'affaire du *Moonglow*. Songe un peu à l'équipage du yacht ! Tous ces pauvres types qui ont cassé leur pipe ! Ils n'étaient pas milliardaires, eux ! Et leur femme, leur mère, leurs enfants, qu'ils se débrouillent, hein ? Non, Louis, je ne me laisserai pas intimider ! Qu'on ne vienne pas me mettre des bâtons dans les roues, ou alors...

— On demande M. Lucas ! » Je me retournai. Un agent en uniforme se tenait sur le pas de la porte. « C'est moi, que se passe-t-il ?

— Appel téléphonique de l'hôtel Majestic. Deux télégrammes pour vous. Vous êtes prié de regagner d'urgence votre hôtel. »

23

Tous deux étaient signés Gustave Brandenburg. Je priai le portier de nuit de me donner la clé de mon coffre. J'en retirai la grille de décodage, m'installai dans le hall désert et m'employai à déchiffrer les missives de mon chef. Le premier télégramme me priait de regagner Düsseldorf par le premier vol de dimanche et de me présenter dès mon arrivée au bureau de Brandenburg. Le deuxième disait textuellement ceci : PROTÉGEZ PAR TOUS MOYENS EXPERTS ET PIÈCES À CONVICTION.

Le télégramme avait été expédié de Düsseldorf à 19 h 45. Si j'avais été à mon hôtel pour le recevoir, peut-être Laurent Viale aurait-il eu la vie sauve. Mais comment aurions-nous pu le protéger efficacement, lui et les fameuses pièces à conviction ? Et comment diable Brandenburg avait-il eu l'intuition de ce qui allait ou pouvait arriver ?

Je brûlai les télégrammes et fis tomber les restes carbonisés dans un cendrier où je les réduisis en poudre. Puis je rangeai mon code dans le coffre non sans avoir prélevé mon passeport et tout l'argent liquide qui y restait. Je rendis la clé de mon coffre au portier en lui indiquant que je devais partir pour Düsseldorf mais que je voulais conserver ma chambre.

« Oui, je sais, dit le portier.

— Comment cela, vous savez ?

— Nous avons reçu des instructions. » Il me tendit une enveloppe. « Voici votre billet, monsieur. On nous a priés de vous réserver une place sur le vol Air France, départ de Nice à neuf heures quinze, arrivée à Düsseldorf à midi vingt-cinq. Les débours de l'hôtel seront portés à votre compte. »

Je le remerciai, remontai à mon appartement, me déshabillai et pris une douche chaude, puis froide. Les cartons de vêtements acquis en cours d'après-midi avaient été livrés. Je déballai tout et rangeai mes nouvelles affaires dans les placards de ma chambre à coucher. Je gardai sous la main un complet en alpaga et l'une des cravates choisies par Angela. Je me couchai ensuite sur mon lit et tâchai de dormir. Sans succès. J'allumai la radio posée sur la table de nuit. Une voix de femme chantait : « *Elle est finie, la comédie...* » J'éteignis le poste aussitôt. Je consultai ma montre-bracelet. Il était deux heures vingt. Le téléphone sonna. C'était Angela.

« J'ai déjà appelé mais vous n'étiez pas là. Que... que s'est-il passé, Robert ? Quelque chose de grave ?

— Oui, dis-je. Quelque chose de très grave.

— Quoi donc ? »

Je le lui dis.

Il y eut un long silence. J'étais curieux de connaître la réaction d'Angela. Elle déclara enfin à voix très basse : « C'était un brave garçon. Nous étions très bon amis et sa mort me touche durement. Mais sans doute touchera-t-elle encore plus durement sa mère. J'irai la voir dès demain.

— Pourquoi m'avez-vous appelé ? demandai-je.

— Parce que — la vie continue, n'est-ce pas ? — je voulais vous dire que mon amie Pasquale est d'accord pour organiser un dîner auquel seront conviés tous les gens qui vous intéressent. Après-demain à huit heures. Cela vous convient ?

— Parfaitement ! Attendez. Il faut que j'aille à Düsseldorf demain... non, aujourd'hui.

— Pourrez-vous être de retour si vite ?

— Je l'espère. Si vraiment ça n'allait pas, je vous appellerai à temps pour me décommander. Mais étant donné l'importance de l'enjeu, je ne pense pas que mon patron me retiendra plus que le strict nécessaire.

— Pourquoi vous demande-t-on à Düsseldorf ? Est-ce à cause de la mort de Laurent Viale ?

— Il y a de cela, je pense.

— A quelle heure votre avion décolle-t-il ?

— Je quitte Nice à neuf heures quinze.

— Je vous prendrai à huit heures à votre hôtel.

— Ce n'est pas la peine, Angela ! Vous aurez à peine le temps de vous reposer. Songez que je pars dans cinq heures et demie. Non, non, je prendrai un taxi.

— Vous ne prendrez pas de taxi. Je serai au Majestic à huit heures pile. Bonne nuit, Robert.

— Bonne nuit, Angela. Merci beaucoup », dis-je, et je raccrochai.

Mais il était clair que je ne dormirais pas de la nuit. J'étais beaucoup trop sur les nerfs.

J'enfilai ma robe de chambre, sortis sur le balcon et me mis à fumer. Je fumai cigarette sur cigarette. A quatre heures et demie, l'horizon s'éclaircit puis se teinta de pâles couleurs. La Croisette était déserte et l'hôtel parfaitement silencieux. Le ciel d'abord gris puis couleur sable passa à une teinte ocrée. Le vert pomme succéda progressivement à l'ocre et se mêla de nuances dorées au fur et à mesure qu'il devenait plus clair. Le long de la Croisette, les immeubles blancs se mirent à briller dans le jour naissant. Puis un énorme soleil rouge sang surgit de la mer.

24

« *Cover. Coverage* », dit Gustave Brandenburg. Il gratta pensivement sa grosse tête carrée parfaitement chauve. « Il fallait que nous examinions le problème ensemble, Robert ; c'est la raison pour laquelle je t'ai fait revenir. » Mon chef portait une affreuse chemise à rayures orange sur fond blanc. Il était déjà couvert de miettes de pop-corn et le plateau de son bureau était plus dégueulasse que jamais. A côté de lui, dans un fauteuil confortable, un homme d'une cinquantaine d'années, fort élégamment mis, l'air calme, pondéré, un long visage émacié et respirant, me sembla-t-il, une défiance que rien ne devait être en mesure d'ébranler. Brandenburg m'avait présenté cet énigmatique personnage : docteur Daniel Friese, directeur de cabinet au ministère des Finances de la République fédérale. Je n'avais pas la moindre idée du motif de cette visite. L'immeuble de la Global était parfaitement désert et silencieux. On était dimanche matin et personne ne travaillait, hormis Brandenburg.

J'avais fait aux deux hommes un rapport détaillé sur mes faits et gestes à Cannes et ils m'avaient écouté en affichant une mine vaguement ennuyée — comme si tout ce que je pouvais avoir à dire n'avait, au fond, pas tellement d'importance. Et de fait, l'essentiel leur était parfaitement connu.

« Mais pourquoi ces termes " cover " et " coverage " t'ont-ils incité à me rappeler à Düsseldorf alors que... »

Gustave Brandenburg me coupa la parole sans ménagements : « Ne perdons pas notre temps à poser de vaines questions. M. Friese est venu spécialement de Bonn pour s'entretenir avec nous.

— Un dimanche ? C'est donc si urgent que cela ?

— Il n'y a rien de plus urgent », intervint Friese. Il avait une voix agréable.

« M. Friese s'intéresse donc également à l'affaire qui nous préoccupe ?

— Enormément, déclara Friese.

— L'affaire dont tu t'occupes actuellement à Cannes — l'explosion du yacht de Hellmann et la mort des douze personnes qui se trouvaient à bord, explosion à laquelle fait suite maintenant le meurtre de cet expert — voyons, comment s'appelle-t-il déjà... ?

— Viale. Laurent Viale.

— C'est cela, oui. Toute cette affaire doit être appréhendée et traitée à partir du contexte financier dans lequel elle baigne. C'est au contexte financier, c'est à l'arrière-plan économique que doivent être rapportés tous les faits. Ces derniers ne sont que les péripéties spectaculaires d'un crime économique sous-jacent beaucoup plus grave. Infiniment plus grave. Et si j'ai flairé d'emblée quelque chose dans ce genre — une histoire de gros sous, un règlement de comptes entre truands de la haute finance — j'étais loin cependant de me douter de l'ampleur du problème. M. Friese (et cela je ne le savais pas) s'intéresse depuis pas mal de temps à Hellmann et à ses affaires. Et comme nous nous y intéressons aussi par la force des événements, nous avons décidé de travailler en étroite collaboration. M. Friese est là pour nous expliquer de quoi il retourne. C'est un peu compliqué mais...

— Mais je tâcherai d'être aussi simple et bref que possible », déclara l'émissaire du ministère des Finances. « Ce n'est plus un secret pour personne, monsieur Lucas : nous sommes confrontés à l'heure actuelle à un processus inflationniste qui s'étend au monde entier. Si nous ne parvenons pas à maîtriser ce processus, nous courons à une catastrophe sans précédent. Une catastrophe dont les effets seront peut-être plus néfastes que ceux de la deuxième guerre mondiale. » M. Friese s'exprimait d'une voix égale. Neutralité objective de l'expert, démentie cependant par le front soucieux attestant que l'homme était profondément préoccupé par le problème évoqué. « Il me faut bien préciser, pour commencer, que je tiens l'inflation pour la conséquence directe de la pire forme de vol qui se puisse imaginer — le cas dont nous nous occupons actuellement en fournit la preuve — la loi ne peut rien ou pas grand-chose contre ceux qui la pratiquent.

— Tu as affaire à une belle bande de crapules », dit Brandenburg en fourrant une poignée de pop-corn dans sa bouche. « Enfin, je veux dire : *Nous* avons affaire à une belle bande de crapules.

— Mais d'où provient cette inflation et comment progresse-t-elle, monsieur Friese ? » demandai-je et, simultanément, de façon très illogique, je songeai au tabouret sur lequel j'étais assis la veille, regardant Angela préparer la salade.

« Voyez-vous, monsieur Lucas, dit Friese, il y a aujourd'hui une masse monétaire se chiffrant à quelque soixante-dix milliards de dollars qui vagabonde librement dans le monde. Soixante-dix milliards, monsieur Lucas ! Pouvez-vous seulement imaginer une somme pareille ?

— Non, dis-je.

— Personne ne le peut. C'est un chiffre trop considérable. Mais voilà : ces soixante-dix milliards de dollars représentent une première cause du processus inflationniste.

— Permettez, intervins-je. D'où viennent-ils ?

— Essentiellement d'outre-Atlantique — de grands cartels, de banques privées, et puis aussi de la poche de puissants spéculateurs. Cette masse monétaire *vagabonde* est le fruit de ce qu'on est convenu d'appeler le *deficit-spending* des Etats-Unis.

— Qu'est-ce que c'est que ça ?

— Les Etats-Unis achètent davantage à l'étranger qu'ils n'exportent. Et de ce fait, la masse de dollars qui s'en va à l'étranger croît sans cesse. Mais le dollar est toujours la monnaie étalon. Coté au-dessus de sa valeur réelle. Vous savez ce que c'est : les Américains ne veulent pas entendre parler de dévaluation du dollar. Dévaluer le dollar, cela équivaudrait à faire grimper le prix de l'or, et ce serait à l'avantage des Soviétiques qui en produisent des quantités. Soit dit entre parenthèses, je suis convaincu qu'on s'achemine vers une nouvelle et grave crise du dollar — et que ce dernier *devra* être dévalué de quelque dix pour cent. Dans un premier temps... Mais il y a autre chose concernant plus particulièrement les cartels américains et les sociétés multinationales. A cet égard, les choses sont on ne peut plus claires : ces organisations peuvent acquérir au prix coûtant autant d'actions étrangères, par exemple allemandes, qu'elles le désirent. En revanche, le particulier américain qui achète ces mêmes actions paiera douze pour cent d'impôts.

— Mais c'est parfaitement injuste, dis-je.

— Injuste oui, mais légal, répliqua Friese. Et c'est ainsi que ces soixante-dix milliards de dollars *vagabonds* sont placés en banque ou investis là où il y a le plus de profit à tirer. Ce qui veut dire dans des pays dont la situation monétaire est stable — en Allemagne fédérale plus particulièrement. Car le mark passe — à mon sens à tort — pour la monnaie la plus stable, la plus sûre. Plus sûre même que le franc suisse ou le florin néerlandais. Dès que la situation dans un pays devient alarmante — dès qu'un certain seuil d'instabilité est franchi, ce qui se manifeste par des grèves, un accroissement du chômage, une évolution anarchique du rapport prix-salaires — les dollars investis dans le pays touché par la crise émigrent vers un pays sûr et ce, par la voie des cartels ou des banques. En vertu des conventions qui régissent le fonds monétaire international, la Bundesbank est tenue d'accepter en dépôt et de changer en marks les devises qui affluent de cette façon, quel que soit leur montant. Ce qui revient à dire qu'il y a toujours davantage de marks en circulation. Ou, pour formuler le problème de façon plus caricaturale : la Bundesbank doit fabriquer toujours plus de monnaie afin de pouvoir satisfaire à la demande suscitée par ces transferts massifs de l'étranger vers la République fédérale. Et cela, c'est le commencement de l'inflation. Car la masse monétaire doit être couverte par une masse correspondante de produits de consommation. Et comme on ne peut pas produire plus du jour au lendemain, l'équilibre se trouve rompu et les prix grimpent.

— Mais c'est aberrant, non ? m'exclamai-je.

— Cher monsieur, dit Friese d'une voix douce, nous vivons dans un monde aberrant. Et sur le plan économique également, l'aberration est reine. Nous nous acheminons vers une crise terrible dont souffriront essentiellement les petites gens, les épargnants. Les autres, les gros, les magnats, les riches et les très riches sont largement bénéficiaires de l'évolution en cours et de la crise qui s'annonce. En plus, dans la mesure où ces soixante-dix milliards de dollars ne sont pas employés à s'assurer le contrôle de telle ou telle industrie nationale, ils se trouvent entre les mains de puissants spéculateurs qui disposent de toutes les monnaies possibles et imaginables et dont l'activité essentielle consiste à procéder à des opérations de change aussi fructueuses que possible, en fonction justement des fluctuations du marché. Admettons par exemple qu'ils disposent de sommes importantes en lires ou en livres sterling et que l'une ou l'autre de ces monnaies vienne à montrer des signes de fléchissement ; ils s'en débarrasseront aussitôt. Ce qui veut dire : ils vendront les sommes dont ils disposent en devises menacées aux banques nationales des pays concernés, lesquelles, comme vous le savez, sont tenues d'acheter au prix fort, même si la dévaluation est imminente. De cette façon, les spéculateurs entrent en possession de devises fortes — disons qu'ils achèteront des yens ou des marks — se préservant ainsi des effets de la crise monétaire en tel ou tel pays. Mais ce n'est pas tout ! Ces messieurs incitent les filiales des sociétés multinationales qu'ils contrôlent à faire des dettes et, si possible, des montagnes de dettes, pour autant que les filiales sont installées dans des pays dont la monnaie est faible. Les emprunts contractés seront aussitôt retirés du pays et transformés en une monnaie forte. Vous voyez d'ici le problème ! Il s'agit en l'occurrence de sommes se chiffrant par millions, voire par milliards. Capables de compromettre l'équilibre économique d'un pays, ces sociétés multinationales ont le pouvoir de contraindre un gouvernement et la banque nationale d'un pays à négocier selon leur volonté. Et, comme vous pouvez le penser, de telles négociations ne peuvent avoir que des conséquences néfastes. »

25

« Des conséquences néfastes, oui, grogna Gustave Brandenburg. Pour les petites gens en tout cas.

— Les crises monétaires et l'inflation ne touchent effectivement que ceux que vous appelez les petites gens, continua Friese. Ce sont eux, uniquement eux qui souffrent des mesures protectionnistes — également appelées mesures d'austérité — que les gouvernements et banques d'Etat sont obligés de prendre par suite de telles négociations. Et ces libertés prises par les gros spéculateurs sont parfaitement légales. Criminelles, amorales, tout ce que vous voudrez, mais légales. Et ce sont ces procédés qui nous conduisent en droite ligne à une catastrophe sans précédent. L'affaire dont vous vous occupez actuellement, monsieur Lucas, est de cette nature. C'est ce qui explique ma présence ici. Et c'est aussi ce qui explique la présence de M. Kessler.

— De qui ?

— M. Otto Kessler. L'un des meilleurs agents de notre service de Répression des fraudes. Il attend à côté. Et les quelques explications générales que je viens de vous donner ne doivent servir qu'à vous faire mieux comprendre ce que M. Kessler va vous dire. »

Brandenburg poussa sur un bouton de l'interphone installé sur sa table. Sa secrétaire se manifesta aussitôt.

« Qu'y a-t-il pour votre service, M. Brandenburg ?

— Faites entrer M. Kessler », grogna Gustave. De la cendre tomba sur sa chemise, il ne le remarqua pas.

La porte s'ouvrit, laissant apparaître un homme de haute taille aux cheveux blonds clairsemés et dont la tempe gauche était barrée d'une cicatrice.

C'était le type qui était assis à côté de moi au bar du Majestic quand j'étais en pourparlers avec Nicole Monnier.

Je fis les yeux ronds.

Il se borna à m'adresser un bref signe de tête.

26

« Décidément, le monde est petit ! dis-je avec une pointe d'ironie.

— N'est-ce pas ? fit Kessler. Mais si cela peut vous consoler, je suis à Cannes depuis pas mal de temps. A la Répression des fraudes, on s'intéresse beaucoup aux milliardaires. »

Sa voix était très différente de celle de Friese — froide, énergique, autoritaire.

« Il se trouve que nous nous intéressons depuis des mois — pour ne pas dire depuis des années — aux affaires de Hellmann et plus particulièrement aux rapports qui le lient à l'Américain John Kilwood.

— John Kilwood ? Mais c'est l'un des magnats venus à Cannes pour fêter — soi-disant — le soixante-cinquième anniversaire de Hellmann.

— En effet. Et c'est aussi le plus intéressant et le plus dangereux d'entre eux », dit Kessler. Il fit craquer les jointures de ses doigts en tirant dessus. C'était, comme je devais le constater assez vite, une véritable manie chez cet homme. Kessler tira un carnet de sa poche et lut : « John Kilwood. Trois fois marié. Soixante-deux ans. Enfants vivants : cinq. Etudes : Yale University. Activité industrielle : Kood Oil Cy et filiales. Fortune personnelle : sept cents à mille millions de dollars.

— Que Dieu lui vienne en aide, grogna Brandenburg.

— C'est déjà fait », dit Kessler. Il consulta son carnet : « Kilwood possède maisons, propriétés foncières, appartements à Beverly Hills, en Floride, aux Bahamas, en France, en Suisse, à Monaco, au Liechtenstein et en Angleterre. Là un château. Deux avions particuliers : tous deux des Boeing 702. Un appartement de grand luxe à New York, United Nations Plaza. »

Friese intervint : « La Kood Oil travaille pratiquement sans bénéfices en Europe et notamment chez nous.

— Et où vont les bénéfices ? demandai-je.

— Là où Kilwood veut les avoir, déclara Kessler. C'est-à-dire dans les pays où les impôts sont légers ou inexistants. » Il feuilleta les pages de son carnet puis, me dévisageant attentivement : « La Kood, je suppose que cela vous dit quelque chose, non ?

— Et comment ! » dis-je.

La Kood est, en effet, l'une des plus puissantes chaînes de construction de matériel électronique en tout genre. Grosse usine de montage en Forêt-Noire, usines secondaires disséminées sur l'ensemble du territoire de la République fédérale, fournisseurs exclusifs dans différents pays d'Europe. En matière d'électronique, la Kood fabrique de tout : radars, téléviseurs, éléments pour satellites d'observation, appareils de mesure destinés à la Nasa dans le cadre des programmes spatiaux américains.

« En 1948, l'usine Kood de la Forêt-Noire comptait deux cents ouvriers. poursuivit Kessler. A l'heure qu'il est, la société du même nom emploie quelque sept cent cinquante mille personnes. Et je ne compte pas, dans ce chiffre, les gens qui travaillent chez les fournisseurs agréés de la Kood. Comment Kilwood a acheté la Kood ? En 48, le cours du dollar fut arbitrairement fixé par les Américains à quatre marks vingt et nous devions l'acheter à ce prix. Aujourd'hui, le dollar vaut trois marks dix-neuf et c'est encore un cours beaucoup trop élevé. Mais à cette époque-là, comme vous pouvez l'imaginer, les Américains ont acheté tout ce qu'ils pouvaient en Allemagne. Kilwood acquit une petite usine en Forêt-Noire. Vous voyez ce que la Kood est devenue au fil des années. Je suppose que M. le chef de cabinet Friese vous a expliqué comment on obtient des résultats aussi spectaculaires sans sortir de la légalité ?

— Oui.

— Bien, dit Kessler. A combien évaluez-vous les bénéfices annuels de cette entreprise tentaculaire qu'est la Kood Oil Cy aujourd'hui ?

— Je ne sais pas, moi. Mais je suppose que cela doit se chiffrer par milliards.

— Exact, dit Kessler en ricanant méchamment. Et combient d'impôts croyez-vous que la Kood paye chez nous ? Vous ne le croirez sans doute pas. En Allemagne fédérale, pas un sou ! »

27

« Mais comment est-ce possible ? » J'étais réellement stupéfait.

« Comment ? dit Friese. Le plus simplement du monde. Toutes les commandes exécutées par la Kood s'en vont au Liechtenstein qui est, comme vous le savez sans doute, une sorte d'oasis fiscale. Disons qu'on n'y paie pratiquement pas d'impôts. Des sociétés boîtes aux lettres installées là canalisent les livraisons de la Kood dans les directions idoines et empochent des bénéfices supposés. Les factures vont du Liechtenstein aux Bahamas où l'on ne paye pas d'impôts du tout et la Kood — autrement dit Kilwood — rafle les bénéfices, bien réels cette fois, au terme de comptes qui s'effectuent directement entre le Liechtenstein et les Bahamas.

— Il doit bien être possible de coincer d'une manière ou d'une autre une société qui travaille en Allemagne sans payer un sou d'impôts ! m'exclamai-je.

— Eh non, mon cher monsieur ! C'est impossible, dit Friese. A ce niveau-là, tout est permis et nous demeurons impuissants. Néanmoins (Friese, pour la première fois, élevait le ton) il y a un point sensible que nous nous employons à découvrir. Si nous parvenons à mettre le doigt sur la moindre irrégularité vis-à-vis du fisc, nous pouvons faire sauter la Kood et Kilwood avec elle. Et c'est justement pour découvrir ce point sensible que M. Kessler s'intéresse de si près aux affaires traitées entre Kilwood et la banque Hellmann.

— Hellmann ? Qu'est-ce qu'il a à voir là-dedans ? demandai-je.

— Vous ne le savez donc pas ? demanda Kessler. Hellmann était le banquier attitré de Kilwood en Allemagne.

— C'est pas joli, ça ? » grogna Gustave Brandenburg à mon intention Il fit glisser son gros cigare d'un coin de sa bouche à l'autre. Il s'enfonça ensuite profondément dans son fauteuil, joignit ses mains sur sa bedaine et nous considéra chacun, tour à tour, de ses malins petits yeux. De ses malins petits yeux porcins.

28

Kessler dit : « Ce que je sais, j'ai eu beaucoup de mal à l'apprendre comme vous pouvez vous en douter. Disons que j'ai réussi à tirer parti de certains ressentiments, à provoquer certaines indiscrétions... » Il me dévisagea. Il avait des yeux gris bleu dans lesquels je ne découvris pas la moindre lueur d'humanité. Ce type était véritablement possédé par le goût exclusif de la chasse aux fraudeurs. Aux fraudeurs de grande envergure qui lui étaient réservés.

Il poursuivit : « Toutes ces formes de transactions monétaires dont M. Friese vous a expliqué précédemment les modalités, Kilwood les faisait passer par la banque Hellmann. Et ce, depuis une vingtaine d'années environ. Il fallait à Kilwood une banque qui jouît de la meilleure réputation possible. Et l'on comprend aisément la raison d'un tel choix. Tout devait se faire dans les règles de l'art, le plus légalement du monde et cependant le plus discrètement possible, derrière le paravent d'une respectabilité sans faille. Depuis vingt ans, chaque fois qu'il y avait crise dans un pays ou dans un autre, Kilwood retirait les fonds dont il disposait dans le pays atteint, les transférait en Allemagne, chez Hellmann, les transformait en marks et les investissait dans la Kood. C'est ainsi que la Kood est devenue la puissante société internationale que vous savez. Il n'y a pas une crise politique, pas un putsch, pas une guerre, pas un conflit social d'envergure — je ne citerai pour exemple que la Hongrie en 56, l'affaire de Cuba, le mur

de Berlin, la guerre du Vietnam — que Kilwood n'ait exploité à son avantage en jonglant judicieusement avec ses dollars par le truchement de la
banque Hellmann. Kilwood s'enrichissait, Hellmann s'enrichissait et notre
pays — entre autres — se trouvait toujours plus menacé par le péril
inflationniste provoqué, entretenu, aggravé par cette sorte de spéculation.
Vous me direz que Kilwood n'était pas le seul à s'y adonner. Sans doute non.
Mais en matière de spéculation monétaire, il a fait ce qu'il a pu et vous
pouvez me croire que cela a pesé et pèse encore un poids considérable.
Quant à Hellmann, il pouvait dormir sur ses deux oreilles car tout ce qui
se faisait, se faisait dans le respect scrupuleux de la loi et dans une parfaite
entente. Jusqu'à cette récente affaire de livres sterling.

— De quoi voulez-vous parler ? demandai-je.

— Kilwood a suivi de près ce qui se passait en Angleterre. Les grèves, le
chômage, la récession. Il savait que si l'Angleterre voulait entrer dans le Marché commun, il fallait s'attendre nécessairement au flottement puis à la
dévaluation de la livre. Mais c'est là, précisément, que notre affaire devient
parfaitement obscure.

— Comment cela ? m'enquis-je.

— Faites bien attention, dit Kessler. Afin que vous compreniez bien,
je vais vous dire tout d'abord ce que Kilwood aurait normalement *dû*
faire — et ce qu'il a d'ailleurs fait dans le passé chaque fois que les circonstances s'y prêtaient. Vous me suivez ? J'acquiesçai. Bon. Kilwood
aurait dû retirer d'Angleterre les fonds en livres sterling précédemment
obtenus par la vente de dollars à la banque d'Angleterre ; il aurait dû
les transférer à la banque Hellmann et les échanger en marks avant la
dévaluation de la monnaie anglaise. Et ce change avantageux, il l'aurait
obtenu car Hellmann lui-même aurait vendu ces livres à la Bundesbank
en temps voulu — c'est-à-dire juste avant la dévaluation — et c'est donc
la Bundesbank seule qui aurait fait les frais de l'opération. La Bundesbank :
autrement dit, nous tous. Mais je dirai plus : Kilwood aurait dû normalement demander à la banque Hellmann de contracter un emprunt en livres
sterling. Et pas n'importe quel emprunt, non, le plus gros emprunt possible.
Toujours avant la dévaluation de la monnaie britannique, il va de soi !

— Comment aurait-il pu faire cela ?

— Ce n'est pas un problème. Dans la mesure où l'on vous sait solvable,
vous pouvez contracter, auprès de n'importe quelle banque allemande, un

emprunt en livres, en florins, en dollars ou en tout ce que vous voudrez. Et comme Kilwood savait pertinemment que la livre allait être dévaluée...

— Mais voici que la livre est effectivement déclarée flottante », dit Brandenburg avec componction en balayant les miettes de pop-corn de sa chemise et de son pantalon. « Et la voici maintenant dévaluée de facto, de huit pour cent.

— Huit pour cent, oui, confirma Friese.

— Bon », ajouta Kessler. Puis, s'adressant à moi : « Et maintenant, dites-nous un peu ce que cela signifie pour Kelwood, si l'on s'en tient à l'hypothèse que nous venons de développer.

— Cela signifie que Kilwood, du fait même qu'il a échangé ses livres sterling en temps voulu contre des marks, non seulement évite de perdre de l'argent mais qu'il va tirer de cette transaction opportune des profits non négligeables. Car il peut maintenant dépenser en Grande-Bretagne les marks que...

— Il *pourrait* dépenser, rectifia Kessler.

— Que voulez-vous dire par là ?

— Ne vous ai-je pas laissé entendre qu'à ce point, notre affaire devient obscure pour ne pas dire incompréhensible ? Mais n'anticipons pas. Allez jusqu'au bout de votre raisonnement.

— Entendu, dis-je. Kilwood peut maintenant dépenser en Grande-Bretagne les marks que Hellmann lui a procurés en changeant ses livres au prix fort. Ce qui veut dire qu'il paye huit pour cent moins cher les achats qu'il va effectuer auprès des fournisseurs britanniques de la Kood.

— Juste.

— Et puis il va encore gagner huit pour cent en remboursant en marks l'emprunt en livres sterling contracté auprès de la banque Hellmann avant la dévaluation.

— Vous avez parfaitement saisi, dit Kessler. Et maintenant, faites bien attention, monsieur Lucas. Car c'est maintenant seulement que nous arrivons à ce fameux point obscur. L'incompréhensible, l'incroyable, c'est maintenant seulement que nous allons le toucher du doigt. Nous savons que Kilwood a fait transférer des livres à la banque Hellmann et que cette dernière les a changées au prix fort contre des marks. Mais nous savons aussi que, loin de contracter un emprunt en livres sterling par le biais de la banque Hellmann, Kilwood a poussé cette dernière à accorder des prêts en livres sterling.

— Quoi !

— Vous avez bien entendu. Au lieu de faire des dettes en livres sterling, la banque Hellmann a accordé des prêts en livres sterling.

— Mais cela signifie que Hellmann va perdre huit pour cent sur la totalité des prêts accordés en livres !

— Exact, déclara Friese.

— Je ne comprends pas cela, dis-je.

— Nous non plus, dit Kessler. Et s'il n'y avait que cela. Mais ce n'est pas tout.

— Quoi ? Une autre surprise encore ?

— Oui, dit Kessler. Et de taille. Figurez-vous que Hellmann a gardé les livres achetées à Kilwood au prix fort au lieu de les revendre immédiatement à la Bundesbank.

— Il les a *gardées* ?

— Oui, monsieur. Kessler hocha la tête.

— Ce qui veut dire que Hellmann a aussi perdu huit pour cent sur les livres échangées à Kilwood contre des marks ?

— Exactement, dit Friese.

— C'est pas joli, ça ? » Gustave fit claquer sa langue.

Kessler dit : « Et savez-vous à combien se monte la somme globale sur laquelle portent les pertes subies par la banque Hellmann — c'est-à-dire le montant du transfert opéré par Kilwood plus celui des prêts en livres accordés par Hellmann à son instigation ?

— Aucune idée, dis-je. Quelques millions, je suppose.

— Cinq cents millions de marks en chiffres ronds », dit Kessler.

Il y eut un long silence dans le spacieux bureau de Gustave Brandenburg. La pluie tapait contre les carreaux et je songeai que j'aurais bien voulu être auprès d'Angela. Mais aussitôt après, je fus pris de cette fièvre étrange et familière que connaissent bien les gens qui exercent des professions comme la mienne. La fièvre du chasseur lancé sur la piste d'un gibier rare. Je sentis mon cœur battre plus vite. C'était, et de loin, la plus grosse affaire dont il m'eût été donné de m'occuper. Cinq cents millions de marks ! Dieu du ciel !

29

« Le reste va de soi », dit Kessler en scrutant ses longs doigts qu'il avait si fâcheusement tendance à faire craquer en tirant dessus sans arrêt. « Le fournisseur britannique de la Kood a fait faillite. Kilwood ayant retiré d'un seul coup tous ses fonds, la filiale ne pouvait évidemment plus satisfaire à ses obligations courantes.

— Vous croyez sérieusement que Kilwood aurait provoqué la banque-route de sa filiale britannique ? demandai-je.

— Pour l'instant, je ne crois rien parce que je ne sais rien. Ce qui est sûr, c'est que cette filiale ne représentait qu'une infime fraction de l'empire de Kilwood. Et encore ne s'agissait-il que d'un fournisseur de la Kood chez lequel Kilwood avait placé de l'argent. Ce qui est sûr également, c'est que Kilwood a provoqué par le passé la banqueroute de bien des maisons plus importantes que celle-ci. C'est l'une de ses pratiques préférées : mettre les maisons en faillite puis les racheter.

— Et si Hellmann et Kilwood avaient eu un plan ? lançai-je.

— Quel plan ? demanda Kessler.

— Ça, je n'en sais rien.

— Nous n'en savons rien non plus, dit Friese.

— Alors ? demandai-je.

— Alors rien, dit Kessler. Il y a quelque chose qui nous échappe, voilà tout. A moins que Hellmann ne soit subitement devenu fou. Mais cela m'étonnerait.

— Huit pour cent sur cinq cents millions, cela fait quarante millions de marks, ajouta Friese. Une perte sèche pour Hellmann et consorts.

— Encore que la banque Hellmann fût suffisamment puissante pour y survivre, grogna Gustave Brandenburg.

— Sans doute, dit Kessler. Mais l'affaire pourrait s'ébruiter. Des rumeurs pouvaient courir et la réputation de Hellmann être mise en cause. Quelles avaient bien pu être ses intentions cachées en conservant par-devers lui les livres sterling au lieu de les passer immédiatement à la Bundesbank ? Et en accordant des crédits en livres au lieu de contracter un emprunt ? Et de fait, il *devait* forcément avoir une raison d'agir ainsi. Laquelle ? Quelle qu'elle fût, sa réputation était en jeu. Non seulement la réputation de l'homme d'affaires avisé mais aussi celle du banquier irréprochable. Et nous savons justement que Hellmann était sur les dents. Sur ce point, tous ceux qui l'ont approché sont d'accord. Il s'est envolé à destination de Cannes pour demander de l'aide à Kilwood. Et ceci, notez-le bien, n'est pas une hypothèse. Je tiens le renseignement d'un témoin digne de foi. Mais je vous expliquerai tout cela cet après-midi car nous allons travailler ensemble dorénavant et il faut donc que vous soyez le mieux informé possible.

— Il n'y a donc plus de doute, fis-je, quant au sens à prêter aux termes de *Cover* et *Coverage*. Il s'agissait bien de couverture. Hellmann voulait que Kilwood couvre les huit pour cent de perte subis par la banque et Kilwood a refusé de lui venir en aide. C'est bien cela, non ?

— C'est probable, dit Friese. Et vous comprenez maintenant pourquoi votre télégramme a fait sensation ici. »

Quelque peu oppressé, je déclarai : « C'est donc Kilwood qui serait responsable de la mort d'Hellmann.

— Je n'ai pas dit cela et je m'en garderai bien. » Kessler fit craquer les jointures de ses longs doigts. « Nous ne savons pas pour quelle raison Hellmann n'a pas transféré ces livres à la Bundesbank. Ni pourquoi Kilwood a refusé de le couvrir. Peut-être n'était-il pas en fonds à ce moment précis, encore que cela me paraisse peu plausible. Peut-être qu'il ne *voulait* pas aider Hellmann. Peut-être aussi que Kilwood et Hellmann avaient effectivement mijoté un coup fabuleux dont nous ne saisissons par les imbrications profondes. Si c'est cela, le coup a raté. Et, comme vous l'avez dit, Kilwood aurait alors refusé de couvrir Hellmann. Et si cette hypothèse est la bonne, le reste coule de source : Hellmann perd la tête et décide de se suicider. Il pense au yacht. Pour déguiser le suicide en crime, il emmène des invités à bord et se fait sauter avec eux. De cette façon, personne ne se posera de questions. A moins que l'opinion publique ne vienne à apprendre que la banque Hellmann se trouvait en mauvaise posture. Car cela risquerait de susciter les questions. Des questions indiscrètes. Mais en viendra-t-on jamais là ? Kilwood ne va-t-il pas injecter *in extremis* l'argent nécessaire pour sauver les apparences ? Pour permettre à la banque Hellmann de continuer à fonctionner sans feu Hellmann ? Avec Hilde Hellmann comme héritière officielle et Kilwood comme propriétaire réel ? Je crois savoir que Kilwood souhaite depuis fort longtemps posséder sa propre banque.

— Le contraire nous aurait étonnés », proféra Brandenburg. Il se mit à tousser car il venait d'avaler de travers.

« Donc uniquement Kilwood, dis-je.

— Que voulez-vous dire par là ? demanda Kessler.

— Ce que je veux dire par là ? Les autres personnes qui sont arrivées à Cannes à peu près en même temps pour fêter, dit-on, le soixante-cinquième anniversaire de Hellmann n'auraient donc rien à voir dans cette affaire ?

— Il semble que non, dit Kessler. J'ai rendu visite à tous ces gens. Ils paraissent hors de cause. Connaissant un peu ce milieu, je suppose que s'ils avaient pu nuire à Kilwood, ils ne s'en seraient pas privés — ne fût-ce que pour se blanchir eux-mêmes. Quant à Kilwood, cet ivrogne invétéré...

— Kilwood, un ivrogne ? fis-je, surpris.

— Vous ne le saviez donc pas ? dit Kessler. Il boit comme un trou. Et quand il a bu, il devient sentimental. A jeun, brutal et cynique ; tendre et pleurnichard quand il a un coup dans le nez. Souvenez-vous du *Million-naire* de Charlie Chaplin. Il y a de cela chez Kilwood. »

Brandenburg dit : « Alors Robert, qu'est-ce que tu dis de ça ? Voilà ce qui s'appelle avoir du nez, non ? Ne t'ai-je pas dit tout de suite qu'il s'agissait sûrement d'un suicide ?

— C'est exact, dis-je. Mais s'agit-il bien d'un suicide ? Pour le moment, il me semble que nous nageons dans les conjectures. Les faits nous échappent en grande partie. Et les preuves tangibles de ce que nous croyons être la vérité, il nous reste à les trouver.

— Et pourquoi crois-tu que je t'ai envoyé à Cannes ! éructa Gustave soudain hors de lui. Trouve-les-nous, ces maudites preuves de merde ! »

Les deux agents du ministère se regardèrent d'un air consterné.

« Je fais ce que je peux, Gustave, dis-je. J'ai écouté attentivement M. Kessler. Ce qu'il nous a dit m'a paru du plus haut intérêt. Néanmoins, il y a deux ou trois petites choses qui me chagrinent.

— Ah oui ? fit Kessler, piqué au vif. Quoi par exemple ?

— Par exemple, le fait que Hilde Hellmann m'ait certifié que *tous* les amis de Hellmann étaient dans le coup. Et qu'ils seraient responsables, tous ensemble, de la mort de son frère.

— Ecoutez, monsieur Lucas, dit Kessler. Vous avez bien dû vous rendre compte que Hilde Hellmann... Enfin, vous voyez ce que je veux dire.

— Oui, je vois. Mais est-ce que vous êtes sûr qu'elle est aussi folle qu'on le dit ? Vraiment sûr ?

— Pourquoi me posez-vous cette question ?

— Eh bien, elle m'a dit cela, à moi. Mais M. Lacrosse a eu droit à une tout autre version. » J'en avais ma claque des airs supérieurs de ces messieurs et j'ajoutai, à l'adresse de Kessler : « Et puis, voyez-vous, je suis comme vous. Je ne crois que ce que je sais. Et pour l'instant, si je m'en tiens à ce que vous venez de nous dire, je ne sais pas grand-chose. Et par conséquent, je ne crois rien.

— C'est votre droit le plus strict, dit Kessler vexé.

— Continuez votre enquête, monsieur Lucas, dit Friese conciliant. Nous la suivrons avec le plus grand intérêt. Mais il importe que nous coordonnions notre action.

— Je n'y vois pas d'inconvénient. C'est d'ailleurs pour cette raison que je vous donne mon avis. Et si la santé mentale de Hilde Hellmann peut être mise en doute, je dirai qu'il y a un autre point qui me chagrine encore davantage. C'est le meurtre de Viale. Tué avant qu'il ait pu nous communiquer les résultats de son enquête. Son meurtre, et puis aussi la disparition de toutes les pièces à conviction : débris de la bombe et du bateau repêchés par lui et son équipe en pleine mer. Voilà me semble-t-il qui contredit — du moins apparemment — la version du suicide.

— Je vous l'accorde, dit Kessler. Mais il est clair aussi que les gens qui pourraient être impliqués dans cette affaire ont tout intérêt à brouiller les pistes. A empêcher que la vérité n'éclate au grand jour.

— En effet, dit Friese. Kilwood le premier.

— Oui, grogna Brandenburg. Et cela ne simplifie pas les choses pour nous. Mais dites-moi, messieurs. Il est deux heures. Si nous allions déjeuner ? Nous reprendrons le collier après. Nous avons l'après-midi devant nous, n'est-ce pas ? » Et il se leva en soufflant comme un bœuf.

5

30

La réunion dans le bureau de Gustave dura jusqu'à vingt et une heures.
Vers le soir, c'est à peine si l'on pouvait encore respirer tellement l'atmosphère était chargée de fumée de tabac. La pièce était encombrée de bouteilles de bière vides et nous travaillions tous en manches de chemise.
On s'attacha essentiellement à l'examen approfondi des aspects financiers de
l'affaire et j'admets volontiers que, sur la fin, à force de ressasser les modalités et significations possibles des jongleries monétaires de feu Hellmann
et du sieur Kilwood, je n'y comprenais plus grand-chose. Il fut décidé que
je retournerais à Cannes dès le lendemain et que je tâcherais, de mon côté,
de prendre John Kilwood sous la loupe. Peut-être découvrirais-je quelque
chose qui avait échappé à Kessler. Après tout, savait-on jamais. Kessler
devait retourner à Cannes cette même nuit. Officiellement, nous ne nous
connaissions pas et si, d'aventure, nous voulions nous concerter, rendez-
vous serait pris par téléphone.

« Je me réjouis de notre collaboration », déclara Kessler en me serrant la
main à l'issue de cette séance mémorable.

« Moi de même », dis-je. Et de fait, j'étais réellement heureux de me
savoir épaulé dans cette enquête difficile par un type de la trempe de ce
Kessler.

Nous restâmes seuls dans le bureau enfumé, Gustave et moi. La secrétaire avait regagné ses pénates avec la bénédiction de Brandenburg et,
en dehors de lui et moi, il n'y avait plus que les veilleurs de nuit dans
l'énorme immeuble de la Global.

« Et voilà, Robert, dit Brandenburg. Voilà le monde dans lequel nous
vivons, mon bon ami. Tous des menteurs et des voleurs, tous des mécréants — les riches et les super-riches, et aussi les politiciens qui se font

soudoyer par eux ; les prêtres avec leurs bonnes paroles et la banque du Vatican dans le dos ; et tous nos gouvernants qui savent si bien pourquoi il faut fermer les yeux sur les activités des gros spéculateurs patentés. C'est que ça leur rapporte, mon cher ! Et si nous étions en situation de nous enrichir de la sorte, ne ferions-nous pas de même ? Oui, nous ferions de même ! Crois-tu que notre chère Global a fait son beurre grâce à l'information que j'ai pu obtenir si tôt au sujet de la dévaluation de la livre sterling ? Oui, elle a fait son beurre ! Penses-tu que les pauvres cons qui peuplent la planète agiraient différemment si on leur en donnait l'occasion ? Non, mon bon, ils agiraient de la même façon ! C'est en cela que nous sommes tous frères, riches ou pauvres, puissants ou misérables, nous sommes tous des mécréants !

— Ah ?

— Eh oui ! grogna Gustave en se déplaçant lourdement dans son fauteuil. Examine la question de plus près ! Je suis un mécréant parce que je te protège. Et toi, Robert, tu es un mécréant parce que tu savais que je te protégerais.

— Exprime-toi clairement, Gustave, dis-je. Je ne te suis pas bien.

— Ah, ah, tu ne me suis pas bien ! Mon pauvre Robert ! J'ai évité le pire en prenant sur moi. Ils voulaient te mettre au repos séance tenante à la suite du rapport de Betz. J'ai menti. Je leur ai dit que Betz avait exagéré l'importance de ton mal.

— Mais de quoi veux-tu parler ? demandai-je légèrement oppressé.

— J'ai ici un avis de la direction m'invitant à te retirer immédiatement l'affaire Hellmann et à te mettre au repos pour un temps indéterminé. Tu es gravement malade, Robert. Le rapport de Betz est formel sur ce point.

— Moi ? Malade ? Tu veux rire !

— *Claudicatio intermittens,* dit Gustave en consultant un papier posé sur son bureau. C'est marqué là. Et le docteur Betz est un bon médecin.

— Possible, fis-je en m'efforçant de me montrer léger, mais il se trompe ». Je ne pus m'empêcher de songer à Angela. Angela ! Un léger tiraillement se manifesta dans mon pied gauche.

« Je me fous de l'avis de la direction, dis-je. Et d'ailleurs, toi aussi. Car si tu ne t'en foutais pas, tu ne m'aurais pas fait travailler toute la journée avec Kessler et Friese et mon remplaçant serait d'ores et déjà nommé. »

Ses petits yeux porcins brillèrent. Il avait l'air de bien s'amuser.

« Exact. Je t'ai bien dit que nous étions tous des mécréants. Et puis quoi — tu es toujours mon préféré. Et si tu crèves au boulot, tant pis pour toi. D'ailleurs n'est-ce pas ce que tu cherches ? Mais il fallait que je te l'entende dire. Ainsi, tu continues ? Bon, bon ! Mais dans ce cas, il y a un petit détail qu'il va falloir régler.

— Quel petit détail ? »

Il me dévisagea et je crus voir quelque chose comme de la compassion dans ses yeux. Mais ce devait être une impression fausse car il eut un ricanement sardonique.

« Il te faudra apposer une petite signature, là — il tapota du doigt sur un autre papier posé sur sa table. Tu déclares que tu continues à travailler bien que tu aies été invité, etc. A tes risques et périls. S'il devait t'arriver quelque chose à partir de maintenant, tu en supporterais seul les conséquences. La Global n'aurait pas à te verser d'indemnités supplémentaires. Cela dit, elle se réserve le droit de te rappeler si ton état devait empirer ou si tu n'arrivais plus à remplir ta mission. J'ai pu obtenir ton maintien en fonction à cette seule condition. » Il me scruta attentivement, guettant ma réaction. « Alors ?

— Alors quoi ? dis-je sur le ton du défi.

— S'il t'arrive quelque chose — si tu meurs, ta femme touchera la pension normale des veuves des employés de la Global ayant servi le temps maximum. Tu sais à combien elle se monte, n'est-ce pas ? La pension normale te sera servie également dans le cas où tu serais frappé d'incapacité et mis à la retraite d'office. Il y eut un silence. Alors, tu signes ?

— Passe-moi ça », dis-je, et je signai sans lire. J'avais trop peur de me trouver confronté à certains mots. Le mot " mort ", par exemple.

« Il y a une femme derrière tout ça, hé ? » Gustave se fendit d'une éloquente grimace.

« Qu'est-ce qui te fait penser cela ?

— Kessler a fait une allusion dans ce sens avant ta venue. Mais cela ne me regarde pas. Je te souhaite bien du plaisir, Robert ! Rien ne vaut une bonne partie de jambes en l'air, pas ? » Il considéra ma signature au bas du papier et fit claquer sa langue. « Parfait, parfait. Quelle histoire, hein ? Ce bon oncle Gustave ! Toujours à fourrer son blair partout, hé ! Alors, on va boire un coup ?

— Je ne suis pas encore allé à la maison, dis-je.

— Quoi ? Il te faut aussi Karin ! Il s'esclaffa.

— Non, ce qu'il me faut, c'est un bon bain.

— Tu prends des bains maintenant ? Depuis quand ?

— Oh, la barbe ! fis-je excédé.

— T'énerve pas, fiston ! Va prendre ton bain ! Mais gentiment, hein ? Pas de ça avec Karin ! Réserve-toi pour Cannes. Il me tendit deux enveloppes. Ton billet d'avion. Lufthansa, départ de Lohausen à 10 heures. Via Francfort. Arrivée à Nice, 13 h 50. Dans la seconde enveloppe, des travellers-chèques. Trente mille pour commencer. Pour les dépenses courantes et le paiement des informations. Il me faut évidemment des justifications détaillées. Allez ! Bonne chance ! » Il me tendit sa petite main rose et flasque.

« Et toi ? dis-je. Tu ne t'en vas pas encore ?

— Je serais parti si nous étions allés boire un coup, dit Gustave. Mais puisque tu as mieux à faire... Je reste. Pas mal de boulot. Je vais sûrement dormir ici.

— Dans ce cas, je te suggère d'aérer, dis-je.

— D'accord, fiston. Et si tes doigts de pieds bleuissent, appelle-moi illico, hein ? »

31

« Je pensais que nous dînerions ensemble et je t'ai attendu pendant des heures », dit Karin. Elle portait une robe de chambre grise. A la maison, elle était toujours en robe de chambre. Ni coiffée ni maquillée. « J'ai fini par manger. Mais si tu as faim, je puis faire réchauffer le plat...

— Merci, je n'ai pas faim.

— Tu aurais pu m'appeler.

— J'avais fort à faire », dis-je en tournant dans l'appartement comme un ours en cage. Je me sentais décidément comme un étranger dans cet appartement, en présence de Karin. J'avais l'impression d'avoir quitté ce lieu depuis des années. Ce lieu, cette femme et tous ces objets rapportés des quatre coins du monde, rien de tout cela ne me concernait plus. Je filai au bar et me servis un grand whisky.

« Tu en veux un ?

— Non, dit Karin. Mais dis-donc, tu es sapé comme un lord !

— Il fait très chaud à Cannes. J'ai dû m'acheter des vêtements appropriés.

— Oui, bien sûr, dit-elle. Pas mal, la cravate. C'est toi qui l'as choisie ?

— Oui, dis-je.

— Hum, fit Karin. Et tu repars quand ?

— Demain matin. Je prendrai un taxi. Ne te dérange pas pour moi. Je dois m'en aller assez tôt. Mieux vaut que je te dise au revoir dès ce soir.

— Au revoir ? s'exclama-t-elle. Est-ce bien nécessaire ? Au point où nous en sommes, nous pouvons aussi nous passer de cela, tu ne crois pas ? Mais dis-moi, comment s'appelle-t-elle ?

— Qui ?

— Qui ? Qui ? Elle me singea. Tu me prends pour une demeurée ! Je connais tes goûts vestimentaires minables ! Tu n'aurais jamais choisi ce complet ! Ni cette cravate !

— Ecoute, Karin, je suis là pour quelques heures seulement. Ne nous disputons pas, tu veux bien ?

— Tu es là, toi ? me lança-t-elle sur un ton amer. Laisse-moi rire. Tu n'es pas vraiment là. Tu es avec l'autre ! Avec cette femme, là-bas !

— Je t'ai dit qu'il n'y avait pas d'autre femme.

— Tu peux toujours parler, dit Karin. Je vais aller me coucher. Et surtout, ne me réveille pas demain matin. » Elle disparut dans la salle de bains sans m'adresser un regard.

Je m'assis devant la télé et cela me fit penser aux quatre postes d'Angela. Il y avait une pièce au programme. Je la suivis mais sans rien y comprendre. A onze heures, je pris un bain. Karin avait éteint la lumière dans la chambre à coucher et il n'y avait pas un bruit. Dans l'eau très chaude de mon bain, je scrutai les doigts de mon pied gauche. Pas trace de bleu pour le moment. Je filai ensuite dans mon lit sans même prendre la peine de m'essuyer et réglai la sonnerie du réveil à sept heures. Je m'endormis comme une masse dès que j'eus éteint la lumière.

Le lendemain matin à sept heures, je me levai en grande forme. Je me fis du thé et feuilletai le journal. Il y avait un article sur le naufrage du *Moonglow* et la mort de Hellmann. L'avant-dernière page était exclusivement consacrée aux annonces mortuaires publiées à la suite du décès du banquier. La plus grande était celle de Hilde-les-Gros-Diams. Les autres insertions émanaient de la chambre de Commerce et d'Industrie et de plusieurs sociétés dont les comités directeurs se trouvaient privés soit de leur président, soit de leur membre le plus éminent.

Pour le reste, le clou du jour restait le flottement de la livre sterling et sa dévaluation imminente, estimée à huit pour cent.

Je m'habillai et appelai un taxi par téléphone. Je tendis l'oreille contre la porte de Karin. Elle ronflait légèrement. Je quittai l'appartement et refermai la porte d'entrée le plus discrètement possible. L'ascenseur me déposa au rez-de-chaussée. Je m'arrêtai un instant sur le pas de la porte d'entrée. Le vent avait chassé les nuages. Il faisait frais mais il y avait du soleil.

Le taxi arriva.

« Lohausen, dis-je.

— Enfin une belle journée », fit le chauffeur en démarrant. Nous fûmes très vite hors de Düsseldorf car il n'y avait guère de circulation à cette heure et le chauffeur conduisait à fond de train. En pensée, j'étais déjà loin d'ici et la ville elle-même me parut étrangère comme si je n'y avais jamais vécu. Mon cœur était en émoi. Bientôt ! Dans quelques heures !

Puis je songeai aux dernières phrases que j'avais échangées avec Angela à l'aéroport de Nice, avant mon départ ; et, pendant un bref instant, la joie céda la place à l'anxiété. Oui, il y avait une zone d'ombre entre nous. Une zone d'ombre constituée de quatre petites phrases.

« Est-ce que vous êtes marié, Robert ? m'avait demandé Angela.

— Non, avais-je répondu.

— Magnifique ! avait dit Angela.

— N'est-ce pas ? » m'étais-je borné à dire.

Livre deuxième

I

Il y avait beaucoup de monde sur la terrasse réservée aux visiteurs mais je reconnus Angela aussitôt. Sa chevelure rousse brillait sous le soleil. Elle avait dû me reconnaître, elle aussi, car elle leva les deux bras en l'air et les agita au-dessus de sa tête. Je me tenais non loin de l'avion, attendant de monter dans le car, et de mon côté, je lui fis signe. Je songeai en même temps qu'il me faudrait lui dire la vérité. Mais tout de suite ? Peut-être valait-il mieux attendre ? Nous nous connaissions à peine. Oui, il valait mieux mentir encore quelque temps. J'avais trop peur de la perdre.

Arrivé dans le hall de l'aérogare, je courus à sa rencontre. Je me heurtai à des gens, exécutai de savants crochets, stoppai net, repris mon élan et me retrouvai enfin en face d'elle : j'ouvris les bras, elle fit de même — mais il se passa alors une chose singulière. Une sorte de gêne nous submergea tous deux et brisa notre élan. Nous nous regardions à quelque distance l'un de l'autre.

« Angela, dis-je enfin. Angela.

— Oui, dit-elle. Oui, Robert. Je suis contente que vous soyez de retour. Très contente.

— Et moi, dis-je. J'ai compté chaque heure, chaque minute... »

Elle posa sa main fraîche sur mes lèvres.

« Ne dites plus rien, Robert. Je crains les mots, ils peuvent tout gâcher. »

Je baisai la paume de sa main et elle la retira aussitôt.

De nouveau, elle conduisait sa voiture et j'étais installé à côté d'elle. Le toit ouvrant était entrebâillé et nos cheveux volaient dans le vent. Angela me parut plus belle que jamais. Elle roulait à vive allure, le long de la mer, en direction de Cannes. Nous n'échangeâmes pas un mot pendant le parcours. Je restai assis de biais, admirant son profil. Une fois seulement, elle retira sa main droite du volant et la posa brièvement sur le dos de ma main gauche.

On arriva à Cannes mais Angela ne prit pas la direction du Majestic.

« Où allons-nous ? demandai-je.

— Nous avons un peu de temps devant nous, répondit-elle. Les Trabaud ne nous attendent qu'à huit heures.

— D'accord, mais où...

— Chut », dit-elle. Elle obliqua vers le quartier de la Californie en prenant par les ruelles étroites de la vieille ville. Petites maisons aux airs penchés, affiches jaunies ou déchirées placardées contre les murs, à hauteur d'homme ; bars populaires avec quelques chaises et tables disposées sur le trottoir : ce paysage aussi m'était devenu familier depuis ma récente arrivée à Cannes. On tourna brusquement à gauche et l'on pénétra, par un portail délabré et grand ouvert, dans un parc à l'abandon. Anémones et marguerites poussaient au beau milieu des herbes folles. On passa à côté de quelques plates-bandes de légumes, elles aussi envahies par la mauvaise herbe. On avançait sur un chemin pierreux et la voiture cahotait bien qu'Angela conduisît au pas. Elle gara enfin la Mercedes sous une rangée de grands arbres. Je descendis et c'est alors seulement que je compris où nous étions. Devant moi, à moitié masquée par le rideau d'arbres, il y avait une petite église crépie en jaune. La cloche était visible dans la tour ajourée. Le sommet du clocher était surmonté d'une pointe en forme d'oignon sur laquelle étaient peintes des étoiles blanches. Tout en haut, il y avait une croix avec trois barres transversales d'inégale grandeur.

« Et voilà, dit Angela. C'est ma petite église. Ne vous avais-je pas dit que j'y viendrai quand... » Elle s'interrompit brutalement.

« Quand ? m'enquis-je.

— Venez, Robert, dit-elle. Nous allons essayer de voir le prêtre qui m'a sauvé la vie le soir où... » De nouveau, elle s'interrompit au beau milieu de sa phrase.

Angela se dirigea vers le portail. Je lui emboîtai le pas. Il était décoré d'un grand P blanc dont la barre verticale était coupée par deux courtes barres transversales disposées en croix. Angela essaya de le pousser mais il était fermé à clé. J'appelai, il n'y eut pas de réponse.

« Il y a une petite maison là derrière, dit Angela. Peut-être devrions-nous y aller voir. »

Nous nous frayâmes un passage à travers les herbes hautes et les ronces qui entouraient la maisonnette délabrée. Là encore, porte close. Angela frappa. Pas de réponse. Elle se dirigea vers une fenêtre basse. Les carreaux étaient si sales qu'on pouvait à peine voir à travers.

« Il y a quelqu'un à l'intérieur, dit-elle au bout d'un moment. Une femme, je crois. » Je scrutai à mon tour l'intérieur de la maison et je vis effectivement une femme qui s'affairait dans une pièce qui semblait être une cuisine. Nous lui fîmes signe de sortir. Il se passa un long moment jusqu'à ce qu'elle consentît enfin à réagir. Elle apparut sur le seuil de la porte, petite, toute grise, vêtue de haillons, les cheveux défaits, le regard effrayé, les mains tremblantes.

« Nous voudrions voir le curé, dit Angela.

— Hé ? dit la vieille. Elle était complètement édentée.

— Nous voudrions...

— Je ne comprends pas le français, articula-t-elle péniblement. Parlez-vous russe ou allemand ?

— Je voudrais parler au curé, dit Angela en allemand. Où est-il ?

— Là », dit la vieille en levant une main. Un jeune homme en soutane avec de longs cheveux qui lui tombaient sur les épaules franchissait justement le portail grand ouvert du parc à bord d'une moto sur le porte-bagages de laquelle était fixé un cageot.

« Le Révérend va vendre nos légumes au marché », expliqua la vieille. Le jeune prêtre négocia élégamment le virage qui faisait suite au portail et disparut en vrombissant. « Notre paroisse est très pauvre, vous savez.

— Nous voudrions visiter l'église. Est-ce que c'est possible ? demanda Angela.

— Un moment », dit la vieille femme. Elle disparut dans la maison et revint avec un trousseau de clés. Elle se dirigea sans mot dire vers l'entrée de l'église en boitant fortement. Au pied gauche, elle portait une énorme chaussure orthopédique. Elle déverrouilla le portail qui s'ouvrit avec un grincement : « Je vais rester là, dit-elle. Je refermerai quand vous partirez. »

Mes yeux mirent un instant à s'habituer à la pénombre. Il n'y avait pas de bancs, rien qu'une douzaine de chaises plutôt branlantes et dissemblables. Les murs étaient couverts d'icônes magnifiques. Cette petite église sans prétention abritait un véritable trésor. Angela s'arrêta devant une grande icône noire : une Vierge assise, penchée sur le nourrisson reposant sur ses genoux. Elle murmura une prière silencieuse, à peine si l'on voyait bouger ses lèvres. J'aurais sans doute bien fait d'imiter cet exemple mais il y avait trop longtemps que je négligeais les vertus de la prière et je ne savais pas trop comment m'y prendre. Je restai donc cloué là, à regarder tantôt Angela, qui me parut soudain très lointaine, tantôt l'icône noire dont le relief était accentué par la lumière mouvante des cierges allumés à proximité.

De longues minutes s'écoulèrent. Le regard d'Angela me parut reprendre vie. Elle se détourna légèrement et me sourit. Elle me serra le bras et nous regagnâmes l'entrée où la petite vieille nous attendait patiemment.

Dehors, le soleil, la chaleur torride après la fraîcheur de la petite église. Le parc comme abandonné. La vieille édentée grimaça un sourire. Nous la remerciâmes et prîmes congé. La main dans la main, à travers les herbes folles. Un regard en arrière sur le clocher ajouré. Le portail s'était refermé. La voiture, sous les grands arbres, recouverte d'une fine pellicule de pollen.

2

« C'est bien simple, déclara Melina Tenedos, on n'est plus servi ! Il faut se méfier du personnel comme de la peste ! »

Petite, mignonne, la figure poupine, l'épouse de l'armateur grec avait au moins vingt-cinq ans de moins que son mari. Lui : la cinquantaine bien sonnée, grand, plutôt corpulent, grosse tête carrée sans cou, comme vissée sur les épaules, cheveux noirs, yeux noirs, lunettes à monture de corne aux verres épais.

« D'ailleurs, poursuivit l'épouse avec un battement de cils, nous vivons littéralement dans la peur depuis que nous avons ce Vittorio à domicile.

— C'est vrai, intervint l'armateur. Ce garçon est dangereux. Maître d'hôtel irréprochable mais maoïste convaincu. » Tenedos mangeait très mal avec d'odieux bruits de bouche.

« Je suis sûre qu'il monte la tête aux autres », minauda Melina-face-de-bébé en lissant le bord du décolleté de sa robe en soie rouge.

« Un vrai fléau », s'exclama Tenedos en léchant ses doigts qu'il avait malencontreusement plongés dans la sauce vinaigrette. « La Côte ! Pouah ! Vendue aux rouges ! Nous sommes entourés d'extrémistes à tous crins. Tenez ! — il me désigna du menton — Je ne dors plus qu'avec le revolver chargé sur la table de chevet ! Qu'est-ce que vous dites de ça ? »

Je n'eus pas le loisir de répondre car, au même instant, John Kilwood fondait en larmes. Il pleurait bruyamment, la tête entre les mains, et les larmes coulaient sur son smoking. Pasquale Trabaud se leva prestement, s'approcha de lui et posa son bras sur les épaules de l'Américain dont l'agent du service de Répression des fraudes, Otto Kessler, avait dit que la fortune personnelle s'élevait à une somme comprise entre sept cents et mille millions de dollars.

Personne ne parlait plus. Tous les regards étaient braqués sur John Kilwood. Il sanglotait comme un bébé tandis que Pasquale Trabaud chuchotait à son oreille des paroles consolatrices.

« Ça lui arrive assez souvent », déclara Bianca Fabiani, l'opulente beauté assise à ma gauche.

« Une véritable éponge, commenta l'Anglais Malcolm Thorwell. John boit du matin au soir. Vous ne le verrez jamais à jeun. Allons, John, reprenez-vous, sapristi ! » s'exclama-t-il.

Mais Kilwood continua à pleurnicher sur son smoking.

« Ma faute... ma faute... c'est de ma faute... », bégaya-t-il sans cesser de verser des larmes de crocodile.

« Il devrait suivre une cure de désintoxication », commenta Paul Seeberg, le fondé de pouvoir de la banque Hellmann.

« Il en suit tout le temps, gloussa Melina Tenedos.

— Je lui ai dit cent fois d'aller à Vienne, poursuit Seeberg. Il y a là un institut spécialisé. On y a mis au point un type de cure très efficace, unique en Europe. Mais que voulez-vous — John ne veut pas y aller, il ne veut pas.

— Ma faute... oui... ma grande faute... », balbutia Kilwood, la tête toujours entre les mains.

« Voyons, John ! C'est insupportable ! intervint Giacomo Fabiani. Vous n'allez quand même pas nous gâcher cette soirée !

— Pardonnez-moi, mes amis, pardonnez-moi », balbutia John Kilwood. Il semblait vouloir se calmer.

Les domestiques avaient continué à faire le service comme si de rien n'était. Les candélabres allumés sur la table répandaient une lumière douce. Tous les hommes étaient en smoking. Angela, à côté de moi, portait une robe sans manches en mousseline blanche plissée et largement décolletée dans le dos. Pour seuls bijoux, un collier de perles fines, une bague et des boucles d'oreilles assorties. Sa chevelure rousse tombait en vagues par-dessus son front lisse et haut. Ses cils étaient ombrés de vert et sa bouche légèrement maquillée.

Il était 21 h 30 et le dîner chez les Trabaud suivait son cours. Et je ne pus m'empêcher de penser que ce petit cercle réuni autour de la table des Trabaud pesait au total ses trois mille à cinq mille millions de dollars. Une autre chose me frappa : les hommes étaient tous mariés avec des femmes beaucoup plus jeunes qu'eux. Et puis aussi : Angela était plus belle que jamais. Et puis enfin ceci : on était entre vieux amis et cependant chacun ici se méfiait des autres. Chacun épiait les gestes et les mimiques de son voisin. Dans ce cercle illustre, chacun semblait secrètement convaincu que c'était l'autre qui avait fait assassiner le banquier Herbert Hellmann.

Après les artichauts, on nous servit des langoustes trop cuites.

3

Nous étions arrivés une demi-heure en avance, Angela et moi. Ceci pour répondre à la demande de Pasquale qui voulait bavarder un peu avec nous. Les Trabaud habitaient une grande villa dans le quartier dit Cannes-Eden, à l'est de la ville. Villa moderne au fond d'un grand parc. Vaste terrasse avec vue sur la mer, intérieur luxueusement aménagé : mobilier design, tapis de haute laine de teintes unies, généralement claires. Toute la maison dégageait une impression de confort et de vie. On s'y sentait immédiatement à l'aise. L'ordre n'y était ni froid ni strict : ici un journal négligemment abandonné sur une table basse, là un livre ouvert, là une pipe qu'on avait omis de ranger. Un grand terrier au museau carré et au long poil rustique trottait librement dans toute la maison. Pasquale Trabaud et Angela s'embrassèrent. Pasquale était très belle, grande et svelte, avec un visage à l'ovale parfait, des yeux verts et une chevelure d'un roux un peu plus sombre que celui d'Angela.

« Nous sommes de très vieilles amies, Angela et moi, m'expliqua-t-elle en riant. Beaucoup de gens croient que nous sommes sœurs. »

Alors que Pasquale Trabaud avait à peine la quarantaine, son mari, Claude, avait soixante ans passés. Cependant, l'âge ne semblait pas lui peser : sportif, plein de vitalité, grand, mince, les cheveux noirs peignés en arrière, le teint buriné par le soleil et la mer. On prit un verre sur la terrasse. Tout le monde fuma, sauf moi ; j'avais décidé de me ménager. Il le fallait — pour Angela, une Angela qui, en cette circonstance, se présentait sous un jour que je ne lui connaissais pas encore. Angela en société, Angela dans le grand monde : à la fois naturelle et discrète, modeste et enjouée, distinguée mais sans la moindre afféterie, toutes qualités, me surpris-je à songer, que ma femme Karin n'avait jamais eues. Je m'efforçai d'interrompre le cours de ces pensées et j'y fus d'ailleurs aidé par Pasquale Trabaud qui s'adressait maintenant à moi : « Vous n'entendez pas, monsieur Lucas ?

— Pardonnez-moi, madame, je...

— Je disais que je vous trouvais fort sympathique. Et que vous formiez un couple idéal, Angela et vous. Vous êtes très amoureux, cela se devine, vous savez ?

— Oui, dis-je. Très amoureux, madame.

— Dans ce cas, monsieur Lucas, prenez votre mal en patience, dit Pasquale Trabaud. Angela est une personne qu'il ne faut surtout pas brusquer. Mais j'ai le sentiment que vous arriverez à vous faire aimer d'elle. Si ce n'est déjà fait...

— Pasquale, je t'en prie... protesta Angela.

— Voyons Pasquale, dit Claude Trabaud. Tu ne vois donc pas que tu mets Angela mal à l'aise ?

— Il se peut que tu aies raison, Claude. Mais je suis si contente pour Angela. Allons, chérie, tu ne vas pas encore protester ! »

Le terrier s'était mis à grogner et à sauter le long des jambes de Pasquale, qui se pencha et le caressa à rebrousse-poil.

« Comment s'appelle-t-il ?

— Naftali, dit Pasquale. Naftali, fils d'Israël. Voyez-vous, monsieur Lucas, on appelle Sabras les enfants d'Israël. Les natifs. Sabra, c'est le fruit du figuier de Barbarie — extérieurement rugueux et plein de piquants, intérieurement tendre et sucré. Tel aussi est Naftali — sauvage, poilu, rétif et cependant d'une fidélité à toute épreuve, aimant sa maîtresse d'un amour exclusif. Oui, mon chien, oui...

— Ce qui vous intéresse, je crois, c'est d'apprendre comment Hellmann est mort, n'est-ce pas ? » dit Claude Trabaud. Le verre à la main, il m'entraîna à l'autre bout de la terrasse.

« Oui, en effet, et je serais heureux de connaître votre opinion là-dessus. S'agit-il d'un suicide ? D'un accident ? D'un meurtre ?

— Un suicide ? Non, certainement pas, dit Trabaud. Hellmann n'était pas homme à se suicider. C'est d'ailleurs ce que j'ai dit à ce fonctionnaire des Finances — comment s'appelait-il déjà ? — Ah oui, Kessler. » Curieux, pensai-je. Kessler ne m'a pas parlé de cela. Pourquoi ?

« Vous excluez le suicide. Et je suppose que vous excluez aussi l'accident, dis-je. Mais alors, il ne reste que le meurtre...

— Le meurtre, oui, dit Trabaud. Et avant que vous ne me posiez d'autres questions, je vous donnerai ma réponse. Chacun de nous peut avoir fait le coup. Chacun de ceux que vous allez voir ici, ce soir. Je sous-entends, bien sûr : fait faire le coup par quelque tueur à gages. Théoriquement, même les Bienert et les Simon, qui se trouvaient à bord, entrent en ligne de compte. Ils étaient en affaires avec Hellmann, eux aussi. Mais en l'occurrence, l'hypothèse ne tient pas debout puisque cela signifierait que le tueur aurait fait sauter ceux qui le payaient pour les débarrasser de Hellmann. Mais les autres, *nous* tous, moi et les invités de ce soir, oui, sans aucun doute possible, nous entrons tous en ligne de compte. »

Je tirai de ma poche une carte de visite et un stylo à bille : « Auriez-vous l'amabilité de m'inscrire ici les noms de vos invités ? Je les connais, mais je ne suis pas bien sûr de leur orthographe.

— Mais très volontiers. » Il posa la carte de visite sur le dessus de la rambarde qui courait le long de la terrasse et inscrivit les différents noms. Je rempochai le stylo et la carte.

« Tous ces gens entretenaient des relations d'affaires suivies avec Hellmann, poursuivit Claude Trabaud. Des relations déguisées certes, ajouta-t-il. Vous savez ce que c'est — les lois fiscales et tout le reste. Mais enfin, cela n'y change rien. Ils étaient — pardon — *nous* étions et nous sommes encore, les uns comme les autres, en affaires avec la banque Hellmann. C'est maintenant Hilde Hellmann qui va prendre la relève. Dès qu'elle sera sur pied. Et Dieu seul sait ce qui arrivera alors ! J'espère qu'elle déléguera ses pouvoirs à Seeberg. C'est un homme avec qui l'on peut s'entendre. Mais venez, ne faisons pas bande à part, voulez-vous ? On rejoignit Pasquale et Angela qui bavardaient de leur côté.

« Je vais vous faire visiter la maison », dit Pasquale s'adressant à moi. Jacquiesçai. « Construite et aménagée d'après mes plans, savez-vous ? La maison, c'est moi. Le yacht, c'est Claude. » Elle m'entraîna en me prenant par le coude. On traversa le salon, on visita plusieurs chambres. Ordre et beauté partout. Mais le luxe, quoique présent, était infiniment plus discret que chez Hilde Hellmann. Et aussi, plus adapté à la vie quotidienne.

On se retrouva dans une petite pièce qui servait d'atelier de couture à Pasquale. Elle m'apprit qu'elle avait longtemps exercé le métier de couturière. Je la détaillai. Elle portait un ensemble en soie de Pucci. Couleurs fondues, bleu, vert et orange, corsage à bretelles nouées sur la nuque, jupe longue fendue sur le côté. Elle sourit : « Oui, que voulez-vous, on ne peut pas toujours s'habiller avec les petites robes que l'on fait soi-même. Puis, sans transition, avec un sourire presque timide : il y a une chose que je voulais vous dire monsieur Lucas. Mais je ne sais pas si...

— Je vous en prie ! Parlez sans crainte. »

Elle parut hésiter un instant.

« Eh bien voilà, dit-elle. Je... Nous sommes très liées, Angela et moi. Je suppose qu'elle vous l'a dit. Elle est très indépendante, assez fantasque même, mais au fond, elle rêve d'un grand amour. Et si... je veux dire si vous et elle... Enfin, vous me comprenez, n'est-ce pas ? Ne la décevez pas ! Une autre déception lui serait fatale. »

Il y eut un silence.

Je hochai la tête. Il y eut un faible bruit, comme un crissement de pneus sur du gravier. « Nos invités sont là », dit Pasquale Trabaud.

4

Ils arrivèrent les uns après les autres dans les minutes qui suivirent. On servit le champagne sur la terrasse. Les invités riaient, échangeaient des plaisanteries, buvaient, fumaient, déambulaient sur la terrasse parmi les plantes vertes et les grands vases pleins de fleurs posés à même le sol. Pasquale me présenta à chacun de ses richissimes invités. Je fus gratifié de quelques coups d'œil méfiants — mais, soyons justes — dans leur grande majorité, les regards étaient plutôt intéressés. Un agent d'assurances, ça au moins, c'était original !

John Kilwood était déjà fin saoul en arrivant. Son chauffeur avait dû littéralement le traîner hors de la voiture. Le magnat américain offrait un assez triste spectacle : décharné, des poches sous les yeux, le visage gonflé. Même quand elle tenait un verre, sa main tremblait. Il ne buvait que du whisky, et en quantité industrielle.

« 'jour, mon garçon ! me dit-il.

— Bonjour, mister Kilwood.

— Suis-je en état d'arrestation ? Etes-vous là pour me le signifier ?

— Assez de plaisanteries idiotes, John ! » coupa l'Anglais Malcolm Thorwell qui suivait Kilwood comme son ombre. Thorwell était très grand, très mince, vêtu avec une élégance un peu trop recherchée. Il parlait d'une voix légèrement chantante et semblait un peu trop conscient de son physique avantageux. Je supposai qu'il était homosexuel.

« Plaisanteries ! lança Kilwood. Ce ne sont pas des plaisanteries. C'est moi qui ai tué Hellmann, tout le monde sait cela, non ? Quoi ? Vous ne dites rien ? Aucune contradiction ? Vous voyez bien ! Mon vieil ami Hellmann ! Tenez, je me souviens encore de cet idiot de psychiatre qui m'interrogea lorsque je passai devant la commission de recrutement militaire. Alors, mister Kilwood, me demanda-t-il, vous croyez-vous capable de tuer ? Vous savez ce que j'ai répondu ? Tuer un ennemi, je n'en suis pas si sûr. Mais un ami, oui, sûrement. » Il éclata d'un rire gras.

Personne ne souffla mot.

« C'était une blague, ajouta Kilwood en hoquetant. Pour vous faire rire ! Vous ne riez pas ? Bon. Dans ce cas, allons-y, monsieur Lucas. Passez-moi les menottes. Je me déclare coupable.

— Et pourquoi auriez-vous tué Hellmann, mister Kilwood ? demandai-je.

— Ecoutez, monsieur Lucas, intervint Thorwell. Vous ne pensez tout de même pas sérieusement que John...

— Mais si, mais si ! Il doit le penser sérieusement, éructa Kilwood. Je vais vous dire pourquoi je l'ai tué.

— Pourquoi ?

— Je lui avais demandé de me trouver une ferme avec des terres pour y planter des bougainvillées. Et ce cher vieux Hellmann m'a refusé cela. Les bougainvillées, j'adore ça ! Vous savez bien, monsieur Lucas, ces arbres avec les petites fleurs violettes et roses ! Vous connaissez, bien sûr !

— Non, dis-je. Je ne vois pas. Mais dites-moi, mister Kilwood, comment cela s'écrit-il ? » Je lui tendis une carte de visite et mon stylo à bille. Il inscrivit le nom sur le dos de la carte avec une surprenante rapidité. Je rempochai la carte et le stylo.

« Avant de subir les rigueurs de la loi, je suppose que le coupable a droit à un ultime whisky, non ? Garçon ! Hé ! Garçon... » Il s'éloigna en vacillant sur ses jambes.

« Propos d'ivrogne, commenta Thorwell. Vous ne croyez tout de même pas à ces sornettes ?

— Bien sûr que non.

— Pourquoi lui avez-vous fait écrire ce nom ?

— Je voulais savoir comment on orthographie bougainvillées.

— Je n'en crois rien.

— A votre place, je n'en croirais rien non plus.

— Vous collectionnez les autographes ? »

Je ne répondis pas. J'avais maintenant des échantillons de l'écriture de Hilde Hellmann, de Seeberg, de Trabaud et de Kilwood.

« Pourquoi ? insista Thorwell.

— Pour le plaisir, dis-je.

— Ah bon ? fit Thorwell. Dans ce cas, vous en voudriez peut-être un de ma main ?

— Très volontiers, dis-je.

— Que voulez-vous que j'écrive ? » Il prit la carte et le stylo que je lui tendais.

« Ecrivez : Je n'ai pas tué Herbert Hellmann. »

Il s'exécuta et me rendit la carte et le stylo.

« Je ne l'ai vraiment pas fait.

— Et même si vous l'aviez fait, vous ne me le diriez pas.

— Oui, c'est juste. Il s'esclaffa. Pasquale est magnifique dans cette robe de Pucci, vous ne trouvez pas ?

— En effet, elle est très belle.

— Je dispense pas mal de conseils vestimentaires aux dames de ma connaissance. Vous ne pouvez imaginer à quel point elles ont mauvais goût ! Angela a du goût, oui. Pasquale aussi. Mais regardez un peu Bianca !

— Qui ?

— Bianca Fabiani. Là. Une vraie traînée. Le monde entier sait qu'elle trompe son mari avec le premier venu. Comptait au nombre des girls du Lido autrefois. Voyez un peu cette robe ! Ces brocarts ! A pleurer ! Et constamment à exhiber son avantageuse poitrine. » Il y eut un silence. Puis il ajouta à brûle-pourpoint : « A propos de meurtre. Si vous cherchez un coupable, ne vous intéressez pas davantage à Kilwood. Ce n'est sûrement pas lui. Misérable ivrogne. Que Dieu lui vienne en aide ! Fabiani, en revanche... Saviez-vous que Fabiani avait envoyé une somme considérable en lires à la banque Hellmann avant la crise italienne ?

— Non, je l'ignorais.

— Vous voyez ! J'apprends qu'il aurait récemment demandé à Hellmann de le rembourser intégralement. Or, Hellmann ne pouvait pas. Difficultés de paiement à la suite de cette malheureuse histoire de livres sterling. Ce cher Hellmann aurait-il alors incité l'ami Fabiani à prendre patience en le menaçant de rendre publics les transferts illégaux de lires ? Car en cette occurrence, Fabiani risquait de tomber sous le coup de la loi italienne relative à la fuite des capitaux. Aurait-il pris peur ? Aurait-il songé à... Hein ? Qu'est-ce que vous dites de cela ? Tiens ! quel est donc ce jeune homme, là-bas ?

— Paul Seeberg, le fondé de pouvoir de la banque Hellmann.

— Ah bon ! Eh bien, voilà un garçon qui sait s'habiller ! Veuillez m'excuser, monsieur Lucas ! Je vais aller présenter mes respects à ce M. Seeberg... »

5

Les Fabiani et les Tenedos faisaient cercle un peu à l'écart. Ils cessèrent brusquement de parler en me voyant avancer vers eux. Les seins de Bianca Fabiani étaient effectivement imposants. Thorwell n'avait pas exagéré.

« Vous cherchez le meurtrier de ce pauvre M. Hellmann ? » Bianca s'esclaffa sans raison.

« Oui, dis-je.

— Nous pouvons tous être suspectés ! déclara Tenedos. Des mobiles, nous en avions, tous autant que nous sommes. Hellmann aurait pu me ruiner. Ou tout au moins, ma réputation. Oui, j'avais un mobile. Et Fabiani aussi, n'est-ce pas ?

— Oui, dit ce dernier. Inutile de vous dire lequel puisque Thorwell vous a mis au courant à l'instant même.

— Qu'est-ce qui vous fait dire cela ?

— Allons, allons, monsieur Lucas. J'ai bien vu que vous ne cessiez de regarder dans notre direction, lui et vous.

— Cet espèce d'affreux pédé, commenta l'ex-danseuse du Lido devenue l'une des femmes les plus riches d'Italie. Séduire des petits garçons, c'est tout ce qui l'intéresse. Une bonne raison pour le mettre à l'ombre. Et question meurtre, parlons-en ! Qui avait une meilleure raison de supprimer Hellmann ?

— Comment cela ? Je ne vous suis pas.

— La société anglaise affiliée à la Kood lui appartient en quasi-totalité, déclara Tenedos. Et cette société a fait banqueroute quand Kilwood a retiré ses fonds pour les transférer chez Hellmann. N'est-ce pas une raison suffisante ?

— Ouais, dis-je. Cela pourrait être une raison. Mais dites-moi, je croyais que vous étiez tous amis ?

— Nous le sommes, dit Melina Tenedos. Voudriez-vous que cela nous empêche de jouer à cache-cache ? » Elle s'esclaffa. Tout le monde fit de même, moi y compris.

Un domestique remplit nos coupes de champagne. Melina Tenedos suggéra que l'on devrait envoyer un mot à cette pauvre Hilde Hellmann qui se sentait si seule maintenant. Pasquale s'en alla quérir un bristol. Tenedos écrivit quelques mots. Fabiani suivit son exemple puis Sargantana. Les femmes signèrent, Pasquale également.

Je proposai de remettre cette carte au bureau de poste de mon hôtel et la rangeai tranquillement dans la poche intérieure de ma veste. « De cette façon, Hilde Hellmann l'aura dès demain matin. »

6

« Venez donc me voir demain, me dit José Sargantana un peu plus tard. J'ai une chose très importante à vous dire (Tout le monde parlait français, certains avec un accent épouvantable. Il me donna sa carte). Je ne veux pas parler de cela ici.

— De quoi s'agit-il ?

— Vous cherchez le meurtrier, n'est-ce pas ?

— Oui, dis-je.

— Vous voyez bien. Il se pencha sur la main de Pasquale Trabaud qui venait de s'approcher de nous. Vous êtes très en beauté ce soir, chère amie, dit-il. Puis, s'adressant à moi : Venez demain, à partir de neuf heures. Je vous attendrai.

— Très aimable à vous », dis-je.

Angela se tenait seule près de l'escalier qui conduisait de la terrasse dans le parc obscur. Elle tenait un verre à la main et fumait.

Je la rejoignis.

« Alors ? dit Angela.

— Tout cela est encore bien confus, dis-je. Mais enfin, je crois que je progresse lentement.

— Parfait, dit-elle.

— Que vous arrive-t-il ? » Elle me paraissait soudain si froide, si distante, toute raide dans sa robe blanche se détachant sur le fond noir du jardin.

« Moi ? Rien. Pourquoi ?

— Vous êtes si différente tout d'un coup.

— Vraiment ?

— Vraiment. Dites-moi, Angela, que vous ai-je fait ?

— Vous, rien...

— Qui alors ?

— Pasquale. Elle tira nerveusement sur sa cigarette. Je sais bien qu'elle ne pense pas à mal. Mais ces allusions... Vous me comprenez, n'est-ce pas ? C'est une très bonne amie. Et vous lui plaisez. Alors, elle veut y mettre son grain de sel. Mais ce n'est pas une raison pour nous présenter comme un couple d'amoureux.

— Sans doute non, dis-je. Mais est-ce que cela veut dire que la chose soit à jamais impossible ?

— Robert, vous m'avez demandé d'arranger cette soirée. Je l'ai fait pour vous aider.

— Et vous m'avez aidé, dis-je. Mais je vous en prie, répondez à ma question, Angela.

— Pasquale a décidé de nous inviter à bord de son yacht. Rendez-vous à Port-Canto à onze heures trente demain. Si nous n'y allons pas, elle en fera une affaire personnelle !

— Je vois ce que vous voulez dire : Pasquale ferait mieux de s'occuper de ses propres affaires — c'est cela, non ?

— Oui, c'est exactement cela.

— Ecoutez-moi, Angela. Je comprends votre attitude. Cependant, je me pose une question : comment se fait-il que Pasquale se mêle de cela ? Vous lui avez parlé ?

— Oui, dit Angela en rougissant.

— Je vois », dis-je. Je me sentis soudain comme submergé par une vague tiède. Sans doute était-ce cela le bonheur. « Il ne saurait évidemment être question d'amour entre nous, n'est-ce pas ? Jamais ! Au grand jamais.

— Non, surtout pas, dit Angela en souriant.

— Dommage pour nous deux, dis-je.

— Oui, n'est-ce pas ?

— Nous partons en mer demain ?

— J'ai donné mon accord. Mais vous, est-ce que vous pourrez vous libérer ?

— Je peux m'arranger. »

Seeberg s'approcha de nous, un verre dans une main, une cigarette dans l'autre.

« Je ne vous dérange pas, j'espère ?

— Mais pas du tout, dit Angela.

— Que si ! » dis-je.

Nous éclatâmes de rire tous les trois.

« Je suis chargé de vous saluer de la part de Mme Hellmann. » Ses yeux froids opposaient un parfait démenti à sa bouche souriante. « Et vous aussi, madame Delpierre. Mme Hellmann aurait tellement souhaité venir mais, comme vous le savez, son état lui interdit de se déplacer. Force m'est de constater — après avoir circulé un peu parmi cette brillante assemblée — que l'on se livre ici à un jeu tout à fait curieux.

— Oui, dis-je. Une sorte de jeu de cache-cache, d'après l'expression de l'une de ces dames. Qui a tué Hellmann ? Chacun est d'un avis différent.

— Quelqu'un a-t-il exprimé l'avis que je pourrais être l'auteur du forfait ? demanda Seeberg.

— Non, dis-je. Personne ne vous soupçonne à ma connaissance.

— Voilà qui est bien singulier, dit Seeberg.

— Pourquoi voudriez-vous qu'on vous soupçonne ? Seriez-vous coupable ? demandai-je.

— Evidemment, dit Seeberg en souriant. J'aurais dû vous l'avouer tout de suite. Pas très correct de ma part.

— D'après vous, monsieur Seeberg, s'enquit Angela, qui devrait-on soupçonner ?

— Madame, dit Seeberg, une question aussi directe appelle une question non moins directe. Pensez-vous que votre ami Claude Trabaud pourrait être le coupable ? Et connaissez-vous ses rapports avec la banque Hellmann ?

— A-t-on l'habitude, à la banque Hellmann, de révéler ce genre de choses ? s'enquit Angela.

— Certes non, dit Seeberg en souriant. Il se trouve que je viens d'entendre Claude Trabaud parler de cela à ses invités. Non sans me prendre à témoin d'ailleurs.

— Ah bon.

— Oui, madame. Puis, s'adressant à moi : Et vous, monsieur Lucas, qu'en pensez-vous ?

— Un tas de choses, dis-je. D'autant plus que Claude Trabaud m'a également entretenu en tête à tête de ce problème avant l'arrivée de ses invités.

— Eh bien, dit Seeberg. Je trouve que Claude Trabaud parle beaucoup de tout cela. A croire que c'est actuellement son unique sujet de conversation. Mais au fait, monsieur Lucas, le petit spécimen de mon écriture vous a-t-il servi ?

— Je ne vois pas à quoi vous faites allusion.

— Vous m'avez fait écrire le nom de mon eau de toilette. " Grès pour homme ".

— Ah oui, je me souviens maintenant, dis-je. Vraiment, monsieur Seeberg, je me demande si vous ne lisez pas trop de romans policiers. »

7

« *On ne peut pas parler avec toi. Tu es dur. Tu ne connais pas la pitié. Aussi n'aura-t-on pas pitié de toi. Seul un idiot se laisserait détruire sans opposer de résistance. Et tu n'es pas entouré d'idiots, Herbert, tu devrais pourtant le savoir. Et d'ailleurs, tu le sais fort bien.* »

Ces quelques phrases énigmatiques, calligraphiées sur une feuille de papier ministre, Lacrosse me les avait montrées lors de notre première entrevue.

« Nous avons fouillé la villa Hellmann, les pièces occupées par le banquier principalement. Hilde Hellmann ne s'y est pas opposée. Dans un tiroir, nous avons trouvé ce billet. Il m'avait tendu ce papier. Ecriture contrefaite, mais tout de même.

— Des empreintes digitales ?

— Rien du tout. Et nous avons emporté ce papier sans en parler à personne. Il vous sera plus facile qu'à nous de rassembler les signatures des proches d'Hellmann. Ou mieux encore, quelques mots écrits de leur main. Nous confierons ces épreuves à notre expert graphologue, pour comparaison avec ce billet. Voulez-vous vous charger de cela ? »

J'avais accepté. Et maintenant je possédais une épreuve de la main de tous ces gens. Non, me dis-je, pas de tous. Il me manquait celle de Hellmann et aussi celle des Bienert et des Simon qui avaient sauté avec lui sur le *Moonglow*. Mais enfin, n'était-il pas absurde de penser que... ?

8

On se leva de table vers onze heures.

Angela m'expliqua : « Nous allons au Municipal. On l'appelle aussi le Casino d'hiver. Le Palm Beach n'est ouvert qu'à partir de juin. »

Bianca Fabiani intervint : « Le Municipal est très agréable. On y mange aussi très bien. Le chef Mario est formidable. »

Les invités rejoignirent leur voiture. Je me retournai, dans le hall d'entrée, un billet à la main.

« Qu'est-ce que vous cherchez ? s'enquit Claude Trabaud.

— Je voudrais laisser quelque chose pour le personnel.

— Sur l'assiette, là », dit-il. Il y avait quelques billets dans une soucoupe posée sur une commode. J'y ajoutai le mien. « Vous êtes le premier, dit Claude Trabaud.

— Pardon ?

— Le premier qui laisse un pourboire au personnel. Les autres billets, c'est moi qui les ai mis. Par égard pour mes gens, vous comprenez...

— Vous voulez dire qu'aucun de ces milliardaires...

— Aucun. Et comment croyez-vous que l'on devient milliardaire ? demanda Claude Trabaud avec un large sourire. Tenez, l'un des messieurs ici présents — je ne vous dirai pas lequel — a dîné si souvent ici sans rien laisser que Pasquale l'a pris un soir entre quatre yeux : " Nos gens, lui a-t-elle dit, ont remarqué que vous ne laissiez jamais rien. Aussi leur ai-je donné cinquante francs en spécifiant qu'ils venaient de vous. " Sur quoi, ce monsieur a piqué une crise : " Cinquante ? Vous auriez dû leur donner cent, Pasquale ! Maintenant, ils vont dire de moi que je suis un pingre ! " »

Nous nous esclaffâmes. « Cent. Comme vous, ajouta Trabaud. Vous donnez trop, monsieur Lucas. Vous ne serez jamais un homme riche.

— Non, jamais, je le crains. »

9

« Le quatre, pair, noir et manque !

— Le trente et un, impair, noir et passe !

— Le sept, impair, rouge et manque ! »

Les croupiers lançaient à haute voix les chiffres qui sortaient aux différentes tables. Et toutes les tables du Municipal étaient occupées. Un petit Italien se mit à pousser des hip hip et des hourras en sautillant comme un diablotin dans la grande salle au décor vieillot mais somptueux. Je vis qu'on lui remettait une grosse liasse de billets.

« Il n'est pas moins agité quand il perd, m'expliqua Angela. C'est un habitué. Il est là tous les soirs. Se fait accompagner par sa femme et ses amis. Ils misent pour lui, toujours le maximum. Et parfois, il se passe des minutes entières jusqu'à ce que toutes ses mises soient placées.

— Il a perdu six cent mille dans la soirée », chuchota quelqu'un à mon côté. C'était un homme de taille moyenne, au visage insignifiant. Il esquissa une courbette devant Angela. « Bonsoir, madame Delpierre. »

Angela me présenta.

C'était l'un de ces commissaires qui officient dans tous les casinos du monde et dont la tâche essentielle consiste à surveiller les joueurs. A Cannes Angela les connaissait presque tous.

« Celui-ci, dit Angela tandis que l'homme s'éloignait, a une petite fille qui ressemble à un ange de Botticelli. J'ai fait son portrait, gratuitement, pour le plaisir. En contrepartie, son père m'a prêté la main pour mettre au point mon jardin suspendu. C'est un excellent jardinier et il vient encore, de temps en temps, me conseiller et m'aider à enrichir ma décoration florale. »

Les gens avec lesquels nous étions venus s'étaient dispersés dans la salle. Chacun jouait de son côté.

« Le dix, pair, noir et manque ! »

Le petit Italien se mit à jurer comme un charretier — en italien bien entendu.

« Vous ne jouez pas ? me demanda Angela.

— Cela m'ennuie, dis-je. Mais je vais tout de même jouer un peu, histoire de ne pas me distinguer. »

Je me rendis avec elle au guichet de change. A travers le guichet, on avait vue sur une pièce uniquement meublée de casiers muraux en acier. Angela tira une clé de sa poche.

« Je reviens tout de suite. Je vais retirer un peu d'argent.

— Ou cela ?

— De mon coffre. J'ai mon coffre ici. Elle rit. Papiers, argent, bijoux, tout ! Je suis venue hier après-midi pour chercher les bijoux que je porte. Pourquoi dépenserais-je de l'argent pour louer un coffre dans une banque ? J'en ai un ici et il est gratuit. »

Elle disparut.

Je changeai un billet de cent francs pour deux jetons de cinquante. Je traversai la salle. Entre les tables de jeu et le bar, il y avait un espace réservé au restaurant du casino. Quelques tables seulement et de rares dîneurs attardés. Assis au bar, John Kilwood buvait un whisky. Il me fit un vague signe de la main. Je m'arrêtai à une table. Maria Sargantana y était installée et je la surpris au moment même où elle faisait disparaître une pile de jetons dans l'ourlet de sa robe. On m'avait dit qu'elle dissimulait ses gains au jeu afin de pouvoir extorquer davantage d'argent à son pingre d'époux. C'était donc bien vrai. Curieuses gens, pensai-je. En cas de besoin, cela devait faire de bien singuliers meurtriers...

Je m'approchai d'une autre table. Angela y avait trouvé place. Je l'examinai à la dérobée et faillis oublier où je me trouvais. Je songeai au jour où j'avais fait sa connaissance. C'était un treize. Treize ? Fallait-il se laisser tenter ? Je me penchai par-dessus une dame assise et déposai les deux jetons de cinquante francs sur le treize. Autant miser tout en même temps. J'en finirais d'autant plus vite avec ce jeu idiot. De nouveau, je regardai Angela mais cette fois, elle dut remarquer quelque chose car elle leva la tête et nos regards se croisèrent. Ce fut comme un charme jeté par quelque enchanteur mystérieux. Je ne réussis pas à détourner les yeux et elle non plus. Et brusquement, je fus pris d'un vertige léger qui m'obligea à me retenir au dossier de la chaise de la dame assise devant moi, et les voix tout autour de moi se fondirent en une rumeur confuse...

« Monsieur... »

Je sursautai.

Le croupier à côté duquel je me tenais me faisait face. Il tapota, du dos de son rateau, sur les jetons posés sur le treize.

« C'est bien votre mise ?

— Oui.

— Une mise de cent francs sur le treize pour monsieur », dit le croupier en me désignant. Son collègue poussa vers moi deux piles de jetons. J'avais gagné trois mille cinq cents francs.

« Cent pour les employés », dis-je. Le sort m'était favorable. Ou bien le ciel avait-il décidé de m'entendre ? On verrait bien. Je misai le maximum, soit mille cinq cents francs sur le treize. Déjà la roulette tournait. Je fermai les yeux. Des secondes interminables s'écoulèrent puis le croupier annonça : « Le treize, impair, noir et manque ! »

Pour la seconde fois, le treize était sorti.

Une rumeur courut autour de la table.

Trois rateaux chargés de jetons furent poussés à ma rencontre. Mes gains se montaient à cinquante deux mille cinq cents francs.

Je donnai cinq cents francs aux employés et, cette fois, je jouai les trois chevaux, les deux carrés, les deux transversales simples et la transversale pleine treize à quinze, sans oublier, naturellement, une mise maximale sur le treize.

D'autres joueurs misèrent également sur le treize.

Une troisième fois, il sortit.

Le petit Italien qui n'avait pas joué se mit à gesticuler comme un fou. Il se fraya un passage jusqu'à moi et frotta le dos de ses mains contre le dos de ma veste. Sans doute espérait-il que la chance déteindrait ainsi sur lui. Les deux croupiers se mirent à calculer. Ils y passèrent un bon moment puis l'un des deux tira d'un casier fixé à la table une pile de plaques qu'il compta devant moi et auxquelles vinrent s'ajouter une série de jetons. Le tout représentait la somme gagnée par moi au total, soit deux cent trente-cinq mille cinq cents francs. Je laissai cinq mille aux employés et retirai toutes mes mises. Un employé transporta mes jetons et plaques à la caisse. Là, je me retrouvai nez à nez avec Angela.

« Vous avez aussi joué le treize ? m'enquis-je.

— Oui ! dit-elle. Elle était radieuse. Avec vous ! Vous ne l'avez donc pas remarqué ? »

Le caissier recompta les gains d'Angela et lui demanda si elle voulait tout changer.

« Oui, tout », dit Angela.

Des liasses de billets sous chaque bras, elle disparut dans la pièce où j'avais entrevu les coffres-forts.

Je donnai un gros pourboire au caissier et le priai de bien vouloir empaqueter mon argent. Il y en avait tellement qu'il me serait de toute évidence impossible de le ranger dans mes poches.

Angela revint. Elle rit.

« Venez au bar. J'ai très soif. M'inviterez-vous à boire une coupe ?

— Avec grand plaisir, madame. Attendons seulement, je vous prie, que l'on ait fini d'emballer mes millions. »

Le petit Italien accourut. Il transpirait à grosses gouttes, ce qui ne l'empêcha pas de prendre Angela à témoin en lui tendant une plaque de cinq mille francs sous le nez.

« Qu'est-ce qu'il veut ? demanda Angela.

— Que nous crachions sur sa plaque. Il paraît que cela porte chance. »

Nous crachâmes tour à tour, d'abord Angela puis moi, symboliquement, sur la plaque du petit Italien qui se confondit en remerciements et nous gratifia d'une bonne douzaine de courbettes.

« Grazie signora, grazie signore, grazie tante... » Il s'en retourna au pas de course à sa table.

Nous nous rendîmes au bar, moi avec mon paquet de millions sous le bras. Je commandai deux coupes de champagne et quand elles arrivèrent, je dis : « Le treize nous a porté chance !

— Ce sera désormais notre chiffre porte-bonheur, dit-elle en levant sa coupe. Au même instant, je la vis blêmir. Mais qu'est-ce que... », s'excla-ma-t-elle, le regard rivé au plancher.

Ivre mort, Kilwood était agenouillé aux pieds d'Angela, tenant le bas de sa robe à deux mains et pressant le tissu contre sa bouche. Il clama d'une voix avinée : « Oh, femme merveilleuse... Ma princesse adorée... Laisse-moi baiser tes pieds... L'ourlet de ta robe divine... Oh... Oui, oui, je ne suis qu'un mécréant... Un ivrogne... Et toi, tu es si belle...

— Tâchez de disparaître en vitesse », lui lançai-je d'un ton coupant.

« Noble seigneur, aie pitié du chien galeux qui se traîne à tes pieds », balbutia-t-il d'une voix dramatique. Il pressa de nouveau le bas de la robe d'Angela contre ses lèvres. Je le poussai légèrement de la pointe du pied. Il roula sur le dos. Couché de tout son long, il me regarda de ses yeux aqueux.

« Fichez le camp, dis-je. Et vite si possible ! Sinon, je vous garantis que vous vous en repentirez ! »

Il se redressa péniblement, vacillant sur ses jambes.

« Quel gentleman, ricana-t-il en s'éloignant. Quel courageux chevalier... » Il s'appuya contre une table de jeu proche.

« Il a perdu la raison, dit Angela d'une voix éteinte.

— Venez, dis-je. Je veux voir ce qu'il va faire maintenant. J'ai comme l'impression qu'il va y avoir du spectacle. »

Nous suivîmes Kilwood, moi toujours avec mon gros paquet sous le bras.

10

Kilwood s'était posté derrière Thorwell et lui caressait doucement l'épaule. Je l'entendis dire : « Pardonnez-moi, votre grandeur. Oh, altesse sérénissime ! Noble seigneur ! Si noble et si modeste. Comme je suis heureux de vous avoir pour ami !

— Fichez-moi le camp », grommela nerveusement Thorwell.

Kilwood ne se le fit pas répéter deux fois. Il contourna la table en manquant s'écrouler par deux fois et s'accrocha à la veste de Trabaud qui se tenait debout derrière les joueurs assis : « Toi aussi, tu es un gentleman, proféra Kilwood sur la même lancée. Un homme si distingué et un si bon ami ! Mon meilleur ami ! » Il fit mine de l'embrasser sur la joue. Trabaud le repoussa sans ménagements. Kilwood faillit perdre l'équilibre. Il fit plusieurs pas à reculons et s'en alla heurter la table voisine où était installée Bianca Fabiani. Kilwood la ceintura par-derrière et l'embrassa sur la nuque. Elle poussa un cri perçant. Il desserra son étreinte, plongea à deux mains dans le décolleté de Bianca et déclara d'une voix étonnamment forte et claire : « Oh toi, la plus belle d'entre les belles, ma plante bien-aimée ! Comme je suis heureux de pouvoir me nommer ton ami !

— Vous allez me lâcher ! » s'écria Bianca Fabiani indignée. Et, aussitôt après, elle appela son mari qui jouait à la table voisine et qui accourut aussitôt. Giacomo Fabiani saisit Kilwood par le revers de sa veste. Il y eut un moment de stupeur parmi les joueurs.

« Que se passe-t-il ?

— Holà, holà, qu'est-ce à dire ? » Il y avait maintenant une nuance de cynisme dans la voix de John Kilwood et il darda sur Fabiani un œil menaçant. « Noble seigneur, pourquoi m'en vouloir ? Je ne fais rien de mal ! Je rends hommage à cette créature divine ! Oui, divine ! Merveilleuse ! Et vous aussi, vous êtes une créature merveilleuse ! Vous tous, mes amis... » Il déglutit

bruyamment et poursuivit d'une voix maintenant sifflante : « Oui, tous, nobles
seigneurs et nobles dames ! » Il tapota sur la joue de Tenedos qui venait de
s'approcher avec Melina, sa femme. Il se courba si profondément devant
cette dernière qu'il faillit encore s'écrouler. « Messeigneurs, belles et nobles
dames ! » Il s'avança brusquement et embrassa Melina sur la bouche. « Il fallait que je le fasse ! Oh femme merveilleuse, joyau de notre collection ! » Il
y avait maintenant un véritable attroupement autour de la table et les gens
se poussaient du coude. Je vis plusieurs commissaires du casino s'approcher
discrètement. Mais de tout cela, Kilwood ne parut rien remarquer. Il fondit
soudain en larmes. « Vous êtes tous si merveilleux, si nobles, si purs ! Et
moi, je suis si sale, si coupable ! Un vieil idiot ! Un ivrogne invétéré... (Angela
me prit par la main.) Un criminel ! Voilà ce que je suis ! glapit Kilwood.

— Allez-vous enfin vous taire ! lui lança Tenedos à mi-voix.

— Me taire ? Mais comment pourrais-je me taire ? Dans ce cercle d'amis
bienveillants. Moi, le dernier des derniers ! Moi... Il s'interrompit, lança
autour de lui des regards furibonds et vociféra : *l'assassin !* »

Des joueurs se levèrent de leur table. Tous les regards étaient braqués
sur John Kilwood. Des larmes d'ivrogne coulaient de ses yeux gonflés,
littéralement cerclés de noir. Son visage avait pris une teinte violette. « Oui,
des assassins ! Assassins ! Tous ! »

Trabaud et Seeberg marchèrent rapidement sur lui. Les commissaires
également. Il repoussa tout le monde et me fixa : « Oui, monsieur Lucas,
comme je vous le dis. Mes nobles amis et moi, tous ! Tous des assassins !

— Mais qu'est-ce qui lui arrive ? » murmura Angela d'une voix faible,
sa main crispée sur la mienne.

« J'aimerais bien le savoir », dis-je. Je remarquai que tous les gens qui
avaient participé au dîner chez les Trabaud faisaient maintenant cercle autour
de Kilwood à l'exception de José Sargantana qui était assis à l'écart, dans
un profond fauteuil, fumant le cigare et observant la scène de loin.

Tous les autres se mirent à parler ensemble :

« Allons John, calmez-vous !

— Vieux fou !

— Sac à whisky !

— Ne nous énervons pas, messieurs, cet homme a simplement trop bu.

— Oui, trop bu, c'est vrai ! Et c'est vrai aussi que nous sommes tous des
assassins tous, tous ! » s'écria Kilwood.

Un frisson me parcourut le dos. Je venais de songer à Hilde Hellmann. Hilde les-Gros-Diams dans son lit rococo, dans sa villa-cimetière. Folle ? Sa voix résonna à mon oreille : « Ne faites pas cette tête-là ! Vous savez bien qu'ils sont tous dans le coup... »

Jusqu'à quel point Hilde Hellmann était-elle timbrée ? Jusqu'à quel point John Kilwood était-il saoul ?

Je me frayai un passage à travers le cercle qui entourait Kilwood.

« Un petit moment, monsieur Kilwood. Ecoutez, je... »

Tenedos me repoussa brutalement.

« Vous, tenez-vous tranquille. »

Je fus littéralement catapulté dans les bras de l'un des commissaires.

« Pas de scandale, monsieur, je vous prie, me souffla ce dernier. Cet homme est ivre. Il doit quitter la salle sur-le-champ !

— Allons, John ! Pressons !

— Vous êtes complètement noir !

— Noir ? s'écria Kilwood alors qu'on le poussait déjà vers la sortie. Noir ? Mais je sais ce que je dis ! Tous des assassins ! Vous le savez bien ! Et vous savez bien comment tout a commencé, hein ! L'Algérien de La Bocca, vous vous le rappelez, hein ! »

Tenedos et Thorwell avaient empoigné Kilwood sous les aisselles et franchissaient maintenant la salle en direction de la sortie, sous les regards consternés du personnel et des clients du Municipal. Angela m'avait appris que le système de surveillance du casino comportait des caméras de télévision dissimulées sous le plafond et derrière les lambris des murs et je me demandai si les yeux électroniques avaient repéré et suivi cette scène rocambolesque. Il eut certes été intéressant de revoir tout cela d'un autre point de vue que le sien propre...

Les croupiers étaient revenus à eux. Leurs appels résonnaient à travers la salle silencieuse.

« Faites vos jeux, mesdames et messieurs ! Faites vos jeux ! »

Le groupe autour de Kilwood et des deux hommes qui le soutenaient avaient atteint la sortie. Le petit Italien constructeur de grosses locomotives fila à côté de moi comme une flèche et me lança quelque chose.

« Qu'est-ce qu'il vous a dit ? demanda Angela.

— Il faut absolument qu'il joue immédiatement le vingt-trois.

— Pourquoi ?

— Parce que les larmes ont coulé. Quand les larmes coulent, le vingt-trois sort, paraît-il, nécessairement. »

A quelque distance, je vis Trabaud en grande conversation avec un commissaire du casino.

« Qu'est-ce que La Bocca ? demandai-je à Angela.

— C'est un quartier de Cannes.

— Il y a beaucoup d'Algériens par là-bas ?

— Oui. C'est un quartier de HLM. Uniquement habité par de petits employés ; il y a aussi pas mal de vieilles gens, des retraités et des Algériens.

— Kilwood a dit que tout avait commencé avec un Algérien de La Bocca, bizarre, non ? »

L'Italien se mit brusquement à vociférer et à sauter à pieds joints autour de sa table. Il avait misé sur le vingt-trois parce que le vingt-trois sort quand les larmes ont coulé. Les larmes avaient coulé. Et bien que ce fussent larmes d'ivrogne, le vingt-trois était sorti à sa table...

I I

On rentra.

Il était deux heures du matin.

Angela conduisait comme d'habitude.

Une route étroite serpentait jusqu'en haut de la colline où s'élevait la résidence. On arriva à hauteur de la voie ferrée. La barrière était baissée. Angela klaxonna. Un homme sortit de la petite maison à côté de la voie ferrée et se mit à actionner une manivelle. La barrière se leva.

« Elle est toujours baissée la nuit. De cette façon, on est sûr qu'il n'y aura pas d'accidents », dit Angela.

Palmiers et cyprès se détachaient sur le ciel. On approchait de la pleine lune et la nuit était très claire. Sur mes genoux, le paquet avec les deux cent trente-cinq mille francs que j'avais gagnés. On atteignit la résidence. Angela rentra la voiture au garage. Là-haut, l'air était plus frais. Je respirais profondément ; bizarrement, je ne me sentais pas fatigué du tout et j'en étais le premier surpris.

Nous montâmes au quatrième en ascenseur. Devant la porte de son appartement, Angela passa un moment à chercher les clés dans son sac. Lorsqu'enfin la porte se fut ouverte, je demeurai immobile, hésitant, sur le seuil. Angela prit ma tête entre ses mains et m'embrassa sur la joue. Je la saisis par la taille, la serrai contre moi et l'embrassai sur la bouche. Grande fut mon émotion en sentant son corps contre le mien à travers le tissu léger de sa robe, et elle dut s'en apercevoir. Ses lèvres d'abord serrées s'entrouvrirent enfin et la saveur de sa bouche ne fit que confirmer le désir qui me portait vers elle. Mais elle me repoussa.

« Non, dit-elle. Non, Robert. Je ne voudrais pas que...

— Vous ne voudriez pas que cela nous arrive trop tôt ? »

Elle me regarda sans répondre.

« Très bien, dis-je. Demain matin, j'ai du pain sur la planche. Rendez-vous au bateau des Trabaud vers onze heures.

— Vous le trouverez ?

— Comment s'appelle-t-il ?

— *Shalimar*.

— Très bien. Bonne nuit, Angela. »

Elle m'embrassa sur la bouche.

« Bonne nuit, dit-elle. Je vais appeler un taxi. »

La porte de l'appartement se referma. Je descendis en ascenseur. Dans la cabine, je balançai à bout de bras, en un mouvement pendulaire, le paquet plein de millions. Un quart d'heure plus tard, j'étais au Majestic. Je commençai par prendre un bain puis je m'étendis tout nu sur mon lit. J'imaginai Angela, nue elle aussi. Puis je songeai à ma femme et cela me rendit nerveux au point que je dus me lever. Alors que je n'avais pas fumé de la journée, je fumai trois cigarettes, l'une après l'autre. Après quoi, je restai perdu dans la contemplation imbécile des orteils de mon pied gauche. J'enfilai ma robe de chambre et sortis sur le balcon. J'y restai un long moment, scrutant la Croisette et la mer, songeant à mon avenir avec Angela. Des voitures-balais passèrent en bas de l'hôtel, arrosant et nettoyant la chaussée. Je me sentais de plus en plus inquiet, de plus en plus nerveux. Vers trois heures et demie, je rentrai et composai le numéro d'Angela. Son téléphone était occupé. J'essayai encore et encore. Sans succès. Puis je renonçai, j'étais encore plus nerveux qu'auparavant. A qui Angela pouvait-elle bien téléphoner à cette heure ? Je fumai une autre cigarette. Le téléphone sonna.

« Lucas !

— Robert ! » C'était Angela. Sa voix me parut comme nouée. « Avec qui parlais-tu ?

— Moi ? Avec personne.

— Mais ton téléphone était constamment occupé.

— Oui, parce que j'essayais de te joindre. Mais chez toi aussi, c'était tout le temps occupé. »

Je l'entendis rire.

« Voilà un bon moment que j'essaie de te joindre !

— Mais pourquoi ?

— Parce que... Je... Parce que j'avais quelque chose à te dire, Robert.

— Quoi donc ?

— Merci.

— Merci pour quoi ? Ne m'as-tu pas écrit sur un papier : Merci pour rien du tout ?

— Oui, c'était il y a trois jours. Une éternité, me semble-t-il. Maintenant, je veux te remercier pour de bon.

— Pour de bon ? Mais de quoi ?

— De t'être conduit comme tu l'as fait tout à l'heure.

— Tu ne m'as guère laissé le choix.

— C'est vrai, dit-elle. Mais tu sais très bien que si tu avais voulu, si tu m'avais forcé la main, je... je t'aurais laissé entrer. Je suis heureuse que les choses ne se soient pas passées ainsi.

— Oui, dis-je. Je crois comprendre ce que tu ressens, Angela. Je ne veux à aucun prix te brusquer. » Le calme était revenu en moi comme par enchantement.

« Bonne nuit, Robert.

— Bonne nuit, Angela. »

Je raccrochai et éteignis la lampe de chevet. Les voitures-balais passaient toujours sur la Croisette. J'entendis le ruissellement de l'eau et le faible crissement des brosses circulaires nettoyant la chaussée.

12

Il était un peu plus de huit heures quand j'arrivai chez Lacrosse. Roussel
était là. Je fis aux deux hommes un récit fidèle de ma soirée chez les Trabaud
et au Municipal. Je leur rapportai également ce que j'avais appris à Düsseldorf, de la bouche des fonctionnaires des Finances Friese et Kessler.

Tout en parlant, je regardai par la fenêtre du bureau de Lacrosse, laissant
errer mes yeux sur la gare maritime où les vedettes étaient ancrées côte à
côte et où des pêcheurs, revenus dans la nuit d'une sortie en mer, net-
toyaient leurs bateaux et déployaient les filets sur le sable. Dans l'ombre,
un peu plus loin, des hommes jouaient à la pétanque.

« Tout cela rend l'affaire encore plus obscure, conclut Roussel. M. Kessler
propose une version toute différente de la nôtre. Le moins que l'on puisse
dire, c'est que nos violons ne s'accordent pas.

— Peut-être ne s'agit-il que d'un ballon d'essai, dis-je. On ne sait jamais,
avec ces messieurs. Quoi qu'il en soit, je suis invité aujourd'hui à bord du
Shalimar, le yacht de Trabaud. Et qui sait, peut-être apprendrai-je quelque
chose qui puisse nous guider. Trabaud me fait l'effet d'un honnête homme.
Mais dites-moi, Kessler est-il à Cannes ?

— Oui. Il a appelé ici. Mais nous ne l'avons pas encore vu. Je m'étonne
qu'il ne se soit pas mis en rapport avec vous.

— Officiellement, nous ne nous connaissons pas. Et nous ne devons
prendre contact l'un avec l'autre qu'en cas d'absolue nécessité. Mais vous
n'allez sans doute pas tarder à le voir.

— Oui, dit Roussel. Nous attendons nos propres experts des Finances
et du fisc. Et, en principe, ils doivent travailler en accord avec Kessler. »

Je tirai une enveloppe de ma poche et la tendis à Lacrosse.

« Qu'est-ce que c'est ?

— Des épreuves écrites de la main des différents protagonistes du drame qui nous préoccupe. Vous me les avez demandées, je suis arrivé à les réunir. Sans trop de difficultés pour être franc.

— Formidable ! dit Lacrosse. Peut-être cela nous avancera-t-il ? Je vais faire passer tout cela à notre graphologue. Nous verrons bien ce qui en résultera. »

13

Je devais passer l'après-midi sur le yacht des Trabaud et je m'étais donc habillé en conséquence : pantalon blanc, chemise blanche à manches courtes, foulard de soie bleue à pois blancs, mocassins blancs. Du vieux port, je descendis la Croisette jusqu'à la boutique de Van Cleef & Arpels où nous nous étions arrêtés, Angela et moi, avant d'aller déjeuner chez Félix. La veille déjà, alors que je venais de gagner au jeu, je savais ce que je ferais de cet argent. Les boucles d'oreilles qu'Angela avaient admirées à la vitrine de Van Cleef, je les lui offrirais.

Le magasin n'était pas grand mais luxueusement aménagé et disposant de l'air conditionné. Un homme beaucoup plus jeune que moi et vêtu avec une remarquable élégance surgit du fond et vint à ma rencontre.

Je lui dis que je voulais acheter les boucles d'oreilles exposées en vitrine.

Nous sortîmes tous les deux et je lui montrai les boucles aux diamants convoitées par Angela.

« Les voici. »

Il inclina la tête. Nous retournâmes dans le magasin et il retira les boucles de la vitrine. Je lui appris ensuite que j'étais et, de son côté, il se présenta. Il était le directeur de cette filiale de Van Cleef et s'appelait Jean Quémard. Une ravissante personne blonde sortit d'un bureau attenant à la boutique. Quémard fit les présentations. Mme Quémard était aussi avenante que son époux.

« Monsieur Quémard, dis-je. Permettez-moi de vous poser une question, peut-être indiscrète. Je désirerais savoir si une certaine dame est venue vous voir au sujet de ces boucles ?

— Peut-être ne devrais-je pas vous répondre, dit Jean Quémard avec un sourire.

— Vous le pouvez. Il s'agit bien de Mme Delpierre, n'est-ce pas ?

— Je vois qu'on ne peut rien vous cacher, dit Jean Quémard. Mme Delpierre nous a effectivement rendu visite à ce sujet il y a quelque temps. Il m'a semblé que ces boucles d'oreilles lui plaisaient énormément.

— Oui, dis-je, je suis au courant. Mais dites-moi, combien valent donc ces babioles ? »

Jean Quémard ouvrit un tiroir, en tira un catalogue et le consulta.

« Cent quinze mille, monsieur Lucas.

— Mais vous êtes étranger, dit Mme Quémard. Et si vous avez l'intention de sortir ces boucles de France, nous sommes en mesure de vous accorder un discount de vingt pour cent. Dans la mesure où vous les déclarerez à la douane, naturellement.

— Telle n'est pas mon intention », dis-je. Cent quinze mille francs, pensai-je. Je me sentis en proie à un léger vertige. Mais c'était l'argent de la roulette, après tout. Ne l'avais-je pas gagné en misant sur un chiffre porte-bonheur ?

« C'est parfait, ajoutai-je, je les prends.

— Bien, dit Quémard. Nous allons évidemment vous remettre un certificat d'authenticité et un descriptif avec photo pour l'assurance. Où voulez-vous que nous vous expédiions tout cela ?

— Au Majestic, dis-je. Mais les boucles, je voudrais les emporter tout de suite. »

Mme Quémard s'en alla chercher un écrin. J'ouvris mon sac et comptai cent quinze mille francs devant Quémard.

Quémard recompta les billets de cinq cents francs épinglés par liasses de dix. Mme Quémard revint et me tendit l'écrin avec les boucles enveloppé dans du papier bleu.

« Je vais avoir du mal à expliquer à Mme Delpierre que les boucles sont vendues, dit Quémard.

— Je les achète pour les offrir à Mme Delpierre », dis-je et je songeai, quoique un peu tard, que cette remarque n'avait peut-être pas sa place ici. Quémard parut un peu gêné.

« C'est un présent qui fera sûrement grand plaisir à Mme Delpierre », dit la femme de Quémard.

Dehors, dans la rue, tout me parut brusquement et totalement irréel. En face de chez Félix, je revis le jeune peintre. Il accrochait justement ses toiles à un cordon tendu entre deux palmiers. Ce même jeune peintre dont Angela m'avait dit qu'il n'avait pas de chance. Je traversai, et m'approchai de lui et lui tendis un billet de cinq cents francs sans mot dire. Il dut croire qu'il avait affaire à un fou et refusa de prendre l'argent. Si encore je lui avais acheté une toile...

« Prenez cela, dis-je. Je parie que vous n'avez pas mangé grand-chose ces derniers temps. »

Il secoua la tête.

« Dans ce cas, prenez cet argent et commencez par vous taper la cloche. La chance ne sourit pas aux affamés. Remplissez-vous le ventre ces prochains jours et j'augure qu'elle vous sourira davantage.

— C'est bien la première fois, dit-il, qu'une pareille chose m'arrive !

— A moi aussi ! » dis-je en m'éloignant.

14

José Sargantana parlait un allemand très scolaire.

« Si le rhinocéros, le vilain, fait mine de vouloir te manger dans sa fureur, grimpe à temps dans l'arbre sinon tu risques des désagréments. Vous voyez, je m'en souviens encore. Wilhelm Busch. Toujours eu un faible pour lui.

— Et vous estimez, si j'entends bien, qu'il est temps pour vous de grimper dans l'arbre ? » demandai-je.

— Oui, dit José Sargantana. Il est temps en effet. Vous savez, je hais les désagréments. »

Il était dix heures moins le quart et je me trouvais dans le vaste bureau du magnat argentin de la conserve de viande, résidence Bellevue, avenue du Prince-de-Galles, quartier de la Peyrière. Par son allure et ses manières un peu frustes, Sargantana faisait davantage penser à un gros bouvier qu'à un richissime industriel. Comme quoi les deux choses ne sont pas forcément contradictoires. Toujours est-il que lorsque j'arrivai chez lui, le gaucho milliardaire était déjà en plein travail. Je fus accueilli par un domestique qui me conduisit auprès d'un secrétaire. Ce dernier me demanda de bien vouloir patienter un instant et me fit prendre place dans un salon. Sargantana arriva aussitôt après d'une pièce voisine. Par la porte ouverte, je vis plusieurs dactylos au travail.

« Mais ma parole, c'est une véritable usine chez vous ! » dis-je surpris.

Sargantana sourit, visiblement satisfait de l'impression produite. Puis, avec beaucoup de complaisance : « Oui, monsieur Lucas ! Mais que voulez-vous, partout où je suis, il me faut travailler. Partout, il faut que l'on puisse me joindre. Ici, nous avons deux bureaux, douze employés au total. Venez ! Je vais vous faire visiter les lieux. » Et le gaucho au teint buriné et aux petits yeux perçants me fit faire le tour du propriétaire. Il s'agissait, en fait, de trois appartements sur deux étages, transformés et réunis en un seul.

« Chaque appartement avait neuf pièces. Le tout m'a coûté quelque cent soixante-dix mille dollars. Je compte toujours en dollars. Et je paye en dollars. (Voilà qui ne m'étonnait guère). A quoi il faut ajouter évidemment les travaux de transformation. Pas une mince affaire, savez-vous ? Nous avons dû faire construire un escalier intérieur étant donné que les locaux sont situés sur deux étages. Et puis, il a fallu abattre des cloisons, introduire des colonnes et des piliers de soutènement afin d'obtenir des pièces suffisamment spacieuses pour le travail et pour les réceptions. » Il me fit visiter plusieurs de ces pièces. Toutes étaient immenses et ce qui, chez un bourgeois fortuné, eût servi de salon tenait lieu de dressing-room. Il ne manqua pas d'attirer mon attention sur le carrelage en marbre de Carrare. Les salles de bains aussi étaient dallées de marbre. Il m'en montra une à titre d'exemple. Robinetterie en or faite sur mesure. Partout, meubles d'époque et tapis persans. Les pièces de réception et de travail étaient sises à l'étage inférieur, l'appartement privé des Sargantana à l'étage supérieur.

« Combien y a-t-il de pièces au total ? m'enquis-je.

— Vingt-deux, dit Sargantana avec la fierté d'un enfant venu vous montrer un de ses jouets préférés. J'ai besoin de beaucoup de place, savez-vous. A Buenos Aires, nous avons une villa de trente-deux pièces. »

Son bureau, situé derrière les deux grandes salles où s'affairaient les secrétaires et dactylos, était entièrement peint en vert sombre. Quelques meubles anciens, un bureau ministre parfaitement nu à l'exception d'un téléphone avec un tas de manettes. Un homme assis dans un profond fauteuil de cuir, face au bureau de Sargantana, se leva à notre entrée. Il était grand avec des cheveux blonds clairsemés et sa tempe gauche était barrée d'une large cicatrice. Je reconnus aussitôt, avant même qu'il se fût retourné, le sieur Otto Kessler, le numéro un du service de Répression des fraudes du ministère des Finances de la République fédérale.

15

« Quelle bonne surprise ! dis-je.

— Oui, n'est-ce pas ? »

Sargantana s'installa derrière son bureau ministre. Derrière lui, accrochée au mur, une toile de Monet que je reconnus pour l'avoir vue dans des livres d'art.

« J'ai prié M. Kessler de venir également ce matin car ce que j'avais à vous dire l'intéresse au premier chef », déclara Sargantana s'adressant à moi.

« Il faut souligner que je tiens de M. Sargantana mes informations concernant la Kood en Forêt-Noire et les spéculations sur la livre menées par Kilwood et feu Hellmann », jugea bon d'expliquer Otto Kessler.

« Oui, dit Sargantana. Et si je vous ai prié de venir aujourd'hui, c'est encore pour vous parler de Kilwood. Car il est venu nous voir hier, Maria et moi, avant le dîner chez les Trabaud. Complètement saoul, comme de

172

juste. Il fallait qu'il nous parle de toute urgence. Parce que, disait-il, il ne pouvait plus le supporter.

— Mais quoi donc ? demandai-je.

— Le poids de sa faute, dit Sargantana. La faute qui l'accable et le tourmente.

— Quelle faute ? demandai-je.

— La mort d'Hellmann », dit José Sargantana. Et, ayant dit, il cita les paroles de Wilhelm Busch.

« Et vous estimez, si j'entends bien, qu'il est temps pour vous de grimper dans l'arbre !

— Oui, dit José Sargantana, il est temps, en effet. Vous savez, je hais les désagréments. » Il se tourna vers Kessler. « Je vous ai appris certaines choses sur les activités de Kilwood et de Hellmann. Ces choses, vous avez pu les vérifier. Je vous ai dit aussi que Kilwood était un buveur. Mais ce qu'il fait ces derniers jours, on ne peut plus appeler cela boire. Vous avez vu comment il s'est comporté hier », me dit Sargantana. J'inclinai la tête.

Sargantana se massa le menton. « Pas facile de grimper dans l'arbre en temps voulu, dit-il. Car il va y avoir forcément un scandale. Et je ne suis pas seulement un ami de Kilwood. Il se trouve que je suis aussi en affaires avec lui. La vérité sera connue de toute façon. Car Kilwood est décidé à passer aux aveux. Que dis-je, il a avoué. Hier après-midi. Il voulait d'abord aller à la police mais je l'en ai dissuadé.

— Pourquoi ?

— Je vous l'ai dit. Je voudrais être dans l'arbre quand le rhinocéros foncera sur moi pour me manger. J'ai donc pensé vous passer à vous ce que Kilwood m'a remis. Je ne voudrais pas avoir directement affaire à la police. Un homme qui... que... (Sargantana avait brusquement l'air très mal à l'aise). Un homme dans ma situation a besoin d'intermédiaires quand il risque d'être impliqué dans une affaire comme celle-ci. Dans la mesure du possible, je dois pouvoir rester dans l'ombre. Vous pouvez me servir d'intermédiaires auprès de la police française. Il vous suffira de dire que je vous ai priés de remplir cet office. Je suis sûr que les supérieurs de ce M. Lacrosse se montreront fort compréhensifs. Une très grosse affaire est en voie de se réaliser entre le gouvernement français et moi-même. La France a l'intention d'investir en Argentine. Dois-je en dire plus ? »

Nous secouâmes la tête, Kessler et moi. Je songeai : et voilà, ni vu ni connu, j't'embrouille. Mais Kessler n'avait pas l'air surpris du tout. Devait avoir l'habitude de ce genre de choses.

« Alors ? Kilwood ? » s'enquit le fonctionnaire des Finances.

« Kilwood ? Il est arrivé hier après-midi chez nous. Ici même. Complètement noir, ainsi que je vous l'ai dit. Gesticulant et sanglotant tout à la fois. Il voulait avouer. Il voulait se confesser. Je l'ai amené dans ce bureau. Il avait même songé à donner une conférence de presse ! Ce qui n'était guère de mon goût. J'ai quelques raisons de penser que ce n'eût été du goût de personne — je suppute que votre ministère lui-même ne tient pas à cette sorte d'éclat, n'est-ce pas, monsieur Kessler ? »

Kessler secoua énergiquement la tête.

« Et que vous a raconté Kilwood ? » demandai-je.

Sargantana ouvrit un tiroir de son bureau. Il en sortit un petit magnétophone et des papiers — c'étaient l'original et les copies de la confession de Kilwood tapées par Sargantana à la machine. Il nous tendit les papiers.

« Pour calmer Kilwood, je lui ai dit qu'il pouvait toujours se confesser à ce magnétophone. J'ai recopié après coup sa confession — je l'ai tapée moi-même, d'où les fautes de frappe. Mais je ne pouvais pas décemment demander cela à l'une de mes secrétaires, n'est-ce pas ? Il a signé l'original et les copies après que je lui eus promis de remettre le tout à la police.

— Pourquoi n'est-il pas allé lui-même à la police ?

— Il n'en avait pas le courage. Il voulait avouer puis se suicider. Je sais, tout ça paraît manquer de logique. Mais, comme je vous l'ai dit, Kilwood frise le délirium tremens. Quoi qu'il en soit, voici sa confession. Vous pourrez suivre sur le papier. » Sargantana mit le magnétophone en marche.

16

« C'est John Kilwood qui parle. Et ceci est ma... ceci est ma confession. Je... Je jure que c'est moi qui... que c'est moi qui ai poussé José Sargantana... Non... qui ai poussé Herbert Hellmann à se suicider... »

La bande magnétique se déroulait. La voix avinée de Kilwood résonnait dans la pièce. Kessler et moi suivions sa confession sur le papier. Et dehors, de l'autre côté de la grande baie vitrée, le parc déroulait ses tapis de fleurs multicolores sous le ciel bleu, face à la mer.

« Il y a des années que nous... travaillions ensemble, Hellmann et moi... Oui... Il était mon banquier... En Allemagne, nous avions la Kood... Et depuis des années que nous travaillions ensemble, il n'y avait jamais eu d'accrocs... Tout s'était toujours bien passé... Toutes nos transactions et... » Suivait un exposé détaillé des transactions et manipulations dont Kessler nous avait parlé à Düsseldorf. Cela dura un certain temps et représentait plusieurs pages dactylographiées. Enfin : « ... et puis il y a eu cette histoire avec la livre sterling... J'ai fait un transfert de livres à la banque Hellmann et j'ai chargé Hellmann lui-même d'accorder des prêts en livres... Le tout pour une somme de... pour une somme de... »

Glapissements de Kilwood.

Voix tranchante de Sargantana : « Tâchez de vous ressaisir, John ! »

Voix de Kilwood plus nette : « ... le tout pour une somme de cinq cents millions de marks... J'avais mis au point un plan très astucieux... Et tout se serait bien passé si Hellmann n'avait pas... si Hellmann avait gardé la tête froide... C'est de sa faute si ça n'a pas marché... De sa faute, uniquement... Il a perdu quarante millions ! »

« Voilà qui vérifie mes suppositions », dit Sargantana à Kessler.

Ce dernier se contenta de hocher la tête.

« Et puis il est venu me demander de le couvrir... de couvrir les huit pour cent de perte qu'il venait de subir... Mais je ne pouvais rien pour lui... N'avais pas l'argent liquide sous la main... Je... Non ! Ce n'est pas vrai ! Je viens encore de mentir ! Voilà ce que je suis ! Un ivrogne et un menteur ! (Sanglots étouffés. Souffle de la bande qui se déroule). La vérité, la voici ! Je voulais ruiner Hellmann ! Mettre la main sur sa banque ! Oui, haha, la banque ! Il me fallait la banque ! Aussi n'était-il pas question de le couvrir ! Quand il s'est rendu compte que je le laissais tomber, il m'a dit qu'il n'avait plus d'autre solution que de se tuer... Se suicider... C'était exactement ce que j'attendais... Je lui ai dit que c'était une riche idée... Lui ai conseillé de se faire sauter à bord de son yacht... On croirait à un naufrage et sa réputation ne serait pas mise en cause... Mais voilà... Il s'est fait sauter avec tous ces gens... Tous ces innocents... C'est ça qui me rend fou ! » La voix se fit criarde : « Tous ces innocents... Et moi qui aurais pu l'aider ! Nous tous, nous aurions pu l'aider ! Notre clan ! On avait bien assez d'argent ! Il... Il... Je ne sais pas s'il s'est adressé aux autres... Sargantana prétend que Hellmann ne lui a pas demandé aide... Mais je crois bien... José, ne m'en veuillez pas mais je n'arrive pas à vous croire... Un homme dans la situation de Hellmann se raccroche au moindre brin de paille pour essayer de surnager... Je suis sûr que... Mais voilà... Personne n'a voulu le renflouer... Et c'est pourquoi je ne suis pas le seul à l'avoir sur la conscience... Tous, nous sommes tous responsables de sa mort... Moi le premier, bien entendu. Ceci... Ceci est ma confession. Nous sommes aujourd'hui lundi. Lundi le 15 mai 1972 et il est dix-neuf heures moins deux minutes. Je m'appelle John Kilwood. Je jure d'avoir dit la vérité... oui, la vérité... Devant Dieu, je le jure... »

La voix faiblit, se tut, la bande se déroula à vide.

Sur le papier, je lus les derniers mots de Kilwood : « Oui, la vérité... Devant Dieu, je le jure... » et, au-dessous, la signature du susnommé, toute en traits brisés, presque illisible. Sargantana éteignit le magnétophone.

« Voilà qui intéressera la police, dit Kessler.

— J'ai bien l'impression que oui. » Sargantana sortit la bande du magnéto et la tendit au fonctionnaire des Finances. « Voici. Les supérieurs de Lacrosse jugeront de ce qu'il convient de faire et comment. Pour ma part, je suis dans l'arbre, n'est-ce pas ?

— Hier, au casino, il ne cessait de hurler que vous étiez tous des assassins, dis-je lentement.

— Il ressort bien assez clairement de sa confession ce qu'il faut entendre par là, non ? lança Sargantana.

— Oui et non, dis-je. Hier, cela sonnait davantage comme une véritable accusation, insistai-je.

— Ah, vous trouvez ? » Sargantana me jaugea d'un air méprisant.

« Oui, je trouve, dis-je. Et l'allusion de Kilwood à cet Algérien de La Bocca par qui tout aurait commencé — qu'est-ce que cela voulait dire ?

— Aucune idée, dit Sargantana.

— Vraiment aucune ? » s'informa Kessler soudain intéressé.

Sargantana haussa les épaules.

« Vous savez ce que Kilwood m'a dit, à moi ? Qu'il avait recommandé à Hellmann de louer les services d'un spécialiste américain des bombes à retardement pour garnir le yacht. Et dix minutes après, il lui aurait conseillé d'avoir plutôt recours à un homme du milieu parisien. Hier c'était un Algérien de La Bocca. Que voulez-vous que je vous dise ? Kilwood déraisonne complètement. Il ne sait plus ce qu'il dit.

— Espérons qu'il savait ce qu'il disait quand vous lui avez fait enregistrer cette bande », lançai-je froidement.

Sargantana me toisa, puis : « Où voulez-vous en venir, mon cher monsieur ?

— A rien, dis-je. Il se trouve simplement que je me pose un certain nombre de questions.

— Vous vous posez de bien singulières questions, monsieur Lucas. »

J'en avais plein les bottes des façons hautaines de ce Sargantana.

« Et vous, Señor Sargantana, vous avez une bien singulière façon de présenter les choses.

— Vous voulez dire que vous ne me croyez pas ?

— Si. Je vous crois. C'est aux histoires de Kilwood que je ne crois pas.

— Quant à moi, dit Kessler, je suis assez enclin à me fier aux confessions de cet ivrogne. Vous savez ce que l'on dit, n'est-ce pas ? La vérité est dans le whisky. Allons, Lucas, nous filons à la police. Quant à vous, M. Sargantana, soyez sans crainte. Vous êtes monté à temps sur votre arbre. Lucas, vous avez une voiture ?

— Non.

— Dans ce cas, faites vite appeler un taxi. Rendez-vous chez Lacrosse dans un quart d'heure. Chacun de nous va prendre une copie des aveux de Kilwood. Vous prendrez aussi la bande, si vous le voulez bien. Señor Sargantana, ne quittez pas l'Europe avant que cette affaire soit réglée.

— Evidemment non, dit l'Argentin. Je reste ici, perché sur mon arbre. »

17

Il commençait à faire très chaud.

Trois ventilateurs tournaient dans le bureau de Lacrosse. Les vieux qui jouaient à la pétanque, tôt le matin, avaient disparu. Les pêcheurs également. Les bateaux délaissés couchés dans le sable. Les filets secs, blancs comme de la craie. Roussel et Lacrosse téléphonèrent à Paris. Ils demandèrent l'envoi rapide à Cannes d'experts du ministère de la Justice ainsi que la formation d'une délégation d'experts du ministère des Finances munis de pleins pouvoirs. Lacrosse souligna que l'ambassade des Etats-Unis devait être informée.

Pour autant que nous pouvions les suivre, il ressortait de ces coups de téléphone que les interlocuteurs de Roussel et Lacrosse étaient enclins à temporiser, voire à faire la sourde oreille. Mais Roussel était décidé à parvenir à ses fins. Il menaça carrément d'agir de son propre chef au risque de susciter un scandale. Lequel scandale devait précisément être évité à tout prix.

Kessler me souffla : « Quel foutoir, hein ?

— Vous croyez que ça marcherait mieux chez nous dans un cas pareil ? » lui demandai-je.

Kessler ne répondit pas. Il se borna à faire craquer ses doigts.

Des fonctionnaires allaient et venaient.

Lacrosse parlait avec eux. Il avait l'air beaucoup plus décidé, plus énergique aussi, que lors de notre premier entretien. Je compris que la maison de Kilwood était surveillée par la police. Kilwood habitait à Mougins, à quelques kilomètres de Cannes. D'après la gouvernante, le magnat américain cuvait son whisky. Au petit matin Kilwood aurait pris une dose massive de somnifère et il dormait maintenant d'un sommeil de plomb. De toute manière, il ne pouvait quitter sa villa sans être repéré. Et s'il cherchait à s'enfuir, on pouvait l'en empêcher et le solliciter de se présenter aux bureaux de la police maritime en vertu d'un mandat délivré par Lacrosse en personne. Ce faisant, Lacrosse s'était avancé plus qu'il ne l'aurait souhaité en l'absence de l'administrateur-chef, son patron. « Mais j'espère qu'il ne retrouvera pas ses esprits avant l'arrivée des experts de Paris, dit-il.

— Et quand doivent-ils être là ?

— Pas avant ce soir. Pourquoi ? »

Je le mis au courant de mon rendez-vous avec les Trabaud.

« Allez-y tranquillement. Quand vous serez de retour, demandez à la réception du Majestic s'il y a des nouvelles pour vous. S'il n'y a rien, c'est que nous en serons toujours au même point. »

18

« Sociétés multinationales, dit Claude Trabaud. Qu'est-ce que cela signifie exactement ? Disons qu'il s'agit de sociétés qui travaillent dans de nombreux pays et qui ont la possibilité de transférer librement leurs programmes de production et d'investissement d'un pays à l'autre, sans autre loi que celle du profit... »

Nous étions installés, Claude et moi, à l'arrière du yacht. Il était 16 h 30 environ. Angela et Pasquale prenaient le soleil sur le pont supérieur. Le bateau qui avait jeté l'ancre au large de l'île Saint-Honoré, la plus petite des îles de Lérins, remuait à peine sur la mer immobile. Le capitaine et Pierre, le matelot du yacht, s'étaient retirés dans leurs cabines. Pierre nous avait conduits à l'île Saint-Honoré à bord du canot, Angela et moi, nous y avions fait une promenade merveilleuse. La visite du monastère, où Angela était bien connue, nous avait valu un présent des moines : une bouteille de Lérina, cette liqueur fameuse dont le monastère tire l'essentiel de ses ressources.

Cette heure déjà avancée de l'après-midi était bien agréable. Sur le bateau, tout était silencieux. Il soufflait une brise légère qui rendait supportable la chaleur étouffante de cette journée.

« La puissance financière de ces sociétés est à peine imaginable, dit Claude Trabaud. Certaines d'entre elles réalisent un chiffre d'affaires annuel plus élevé que le produit national brut d'un Etat moyen. C'est ainsi que le chiffre de la General Motors est plus élevé que le produit national brut des Pays-Bas. Standard Oil, Royal Dutch, Ford réalisent un chiffre d'affaires au moins équivalent au produit national brut de pays comme l'Autriche ou le Danemark. La General Electric est infiniment plus riche que la Norvège, Chrysler représente une puissance financière bien supérieure à la Grèce et la société multinationale Unilever réalise un bénéfice annuel équivalent au budget de la Nouvelle-Zélande. La direction de ces sociétés est structurée de telle manière qu'il est pratiquement impossible de définir le lieu où sont prises les décisions. Et même dans un pays hautement industrialisé tel que l'Angleterre, le cinquième environ des industries clés est contrôlé par des cartels étrangers. »

Le chien Naftali déambula lentement à travers le pont et vint se coucher aux pieds de son maître. Au-dessus de nos têtes nous entendîmes les rires étouffés des deux femmes. Le vent avait l'air de vouloir se lever. Le bateau oscillait un peu plus fort.

« Les Etats eux-mêmes ne sont plus en mesure aujourd'hui de réaliser le fractionnement des blocs compacts formés par ces sociétés. On peut dire que ces dernières constituent actuellement de véritables entités économiques parfaitement inattaquables — à moins de réaliser un chambardement en profondeur de l'ensemble de l'économie occidentale. Un tel chambardement est-il possible ? Est-il même souhaitable ? Je ne le crois pas. Et cependant, il y a là un véritable problème. Un problème brûlant, dirais-je même. Car l'activité des sociétés multinationales s'exerce bien souvent — trop souvent ! — au détriment et des intérêts nationaux et des intérêts des travailleurs que ces sociétés emploient. Elles décident librement où elles vont installer leurs laboratoires de recherche et leurs groupes de production. Elles décident aussi librement de la nature des articles que l'on va produire et en quelle quantité. Elles peuvent freiner et même faire complètement obstacle aux inventions nouvelles et aux techniques inédites, pour peu que ces nouveautés risquent de concurrencer leurs propres produits et, d'une façon plus générale, l'appareil de production sur lequel elles exercent un contrôle souverain. Leur puissance et leur extrême plasticité les mettent à l'abri des pressions que pourraient vouloir exercer sur elles les gouvernements. Et si de telles pressions s'exercent, elles sont d'emblée vouées à l'échec. Leur puissance financière, leur capacité de production, le poids de leur influence sur l'économie mondiale, sur la politique, sur l'Etat est bien difficile à évaluer. Mais dans l'industrie hôtelière par exemple, nous sommes nombreux à penser que c'est presque uniquement la pression conjuguée des sociétés multinationales qui a entraîné la dernière dévaluation de la livre sterling. C'est dire que ces sociétés constituent une puissance financière capable d'ébranler le marché des changes. Et les manipulations monétaires qui suscitent ces fluctuations de la monnaie — voilà le point crucial — échappent entièrement à tout contrôle légal.

— Autrement dit, on ne peut rien faire contre ?

— Si les pouvoirs publics ne décident pas unanimement de se défendre avec la dernière énergie contre l'évolution en cours, ces sociétés géantes, ces monstres tentaculaires finiront par imposer leur propre loi au monde. En d'autres termes, nous allons droit au chaos. » Trabaud me dévisagea et partit d'un éclat de rire. « Je ne fais pas partie d'une société multinationale. Mes chaînes d'hôtels sont toutes édifiées en étroite coopération avec les pays intéressés. Et note bien que je suis le seul — parmi tous les gens que tu as vus hier soir — qui soit dans ce cas. »

Je dressai l'oreille.

« Que veux-tu dire par là ?

— Allons, allons, Robert, tu ne le sais donc pas ?

— Non, je ne vois pas de quoi tu veux parler exactement.

— Fabiani, Thorwell, Sargantana, Tenedos et Kilwood forment ce que l'on appelle une société multinationale. La Kood leur appartient à tous, tu comprends ? »

Je me bornai à acquiescer. Le bateau se mit brusquement à danser sur l'eau.

« Au niveau de la banque Hellmann, quelque chose a dû gripper la machine. Je ne sais pas quoi. Une chose est certaine : étant donné les dimensions de leur entreprise, ils auraient pu aisément tirer Hellmann de n'importe quel mauvais pas. Et, logiquement, il était dans leur intérêt de le faire. Au lieu de cela, Hellmann a été assassiné.

— Oui, dis-je. Et personne ne sait pourquoi.

— Personne ? Disons que *nous* ne savons pas pourquoi. »

19

A sept heures du soir, nous étions de retour à Port-Canto.

Claude, à son habitude, voulait passer encore un moment sur le bateau, bavarder avec ses hôtes et boire un verre. Mais Pasquale le rappela à la raison :

« Tu vois bien que nos deux tourtereaux ont envie d'être seuls. Tu ferais donc bien de te résoudre à rester en tête à tête avec moi et à boire en ma compagnie. »

En ce qui me concerne, j'étais devenu rouge comme une crevette malgré la crème dont Angela avait pris soin de m'enduire. Mon visage aussi en avait pris un coup. Je remerciai Pasquale de la merveilleuse journée que nous avions passée grâce à elle.

« Allons, allons, ne me remercie pas, dit-elle. On va tâcher de rééditer cela très prochainement et j'espère bien que vous serez de la partie, tous les deux. Tu es l'ami d'Angela, donc notre ami, n'est-ce pas, Naftali ? »

Le terrier se mit à japper. Nous prîmes congé et nous descendîmes sur le quai. La Mercedes était garée devant un mur de pierre qui portait cette inscription peinte au goudron en lettres énormes : Prolétaires de tous les pays, unissez-vous !

Depuis le pont du yacht, Pierre et Pasquale nous firent signe jusqu'à ce qu'Angela eût conduit la voiture hors des limites du port.

« J'ai une soif terrible, dit-elle. Si on allait boire un coup ? »

J'acquiesçai. Angela tourna à droite et s'arrêta aussitôt devant une construction basse : le Club-House Port-Canto. On franchit le hall d'entrée, on traversa un petit bar où un trio jouait de la musique douce et on s'installa sur une terrasse ombragée d'où l'on entendait parfaitement la musique. Il n'y avait que quatre couples de consommateurs. Je commandai du champagne. Dès qu'il fut servi, Angela vida sa coupe. Je la remplis une seconde fois. Le soleil allait se coucher. Le ciel se teintait de couleurs changeantes et l'air était comme de la soie. Je me levai, pénétrai dans le bar, donnai quelque argent aux musiciens et les priai de jouer *Blowin' in the wind*. Je regagnai ensuite la table où Angela m'attendait.

« Qu'est-ce que tu as fait ?

— Rien », dis-je.

Nous bûmes. Peu après :

« Notre chanson ! » s'exclama Angela.

Elle bondit de sa chaise et disparut dans le bar. Quelques instants plus tard, sa voix se faisait entendre, comme un murmure, dans les haut-parleurs installés sur la terrasse...

How many deaths will it take till he knows that too many people have died... Le piano, la basse, la batterie. La voix d'Angela. Je me calai contre le dossier de mon siège et rêvassai...

... Tu as prétendu n'être pas marié... C'est un mensonge... Tu as menti à Angela... Et maintenant, comment vas-tu t'y prendre pour...

... *How many times can a man turn his head pretending he just doesn't see*...

... tu as l'impression de cuire... Le soleil ? le champagne ? Peut-être, mais aussi la honte... Avoir menti à Angela... Tu as une femme chez toi, là-bas, à Düsseldorf... Non, tu n'es pas libre... Pas libre...

... *The answer my friend is blowin' in the wind*... chantonnait doucement Angela.

Et alors ! Mes scrupules étaient soudain comme balayés. Pas libre ? Mais si, *tu es libre* ! Tu es marié, certes, mais sur le papier seulement ! Voici bien longtemps que ce mariage n'a plus aucune réalité ! Karin ? Voici bien longtemps qu'elle n'est plus ta femme que sur le papier. Ta femme ? Elle est là, à côté, et elle chante...

... *The answer is blowin' in the wind*..., murmurait la voix. J'avais ouvert le paquet de Van Cleef et laissé glisser les boucles d'oreilles dans le verre plein d'Angela. La voici qui revenait maintenant, radieuse, tandis que le trio jouait une dernière fois le refrain de la chanson de Dylan.

Je me levai. « Merci, Angela, merci.

— Dieu, qu'il fait chaud là-dedans ! Est-ce qu'il y a encore quelque chose à boire ?

— Oh oui, dis-je. Ce n'est pas cela qui manque et nous pouvons toujours commander une autre bouteille. » On se rassit.

Angela poussa un cri bref, les yeux rivés au fond de sa coupe.

« Je crois que j'ai déjà trop bu ! dit-elle. Je vois quelque chose dans mon verre... »

Elle plongea ses doigts dedans et en retira les boucles.

« Mets-les qu'on voie un peu de quoi elles ont l'air sur toi », dis-je.

Elle se rembrunit soudain.

« Non ! Je ne veux pas ! Je ne puis accepter cela ! Pour qui me prends-tu ?

— Pour la femme que j'aime, dis-je.

— Tu es fou. Tout cet argent ! Tu n'es pas riche à ce point que je sache !

— Comment cela ? Je suis plein de fric depuis l'autre soir, tu sais bien !

— A ce train-là, tu ne seras pas riche longtemps. Non, je ne veux pas ! Nous allons les rapporter.

— Impossible, dis-je. Il ne les reprendra pas.

— Il les reprendra. Après tout, Quémard est un ami.

— Peut-être, dis-je. Mais je lui ai fait promettre qu'il ne les reprendrait pas. Il ne te reste donc qu'à les mettre.

— Robert... » Elle s'empara de ma main et je vis la tache claire sur le dos de la sienne. « Robert... Je te remercie... Si tu savais... Je n'ai jamais accepté qu'un homme me fasse cadeau d'un bijou... C'est la première fois et...

— Madame, dis-je, c'est vous qui me comblez ! En acceptant ce présent ! Et cela, nous nous devons de l'arroser ! Je me tournai. Garçon ! Une autre bouteille ! »

20

Tout en préparant une grande salade, Angela suivait les informations télévisées. Je lui prêtai la main pour dresser la table sur sa terrasse fleurie. Il n'était question que de la dévaluation de la livre et des réactions consécutives à cette décision. Une réévaluation du mark était prévisible. Le club des Dix siégeait à Bâle. Une vive effervescence se manifestait à la Bourse de Tokyo et aussi à Rome.

De Port-Canto, j'avais téléphoné au Majestic. Aucune nouvelle me concernant. Pas de télégramme de Brandenburg, rien non plus de Lacrosse. Qu'est-ce que cela signifiait ? Kilwood cuvait-il toujours son whisky ? Les experts parisiens n'étaient-ils toujours pas arrivés ?

Angela naviguait entre ses téléviseurs allumés. Sa robe d'intérieur largement fendue sur le côté s'entrouvrait à chaque pas, découvrant jusqu'à la cuisse ses longues jambes bronzées.

Un moment plus tard, nous étions assis à table et nous mangions la salade mélangée, avec de la baguette croustillante, le tout arrosé de bière fraîche.

Les postes de télé toujours en marche diffusaient des chansons. Une soirée de variétés musicales consacrée aux succès d'hier.

« Ne sont-elles pas magnifiques ? » dit Angela en remuant légèrement la tête, ce qui fit scintiller les diamants de ses boucles d'oreilles.

« Toi, dis-je. C'est toi qui es magnifique. »

Après avoir débarrassé la table, nous dansâmes sur la terrasse au son des vieilles chansons sentimentales diffusées par la télé. Angela avait jeté ses bras autour de mon cou et, de temps en temps, nous nous embrassions sans cesse de nous mouvoir lentement parmi les bacs de fleurs et d'arbrisseaux doucement éclairés par la lumière du salon. Puis Angela s'immobilisa et nous échangeâmes un long baiser et je compris soudain qu'elle était prête aujourd'hui, prête à tout. Et tout aussi brusquement, il m'apparut que je ne pouvais lui mentir plus longtemps.

Alors qu'elle me tenait tendrement enlacé, je lui dis : « Je ne t'ai pas dit la vérité, Angela. Je suis marié. »

Je la sentis se raidir dans mes bras. Elle se dégagea lentement, presque machinalement. Elle passa de pièce en pièce, éteignant un téléviseur après l'autre. Puis elle revint sur la terrasse et s'assit dans un fauteuil en rotin. Je pris place, en face d'elle, sur la balancelle. Il y eut un long silence.

« Un mariage malheureux, dis-je. Et qui n'a plus aucun sens.

— Evidemment », dit-elle comme absente. « Tous les hommes, dans certaines situations, trouvent qu'ils ont fait un mariage malheureux... » Elle s'interrompit, puis : « L'homme dont je t'ai parlé... Il ne cessait de me répéter cela.

— Je t'assure que mon mariage n'a plus aucun sens, dis-je.

— Je t'en prie, tais-toi !

— Angela... S'il le faut, je...

— Tais-toi ! Je ne veux pas me compromettre une nouvelle fois... Je... Je te remercie de m'avoir quand même dit la vérité. Mais entre nous, c'est fini. Tiens, reprends les boucles.

— Non.

— Si !

— Non. »

Elle se précipita dans l'entrée et fourra les boucles dans ma chemise. Puis elle revint.

« Je vais parler avec ma femme, dis-je. Je vais me séparer d'elle. Je tiens absolument à ce que tu le saches, Angela. Je veux demander le divorce. Elle est plus jeune que moi, ma femme. Elle est très jolie et n'aura aucun mal à refaire sa vie. Et de plus, il y a bien longtemps qu'elle ne m'aime plus — si toutefois, elle m'a jamais aimé.

— Bavardages, dit Angela. Des mots creux. Rien de plus.

— Je suis très sérieux. Et ce ne sont pas des mots creux, Angela. Je file à Düsseldorf demain et je demande la séparation. C'est toi que je veux, Angela. C'est toi que j'aime. J'ai autant besoin de toi que de l'air que je respire.

— Va-t'en, dit Angela en me tournant le dos. Va-t'en maintenant. » Son regard absent était tourné vers les lumières de la ville.

« Angela, je te demande de me croire. Je...

— Va-t'en ! » clama-t-elle soudain furieuse. Puis elle chuchota : « Je t'en prie, Robert, laisse-moi seule maintenant. »

Il était inutile d'insister.

Je voulus dire encore quelque chose, mais je ne trouvai pas mes mots. Angela me tournait toujours le dos.

« Bon, dis-je. D'accord, je m'en vais. »

Elle ne répondit pas.

« Bonne nuit », dis-je.

Elle ne répondit pas.

Je me rendis dans l'entrée et enfilai ma chemise. Les boucles y étaient. Je retournai sur la terrasse. Angela était toujours assise face à la ville, me tournant le dos, figée sur son siège comme une statue.

21

Elle était très fardée et elle avait de gros seins, un énorme derrière et une bouche grande et rouge comme une plaie ouverte.

« Qu'est-ce que tu préfères ? » me demanda la noiraude. « Je connais tous les trucs. Et je te ferai ce que tu voudras. Alors, chéri, qu'est-ce que tu en dis ? »

Cela se passait dans un bar, rue du Canada. En bas, le bar ; à l'étage, l'hôtel de passe. Mais tout cela, je ne le savais pas en entrant. J'avais décidé de retourner au Majestic à pied, et en chemin je m'étais quelque peu égaré. Dans la rue du Canada, il y avait un tas de prostituées, des bars nombreux et pas mal de touristes, surtout américains.

Je décidai de me saouler et je pénétrai dans un bar dont l'entrée était surmontée d'une enseigne lumineuse particulièrement voyante. Je m'assis sur un tabouret haut et commandai un double whisky et c'est à ce moment-là que la noiraude aux gros nénés se glissa à mon côté, me demanda de lui offrir un verre et se mit à me caresser la braguette en me susurrant d'exquises invitations à la luxure. Visiblement, il n'y avait que des putains dans ce bar. Certaines seules, d'autres bavardant avec des types plus ou moins saouls. La noiraude but du champagne. Elle avait des problèmes avec l'estomac et déclarait ne pas supporter le whisky.

« Et le scotch encore moins. D'ailleurs, je déteste les Anglais. Dis-moi, Coco, t'es pas Anglais, au moins ?

— Allemand », dis-je en commandant un second double scotch.

« Oh ! fit-elle. Allemand ! J'adore les Allemands !

— Evidemment », dis-je.

L'alcool commençait à faire son effet mais je pensais toujours à Angela. Je commandai un troisième double scotch et le vidai cul sec.

La noiraude dut se dire qu'il était grand temps de me brancher sur le sexe, faute de quoi je risquais de noyer ma virilité dans l'alcool. Je sentis sa main dans la poche de mon pantalon monter et descendre contre l'intérieur de ma cuisse. « Alors, Coco, on y va ? » Elle n'attendit pas ma réponse et je lui laissai l'initiative. Avec les putains, c'est cela qui est plaisant. Elle me tira par le bras jusqu'en haut de l'escalier et on se retrouva, aussitôt après, dans une piaule minable au papier peint défraîchi. Elle se retrouva toute nue en un tournemain et m'aida à me délivrer de mes oripeaux tout en me manipulant sans art mais efficacement de sorte que, sans même avoir pris réellement conscience de ce que je faisais, je me retrouvai vautré sur elle, entre ses cuisses ouvertes, la ceinturant par les reins et la faisant littéralement danser sur ma trique. Le lit craquait et c'était une véritable rage qui me tenaillait : Au diable, Angela ! Va donc au diable ! J'en ai assez de toi ! Assez de bonnes paroles ! Assez de bons sentiments ! Au diable l'amour ! J'étais vraiment saoul. La noiraude se mit à crier. Elle cria si fort que l'on frappa contre la cloison de la chambre. Je lui intimai l'ordre de la fermer, mais elle dit qu'elle prenait un médicament contre la fatigue et que ce remède la rendait extrêmement sensible là en bas et qu'en plus je le lui faisais rudement bien.

Je ne m'étendrai pas là-dessus. Je fis ce que je pouvais. Et je lui fis faire à peu près tout ce qui me passa par la tête. Elle s'exécuta avec énormément de complaisance sans oublier cependant de m'annoncer chaque fois le supplément auquel elle pouvait prétendre pour tel ou tel service rendu.

Je me retrouvai enfin, étendu sur le dos, les yeux perdus au plafond. Accroupie sur le bidet, elle se lavait consciencieusement sans cesser de me parler. Elle me dit qu'elle m'aimait et que les Allemands étaient des types formidables, pas du tout comme ces salauds d'Anglais et puis elle me dit où étaient les toilettes. Je sortis tout nu de la chambre, franchis le couloir, pénétrai dans les lieux d'aisances et vomis abondamment. Je me rinçai ensuite la bouche et regagnai la chambre. La noiraude était couchée sur le lit et lisait *Nice-Matin*.

« Ils ont dévalué la livre de huit pour cent, dit-elle. Je viens justement de lire ça. Mauvais pour les Anglais, non ?

— Oui, dis-je.

— Bien fait pour leur gueule, dit-elle. Salauds d'Anglais. »

J'avais la tête complètement vide et je ne pensais plus qu'à une chose : dormir.

« Au fait, comment tu t'appelles ? me demanda-t-elle.

— Adolf, dis-je. Et toi ?

— Jessy, dit-elle. Si t'es crevé, t'as qu'à te coucher et roupiller. Je reste là. J'ai assez turbiné aujourd'hui. Et puis t'as payé pour la nuit. »

J'entendis à peine ses derniers mots. Le sommeil déjà me gagnait. Je dormis profondément et je ne me souviens pas d'avoir rêvé. Jessy me réveilla en me secouant par l'épaule.

— Que... Qu'est-ce qu'il y a ?

— Dis donc, Adolf, tu serais pas malade des fois ?

— Non, pourquoi ?

— Tu gueules comme un putois en plein sommeil ! T'es un peu dingue, ou quoi ?

— Non, pas du tout. Il m'arrive de gueuler. Mais jamais quand je dors sur le côté.

— Ouais, ouais, ça va ! » éructa Jessy à l'adresse des voisins qui, de nouveau, frappaient contre la cloison. Puis elle me dévisagea à la lumière de la lampe de chevet et dit à mi-voix : « Tu l'aimes vachement, hein ?

— Qui ça ? demandai-je.

— Allez, ça va, trancha Jessy. Tâche de dormir, mais sur le côté si c'est pas trop te demander. »

Je ne sais pas si je dormis sur le côté. En tout cas, je ne criai plus. Du moins, je ne le pense pas. Mais la nuit, décidément, s'annonçait agitée.

Je fus réveillé une seconde fois, non pas par Jessy mais par quelqu'un qui tambourinait contre la porte en m'appelant par mon nom.

« Oui, dis-je. Oui, oui ! »

A côté de moi, Jessy se redressa sur ses coudes et blasphéma.

« Ne t'en fais pas, dis-je. C'est pour moi.

— Ouvrez, monsieur Lucas ! C'est la police !

— Dis donc, fit Jessy à côté de moi. « T'as les cognes aux trousses, hein ? Là, par la fenêtre, t'arrives sur un toit et de là...

— Non, non, dis-je. Je vais ouvrir. » Je me levai, enfilai mon slip et mon pantalon et invitai les visiteurs nocturnes à prendre patience : « Un petit moment ! » Puis je me rendis à la porte et ouvris.

Deux flics en civil se tenaient dans le couloir. Tous deux portaient un chapeau.

« Police judiciaire, dit le plus âgé des deux. Roger et Cradut, du commissariat central. » Ils exhibèrent leur carte que j'examinai soigneusement.

« Si vous voulez bien nous suivre.

— Où cela ?

— A Mougins. Ce n'est pas loin d'ici. Et le commissaire Roussel vous y attend.

— Entendu », dis-je. Je retournai dans la chambre et enfilai ma chemise. Jessy était assise dans le lit, les seins nus, l'air ahuri.

« On vous cherche depuis plus de deux heures », dit le plus jeune des flics en civil. « Vous savez bien que nous vous suivons, n'est-ce pas ?

— Oui, dis-je.

— Notre collègue vous a perdu de vue, ce soir même, dans ce quartier, alors que vous reveniez de chez Mme Delpierre. Nous lui avons rendu visite mais elle ne savait pas où vous étiez. Aussi avons-nous fait tous les hôtels et bars du quartier pour vous retrouver. Et il y en a bon nombre, vous savez.

— Mais que se passe-t-il donc ? demandai-je.

— Aucune idée », dit celui qui s'appelait Roger. « Nous venons directement du commissariat avec pour instructions de vous conduire à Mougins.

— Ah bon, dis-je. Eh bien, allons-y ! » Puis, me tournant vers Jessy :
« Allons, adieu, Jessy.

— Adieu, Adolf », dit-elle en me lançant un baiser de la main.

On descendit l'escalier tortueux et étroit de l'hôtel. On s'engouffra dans une

Peugeot noire qui stationnait devant la porte. Roger était au volant. Le soleil matinal effleurait les toits des maisons plutôt lépreuses de la rue du Canada et je me sentais atrocement mal.

22

Le visage violacé, les yeux lui sortant littéralement des orbites, la bouche grande ouverte, un nœud coulant enserrant son cou : John Kilwood pendu à une conduite, dans sa salle de bains. Traces de vomi sur le pyjama.

Une photo très réussie.

Et il y en avait une bonne douzaine d'autres, toutes en couleurs, avec notamment un gros plan de la tête. Répugnant. Surtout après la nuit que je venais de passer.

Je me tenais avec le commissaire Roussel au premier étage de la villa de Kilwood, à Mougins, et il me passait les photos, une à une.

« Suicide ? demandai-je.

— Il semble bien que non. »

La petite ville de Mougins n'a que trois mille habitants et s'étend à flanc d'un coteau d'où l'on a vue sur toute la campagne entre Grasse et le bord de mer. La maison de John Kilwood s'élevait en bordure de la place centrale de Mougins, juste en face de la vieille église. C'était une maison plutôt petite, construite sur trois niveaux.

Et pour l'heure, il y avait pas mal de monde chez feu John Kilwood : Roussel, Lacrosse, Kessler, plusieurs fonctionnaires de la police judiciaire et de la section d'identification du commissariat central de Cannes, sans compter le docteur Vernon, médecin légiste, et trois inconnus auxquels le commissaire Roussel m'avait présenté. Le premier, un certain Maurice Fabre, fonctionnaire du ministère de l'Intérieur fraîchement débarqué de Paris. Le deuxième, Michel Ricard, délégué par le ministère des Finances, arrivé à Cannes en même temps que Fabre. Le troisième, un Américain, Francis Ridgeway, chargé de mission en poste au consulat des Etats-Unis, à Nice. Le personnage principal, John Kilwood, n'était plus là. Transporté à l'institut de médecine légale dans un container métallique. Les experts de la police judiciaire et des services d'identification circulaient inlassablement dans la maison, semant de la poudre de graphite sur les bords des tables, les verres, les bouteilles, à la recherche d'empreintes digitales et d'autres indices.

Dès mon arrivée, Lacrosse m'avait appris que l'on me cherchait depuis cinq heures du matin. C'est en effet à cette heure matinale que Roussel et lui avaient décidé de se rendre à Mougins pour réveiller Kilwood. Ils craignaient que ce dernier eût avalé une dose trop importante de somnifère — trop importante pour un organisme imbibé de whisky. Et voilà : ils avaient découvert l'ivrogne pendu dans sa salle de bains.

Un policier se promenait dans la pièce avec un grand pot de café fumant et remplissait inlassablement les tasses. J'en vidai deux tasses coup sur coup, après quoi je me sentis mieux.

Je demandai : « Mais dites-moi, aviez-vous rendu visite à Kilwood avant ?

— Oui, plusieurs fois, dit Lacrosse. Soit moi, soit le commissaire Roussel.

— Et alors ?

— Kilwood dormait. La gouvernante est partie à huit heures hier soir. Elle est revenue tôt ce matin, nous l'avons interrogée et renvoyée chez elle. »

Roussel intervint : « En fait, nous surveillions Kilwood depuis que nous avons pris connaissance de ses aveux. Nous avons passé la journée d'hier à nous rendre chez lui à intervalles réguliers pour nous assurer que tout était en ordre.

— Et qu'est-ce qui vous fait penser qu'il s'agit d'un meurtre ? demandai-je à Roussel.

— Le docteur Vernon. Ses conclusions sont formelles. »

Le petit bonhomme jeta en l'air ses bras courts.

« Clair comme de l'eau de roche, monsieur Lucas ! Je m'en suis rendu compte en le détachant ; Kilwood était déjà mort quand on l'a pendu.

— D'après le docteur, intervint Lacrosse, Kilwood aurait été étranglé à l'aide d'une cordelette de nylon.

— Et la strangulation serait donc la cause du décès.

— Holà, monsieur Lucas, holà ! » Le docteur s'empara d'une tasse pleine de café fumant et se mit à déambuler dans la grande salle de bains en buvant à petites gorgées. « Pas question encore de se prononcer définitivement sur la cause directe du décès. Disons pour l'instant qu'il semble que John Kilwood soit mort étranglé.

— Bon, bon, marmottai-je.

— Je vous en dirai plus après avoir autopsié le corps, poursuivit le docteur Vernon. Voyez-vous, on peut fort bien avoir voulu simuler la mort par strangulation. Kilwood a pu être empoisonné. Il se peut aussi qu'il ait été terrassé par une crise cardiaque. Ou qu'il soit mort de peur quand on l'a menacé de l'étrangler.

— D'accord, dis-je. Mais quelqu'un a bien dû le pendre ensuite dans sa salle de bains.

— C'est évident, mon petit, absolument évident. » Vernon retint le policier qui se promenait avec le pot de café. « Si la strangulation est la cause du décès, l'autopsie nous le montrera. Il y aura des signes d'asphyxie. Des symptômes qui demeurent visibles *post mortem*. Pouah ! Que ces histoires sont donc désagréables ! Et les conclusions délicates à tirer ! En cas de strangulation, les artères et les veines du cou sont violemment comprimées ; l'artère vertébrale échappe cependant à cette compression, ce qui provoque un afflux sanguin facial, un gonflement du visage assorti d'un bleuissement caractéristique qui...

— Mais le visage du mort était effectivement bleu et gonflé, dis-je.

— Il l'était déjà avant ! Par l'abus d'alcool ! Kilwood buvait comme un trou, c'est notoire ! Et son visage n'était pas aussi bleu et gonflé que celui de quelqu'un qui a été étranglé.

— Mais alors ? »

Le docteur gloussa. « De son vivant déjà, Kilwood avait la figure bleuie et gonflée par l'alcool. Quand il est mort étranglé — s'il est mort étranglé — il est probable qu'il avait la figure encore plus bleue et plus gonflée. Mais il se trouve que le meurtrier a dû desserrer la corde de nylon pour traîner le corps dans la salle de bains et le pendre là et de ce fait même, les symptômes caractéristiques de la strangulation ont pu s'atténuer, voire disparaître.

— Nom de Dieu, marmotta l'agent du consulat américain, c'est ce qui s'appelle couper les cheveux en quatre !

— Tout cela m'incline à penser que l'assassin travaillait en dilettante, dis-je. Mais si tel est le cas, comment se fait-il qu'il ait ensuite voulu simuler un suicide par pendaison ?

— Dilettante ! s'exclama Vernon. Du point de vue du médecin légiste peut-être ! Mais de son point de vue à lui, sûrement pas ! Je dirai même que c'est de la belle ouvrage ! Hélas — ou heureusement — l'assassin n'avait pas les connaissances médicales suffisantes pour simuler parfaitement le suicide. Encore que nous soyons là dans le domaine des conjectures. Je vous l'ai dit, n'est-ce pas ? Du point de vue du médecin légiste, il n'est guère de cas plus ambigu, plus sujet à caution qu'un cas comme celui-ci.

— Vous affirmez cependant que Kilwood ne s'est pas suicidé, dis-je.

— Oui. J'en ai la certitude absolue !

— Je ne sais pas sur quoi vous la fondez, dis-je. Mais en attendant je me pose la question suivante : Pourquoi aurait-on assassiné Kilwood ? Cela n'avait plus aucun intérêt puisque ses aveux se trouvaient d'ores et déjà entre les mains de la police. » — « Permettez, permettez ! s'exclama le docteur Vernon. Qui savait que Kilwood était passé aux aveux ? — ces messieurs, vous tous ici présents ! » Vernon jeta un coup d'œil circulaire puis, sur un ton plutôt rigolard : « J'ose admettre que le meurtrier terré dans la maison ne savait pas que Kilwood était passé aux aveux — à moins que l'auteur du forfait soit l'un de vous, héhéhé ! » Le petit docteur s'amusait décidément beaucoup. « Quoi qu'il en soit, poursuivit-il sur sa lancée, si Kilwood a été étranglé, il y a fort à parier que ce traitement aura provoqué des hémorragies tissulaires — et même des hémorragies importantes, notamment sous le cuir chevelu. Ceci dans le meilleur des cas. Car il se peut aussi que la strangulation n'ait pas provoqué la moindre hémorragie.

— Ce type me rendra fou », me glissa l'émissaire du ministère des Finances en se tamponnant le visage avec son mouchoir.

« Comment ça, pas la moindre hémorragie ? s'enquit Lacrosse avec un doux sourire.

— Tout dépend de la manière dont — reste-t-il un peu de café, oui ? merci — tout dépend, disais-je, de la manière dont l'instrument du crime — à savoir la corde de nylon — a été manipulée. A-t-elle été serrée une bonne fois en une étreinte continue ? Ou bien, au contraire, a-t-on procédé par à-coups ? Autrement dit, l'étreinte s'est-elle relâchée par moments ?

— Oui, je comprends, dis-je. Si le meurtrier a serré fort et sans relâche jusqu'à ce que mort s'ensuive, vous trouverez beaucoup de sang. »

De nouveau, Vernon gloussa.

« Au contraire ! Si le meurtrier a serré fort et sans relâche, je ne trouverai pas de sang du tout !

— Fhhhhhhhhhhh ! soupira le chargé de mission du consulat américain.

— Qu'arrive-t-il à ce monsieur ? s'enquit le docteur Vernon, apparemment inquiet.

— Il a le rhume, déclara Roussel. Mais dites-nous un peu, docteur, pourquoi pas la moindre hémorragie dans ce cas ?

— Parce que, dans ce cas, les vaisseaux sanguins auront été brusquement et violemment comprimés et que le sang n'aura plus pu irriguer la tête. C'est clair comme de l'eau de roche, non ?

— Comme de l'eau de roche, approuva Roussel. Mais si vous le voulez bien, docteur, oublions un instant la cause présumée du décès. Et voyons un peu la question de l'heure. A quand remonte la mort ? Etes-vous déjà en mesure de nous apprendre quelque chose à ce sujet ?

— Voilà encore un problème qui... Délicat, très délicat vraiment...

— Comment cela, très délicat ? Vous êtes arrivé sur les lieux à 5 h 30, n'est-ce pas ? Le cadavre était-il déjà raide à ce moment-là ?

— Puis-je avoir un peu de sucre... oui... merci. Raideur cadavérique partielle, dirons-nous. La mâchoire : raide. Les jambes et les bras : pas encore.

— Ce qui veut dire que la mort ne remontait pas à plus de cinq heures avant vos constatations, n'est-ce pas ?

— Comment savoir ? C'est une question bien épineuse...

— Une question épineuse ? sursurra Roussel. Cinq heures après la mort, la raideur cadavérique est totale, non ?

— C'est vous qui le dites ! D'autres disent autre chose ! Mais enfin, je vous l'accorde. Cinq heures si la température ambiante est normale. Mais dans cette maison il fait très chaud. Et encore davantage dans la salle de bains. Il y faisait particulièrement chaud quand je suis arrivé. Et il y fait encore chaud maintenant, vous l'admettrez, n'est-ce pas ? Et par conséquent : quand je suis arrivé, le cadavre de la victime n'était pas raide ; cependant, en raison de la température ambiante élevée, la mort peut fort bien être intervenue plus de cinq heures avant mes premières constatations. Par ailleurs, la raideur intervient d'abord au niveau du cœur et non de la mâchoire ; il faut donc attendre l'autopsie pour se prononcer avec plus de précision.

— Bon, bon, docteur, dit Roussel d'une voix flûtée. Voudriez-vous nous dire, sous toutes réserves naturellement, à l'intérieur de quel laps de temps Kilwood est mort ?

— Puisque je vous dis que je ne peux pas vous donner d'heure précise ! Je ne peux pas et personne ne le peut !

— Je ne vous demande pas une heure précise, insista Roussel. Je vous demande une heure imprécise. Quand Kilwood est-il mort au plus tôt et au plus tard ?

— Bon, dit le petit docteur Vernon. Mais je vous préviens, mon petit, je puis me tromper de deux heures. Vous ne m'en tiendrez pas rigueur si, ultérieurement...

— Non, absolument pas. Alors, docteur ?

— Dans ce cas, je vous dirai que, selon toute probabilité, Kilwood n'est pas mort avant 0 h 30 ni après 1 h 30. Considérant cependant la fourche d'incertitude que vous m'avez accordée, cela signifie que...

— ... que la mort de Kilwood peut être intervenue dès 23 h 30 ou seulement à 2 h 30. C'est clair, cher docteur, c'est très très clair », dit Roussel.

Lacrosse me prit par le bras et me tira légèrement à l'écart.

« Au fait, dit-il, notre graphologue a étudié tous les spécimens d'écriture que vous m'avez passés l'autre jour.

— Ah ! Et alors ?

— Il semble exclu que le billet que nous avons trouvé chez Hellmann ait été écrit de la main de l'une ou l'autre de ces personnes.

— Autrement dit, chou blanc ?

— Eh oui, chou blanc », marmotta-t-il.

Je fis brutalement volte-face, quittai la salle de bains et traversai la chambre à coucher par laquelle on accédait à un balcon. Je m'étais brusquement senti gagné par une violente nausée et je dus me retenir à la balustrade en fer forgé pour ne pas perdre l'équilibre.

23

« Karin, dis-je à ma femme, je voudrais divorcer.

— Et moi, je voudrais que tu répètes cela, je n'ai pas bien entendu »,
dit-elle.

Elle était en robe de chambre, coiffée à la va-vite, à peine maquillée.
Elle ne m'attendait pas et n'avait rien préparé à manger. Le dîner consistait
en un plateau de fromage accompagné de bière. Nous étions assis l'un en
face de l'autre dans un angle du grand salon, il était 9 heures et toutes
les lumières étaient allumées — quatre lampadaires avec des abat-jour
en soie couleur miel.

Je dis : « Je voudrais divorcer, Karin. Ça me fait de la peine d'avoir à
te dire cela, mais je ne t'aime plus et je ne veux plus vivre avec toi. J'aimerais qu'on se sépare.

— A cause d'une autre femme ?

— A cause d'une autre femme.

— Tu as un bout de fromage sur la joue, dit ma femme. Essuie-toi. Je
l'avais bien dit la dernière fois que tu étais là. Et toi qui ne cessais de nier !
Mais on ne me la fait pas. Ce sont des choses que je sens.

— J'aime cette femme, Karin », dis-je froidement. En réalité, je n'étais
pas très fier de moi, mais que faire d'autre ? J'avais réfléchi à la question
pendant tout le voyage et il n'y avait pas d'autre solution que d'attaquer
franchement.

« Tu m'entends bien, Karin, j'aime cette femme.

— Une salope, dit ma femme. On ne joue pas à ça avec un homme
marié.

— Elle ne savait pas que j'étais marié. Je ne le lui ai dit que tout
récemment. »

Karin vida son verre. Elle alluma une cigarette et me dévisagea, les yeux mi-clos.

« Et quand elle a appris la bonne nouvelle, elle t'a demandé de faire table rase. Autrement, plus question de faire joujou, c'est ça, hein ?

— Non, ce n'est pas ça du tout.

— Pas ça du tout ! Haha ! Mais qu'est-ce qu'elle a de particulier, cette petite putain ? demanda Karin. Elle est donc si formidable au plumard ? Mieux que moi ?

— Je ne sais pas, dis-je. Je n'ai pas couché avec elle.

— Menteur ! Il n'a pas couché avec elle ! Ce qu'il ne faut pas entendre ! Allons, raconte un peu ce qu'elle sait faire, cette putain ! Elle doit connaître des sacrés trucs pour te tenir comme ça !

— Puisque je te dis que je n'ai pas couché avec elle.

— Puisque je te dis que je n'ai pas couché avec elle, me singea Karin. C'est elle qui t'a conseillé de faire l'innocent ? Hein ? Allons ! Avoue !

— Ecoute, Karin, c'est la stricte vérité. Si j'avais couché avec elle, pourquoi te le cacherais-je ?

— La stricte vérité ! Haha ! Bon, je vois ! Elle connaît mieux ses gammes que moi, ta putain cannoise ! Toi et ton goût immodéré pour les putains. Mais celle-ci doit vraiment en savoir un bout ! Puisque tu veux rester avec elle. C'est bien la première fois que ça arrive.

— C'est la première fois que ça arrive. Et ça arrive parce que cette femme n'est pas une putain et parce que cette fois, c'est différent.

— Le noble chevalier dans son armure étincelante ! » dit Karin en repoussant une mèche de cheveux blonds qui lui tombait sur le front. Elle pleurait et cependant, elle parlait tout à fait normalement. « Cette fois, ce n'est pas une putain. Et c'est différent. Pas une putain, hein ?

— Non, ce n'est pas une putain.

— Pas une putain ? Une putain ! Putain ! Putain !

— Karin, je t'en prie, cesse ce jeu !

— Cesser ! Et pourquoi, s'il te plaît ! Et si j'ai envie de continuer ? Qui est-ce qui va m'en empêcher ? Toi ? Et comment vas-tu t'y prendre ? Tu vas me bâillonner ? Me flanquer une raclée, peut-être ? Non, je ne cesserai pas. Elle est plus belle que moi ? »

Je ne répondis pas.

« Je t'ai demandé si elle était plus belle que moi ?

— Oui, dis-je.

— Très bien, dit Karin. Et plus jeune que moi aussi ?

— Elle a sensiblement le même âge.

— Le même âge, voyez-vous ça ? Et comment s'appelle-t-elle ? »

Je ne répondis pas.

« Tu ne veux pas répondre ? Mais je finirai bien par l'apprendre, ça ne doit pas être très difficile d'apprendre le nom de cette putain.

— Non, dis-je. Ça ne doit pas être très difficile.

— Je me débrouillerai bien pour l'apprendre, va ! Et quand je saurai qui c'est, je la démolirai, cette putain. Oui, je la démolirai !

— Je te dis que je n'ai pas couché avec elle et qu'elle ne savait même pas que j'étais marié.

— Je m'en fiche pas mal. Je la démolirai. Et toi aussi, je te démolirai. J'aurai ta peau, mon bonhomme ! Tu vas voir un peu ce que je vais raconter à tes patrons ! A Gustave ! Et aux autres ! Tu peux me croire que tu ne feras pas de vieux os dans cette sale boîte ! Ton boulot de merde, tu ne le feras plus très longtemps !

— Allons, allons, Karin. Me démolir, c'est te démolir toi-même. Tu veux bien vivre, non ? Nous avons besoin d'argent, mariés ou non. Tu ne veux tout de même pas rester sans le sou, ou bien ? Ecoute-moi, je te laisse l'appartement. Je paye le loyer, les assurances et je te verse une somme mensuelle qui te suffira pour vivre. Un arrangement à l'amiable, si tu veux, jusqu'à intervention d'une décision juridique en bonne et due forme.

— Ça veut dire quoi, ça : une décision juridique en bonne et due forme ?

— Ça veut dire que l'arrangement à l'amiable courra jusqu'à ce que le divorce soit prononcé. De nouvelles conditions me seront alors fixées par voie de justice.

— Mais je n'ai jamais dit que je voulais divorcer ! dit Karin. C'est toi qui en as décidé ainsi. Mais ne t'attends pas à obtenir maintenant quoi que ce soit de moi. Rien, tu m'entends. Tu ne tireras rien de moi avant que j'aie consulté un avocat. Combien penses-tu me donner ? »

Je citai un chiffre plutôt élevé pour un homme dans ma situation.

« Oui, je vois. La misère, en somme !

— Tu sais très bien que je n'ai que mon salaire, dis-je.

— Tu as un compte en banque, non ?

— Tu sais ce qu'il y a dessus.

— Le compte est à ton nom. Mais j'ai un pouvoir. Qu'est-ce que tu dirais, si je retirais tout ?

— Tu ne feras pas cela car ce serait te mettre dans ton tort », dis-je. Et je me promis de bloquer ce compte dès le lendemain matin afin d'éviter les mauvaises surprises. Et de rendre visite, moi aussi, à mon avocat, Paul Fontana, un ami de longue date.

« Bon, bon, dit Karin. On verra cela. En tout cas, je ne dirai plus rien. Mais qu'est-ce que tu t'imaginais ? Que j'allais dire oui et amen ? C'est mal me connaître, mon bon. Demain, l'avocat. Je dois maintenant songer en premier lieu à ma sécurité. Car l'argent que tu gagnes n'est pas ton argent, c'est le nôtre.

— C'est juste, dis-je. Nous sommes mariés sous le régime de la communauté.

— Je ne te le fais pas dire. Mais là, maintenant, qu'est-ce que tu vas faire ?

— Je déménage à l'instant même.

— Ridicule. Et tes affaires ?

— Je les emporte. Le strict minimum. Je te laisse tout le reste.

— Le strict minimum ? Ça fait sûrement déjà beaucoup. Comment vas-tu le transporter ?

— Dans ma voiture.

— Dans *notre* voiture ! » glapit Karin hors d'elle.

Je me levai.

« Où vas-tu ?

— Faires mes valises, dis-je. Il est déjà tard. »

De nouveau, elle fondit en larmes. Elle fila dans sa chambre, dont elle claqua la porte. Je passai encore une heure dans l'appartement à préparer mes affaires, et pendant toute cette heure, je l'entendis sangloter.

24

Je roulai très lentement. Direction aéroport de Lohausen, hôtel Inter-continental où la Global logeait habituellement ses invités de passage. J'y connaissais à peu près tout le monde, le directeur, les garçons d'étage, le portier. J'avais téléphoné au directeur dès mon arrivée à Düsseldorf où j'avais été rappelé par un télégramme de Gustave Brandenburg. Tout s'était parfaitement arrangé. Une grande chambre m'était réservée pour une durée indéterminée. J'avais pris soin de spécifier qu'il me fallait une chambre avec pas mal de placards pour y ranger mes affaires. Enfin, j'arrivai à l'Intercontinental. Il faisait très lourd et j'étais vidé. Heureusement, à l'hôtel, ce fut simple. Deux grooms s'occupèrent de tout monter dans ma chambre, au huitième étage. La chambre était vraiment spacieuse et l'aménagement largement suffisant pour ma garde-robe et les quelques bricoles que j'avais tenu à emporter, notamment la totalité de ma col-lection d'éléphants.

Je me fis monter une bouteille de whisky et un seau de glaçons. Je m'assis devant l'une des fenêtres et laissai errer mon regard sur l'aéroport, juste en face de moi. Feux rouges et bleus, pistes éclairées. De temps à autre, un appareil décollait ou atterrissait. Des courriers postaux, pensai-je. Ou alors des long-courriers qui s'arrêtaient uniquement pour refaire le plein. A quatre heures du matin, j'étais toujours assis à la fenêtre. Quelque chose cependant avait changé : la bouteille de whisky était quasiment vide et j'étais fin rond. Et là, je fis une chose que je n'aurais sans doute pas osé faire à jeun : je demandai le numéro d'Angela à Cannes. Il se passa un long moment avant que la communication fût établie. Et quand elle le fut, le téléphone sonna au moins dix fois. Enfin, Angela se manifesta à l'autre bout du fil. Le cœur battant, ivre de surcroît, ce fut à peine si j'arrivai à articuler quoi que ce fût de sensé. Il y eut un flottement puis, l'effet de surprise passé, Angela se ressaisit.

« Tu es au Majestic ? Pourquoi m'appeler si tard ?

— Je suis à Düsseldorf, dis-je. Et je t'appelle maintenant parce que... parce que... euh...

— A Düsseldorf ! Mais... Je croyais...

— Un télégramme de mon boss. J'ai rendez-vous avec lui demain matin à neuf heures.

— Et pourquoi ne pas m'avoir appelée de Cannes ?

— Je n'ai pas osé.

— J'ai eu hier la visite de deux agents de la police judiciaire. Ils te cherchaient. Où étais-tu ?

— Dans un bar et ensuite avec une fille », dis-je. Il y eut un silence puis j'ajoutai : « Kilwood a été assassiné.

— Je suis au courant. Si tu voyais le chambard que ça fait ici. Journalistes en provenance de partout, photographes de presse, fonctionnaires des services de police américains, avocats de Kilwood. Mais tout cela, très discret. Les journaux annoncent le meurtre de Kilwood sans commentaires. Il semble que l'on veuille éviter le scandale... Mon Dieu, Robert ! Pourquoi m'as-tu menti ?

— Mais je t'ai dit la vérité !

— Oui, pour finir. Mais tu as commencé par mentir.

— J'ai commencé par mentir parce que j'avais peur de te dire la vérité. Et j'ai fini par te dire la vérité parce que je ne pouvais pas mentir plus longtemps. Mais maintenant, Angela... Maintenant... J'ai parlé à ma femme et je l'ai quittée...

— Mon Dieu...

— J'habite à l'hôtel et c'est de là que je t'appelle. » Je lui donnai le nom et le numéro de téléphone.

« Attends... Attends... Je... Le temps de prendre mes lunettes et un crayon... Voilà... Tu veux répéter le numéro ? »

Je lui redonnai mes coordonnées, lentement, de façon à lui laisser le temps de les noter.

« J'ai quitté ma femme afin de clarifier la situation entre nous. Il ne fallait pas qu'il subsiste de doutes dans ton esprit à mon sujet. Je n'aime plus ma femme, Angela, et elle ne m'aime plus. Demain, j'irai chez mon avocat — je veux dire aujourd'hui — et j'introduirai une demande de divorce. Evidemment le divorce sera prononcé à mes torts. »

Angela ne dit rien et son silence dura si longtemps que je crus un moment qu'elle avait raccroché.

« Angela...

— Oui. Il y eut encore un silence puis elle murmura : Reviens vite, Robert...

— Oui, Angela, oui », dis-je. Et d'un seul coup je me sentis soulagé d'un poids oppressant.

« Quand ?

— Je ne sais pas encore.

— Bientôt ?

— Dès que possible. Mais je ne peux pas te dire quand. J'ai à faire ici. Je te rappellerai demain soir, d'accord ?

— Appelle-moi quand tu veux, dit Angela. Le soir, le matin, la nuit. J'attends ton prochain coup de téléphone. Comment te sens-tu ?

— Terriblement mal, dis-je. Mais je suis sûr que ça va s'arranger maintenant. »

Elle ne dit rien.

« Tu ne crois pas que ça va s'arranger ?

— Non, dit-elle. J'aimerais bien le croire. Mais je n'y arrive pas. Tu es ivre, n'est-ce pas ?

— Oui, dis-je. Complètement noir.

— Je me disais bien... Ta voix..., dit Angela. A demain soir, Robert. J'attends ton appel. Je... » Brusquement, la communication fut interrompue. Je me demandai un moment si je devais redemander le numéro puis je renonçai. Je restai assis là, les pieds sur la table, à contempler les lumières de l'aéroport. Un avion arriva droit sur l'hôtel, volant à basse altitude. Les feux clignotants me parurent foncer sur la fenêtre de ma chambre, puis l'appareil amorça une brusque courbe ascendante et je vis les feux grimper presque à la verticale. A peine si je perçus le murmure des réacteurs.

25

« Robert, dit Gustave Brandenburg, viens que je t'embrasse. »

Le petit homme ventripotent et à la tête carrée toute chauve se tenait juste en face de moi. Sa secrétaire m'avait annoncé et il s'était extirpé de derrière son bureau pour me congratuler. Il me ceintura de ses petits bras et me tapa sur le dos. Il dégageait une forte odeur de sueur et de fumée de cigare et je sentis mon estomac se soulever. Je cherchai à battre en retraite mais il me tenait serré, me dévisageant par en dessous. Ses petits yeux porcins étaient légèrement embués, ce qui témoignait d'une vive émotion. « Tu es quand même un sacré type, Robert ! Ainsi tu l'as fait ! Tu ne t'es pas contenté de te lamenter, tu es passé aux actes ! Ah ! Tu es réellement comme un fils pour moi ! » De nouveau, il me tapa dans le dos. De nouveau, je perçus une forte odeur de sueur et de cigare. Je n'en pouvais plus et je me dégageai plutôt vivement de son étreinte.

Nous nous rendîmes à sa table, laquelle était jonchée de papiers recouverts de cendre et de miettes. Je pris place dans le fauteuil devant la table. Il resta debout et il me vint brusquement à l'idée qu'il pourrait lui prendre la fantaisie de s'asseoir sur le bras du fauteuil et de se mettre à me caresser et que sais-je encore. Je croisai donc mes jambes et posai mes avant-bras sur les bras du fauteuil. Gustave me couva un moment de ses yeux puis il se glissa derrière la table et se laissa tomber dans son propre siège. « Sacré nom... Robert ! s'exclama-t-il. Un véritable jour de fête pour moi. Voilà dix ans que j'attends cela.

— Mais comment le sais-tu ? » demandai-je.

Il exhiba un gros havane, en sectionna le bout d'un coup de dents, le recracha, et marmotta indistinctement tout en allumant le cigare et en soufflant des nuages épais de fumée : « Elle a appelé, Karin. A huit heures ce matin. M'a tout raconté.

— Tout ?

— Oui, tout. A sa façon, naturellement. Tu l'as laissée traîtreusement tomber pour une catin. La Global ne saurait employer plus longtemps un croquant de ton espèce. Que j'aurais intérêt à te virer illico. Je te demande un peu ! De quoi vivra-t-elle si je te vire ? Décidément, quelle garce ! Capable de tout ! Même d'asperger l'autre de vitriol ! Enfin, je l'ai proprement remise à sa place.

— Tu as fait ça ?

— Et alors, ça t'étonne ? Je lui ai dit que ta vie privée ne me regardait pas.

— Et comment a-t-elle réagi ?

— Elle a dit que puisque je le prenais sur ce ton, elle allait s'adresser à la direction.

— Eh bien ! fis-je.

— Quelle appelle la direction ! La direction me rappellera, moi ! Et moi, Robert, je suis de ton côté ! Et je m'y tiendrai ! Dur comme fer ! Eh quoi ? J'ai besoin de toi. Tu m'es indispensable. Mon meilleur élément ! La Global ne se séparera jamais de quelqu'un de ta classe pour des broutilles pareilles ! Karin peut bien mordre et griffer tant qu'elle voudra. Elle n'arrivera à rien. A rien. » Il me lorgna d'un air entendu, vaguement égrillard. « Alors, on a rencontré le grand amour à Cannes, ouais ?

— Oui.

— Je me réjouis. Je me réjouis pour toi, Robert.

— Merci. »

Il poussa sur un bouton de l'interphone et tonitrua : « Vous pouvez apporter la bouteille, maintenant !

— La bouteille ? fis-je.

— Le champ' ! Comme il se doit ! Il faut fêter ça, non ? Ah là là ! Le savon que je lui ai passé, à cette garce ! Je lui ai dit de ne plus m'ennuyer avec ses problèmes conjugaux ! Que j'étais ton ami et qu'elle aille se faire voir ! Que je n'admets pas qu'on dise du mal de toi ? OK ? ça te va ? »

J'acquiesçai silencieusement.

« Je ne veux pas insister sur ce qu'elle a dit de toi. Oh la garce ! Et alors, sur le compte de l'autre ! La putain de Cannes, comme elle l'appelle. Répugnant, fiston. Oui, oui, c'est le mot. »

La secrétaire de Brandenburg, une vieille demoiselle aux cheveux grisonnants, entra dans le bureau, portant un plateau avec deux verres et une bouteille de mousseux.

« Merci », dit Gustave. Il décapsula maladroitement la bouteille, le bouchon sauta, un jet de mousseux se répandit contre la cloison derrière lui. « Merde ! dit-il. Pas assez frais. Enfin, on fait ce qu'on peut ! » Il remplit les verres, m'en tendit un et trinqua à mes amours.

On but. Le mousseux était réellement tiède, et de médiocre qualité. Gustave remplit une seconde fois nos verres.

« Qu'est-ce que tu vas faire maintenant ?

— Je ne sais pas encore. Il faut que je voie mon avocat.

— Karin a dit que tu voulais divorcer.

— C'est exact.

— Et te remarier avec l'autre ?

— Peut-être bien.

— Peut-être bien ! Qu'est-ce que ça veut dire, ça ? Enfin, Robert, tu sais que tu peux tout me dire ! Que tu peux avoir entière confiance en moi ! Si tu savais comme tout cela me réjouit ! Allons ! A ta santé !

— A la tienne ! » Je bus une gorgée de mousseux tiède. Je ne tenais pas à me fâcher avec Gustave. Et à vrai dire, ce n'était guère le moment.

« Mais dis-moi, comment s'appelle-t-elle ?

— Je ne voudrais pas encore en parler.

— Voyons, Robert ! Tu ne vas tout de même pas faire des mystères avec moi ! Alors ?

— Gustave, je t'en prie ! Ne me demande rien maintenant !

— Bon, bon. Je comprends. Gustave comprend. Gustave comprend tout. Allons, tu me raconteras tout ça plus tard. Un dernier verre à la santé de la putain de Cannes ! » Il éclata d'un rire sonore et fit mine de remplir de nouveau mon verre.

« Non, merci, dis-je. J'en ai assez.

— Tu ne veux pas trinquer avec moi à tes amours ! Et à votre bonheur ! Tu n'es donc pas superstitieux du tout, fiston ? »

Je retirai aussitôt la paume de ma main de dessus mon verre et Gustave le remplit derechef.

« Allons ! A tes amours, fiston ! Et à votre bonheur ! » Nous bûmes. Je sentis mon estomac se tordre. Ce cher Gustave ! Toujours à lésiner sur la dépense. « Et sache, dit-il, que vous pouvez compter sur moi. Je ne la connais pas mais puisque tu l'aimes, il n'y a rien que je ne ferais pour toi et pour elle. »

Encore une phrase que je me rappellerais ultérieurement.

26

Ce matin-là, il portait une chemise orange à rayures bleues et une cravate verte. Il faisait chaud dans son bureau et, sous les aisselles, sa chemise s'ornait de deux auréoles sombres.

« Ainsi donc, dit-il, on lui a fait la peau, à cet ivrogne de Kilwood. Paraît que c'était un spectacle plutôt moche, hein ?

— Oui, dis-je. Plutôt moche.

— Et naturellement, on ne sait pas qui a fait le coup ?

— Non. A moins que l'enquête ait progressé depuis mon départ.

— Tu parles. Pas d'un poil. Friese m'a téléphoné. Kessler l'a appelé à Bonn hier soir. Il n'y a rien de nouveau. Flics, hommes de loi, journalistes se sont abattus sur Cannes comme une nuée de sauterelles. Mais on n'en sait toujours pas plus. Et ce qui n'arrange rien : les autorités françaises et américaines s'efforcent de noyer le poisson.

— Oui, j'ai entendu parler de cela.

— Ah bon... par qui ? Ouais, je vois. Et voilà ! Grosse affaire. Trop grosse affaire. L'un des hommes les plus riches du monde. Tout le monde est d'accord : noyer le poisson autant que faire se peut. Oui, oui, une enquête est ouverte. Bien sûr, bien sûr ! Tu parles, Charles ! Oh que je ne voudrais pas être dans la peau de ce Lacrosse ou de ce Roussel ! Pauvres caves ! Même s'ils découvrent jamais le fin mot de l'histoire, ce sera pour des prunes. Tu m'entends, Robert ? Pour des prunes ! Les journaux français et plusieurs journaux allemands parlent ce matin d'un meurtre commis sur la personne d'un milliardaire américain, ils le présentent comme une banale affaire criminelle. Oui, oui, sont tous d'accord pour écraser. Ou alors, on les a mis d'accord. Mais toi, Robert, qu'est-ce que tu en penses ? Qui a pu faire le coup ?

— Quelqu'un qui avait peur que Kilwood n'en dise trop sur la mort de Hellmann. Sûrement que Kilwood en savait long sur ce chapitre — et sur d'autres.

— Tout à fait mon avis, fiston », dit Gustave. Un filet de pop-corn coulait au coin de sa bouche. « Mais comment le meurtrier a-t-il pu arriver jusqu'à Kilwood ? Kessler déclare que la maison était étroitement surveillée. Roussel pense que l'auteur du forfait était terré dans la maison avant que le dispositif de surveillance ne fût mis en place. Et qu'il a réussi ensuite à filer à la faveur de la confusion suscitée par la découverte du cadavre de Kilwood.

— Hum... Ouais.

— Ça veut dire quoi, ça : Hum... Ouais ?

— Un tas de flics surveillaient la maison, pas vrai ? Et de temps à autre, il y en avait un qui allait voir si tout était en ordre. Chacun de ceux qui ont pénétré dans la maison alors que Kilwood cuvait son whisky — je dis bien chacun d'eux — a pu faire le coup.

— Mais c'est complètement dingue !

— Pas du tout.

— Après tout, pourquoi pas ? » dis-je. L'argument de Gustave m'avait frappé comme un coup de masse. « Tu as peut-être raison. Il suffisait de proposer assez de fric. Et sûrement que le tueur a touché un bon paquet. Donc...

— Tu vois bien. C'est la logique même. Quant au fric, il y en a bien assez là derrière. N'oublions pas qu'on a tué Viale aussi. Et douze autres personnes, si d'aventure Hellmann devait ne pas s'être donné la mort.

— Si Hellmann devait ne pas s'être donné la mort ? Qu'est-ce qui se passe, Gustave ? Si Hellmann ne s'est pas suicidé, la Global va devoir raquer quinze millions. Ne m'as-tu pas expédié à Cannes pour tenter de prouver que Hellmann s'est bel et bien suicidé ? »

Gustave mordilla son havane et le fit passer d'un coin de sa bouche dans l'autre.

« Bien sûr, bien sûr, dit-il. Mais n'ai-je pas le droit de penser à haute voix de temps à autre ? Juste pour changer un peu ? A mon sens, fiston, tout est possible. Et l'un n'exclut pas l'autre. Je dirai même mieux : il se pourrait qu'il n'y ait pas seulement un mais plusieurs meurtriers et que Hellmann se soit néanmoins suicidé.

— Bref, tu y crois toujours ?

— Je veux y croire. Et je dois y croire. Et je peux y croire. Après tout, c'est mon boulot. Et pourquoi crois-tu que je t'ai rappelé ? Avec un tout petit peu de chance, nous pouvons prouver par A plus B que Hellmann s'est suicidé et éviter à la Global une dépense de quinze millions. Mais il faut que tu partes à Francfort le plus vite possible.

— A Francfort ? Pour quoi faire ?

— Avant que Friese ne m'appelle pour me tenir au courant de ce qui se passe à Cannes, j'ai eu un coup de téléphone de Francfort. De quelqu'un qui voulait parler à ton supérieur immédiat. On me l'a donc passé mais je n'ai rien pu tirer de lui. Il voulait te parler, à toi. Personnellement et le plus tôt possible. A Francfort. Avant six heures du soir. Après, il travaille et on ne peut pas le voir.

— Mais de qui s'agit-il ?

— Un dénommé Fred Molitor.

— Connais pas. Jamais entendu ce nom. Et pourquoi ce type veut-il me parler à moi personnellement ?

— Parce qu'il te connaît. Déclare savoir des choses qui peuvent t'intéresser. Ne veut s'en ouvrir qu'à toi et à personne d'autre. Et surtout pas à la police. Veut de l'argent, naturellement. Mais enfin, nous ne sommes pas à cela près. On va te donner ce qu'il faut. A toi de juger ce que valent ses informations.

— Un moment, Gustave... Un moment. Je n'y comprends plus rien. Comment ce Molitor sait-il que moi...

— Par Seeberg, dit Gustave.

— Mais qu'est-ce que... non, c'est complètement loufoque.

— Pas du tout, dit Gustave. Quand l'affaire a démarré à Cannes et que les premières informations ont filtré dans les journaux, ce Molitor a téléphoné à Seeberg pour lui demander ce qu'il devait faire.

— Ce qu'il devait faire ?

— Avec les informations qu'il détenait. Et qu'il désirait monnayer. Enfin, je ne sais pas, moi. Seeberg, lui, doit savoir. Puisque c'est lui qui a conseillé à Molitor de s'adresser à toi.

— Et qu'est-ce que tu espères tirer de ce type ? Tout cela me paraît bien tordu.

— Pas d'accord avec toi, fiston. Tordu ? Je te l'ai déjà dit : il faut s'attendre à tout quand il y a beaucoup d'argent en jeu. L'explication de tout vient bien souvent par des détours auxquels on ne songeait pas.

— Si je comprends bien, tu t'attends à ce que Molitor nous fournisse l'explication de tout ?

— Pas forcément de tout, non.

— De quoi alors ?

— Je ne sais pas, moi. Il pourrait par exemple nous apprendre que Hellmann était tout de même un beau salaud et qu'il s'était mis dans une situation si pénible qu'il ne lui restait plus d'autre issue que le suicide.

— Tu crois donc toujours au père Noël, Gustave ?

— Pourquoi pas ? dit Gustave. Ne te l'ai-je pas déjà dit ? Je veux y croire. Et je dois y croire. Et je peux y croire. C'est mon boulot, après tout. »

27

Non loin de la Lorscherstrasse, m'avait dit Gustave. Je m'y fis conduire en taxi. D'abord, quartiers neufs, tours gigantesques, ensembles résidentiels, espaces verts, routes suspendues, voies express puis, brutalement, changement de décor : dédale de ruelles, maisons anciennes, plus ou moins lépreuses. Le retour au passé, le revers de la médaille.

Alexanderstrasse. C'était là, dans l'une de ces antiques maisons qu'habitait le dénommé Fred Molitor.

Premier étage. Un coup de sonnette. Une grosse femme m'ouvrit la porte. Triple menton et odeur de choucroute.

« Je suis Mme Molitor, dit-elle d'une voix de baryton qui me surprit. Excusez-moi de vous recevoir en tablier. Je lave justement la vaisselle.

Nous mangeons très tard, vous savez. Fred dort presque toute la journée. Entrez donc au salon, Fred va venir tout de suite. Il fait un somme. Mais il m'a demandé de le réveiller dès que vous seriez là. »

Je me retrouvai au salon, une pièce minuscule tapissée de papier peint à fleurs. Meubles branlants, une table ronde avec un napperon dessus, photos encadrées sur le poste de télé. Une vitrine murale pleine de poupées en costume, comme on en vend dans les aérogares et les magasins de souvenirs — une danseuse espagnole, un Bavarois, une Hollandaise —, toutes encore sous cellophane. Je m'assis sur un divan dont les ressorts couinèrent sous mon poids. A la fenêtre, une cage avec un couple de serins. Le papier peint boursouflé par endroits. Les murs devaient être humides. Dans le salon aussi, cela sentait la choucroute.

La porte s'ouvrit, cédant le passage à un homme d'environ cinquante-cinq ans, maigre, hâve et — comme tous les travailleurs de nuit — les joues creuses et les yeux cernés. Fred Molitor — comment un homme pareil pouvait-il porter un nom pareil ? — portait pantoufles et robe de chambre. Il me tendit une main molle. Quand une auto passait dans la rue, tout tremblait dans la pièce.

« Un p'tit schnaps ? » dit Molitor qui, à l'encontre de son épouse, avait une petite voix flûtée. « Ou une p'tite liqueur, m'sieur Lucas ?

— Non, merci.

— Mais si, mais si ! Vous n'allez pas me refuser cela. » Il tira une bouteille et deux petits verres du bahut qui supportait la télé. Il les remplit et trinqua à ma santé. La liqueur était horriblement sucrée. Je me sentis aussitôt gagné par une légère nausée. Molitor se pourlécha les lèvres.

« Mmmmmh ! Bon, hein ? Je suis fou de ce truc-là !

— Monsieur Molitor, d'après M. Seeberg, vous auriez des choses intéressantes à me dire.

— C'est vrai. Au sujet de M. Hellmann. Dieu ait son âme. » Ses yeux mornes s'animèrent et il me toisa avec une déplaisante insistance. « Ce pauvre M. Hellmann m'a donné de l'argent pour que je n'en parle à personne.

— Ce qui ne vous a pas empêché d'en parler à M. Seeberg.

— Oui. Mais ça, c'est différent. M. Seeberg fait partie de la banque. C'était mon devoir de lui en parler.

— Et c'est votre devoir aussi de m'en parler à moi ?

— J'ai bien peur que non. Mais M. Seeberg m'a conseillé de le faire. Est-ce que c'est bien, est-ce que c'est mal ? je ne sais pas trop...

— Puisque M. Seeberg vous l'a conseillé, vous n'avez pas trop à vous en faire, n'est-ce pas ?

— C'est ce que je me dis. Et puis, vous savez, m'sieur Lucas, je gagne un salaire de misère comme veilleur de nuit. Regardez où j'habite. Et ma femme qui est malade des reins. Et moi ... combien de temps vais-je pouvoir travailler encore ? Je suis un pauvre homme, m'sieur Lucas. »

Je déposai deux billets de mille marks sur le napperon brodé.

« M. Hellmann m'a donné cinq mille pour me taire », dit-il d'une voix plaintive.

« Et moi je vous donne deux mille pour parler. Et si vous ne parlez pas, je raconterai à la police que vous cachez certaines choses qui pourraient l'intéresser.

— Mais c'est du chantage ! glapit-il.

— Appelez cela comme vous voudrez.

— Trois mille, m'sieur Lucas. Je suis un pauvre homme et je dois vivre, moi aussi.

— Deux mille, dis-je. Pas un sou de plus. »

Un camion passa dans la rue, je crus un instant que la maison entière allait s'écrouler.

« Je pensais que vous vous montreriez plus humain, m'sieur Lucas.

— Vous aviez tort.

— Et voilà ce qu'on gagne à vouloir aider les gens ! » La robe de chambre de Molitor était couverte de taches de nourriture, les manches râpées aux coudes, ses pantoufles éculées. « Et les frais que j'ai eus ! Pensez que j'ai appelé M. Seeberg à Cannes. Lui ait tout raconté au téléphone. Et vous savez ce que ça coûte ! »

Je déposai cinq billets de cent marks sur le napperon.

« Pour vos frais », dis-je.

Il se fit obséquieux.

« Je le savais bien, dit-il sur un ton doucereux. Vous êtes un homme de cœur, m'sieur Lucas ! Encore un p'tit verre ? Mais si, mais si, il le faut ! » Il reprit la bouteille. Je ne touchai pas à mon verre. Il vida le sien cul sec. « Ahhhh ! ça fait du bien ! Surtout après la choucroute. Empêche les renvois. Hmmm ! Bon. Eh bien, voyez-vous, ça va faire neuf ans qu'on m'a attribué la surveillance de la banque Hellmann. Avec trois autres collègues. On travaille de six heures du sòir à sept heures du matin. Les week-ends et jours fériés, on est remplacé par une seconde équipe. Chacun de nous s'occupe d'un étage. Pistolet, gaz lacrimogène et tout le tintouin. Et on n'arrête pas de circuler à l'intérieur de la banque. Vous connaissez la boutique ?

— Oui.

— Une boîte énorme. De quoi se fatiguer les jambes. Quand le matin arrive, je suis sur les genoux. Et ici, j'arrive pas à fermer l'œil. Les camions toute la sainte journée. Il y a une déviation qui passe par en bas depuis deux ans. Je ne sais pas, moi... Je vais finir par en crever. Tenez, mon médecin dit...

— Monsieur Molitor !

— Oui, bon. Faites bien attention : ça s'est passé le 25 avril, au milieu de la nuit. Le 26 avril, en fait, puisque M. Hellmann n'est arrivé que vers minuit trente. C'était un mercredi.

— Mais encore ?

— Oui, bon. Vers minuit trente donc, on sonne à l'entrée de service. J'y vais, je regarde par le judas et dehors, de l'autre côté de la porte métallique, qu'est-ce que je vois ? M. Hellmann, en smoking, le manteau déboutonné, un foulard de soie blanche autour du cou. Très énervé, me semble-t-il. Fouille dans ses poches. Me demande de le laisser entrer. Même M. Hellmann ne pouvait pénétrer dans sa banque si nous ne lui ouvrions pas. Evidemment, j'ouvre. Trois verrous spéciaux. Il entre. Arrive à peine à parler tellement il est énervé. Dit avoir une chose urgente à régler.

— A minuit trente ?

— Oui. C'est ce que j'ai pensé, moi aussi.

— Ça lui arrivait souvent ?

— Quoi donc ?

— De faire irruption à la banque au beau milieu de la nuit.

— Jamais ! En neuf ans, jamais je n'ai vu M. Hellmann travailler en pleine nuit. Jamais... Je veux dire une seule fois. Ce mercredi. Et je peux vous dire qu'il n'était pas dans son état normal. Au bord de la crise de nerfs, d'après ce qu'il m'a semblé.

— Peut-être avait-il trop bu ?

— Oh non ! Il était à jeun, ça je peux vous le garantir. Mais alors, dans un état de nerfs ! Terrible ! Se contente de chuchoter : " Où sont vos collègues ? " En haut, que je lui dis. Me chiffonne cinq billets de mille dans la main — cinq billets de mille, m'sieur Lucas.

— Oui, oui, je sais.

— Bon. Cinq mille donc et me dit qu'il vient pour travailler. Une affaire urgente qu'il me dit. Me demande de changer de place avec mes collègues du deuxième et de faire en sorte qu'aucun d'eux ne le voie. Et que surtout, je n'en parle à personne. Je vous le dis, m'sieur Lucas, cet homme n'était pas dans son état normal. Songez donc, un homme d'habitude si calme, si pondéré ! Et cette nuit-là... A croire qu'il avait perdu la raison.

— Bon, bon, et après ?

— Oui. Bon. M. Hellmann reste là, près de l'entrée de service et je monte au deuxième. C'est mon collègue Ernst Trost qui assure la surveillance à cet étage. Je lui dis que je suis très fatigué et que j'ai peur de m'endormir. A l'étage, on circule beaucoup plus qu'au rez-de-chaussée, savez-vous. Et je demande donc à mon collègue Trost de me remplacer, qu'il me sera plus facile de ne pas m'endormir si je suis obligé de marcher. Trost est d'accord, il descend, et pendant ce temps, M. Hellmann monte par le petit escalier. Ni vu ni connu. Le voici au second. Et me voici, moi aussi, poursuivant le service de Trost au second. Mais quelle n'est pas ma surprise en constatant que M. Hellmann ne s'est pas du tout installé dans son bureau mais dans celui de M. Seeberg, le fondé de pouvoir. La porte est légèrement entrebâillée. Je ne suis pas spécialement curieux de nature mais enfin... Pour tout dire, tout ça m'inquiète. Tout ça n'est pas très normal. Je m'approche donc sur la pointe des pieds et je jette un coup d'œil dans le bureau de M. Seeberg. Et qu'est-ce que je vois ? M. Hellmann installé à la table de M. Seeberg. Des tiroirs ouverts. Une pile de papiers que M. Hellmann feuillette. Il a retiré son manteau et sa veste. Il fouille, il lit, il passe en revue et j'ai l'impression que si une bombe explosait à ce moment-là, il ne sursauterait même pas, tellement il a l'air préoccupé. Inquiétant, m'sieur Lucas. Je vous le dis, vraiment inquiétant. › Un camion en bas, dans la rue. De nouveau, la maison entière qui tremble.

« Vous n'en voulez plus à ce que je vois ? › dit Molitor en remplissant son verre de liqueur. Il but. Il toussa. Il s'essuya la bouche du revers de sa manche. « Bref, je continue ma ronde et quand je reviens, M. Hellmann est toujours installé à la table de M. Seeberg. Mais cette fois, c'est le coffre-fort qui est ouvert. Et M. Hellmann est là, complètement absorbé par l'examen d'un dossier. Et il se lève tout d'un coup. Et il reste là, debout, blanc comme un linge, des gouttes de sueur sur le front...

— Oui, oui, et après ?

— Après ? Je poursuis ma ronde et chaque fois que je passe devant le bureau, je jette un coup d'œil. M. Hellmann est de nouveau assis. Et chaque fois, il me paraît un peu plus vieux, un peu plus fatigué, un peu plus désespéré. Une fois, je passe, et il est assis là, la tête entre les mains, sans bouger. Et je me dis qu'une chose très grave a dû arriver. Mais quoi ? Ça, naturellement, je n'en sais rien. Tout ce que je sais, c'est que je suis de plus en plus inquiet. En fait, je commence à avoir vraiment la trouille. Est-ce que vous pouvez comprendre cela, m'sieur Lucas ?

— Oui. Mais où était donc M. Seeberg à ce moment-là ? Je veux dire, est-ce qu'il était à son bureau tous les matins ?

— Non. Il était en voyage. A un congrès en Argentine, je crois. Non, pas en Argentine, attendez voir... Mince alors... Je n'arrive pas à...

— Santiago du Chili ?

— Oui, c'est ça ! Et je crois que le congrès a duré bien plus tard que...

— Jusqu'au 19 mai, oui.

— C'est ça, c'est ça ! Mais M. Seeberg est rentré dès qu'il a su que M. Hellmann avait eu un accident. Est allé aussitôt à Cannes, chez là sœur de M. Hellmann. Elle l'a fait appeler. Etait complètement abattue par la mort de son frère. Et puis, il fallait bien que quelqu'un dirige la banque, n'est-ce pas ?

— Et qui est ce quelqu'un ?

— En l'absence de M. Hellmann, c'était toujours M. Seeberg. Et là encore je pense que... Mais pas comme d'habitude. Songez donc, M. Seeberg règle tout par téléphone depuis Cannes. Ne peut pas quitter Cannes pour l'instant, comprenez-vous ? Ici, c'est M. Grosser, l'expert-comptable qui assure provisoirement la direction. Mais le chef, c'est tout de même M. Seeberg et c'est pourquoi j'ai préféré appeler M. Seeberg plutôt que d'en parler à M. Grosser.

— Et cette nuit-là, comment cela s'est-il passé ensuite ?

— Comme je vous l'ai dit. Et ça a duré jusqu'à 5 h 30. Brusquement, je me suis trouvé face à face avec M. Hellmann — un vrai spectre, je vous dis ! Il m'a demandé de le faire sortir. Ce que j'ai fait. Et puis, je suis remonté au second. Suis allé faire un tour dans le bureau de M. Seeberg. Tout était de nouveau rangé, mais les cendriers étaient bourrés de mégots et j'ai trouvé trois pochettes d'allumettes vides. Des pochettes réclames du Frankfurter Hof.

— Frankfurter Hof, tiens, tiens... Et après ?

— Après ? Ah oui ! C'est tout, m'sieur Lucas. Je n'en sais pas plus. Molitor marqua une pause. Sauf que j'ai entendu dire que M. Hellmann n'était pas bien du tout les jours suivants. Et le mercredi d'après il est parti pour Cannes.

— Et qu'est-ce que vous en concluez ?

— De quoi ?

— De tout ce que vous venez de me raconter.

— Oh moi, vous savez...

— Vous avez bien dû vous poser quelques questions, non ?

— Ça oui ! Mais que voulez-vous que je vous dise ? Les affaires bancaires et moi... Je me suis dit que quelque chose avait dû mal tourner. Qu'il était arrivé une chose très grave. Je m'en suis donc ouvert à M. Seeberg, et il m'a conseillé de m'adresser à vous. A vous plutôt qu'à la police. Parce que cela risquait de faire du tort à la banque.

— Et M. Seeberg n'a pas idée de ce qui a pu troubler à ce point M. Hellmann ? Pas la moindre idée, non ? (Molitor rota). Pardon. Toujours cette choucroute, je ne devrais pas en manger, mais c'est mon plat préféré. Aussi ma Clairette m'en prépare-t-elle de temps à autre. Et après, mon estomac fait des siennes... »

28

Je filai au Frankfurter Hof. Je connaissais l'hôtel depuis des années, et le personnel aussi : employés de la réception, maître d'hôtel, barman, serveurs, garçons d'étage. Le portier me salua chaleureusement. Je le pris entre quatre yeux.

« Puis-je vous être utile, monsieur Lucas ?

— Je l'espère, dis-je.

— De quoi s'agit-il ? » Nous nous tenions à l'entrée du bar. Le long du comptoir de la réception, c'était la file habituelle des clients. Blancs, Noirs, Indiens, Japonais. Conversations en toutes les langues. Un peu à l'écart, nous parlions à mi-voix, le portier et moi. « Ecoutez, dis-je. Pouvez-vous me dire s'il y a eu une réunion ici, le 25 avril ? Une réunion ou une conférence réunissant des personnalités du monde bancaire ?

— On va voir cela tout de suite, monsieur Lucas. » Il disparut dans un bureau réservé au personnel de la réception. Deux minutes après, il était de retour. « Effectivement, dit-il. Les 24 et 25 avril, monsieur Lucas. Réunion internationale de banquiers : Allemands, Français, Anglais, Suisses, Suédois, Autrichiens et Italiens.

— De quoi était-il question ?

— Je l'ignore complètement. Ces messieurs avaient loué la grande salle de conférence. Le deuxième jour, donc le mardi, dans la soirée, M. Hellmann a prononcé le discours de clôture.

— Savez-vous combien il y avait de participants et qui ?

— Ecoutez, monsieur Lucas, si vous voulez des noms ou des renseignements précis concernant l'un ou l'autre de ces messieurs, ce sera plus délicat. Sept pays étaient représentés. Il y avait soixante-trois participants, M. Hellmann compris. Il me dévisagea d'un air soucieux. Est-ce une mauvaise nouvelle ?

— Je ne sais pas encore, dis-je. Mais à première vue, oui.

— Je regrette pour vous. »

D'un seul coup, je me sentis complètement découragé.

« Pensez-vous que vous pourriez me donner les noms et les adresses de ces messieurs ? lui demandai-je néanmoins.

— Je verrai avec la direction, dit-il. C'est une chose que nous ne faisons pas habituellement. D'un autre côté... Vous aurez une liste pour peu que la direction estime ne pas se mettre absolument dans son tort en accédant à votre requête. Je vais me renseigner immédiatement.

— Je vous en remercie, dis-je. Et si vous obtenez satisfaction, soyez assez aimable pour la faire immédiatement passer à ma société. Par téléphone ou par télex. A l'attention de M. Brandenburg.

— Je ferai mon possible pour vous donner satisfaction, monsieur Lucas. Soixante-trois banquiers de sept pays...

29

« Loi sur le mariage, article quarante-huit : " Si l'union au sein du foyer est rompue depuis trois ans et si, au vu d'une profonde et irréversible alté- ration des normes de la vie conjugale, le rétablissement d'une forme de vie commune conforme à l'essence du mariage apparaît hors de question, cha- cun des conjoints est en droit de demander le divorce. Si le conjoint qui demande le divorce est entièrement ou principalement responsable de cette altération, le divorce ne saurait être prononcé contre le gré de l'autre conjoint, à moins qu'il soit constaté chez ce dernier, en dépit de son opposition formelle au divorce, une absence d'attachement au lien contracté par le mariage et une disposition contraire à sa perpétuation. " Nous y voilà. »

Mon excellent ami, l'avocat Paul Fontana, reposa sur sa table le gros livre d'où ce passage était extrait et me dévisagea attentivement par-dessus son bureau. Sa pipe était éteinte. Il la ralluma. Fontana avait à peu près mon âge, un visage émacié, de longs cheveux châtains peignés en arrière. Beaucoup de succès auprès des dames mais n'en tirant absolument pas avantage. Son étude était sise au second étage d'un immeuble neuf de la Freiligrathstrasse. Bibliothèque murale pleine de livres et de documents. Bureau chargé de papiers et de dossiers. Une fenêtre était ouverte. La nuit était chaude et claire. Rires de jeunes filles, passage de voitures, coups de klaxon.

Fontana, à qui j'avais téléphoné pour prendre rendez-vous, m'avait invité à passer à son étude après l'heure officielle de fermeture. Il resterait tard, jusque vers minuit, et me recevrait avec plaisir, entre 18 et 24 heures.

« Tu le vois, mon cher, ce n'est pas si simple ! Moins simple que tu ne le supposais. » Il était alors 22 h 30. Nous étions tous deux en manches de chemise, confortablement installés dans son bureau et il venait de me donner lecture de ce fameux article quarante-huit. « Et pourtant, il faut que je quitte Karin. Je ne puis vivre plus longtemps à ses côtés. D'ailleurs, notre mariage est fichu depuis des années. »

Son visage demeura impassible et il reprit de sa voix calme et grave : « Tout ça est bel et bon. Mais la loi est la loi. Elle est idiote et il y a des années qu'un nouveau projet est à l'étude. A l'initiative des socialistes principalement. Hélas, pour le moment, on en est toujours au stade du projet et c'est l'ancienne loi qui reste en vigueur. Et en vertu de cette loi, tu peux éventuellement obtenir le divorce — je dis bien éventuellement car ce n'est pas évident du tout ! Et en tout cas, la procédure sera longue.

— Mais c'est affreux ! m'écriai-je.

— Oui, c'est affreux. Mais il vaut mieux voir les problèmes tels qu'ils sont plutôt que de se bercer d'illusions. Tiens, Robert, bois un coup. »

Une bouteille de cognac Rémy Martin et deux verres étaient posés sur la table. Fontana les remplit et nous bûmes.

« Admettons que tu introduises maintenant ta demande de divorce. Dans le meilleur des cas, la loi nouvelle est adoptée ces prochains temps et tout ira pour le mieux. Autant te dire que c'est peu probable. Il y a une éternité que le projet est à l'étude et je parierais qu'il y en a encore pour des années. Mais pour l'instant, nous sommes confrontés à l'ancienne loi. Et en admettant que nous obtenions gain de cause, tu devras comparaître devant toutes sortes de juridictions pour règlement des multiples problèmes entraînés par le divorce : pension alimentaire, réévaluation de la pension alimentaire en fonction des augmentations de salaire, droits de bail, de propriété, de succession, etc..., et tout cela peut durer des années. Est-ce que tu penses que tu supporteras toutes ces chicanes ? Et celle que tu aimes, les supportera-t-elle ?

— Elle peut-être. Moi non.

— Elle non plus », dit Fontana. Il bourra tranquillement sa pipe, y bouta le feu et souffla de grosses volutes de fumée bleue qui sentaient le goudron et le pain d'épices.

« Cette loi est parfaitement inhumaine. Comment ? Deux personnes s'aiment et on les empêche de vivre ensemble ! Et on prétend contraindre deux personnes qui ne s'aiment plus et qui passent leur temps à se déchirer mutuellement à poursuivre la vie en commun !

— Inhumaine, oui, dit Fontana. Aussi suis-je résolument contre ton projet. Il faut éviter d'introduire une demande en divorce. Si tu veux arriver à tes fins, il n'y a qu'un moyen : rester officiellement marié avec Karin et lui mener la vie dure. Aussi dure que possible. De façon à lui passer l'envie de rester mariée avec toi.

— Mais ce n'est pas possible ! Je... Je ne pourrai jamais...

— Comment cela, tu ne pourras jamais ? C'est ça ou rien. Il faut lui donner envie de divorcer, Robert. Donc lui rendre la vie difficile. Et surtout ne pas lui donner un sou jusqu'à ce que le divorce soit prononcé.

— Mais c'est impossible, m'écriai-je. Comment fera-t-elle pour vivre ? Pour payer le loyer ?

— A combien se monte le loyer ?

— Sept cents marks.

— Bon. Si tu te sens si coupable que cela, paye le loyer. Mais surtout, en dehors de cela, plus un sou !

— Au fond, ce que tu me demandes, c'est de la mettre au pied du mur ?

— Exactement. Et si je te le demande, c'est parce que tu n'as pas le choix ! dit Fontana froidement.

— Comment ça, je n'ai pas le choix ? Ce que je veux c'est divorcer. Et si je suis venu te voir, c'est pour te demander d'introduire ma demande.

— Et moi, je suis contre, dit Paul Fontana. Car comment allons-nous motiver cette demande ? As-tu une raison ? Et si oui, laquelle ?

— Est-ce que je sais, moi ? A la maison, c'est l'enfer. Ma femme est agressive. Je ne couche plus avec elle. C'est bien assez, non ?

Fontana haussa les épaules.

« Non, dit-il. Ce n'est pas assez. Nous sommes loin du compte. Et tu le sais parfaitement. Aussi, laisse-la se plaindre, laisse-la...

— Non ! coupai-je assez vivement. Je me refuse à employer les moyens que tu me suggères. Je veux quitter Karin — mais je veux aussi rester correct avec elle.

— A tout seigneur, tout honneur, dit Fontana sur le mode ironique. Bien, bien. Dans ce cas, nous allons ouvrir un dossier et nous allons commencer par y verser une pièce signée de ta main et stipulant que cette demande de divorce est introduite par toi contre mon avis. Je suis ton ami, certes. Mais je suis aussi avocat et je ne tiens pas à me rendre ridicule.

— D'accord, d'accord. Je signerai tout ce que tu voudras. »

30

« Voici la liste », me dit Gustave Brandenburg. Et il me tendit deux feuillets par-dessus son bureau crasseux. « Arrivée par exprès ce matin tôt. Très compréhensifs, ces gens du Frankfurter Hof. »

Je parcourus les feuillets. Soixante-trois banquiers s'étaient réunis à l'hôtel. L'un d'entre eux était mort. Les noms et adresses des soixante-deux autres figuraient sur ces deux feuillets. Rien que des noms très connus dont les porteurs vivaient à Munich, Hambourg, Brême, Berlin, Francfort, Hanovre, Stuttgart, Zurich, Bâle, Berne, Londres, Vienne, Paris, Rome, Oslo.

« On commencera par les Allemands, dit Gustave avec un soupir. Tu vas avoir pas mal de mouvement ces prochains temps, fiston. Mais quoi ? Il faut ce qu'il faut. Et puis, avec un peu de chance, le premier sera le bon. Et avec un peu de poisse, ce sera le dernier.

— Ou alors, aucun, dis-je.

— Oui, dit Gustave. Ou alors, aucun. Et ta femme ?

— Ma femme ?

— Tu as vu ton avocat ?

— Oui.

— Bon. Eh bien, mettons-nous au travail. »

Et il demanda immédiatement à sa secrétaire de le mettre en rapport avec différents banquiers, en commençant par le nord de l'Allemagne. Il obtint plusieurs communications dans la demi-heure qui suivit. Ces messieurs se montrèrent tout à fait disposés à me recevoir après que Gustave leur eut expliqué de quoi il retournait. Il faut dire qu'il avait, dans pareils cas, une extraordinaire force de persuasion, largement servie par un parler oratoire, une sorte de mixture très originale à mi-chemin entre le ton du prêtre et celui de l'avocat général. Avant mon arrivée déjà, dès qu'il eut reçu la liste adressée à son attention par le Frankfurter Hof, Gustave avait préparé un circuit à mon intention. Je commencerais par rendre visite aux banquiers allemands et je me déplacerais du nord au sud. Mon premier point de chute serait Hambourg. Après l'Allemagne, l'étranger. Je ne pus m'empêcher de songer à Angela. Quand la reverrais-je ? Cette tournée risquait de prendre pas mal de temps. Oui, tout cela était bien contrariant. Mais enfin, en y mettant du mien, peut-être aurais-je de la chance. Et puis, les adresses étaient pas mal groupées. Rien qu'à Hambourg, il y en avait trois. Gustave décida que je commencerais le jour même. Cela n'était pas pour me déplaire. L'inaction me pesait et je ne voulais pas perdre une heure. Je pris l'avion en fin de matinée et j'arrivai à destination peu avant 14 heures.

Il faisait plutôt frais à Hambourg et le ciel était nuageux.

Je rendis aussitôt visite à mon premier banquier. Pour des raisons assez évidentes, je ne puis le nommer ici, non plus qu'aucun de ses confrères. C'était un monsieur très distingué qui me reçut fort courtoisement dans son bureau directorial aux cloisons revêtues d'acajou. La conversation fut brève. J'en rapporterai ici les termes essentiels. Cela suffira pour se faire une idée des entretiens que je devais avoir les jours suivants. Je ne vis que des messieurs distingués et courtois qui me reçurent dans leur bureau directorial plus ou moins luxueusement aménagé. Et tous ces tête-à-tête furent plutôt brefs. Et, autant le dire tout de suite : je n'appris rien...

« Monsieur le directeur, comme vous le savez sans doute, je mène, pour le compte de la Global, une enquête concernant la mort de M. Hellmann. Je sais que vous avez participé les 24 et 25 avril à une rencontre internationale qui s'est tenue au Frankfurter Hof. Or, il se trouve que M. Hellmann a brutalement changé de comportement à l'issue de cette rencontre. Aux dires de différents témoins, M. Hellmann paraissait à bout de nerfs, tantôt au bord de la dépression, tantôt en proie à de véritables crises de colère. Avez-vous une idée de ce qui a pu motiver un tel changement dans le comportement de cet homme généralement si calme, si pondéré ?

— Absolument pas, monsieur Lucas.

— Nous nous demandons si quelque incident survenu lors de cette rencontre n'expliquerait pas ce brutal changement. Certaines divergences de points de vue ? Une querelle peut-être ?

222

— On ne se querelle pas dans notre milieu, monsieur Lucas.

— M. Hellmann était peut-être dans une situation délicate, à votre connaissance ?

— Certainement pas. Nous le saurions. Ce sont des choses que l'on apprend très vite.

— Estimez-vous possible que M. Hellmann se soit livré à des transactions qui risquaient de mettre en cause l'excellente réputation de sa banque ?

— Absolument exclu !

— Et comment expliquez-vous alors son état dépressif après cette rencontre ?

— Je ne me l'explique pas, monsieur Lucas.

— Dites-moi, monsieur le directeur, quel était donc le motif de cette rencontre ? Je veux dire, avait-elle un caractère exceptionnel ?

— Nullement, monsieur Lucas. De telles conférences ont lieu deux ou trois fois par an ici ou là. Il s'agit pour nous de rester en contact les uns avec les autres, d'échanger des informations, de faire le point de la situation politique et économique dans le monde. Nous formons quelque chose comme une grande famille, voyez-vous ?

— Et dans une grande famille, on se serre les coudes, n'est-ce pas ? Et on ne laisse pas transpirer à l'extérieur des faits qui pourraient nuire à la réputation de l'un ou l'autre de ses membres ?

— Voilà qui est un peu — disons un peu indélicat ! Voyons, monsieur Lucas ! Si je savais pourquoi M. Hellmann était dans l'état que vous me décrivez à l'issue de notre rencontre, il est bien évident que je vous le dirais.

— Vraiment ?

— Vous ne me croyez pas ?

— Non. Mais peu importe. Et la mort de M. Hellmann, qu'en pensez-vous ? Un accident ? Un meurtre ? Ou peut-être un suicide ?

— Accident ou meurtre. Je tiens le suicide pour exclu.

— Et à part cela, monsieur le directeur, vous ne voyez rien qui puisse nous faire progresser dans notre enquête ?

— Malheureusement non, monsieur Lucas. Et je le regrette, vous pouvez m'en croire. »

Bref, je ne tirai rien de ce premier entretien, et pas davantage des suivants. Après Hambourg, ce fut Brême puis Berlin. Ensuite : Hanovre, Stuttgart,

Francfort. Presque chaque soir, je revenais par avion à Düsseldorf et rendais compte de mes vains efforts à ce cher Gustave. Et chaque soir, je téléphonais à Angela. Le seul moment heureux au cours de ces épuisantes journées. Angela était de plus en plus impatiente de me revoir. Quant à moi, je piaffais littéralement quand je ne me laissais pas aller à la mélancolie. Seul Gustave tenait parfaitement le choc.

« Ne pas se laisser abattre, fiston, surtout pas, par l'adversité. On finira bien par apprendre quelque chose ! Il faut y croire ! Et j'y crois ! D'ailleurs, j'ai le blair qui me démange sans arrêt ces derniers jours et ça, fiston, c'est un signe !

— Ouais... »

Deux jours à Vienne, hôtel Impérial, résultat : rien.

Trois jours à Londres : rien de rien.

Ne pas se laisser décourager. S'accrocher. Peut-être l'un de ces messieurs finirait-il par lâcher une petite bribe, faute de lâcher le gros morceau. Et en avant, direction Zurich, Grand Hôtel Dolder. Trois banquiers à voir. Quand ce serait fait, il ne me resterait que vingt-deux visites à faire, à Bâle, à Berne, à Rome, à Paris. Mais j'étais lancé maintenant. Après tout, ça faisait partie du métier. Travail de simple routine. Le miracle était toujours possible. Mais je n'y croyais guère. Et les deux banquiers que je vis au cours de ma première journée à Zurich se comportèrent effectivement comme leurs confrères. Rien à en tirer. Le soir, j'appelai Angela et je crois que je me laissai un peu aller. Elle s'aperçut de mon abattement et s'employa à me réconforter. Elle attendrait, me dit-elle, tout le temps qu'il faudrait. Cette conversation avait eu lieu à 22 heures. A 23 heures, j'étais au lit et je m'endormis aussitôt comme une masse, complètement vidé par ces infructueuses allées et venues et toutes ces interviews inconsistantes de messieurs polis, discrets, prudents — et décidés à le rester envers et contre tous mes efforts pour les faire sortir un tant soit peu de leur réserve.

31

Mon troisième banquier zurichois ne me changea guère du maigre ordinaire qui était le mien. C'était un vieux monsieur aux cheveux blancs, porteur d'un magnifique collier de barbe, blanc également.

A l'issue de notre très brève conversation, il jugea bon de m'adresser quelque chose comme une mise en garde.

— Monsieur Lucas, me dit-il, je sais que l'enquête que vous menez vous est dictée par des impératifs strictement professionnels. Néanmoins, je crois que vous auriez tout intérêt à suggérer à vos supérieurs d'abandonner ces recherches et de classer définitivement cette affaire.

— Ah ! Et pour quoi donc ?

— Parce que vous ne découvrirez jamais la vérité.

— Qu'est-ce qui vous permet d'affirmer cela ? »

Il ne répondit pas à ma question et poursuivit :

« Ou alors, vous la découvrirez mais vous ne pourrez rien en faire.

— Mais qu'est-ce qui vous permet d'affirmer cela ? insistai-je lourdement.

— Je ne peux pas vous le dire. Mais vous pouvez me croire. Je connais bien le milieu dans lequel vous vous déplacez actuellement. C'est un milieu très particulier, régi par des lois très particulières.

— Des lois très particulières s'appliquant à un milieu très particulier ? Cela ne devrait pas exister.

— Cela existe cependant, monsieur Lucas. Il se caressa la barbe. Voyez-vous, monsieur Lucas, si vous persistez dans la voie que vous suivez actuellement — et j'ai le sentiment que vous le ferez en dépit de mon avis, n'est-il pas vrai... ?

— Oui, sans aucun doute.

— ...il arrivera d'autres malheurs. Et je ne parle pas de malheurs financiers, non, non, monsieur Lucas. Je veux parler de vies humaines. » Il se leva, me signifiant ainsi que, pour lui, l'entretien était terminé. Il me scruta longuement de ses yeux tristes et las : « Ne pas toujours considérer d'emblée comme coupable son prochain, quel que soit son rang, sa position, sa fortune, comprenez-vous ? Apprendre à fermer les yeux, à pardonner, à oublier...

— Quoi ? m'écriai-je. Mais il parut ne pas m'entendre.

— ... car si nous savions tout, absolument tout les uns des autres, nous pardonnerions aisément et nous nous montrerions sans aucun doute moins vindicatifs, moins orgueilleux, moins enclins à demander à tout propos que justice se fasse. La justice, monsieur Lucas, c'est une notion abstraite.

— Non, dis-je. Je regrette d'avoir à vous contredire. La justice n'est pas une notion abstraite. Elle est un fait concret. De même que l'injustice est un fait concret. »

Il me dévisagea attentivement puis il haussa les épaules et se détourna sans dire un mot de plus.

32

Au Grand Hôtel Dolder, on m'apprit que Gustave avait appelé à deux reprises. J'étais prié de me manifester le plus tôt possible. Je demandai au central de me mettre en rapport avec la Global. Deux minutes plus tard, j'avais Gustave au bout du fil.

« Alors ? Tu as découvert quelque chose ?

— Rien du tout, dis-je. Mais enfin, ce n'était jamais que mon quarante et unième banquier.

— Je crois que tu vas pouvoir te passer de rendre visite aux autres, dit Gustave. Prends le prochain avion à destination de Francfort. Ton excellent ami, le concierge du Frankfurter Hof, m'a appelé. Il a du nouveau pour toi.

Il demande à te voir de toute urgence. Rappelle-moi pour que je sache quand tu penses être de retour à Düsseldorf.

— Encore une fausse alerte, fis-je.

— Ça m'étonnerait, dit Gustave. Je te signale que j'ai le blair qui me démange furieusement. On brûle, Robert ! On brûle ! »

Je pris l'avion. J'arrivai au Frankfurter Hof vers 15 heures. Le portier se montra ravi de me voir.

« Vous avez fait vite ! Je vais avertir Kalling. Il ne veut pas vous parler ici. Et il a raison. Cela risquerait d'éveiller la curiosité.

— Qui est Kalling ?

— Un serveur, dit le portier. Il faut vous dire que j'ai passé mon temps à jeter de discrets coups de sonde parmi le personnel depuis notre dernière rencontre. Et je crois avoir trouvé quelque chose qui pourrait vous intéresser.

— Quoi donc ?

— Kalling vous le dira mieux que moi. Voyons... Le portier consulta sa montre-bracelet. Il est maintenant 3 heures. Vous le verrez à 3 heures et demie devant le grand stand de journaux à la gare centrale.

— Merci beaucoup. Je ne sais comment...

— Allons, monsieur Lucas ! Ne vous ai-je pas dit que je ferais mon possible pour vous aider ? Et ne me remerciez pas trop tôt. Ce que Kalling va vous dire ne vous sera peut-être pas d'un grand secours.

— Comment le reconnaîtrai-je ?

— Il sera adossé au stand et lira la *Munchner Abendzeitung.* Il a ma taille, cheveux bruns, trente-deux ans, visage long et pâle. Fumera un cigare. »

33

« Monsieur Kalling ? »

L'homme aux cheveux bruns et au long visage retira le cigare de sa bouche, me dévisagea attentivement et dit : « Bonjour, monsieur Lucas. »

Il y avait foule dans le hall de la gare et des haut-parleurs annonçaient continuellement des départs et des arrivées de trains. Personne ne faisait attention à nous.

« Le portier m'apprend que vous avez quelque chose à me raconter qui pourrait m'intéresser. Je suis naturellement tout disposé à payer les informations que vous pourriez me donner.

— Il n'en est pas question, dit Kalling.

— Bon, bon, dis-je. Je ne peux pas vous contraindre à accepter de l'argent. De quoi s'agit-il ?

— De la rencontre de banquiers qui s'est tenue à l'hôtel les 24 et 25 avril. Et du discours de clôture prononcé par M. Hellmann à l'issue de cette rencontre. Un discours en anglais.

— Quel en était le sujet ?

— « Ethique et responsabilité du banquier dans la société industrielle contemporaine », dit Kalling en tirant sur son cigare. Il y a un petit tableau noir à côté de l'ascenseur. Je veux dire à l'hôtel. On y inscrit l'ordre du jour des réunions qui s'y tiennent. Le titre de l'allocution de M. Hellmann y figurait. C'est pourquoi je m'en souviens. L'allocution de M. Hellmann avait été très appréciée, à en juger par les commentaires de l'auditoire. Il y a eu un buffet froid organisé par l'hôtel à l'issue de cette rencontre. C'est moi qui assurais le service. Et vous savez ce que c'est, n'est-ce pas ? Les gens conversent et, qu'on le veuille ou non, on entend ce qui se dit.

— Oui, évidemment.

— Bref, j'entendais ces messieurs discuter entre eux. Hellmann semblait avoir conquis ses confrères. Mais je crois qu'il était l'un des banquiers les plus respectés en Allemagne, n'est-ce pas ?

— En effet », dis-je. " Le train direct pour Dortmund entrera en gare avec un quart d'heure de retard ", déclara une voix dans un haut-parleur.

« Cependant, il y avait quelqu'un qui ne partageait apparemment pas l'enthousiasme général.

— Ah bon ?

— Non, dit Kalling. Et c'est précisément en raison de l'enthousiasme général que le fait m'a si vivement frappé. Vous voyez ce que je veux dire ? Vous êtes là derrière le buffet et vous servez les gens. Et vous les entendez parler. Et ils ne tarissent pas d'éloges au sujet de quelqu'un. Si donc, brusquement, vous entendez un autre son de cloche, cela fait une note discordante et vous dressez forcément l'oreille.

— Oui, forcément.

— Bref, M. Hellmann s'approche du buffet avec un autre monsieur. Ils arrivent vers moi. Je commence par servir le monsieur que je ne connais pas. Il prend son assiette et reste là pendant que je sers M. Hellmann. Et le voilà qui déclare : " Très beau discours, cher ami ! Tant d'humanité ! Tant de noblesse ! J'ai cru un moment que nos chers confrères allaient tous éclater en sanglots. "

— C'est exactement ce que vous avez entendu ?

— Exactement, oui. Ou à un mot près. En tout cas, les mots " noblesse " et " humanité ". Et une manière de féliciter Hellmann sur le mode sarcastique. Sur ce point, il n'y avait pas à se tromper. D'ailleurs la suite le prouve.

— La suite ? Mais excusez-moi, monsieur Kalling, racontez-moi cela à votre aise.

— Oui, il faut procéder par ordre. La suite, c'est-à-dire la très brève scène que voici. M. Hellmann dévisage son interlocuteur, l'air parfaitement interloqué et s'enquiert : " Qu'est-ce que cela signifie ? " Ou alors : " Que voulez-vous dire par là ? " Ou bien...

— Oui, oui, je vous suis. Continuez.

— Le monsieur en question considère M. Hellmann avec une moue méprisante. Il dit quelques phrases dont je ne me souviens pas, puis ceci qui est resté gravé dans ma mémoire : " Ne jouez donc pas cette comédie ignoble ! Vous savez fort bien à quelles manipulations je veux faire allusion ! Libre à vous ! Mais pour l'amour du ciel, puisqu'il en est ainsi, épargnez-nous ces discours grandiloquents ! Il y a de quoi avoir la nausée ! "

— Vous avez entendu cela ? Mot pour mot ? Ou presque mot pour mot ?

— Mot pour mot, monsieur Lucas.

— Et après, que s'est-il passé ?

— Le monsieur en question a planté là M. Hellmann. Et ce dernier avait l'air complètement bouleversé. Il n'a même pas vu l'assiette que je lui tendais. Il était pâle comme un linge. Les poings serrés. Et il a quitté la salle aussitôt après sans prendre congé de personne.

— Sans saluer aucun de ses confrères ?

— Oui, oui. Comme je vous le dis. Cela peut-il vous aider un tant soit peu ?

— J'en ai bien l'impression, oui, dis-je. Mais l'interlocuteur de M. Hellmann, vous ne savez absolument pas qui c'était ?

— Il pouvait être italien. Mais je puis me tromper. En tout cas, il parlait l'anglais avec un fort accent. Un homme assez insignifiant. Beaucoup plus jeune que M. Hellmann. Et lui non plus, je ne l'ai pas revu ensuite.

— Et à quelle heure cet incident a-t-il eu lieu ?

— Il était à peu près minuit. Un peu plus tard peut-être. »

A minuit et demie Hellmann était arrivé à sa banque, complètement bouleversé, et il avait demandé à Fred Molitor de lui ouvrir et de s'arranger pour que ses collègues veilleurs de nuit ne s'aperçoivent pas de sa présence.

« Monsieur Kalling, vous m'avez été d'une aide précieuse. Acceptez, je vous prie, que je rétribue ces informations.

— Il n'en est pas question, dit-il

— Monsieur Kalling ! Voyons ! Ce n'est pas moi qui paye, c'est ma compagnie !

— Je ne veux pas le savoir ! Mais puisque vous insistez, il me vient une idée. J'ai une petite fille. Elle voudrait une de ces poupées qui marchent et qui pleurent. Il y a un magasin de jouets juste en face. »

34

« Je le savais bien ! tonitrua Gustave Brandenburg. Je le savais bien !
Ne te l'avais-je pas dit ? Mon blair qui me démangeait d'une façon insupportable ! Je ne m'y trompe jamais ! Ainsi, il aura quand même commis
les saloperies que je supputais, sous ses dehors de père tranquille ! Et l'un
de ses confrères en a eu vent. Et alors, Hellmann a perdu la tête. Et alors...
alors... Oui, tout cela colle parfaitement. J'avais raison dès le début : il s'est
suicidé ! Suicidé, Robert ! Nous arrivons au bout de nos peines.

— Peut-être, peut-être, Gustave. Mais tout de même ! Nous n'avons toujours pas les preuves concrètes qu'il nous faut. Des présomptions, voilà
tout.

— Il faut que tu retournes à Cannes maintenant », dit Brandenburg en
balayant la cendre qui s'était répandue sur sa chemise.

« Je... Tu crois que...

— Inutile d'interroger les autres. Nous en savons assez. Friese m'a appelé
il y a trois heures. Il a eu des nouvelles de Lacrosse et de Kessler.

— Alors ? Que se passe-t-il ?

— Un indice les a mis sur la piste de plusieurs Algériens vivant à La
Bocca. Tu te souviens que Kilwood avait dit que tout y avait commencé ?

— Oui, et alors ?

— Ils projettent une descente sur La Bocca. Si jamais ils arrivent à
coincer l'Algérien en question, l'affaire sera réglée. Enfin, on peut l'espérer.
Alors, Robert, qu'est-ce que tu dis de ça ?

— Formidable », dis-je. En fait j'étais incapable de penser à autre chose
qu'à Angela. J'allais donc la revoir ! « Bon, je pars tout de suite. Y a-t-il
un vol ?

— De ce côté-là, on est dans la merde, fiston.

— Qu'est-ce que tu veux dire par là ?

— La grève, dit Gustave. Les cheminots français sont en grève. En grève aussi le personnel au sol des aéroports français. Autrement dit : pas de trains et pas d'avions. »

35

« Angela !

— Robert ! Que se passe-t-il ? Bonnes nouvelles ?

— Oui, Angela ! J'arrive !

— Quand ?

— Je serai là après-demain à midi. »

Le surlendemain, à midi — on serait alors le 3 juin. J'aurais été séparé d'Angela pendant treize jours. Treize jours ! J'avais l'impression que cela faisait treize années. Et maintenant, maintenant...

« Mon Dieu, Robert, ce n'est pas possible ! C'est la grève ! Pas d'avions, pas de trains !

— Si, dis-je. C'est possible. En Allemagne, ce n'est pas la grève. Et en Italie non plus. Il te suffira de venir me prendre à la frontière franco-italienne. A Vintimille. C'est loin de Cannes ?

—Même pas deux heures de route, Robert. A quelle heure dois-je arriver à Vintimille ?

— Après-demain, à midi 55.

— Je t'attendrai sur le quai ! Je partirai très tôt le matin pour être sûre d'arriver à temps ! »

Le lendemain matin, avant le départ, je me rendis à la Global pour recevoir d'ultimes instructions et me faire remettre de l'argent. Des chèques de voyage. Ma femme ne s'était plus manifestée. Silence total. Je téléphonai à mon ami Paul Fontana et lui appris que j'allais m'absenter. Il me demanda de lui expédier une procuration. L'un de ses employés serait chargé de chercher, à intervalles réguliers, le courrier qui me serait adressé à l'Intercontinental. Je risquais de recevoir une lettre de l'avocat de Karin, voire même du tribunal. Et dans ce cas, il fallait à tout prix réagir sans délai, faute de quoi un jugement risquait d'être prononcé en mon absence. Fontana se montra plutôt taciturne au téléphone.

« J'ouvrirai tout le courrier administratif. Donne-moi ton adresse à Cannes.

— Hôtel Majestic, Croisette.

— Bonne chance », dit-il. Et il raccrocha.

J'avertis la réception de l'Intercontinental de mon départ imminent. On viendrait chercher mon courrier. Je conservai mon appartement. L'après-midi, je pris le train direct pour Stuttgart et, de là, l'express à destination de Vintimille. La Global m'avait fait réserver un compartiment single en wagon-lit. Je fus à peine surpris de constater que le compartiment portait le numéro treize. Je dormis du sommeil du juste et quand je me réveillai le train entrait en gare de Milan.

Le soleil brillait en Italie et les arbres étaient en fleurs. Je me sentis revivre à ce spectacle. A Gênes, le train fit une longue halte. L'employé du wagon-lit vint ranger le compartiment. Assis à la fenêtre, je bus un express serré. Les docks de Gênes, les grands cargos. Puis ce fut la Riviera italienne. La mer ! On la longeait presque tout le temps entre Gênes et Vintimille. Soleil éclatant. La mer ponctuée de voiliers, des plages pleines de monde et la végétation méridionale : palmiers, pins parasols, eucalyptus, orangers. Le train s'arrêtait dans toutes les gares. Un véritable tortillard ! Je songeai à Angela. J'étais auprès d'elle déjà. Toutes mes pensées étaient auprès d'elle et, une fois de plus, il m'apparut que je n'avais jamais éprouvé au cours de ma vie un sentiment aussi violent que celui qui me portait vers elle. Cependant, de mon côté, l'avenir était lourdement hypothéqué. Comment Karin réagirait-elle ? Et ma maladie, comment évoluerait-elle ? Peu m'importait alors : je n'avais d'oreilles que pour le battement rythmique des roues qui m'emportaient vers Vintimille. Vers Vintimille où Angela m'attendait ! Seul comptait l'instant proche où je la reverrais. Où j'entendrais de nouveau son rire si pur, son rire que j'aimais tant.

Le train longeait le bord de mer abrupt. Le jour éclatant alternait avec la nuit noire car nous ne cessions de plonger dans des tunnels creusés sous la falaise. Chaque tunnel portait un nom qui figurait sur une plaque apposée à l'entrée. Au bout d'un moment, je cessai de les compter : il y en avait trop.

36

A l'aéroport de Nice, nous nous étions littéralement précipités à la rencontre l'un de l'autre. Il n'en alla pas de même à Vintimille. Je descendis de mon wagon-lit, l'employé me passa les bagages par la fenêtre du compartiment et je les déposai sur le quai. Il n'y avait plus beaucoup de passagers dans le train et le quai fut rapidement désert. L'employé du wagon-lit avait appelé un porteur et c'est pourquoi je restai immobile, sur le quai, à côté de mes bagages. Le soleil tapait dur. Très loin, à l'avant du train, presque à hauteur de la locomotive, je vis Angela. Elle me parut toute fluette. Je ne distinguai d'abord que sa chevelure rousse ; ensuite, mes yeux s'étant habitués au miroitement du quai, je la vis mieux. Elle portait un chemisier bleu et un pantalon blanc. Elle aussi me voyait. Et cependant, comme moi, elle demeura immobile, comme figée.

Un porteur italien arriva avec une voiture à bras. Je posai dessus mes valises et mon sac. Il déclara qu'il m'attendrait dans le hall de la gare, près de la sortie. Il poussa sa voiture le long du quai et je lui emboîtai le pas. Je marchais comme un jouet mécanique. Je me sentais tout raide, freiné par je ne sais quelle gêne singulière. A l'autre bout du train, Angela m'attendait, toujours immobile. Le porteur obliqua à gauche et disparut dans un ascenseur. Je continuai d'avancer, toujours du même pas, tout le long du train, jusqu'à l'avant. Enfin, je me retrouvai face à face avec Angela. Son visage avait une expression tendue. Nous étions maintenant seuls sur le quai, nous dévisageant sans mot dire, et de nouveau, je vis mon image minuscule dans les yeux d'Angela. Je la pris dans mes bras et nous restâmes longuement enlacés, toujours sans mot dire. Puis elle m'entraîna dans un escalier qui menait à un passage souterrain. Le passage était très sale et sentait vaguement l'urine. On remonta par un autre escalier, on longea un couloir vitré qui donnait sur le hall. Près de la sortie, je retrouvai mon porteur surveillant mes bagages. Nous nous regardions maintenant sans cesse, Angela et moi, mais nous n'avions toujours pas échangé un mot.

Angela m'entraîna jusqu'à sa voiture garée sur le parking, juste devant la gare. En face, il y avait un hôtel-restaurant, quelques tables disposées sur le trottoir mais aucun client. Rien qu'un chien poilu couché sous une table et qui nous regardait. Les volets de l'hôtel et des maisons voisines étaient clos. Les gens se protégeaient du soleil, meurtrier à cette heure. Le porteur rangea mes bagages dans le coffre qu'Angela avait ouvert. Je le payai. Angela était déjà assise au volant. Je n'eus qu'à tirer sur la porte entrouverte et à me laisser glisser à son côté. Et à ce moment précis, je songeai à la mort. Je me dis que la mort était plus forte que l'amour puisqu'elle mettait fin à toutes choses. La mort, oui, elle aurait le dernier mot. Mais quoi ? Il n'y avait qu'à se rendre à cette évidence. Surtout ne pas chercher à la nier, ne pas essayer de biaiser. Non, il n'y avait pas d'échappatoire possible.

Bizarrement, cette idée me remplit d'une joie silencieuse.

37

La frontière fut rapidement franchie et on se retrouva sur l'autoroute. Angela conduisait avec beaucoup d'assurance. L'air était incroyablement chaud. J'avais enlevé ma veste et ma cravate. Nous n'avions toujours pas échangé un mot. Au bout de cinq minutes, Angela ralentit, s'engagea sur un parking et stoppa. Et un instant après, nous nous retrouvions dans les bras l'un de l'autre, nous embrassant comme des fous.

« Angela...

— Mon chéri, je suis si heureuse...

— Oui, moi aussi.

— Cette gare horrible. J'ai pensé à une chose terrible... Je...

— Quoi donc ? » Mes doigts effleuraient son visage, sa nuque, son dos.

« J'ai pensé que... qu'une seule chose pouvait nous séparer. Une chose à laquelle on n'échappe pas. Et qui nous séparera forcément. Et l'un de nous devra continuer seul. Je me suis dit que si c'était moi, je ne le supporterai pas... que je te suivrai parce que vivre sans toi... Non, je ne le supporterai pas. »

Ainsi donc, elle y avait pensé, elle aussi.

« Mais maintenant, tout va mieux. Elle rit. Nous sommes ensemble, Robert ! Et c'est une sorte de paradis ! » Autant elle m'avait paru triste et renfermée à la gare de Vintimille, autant maintenant elle se montrait radieuse et pleine d'entrain. « Est-ce que tu as faim ? Mais quelle question ! Evidemment, tu as faim ! Et moi, j'ai une faim de loup. J'étais si énervée ce matin que je n'ai même pas pu avaler mon café. Nous allons déjeuner et ensuite nous irons chez nous, d'accord ?

— D'accord, Angela.

— Je connais un très bon restaurant dans un très bel endroit. On y va ? »

Elle démarra dans un crissement de pneus. Je jetai un bref coup d'œil par la lunette arrière. Nous laissions derrière nous un sillage de poussière blanche. L'air chaud s'engouffrait dans la voiture par les fenêtres baissées et le toit ouvrant. Mon regard s'arrêta sur les mains d'Angela qui tenaient à peine le volant. Je vis la tache claire. Elle était devenue plus claire depuis la dernière fois. Ou alors, la peau d'Angela avait encore bruni. « Nous allons à Eze, m'apprit Angela, à La Chèvre d'Or. »

38

Le restaurant était très fréquenté mais nous eûmes la chance de trouver une table encore libre près d'une fenêtre. Le maître d'hôtel vint prendre notre commande. Nous étions assis l'un à côté de l'autre, jouissant de l'exceptionnel coup d'œil qui s'offrait à nous. La mer et le ciel confondus. La Moyenne Corniche et les voitures minuscules se déplaçant dessus. Et des baigneurs, plus minuscules encore, sur une plage de sable entre deux à-pic rocheux.

« C'est beau, n'est-ce pas ?

— Oui, très beau, Angela.

— Je veux te montrer tout ce qui vaut vraiment la peine d'être admiré dans cette région. Cela fait beaucoup de choses. »

Je posai mon bras autour de ses épaules. Elle se tourna légèrement vers moi et m'enlaça.

« Tiens, mais c'est M. Lucas ! »

Une voix de femme s'exprimant en allemand.

Tous deux, nous avions sursauté et nous nous retrouvions chacun à notre place.

Je levai les yeux. Devant moi se tenaient un homme et une femme — M. et Mme Dreyer. M. et Mme Dreyer de Düsseldorf. M. et Mme Dreyer, de bons amis de Karin. Ilse Dreyer, une petite blondinette, environ la trentaine, plutôt jolie mais avec un pli amer au coin de la bouche. Son mari, de beaucoup son aîné — vingt ans peut-être — le cheveu clairsemé, la bedaine proéminente. Arborant tous deux des tenues estivales un peu trop élégantes, un peu trop au goût du jour. Ils ne m'aimaient pas beaucoup et je le leur rendais bien.

« Oh, nous ne voulions pas vous déranger ! s'exclama Ilse Dreyer. Simplement nous étions sur le point de partir quand Franz me dit : mais c'est M. Lucas ! Comment allez-vous, M. Lucas ? »

Je m'étais levé. « Merci, dis-je. Je vais bien.

— Cela se voit », dit Franz Dreyer et il éclata d'un rire sonore.

Ilse Dreyer regardait fixement Angela. Il y eut une pause. Les Dreyer ne paraissaient pas vouloir décamper.

« Puis-je vous présenter... » Je prononçai des noms, très indistinctement celui d'Angela.

« Comment ? s'enquit Ilse Dreyer. Je n'ai pas bien compris.

— Delpierre, madame, intervint aussitôt Angela. Je m'appelle Angela Delpierre.

— Enchantée, madame Delpierre. Vous êtes une amie de M. Lucas ?

Il ne nous a jamais parlé de vous ! » déclara Ilse avec un sourire quelque peu narquois. Son mari commençait à trouver la situation un peu gênante.

« Je t'en prie, Ilse, dit-il.

— N'est-ce pas curieux ? » lança Ilse en faisant mine de ne pas avoir entendu son mari. « Rencontrer M. Lucas à Eze. Alors que nous passons nos vacances à Juan-les-Pins. Le monde est petit, tout de même !

— Oui, n'est-ce pas ? dit Angela.

— Nous ne voulons surtout pas vous déranger davantage et je crois... », commença le mari.

Mais Ilse Dreyer ne l'entendit pas de cette oreille et poursuivit sur sa lancée.

« C'est que nous connaissons très bien M. Lucas. Mieux encore sa femme. Je suis très liée avec sa femme. Vous connaissez Mme Lucas ?

— Non, dit Angela. Je n'ai pas ce plaisir. »

J'en avais ma claque et je dis : « Nous ne voudrions surtout pas vous retenir. Ça m'a fait très plaisir de vous rencontrer.

— Vraiment ? s'enquit Ilse Dreyer.

— Vraiment, dis-je.

— Eh bien, dit Ilse Dreyer, dans ce cas, au plaisir de vous revoir. » Dreyer n'esquissa qu'une brève courbette. Il était tout rouge et traîna littéralement sa femme loin de notre table. Elle ne cessa de se retourner jusqu'à la sortie.

Je repris place à côté d'Angela.

« Est-ce que c'est grave ? demanda Angela. Je veux dire, par rapport à ta femme...

— Absolument pas, dis-je. Ma femme sait que j'aime quelqu'un à Cannes. Je suis même plutôt content que ces gens soient tombés sur nous. Que veux-tu qu'il arrive ? Tout au plus cela décidera-t-il Karin à accepter le divorce.

— Je l'espère, dit Angela. Mon Dieu, ce serait merveilleux ! J'ai si envie d'être ta femme, Robert !

— Et moi donc ! dis-je. Je ne souhaite rien d'autre.

— Mais si ça ne marche pas, tant pis, ajouta Angela. Nous pouvons vivre ensemble sans être mariés, après tout. »

39

« Gershwin. Tu veux bien ? »

J'acquiesçai. Angela sélectionna une dizaine de disques et les posa sur le changeur automatique. Le premier tomba sur le plateau. Les premières mesures du *concerto en fa* résonnèrent dans la pièce. Angela vint s'asseoir à côté de moi. En écoutant, il me vint à l'esprit une nécrologie lue dans le train. Un certain général A. D. qui était décédé à l'âge respectable de quatre-vingt-douze ans. Et dire que Gershwin avait été emporté à l'âge de trente-neuf ans ! Tumeur du cerveau. Mais il restait la musique pour nous consoler d'une mort si précoce... Le *concerto en fa* s'achevait. Le deuxième disque tomba sur le plateau. Des *songs* : *A foggy day in London town.*

40

Angela se leva. « Viens, dit-elle, dansons. » Nos corps se touchèrent d'abord timidement. Mais au bout d'un moment, nous dansions étroitement enlacés et c'était une sensation merveilleuse de tourner ainsi et de sentir Angela contre moi et ses bras sur mes épaules. *A foggy day in London town* fut suivi par *The man I love.*

« L'homme que j'aime, c'est toi », chuchota-t-elle à mon oreille.

Il y eut d'autres airs de Gershwin. Et d'autres disques qui se succédèrent sur le plateau de l'électrophone. Mais après *The man I love* je ne saurais dire lesquels...

41

... L'électrophone tournait toujours. Le dernier disque de la série passait pour la troisième fois quand je sortis du lit.

« Où vas-tu ?

— Je reviens tout de suite. »

Je filai à la salle de bains et tirai les boucles d'oreilles de la poche de ma veste. Puis je m'en retournai près du lit où Angela, souriante, était étendue. Je lui lançai un regard interrogateur. Elle hocha la tête. Je lui tendis les boucles et elle les fixa aux lobes de ses oreilles. Nous retournâmes ensemble à la salle de bains. Angela garda les boucles dans la baignoire. On aurait dit qu'elle portait une robe du soir en mousse blanche...

42

Un peu plus tard, nous buvions du champagne au salon et je lui racontai en détail les péripéties de mon voyage en Allemagne. De son côté, elle me brossa un tableau de la situation à Cannes. Le Tout-Cannes parlait à mi-voix de la mort de Hellmann et du meurtre de Kilwood. Toutes sortes de rumeurs circulaient à ce sujet. La ville était pleine de flicaille en civil et de hauts fonctionnaires de divers ministères. Mais dans les journaux, on ne disait rien. De toute évidence, on s'efforçait, en haut lieu, sinon d'étouffer l'affaire, du moins de la traiter avec le plus de discrétion possible. Les gens dont j'avais fait la connaissance chez les Trabaud étaient tous restés à Cannes. Les uns et les autres avaient eu, ensemble ou séparément, de fréquents rendez-vous avec Seeberg. Angela avait aussi pas mal travaillé en mon absence. Elle m'entraîna dans son atelier et me fit voir les portraits en cours.

Pourquoi faut-il que les mots viennent toujours troubler le miroir limpide de la vie ? Pourquoi avons-nous besoin de nous faire de grandes déclarations ? Pourquoi est-il si difficile de vivre à fond l'instant qui passe, de le goûter, de le savourer sans nous soucier davantage de quoi demain sera fait ? Au début de cette journée déjà, la pensée de la mort nous avait effleurés. Elle avait voulu s'attacher à nous mais nous l'avions éludée. De retour au salon, on s'installa de nouveau sur le divan. Angela me passa la main dans les cheveux et murmura : « Je t'aime. Et parce que je t'aime, j'ai peur que nous ne soyons séparés un jour.

— Qu'est-ce qui pourrait nous séparer ? demandai-je.

— Je ne vois qu'une chose, dit-elle à mi-voix. Une chose seulement.

— Je t'en prie, dis-je. Ne parlons plus de cela. »

Mais elle tenait à en parler.

« Si l'un de nous doit s'en aller, l'autre le suivra, n'est-ce pas, Robert ?

— Oui, Angela. »

Elle se leva et s'empara d'un livre posé sur une table basse. Je l'ai dit au début de ce récit, j'ai oublié le nom de l'auteur de ce recueil de poèmes. Un Américain, ça je le sais. Mais qui ?

« L'un de ces poèmes m'a vivement frappée », dit-elle. Elle mit ses lunettes, ouvrit le livre et lut : « Libre du désir de vivre, libre de toute peur, de tout espoir, rends grâce à ton Dieu, quel que soit son nom : Que toute vie trouve son terme et que la mort soit sans retour, et que le fleuve le plus las trouve le chemin de la mer. »

Elle enleva ses lunettes et posa le livre à côté d'elle.

« Et pourquoi justement ce poème ? demandai-je.

— Parce que je veux vivre, dit-elle. J'ai si envie de vivre ! Et c'est sans doute pour cette raison que je songe sans cesse à... à... Oui, j'aime beaucoup ce poème. Comment te dire, Robert ? Cette façon d'envisager la mort est si... si sereine. Et si Dieu existe, je veux t'aimer mieux encore... Après... »

Il était près d'une heure du matin. Dehors, la nuit était ponctuée de myriades de lumières. Les lumières de la ville. Et puis aussi, les lumières sur la mer. Tant de lumières.

43

Quand je me levai, Angela dormait encore profondément. Je m'habillai dans la salle de bains. J'inscrivis sur un papier ces mots : « Serai de retour à 10 heures. Je t'aime. Robert. » Je posai le papier sur la table de nuit, à côté du transistor puis j'allai au salon d'où j'appelai un taxi. Je me fis conduire au Majestic. Pas de nouvelles pour moi. Ni de Gustave ni de Lacrosse. Je me rasai, je pris un bain. On me servit le petit déjeuner dans ma chambre et je mangeai de bon appétit, ce qui ne m'était plus arrivé depuis des lustres. A neuf heures tapantes, je quittai l'hôtel et me fis conduire chez Van Cleef & Arpels. Quémard et l'un de ses employés m'attendaient. J'avais pris soin de téléphoner à Quémard pour lui demander s'il pouvait me recevoir bien que ce fût dimanche. Il avait accepté sans hésiter.

Ce qui restait du magot gagné au casino, je l'avais sur moi et je lui appris que je voulais acheter une alliance.

« Une alliance, monsieur Lucas ?

— Oui, une alliance. Cela vous étonne ?

— Non, dit-il. Enfin... Je... Vous savez, monsieur Lucas, en France, cela se fait beaucoup d'offrir une bague de fiançailles. Quand on en a les moyens naturellement. Les alliances sont en général beaucoup plus discrètes et...

— Mais c'est une alliance qu'il me faut !

— Bien, bien, monsieur Lucas. » Quémard sourit. L'employé apporta plusieurs tablettes garnies de velours bleu, avec les modèles d'alliances disponibles chez Van Cleef & Arpels.

« Quelle taille vous faut-il ?

— Celle-ci », dis-je. Et je tirai de ma poche une bague qu'Angela avait posée sur la table de nuit et que j'avais empochée avant de partir. Quémard mesura. Toutes les bagues étaient disponibles dans cette taille. Je choisis une alliance en platine ornée de fins diamants disposés en diagonale. Elle coûtait vingt mille francs.

Quémard appela un taxi et je me fis reconduire aussitôt à la résidence Cléopâtre. J'avais aussi pris soin d'emporter les clés de l'appartement au cas où Angela dormirait encore à mon retour. Mais elle était levée et buvait du café noir sur la terrasse.

« Robert ! » Elle sauta de son siège. « Mais où étais-tu ? J'étais si inquiète !

— Je t'ai laissé un mot.

— J'étais inquiète malgré tout. En me réveillant... Ne pas te sentir à côté de moi... Et puis, le mot, je ne l'ai pas trouvé tout de suite. Où étais-tu ?

— Ferme les yeux. »

Elle obéit.

Je sortis l'alliance de l'étui et la glissai à son doigt.

« Je peux regarder ?

— Oui. »

Elle ouvrit les yeux et vit la bague. Les pierres étincelaient de toutes les couleurs de l'arc-en-ciel.

Elle chuchota : « Robert... »

Je dis : « Oui, je sais, c'est de la folie. Je suis encore marié et déjà je t'offre une alliance. Et cependant, ce n'est pas de la folie. Car tu es ma femme. Tu es la femme que je veux épouser. Que je vais épouser bientôt.

— Je te remercie, Robert. Cette bague... c'est comme un gage, n'est-ce pas...

— Un gage, oui », dis-je.

Au même moment, le téléphone sonna au salon.

44

La tour était étroite et très haute et ressemblait à la partie verticale d'une grue gigantesque. A son sommet, tout autour d'une cabine minuscule, de gros projecteurs étaient fixés. Sans doute servaient-ils à l'éclairage nocturne de la gare de marchandises. Un policier installé dans la cabine braqua un court moment le canon de son pistolet-mitrailleur par une lucarne et tira une salve. Les balles brisèrent une fenêtre fermée, au premier étage d'une maison située juste en face de l'entrée de la gare, au débouché de l'avenue Pierre-Sémard. Une maison vétuste avec un crépi rose tout lézardé. Un seul étage, deux fenêtres donnant sur la gare.

Je vis bouger quelque chose derrière la fenêtre dont les vitres venaient de voler en éclats. Un instant plus tard, une salve fut tirée, en réponse à celle du policier en haut de la tour, mais de la fenêtre encore intacte. Cette dernière était ouverte, mais le tireur restait invisible. Il ne se contenta pas de viser le haut de la tour, il arrosa toute la surface de la gare, les voies et les wagons à l'arrêt. Des policiers armés de pistolets-mitrailleurs se tenaient à l'abri des wagons.

Tout le quartier était ceinturé par des forces de police. Derrière les barrages, les curieux se pressaient : pêcheurs, vieillards, enfants, femmes allant au marché ou en revenant. Pour franchir le barrage, je dus décliner mon identité et expliquer à un officier supérieur de police que Louis Lacrosse lui-même m'avait prié de venir sur les lieux. L'officier en question avait été informé par Lacrosse. Il étendit la main vers un wagon de marchandises : Lacrosse était là, je n'avais qu'à le rejoindre. Je zigzaguai à toute vitesse à travers le terrain découvert tandis que la police me couvrait en ouvrant le feu sur la maison au crépi rose. Je sautai par-dessus les voies, je me faufilai entre les wagons. Il y avait vraiment un nombre incroyable de policiers. Derrière les wagons, derrière les hangars, sur la tour et aussi, en face, plaqués contre la façade de la maison au crépi rose et probablement dans la maison même. Tous casqués et armés. L'avenue Pierre-Sémard relie en droite ligne l'avenue Francis-Tonner au boulevard du Midi, c'est-à-dire au bord de mer. Cette avenue ne compte que quelques rares et misérables maisonnettes, toutes bâties d'un côté de la voie. De l'autre côté, c'est la gare de marchandises, le lacis des rails, les wagons, les hangars, la tour. Un paysage plutôt déprimant.

J'atteignis enfin le wagon que l'officier m'avait indiqué. Louis Lacrosse était effectivement là, en civil comme d'habitude, mais le P M plaqué contre la hanche.

« Bonjour », dit-il. Sa voix et son attitude me surprirent. Ce n'était plus le timide Lacrosse que j'avais si fréquemment rencontré à son bureau. « Vous n'avez pas d'arme ?

— Non.

— Quels idiots ! Pourquoi ne vous en a-t-on pas donné une ? On n'est pas ici pour s'amuser. »

Tandis que nous parlions, on entendait des rafales de coups de feu, des bruits de verre cassé, des cris de femmes.

« Qu'est-ce qui se passe exactement ? demandai-je.

— Je vous avais dit au téléphone que nous ne savions pas encore lequel des Algériens habitant le quartier a eu partie liée dans l'affaire Hellmann. Aussi voulions-nous procéder avec prudence, de façon à ne pas chasser l'oiseau de son nid. Prudence ! Merde ! » Il cracha un jet de salive dans la poussière, entre les rails. Son costume était tout maculé. Mon pantalon ne valait guère mieux. Nous transpirions tous les deux. « Ce matin, à huit heures, des inspecteurs du commissariat central ont été envoyés à La Bocca, pour visiter les différentes personnes qui pouvaient être concernées. Les inspecteurs travaillaient par équipe de deux et étaient munis de mandats de perquisition. Les deux hommes qui se sont présentés chez l'Algérien qui habite au premier de la maison que vous voyez là sont tombés sur un os ! Saloperie de saloperie !

— Pourquoi ? Que s'est-il passé ?

— Ils ont sonné chez ce type — il s'appelle Argouad. Le type était là et il s'est mis à gueuler comme un putois quand nos hommes lui ont annoncé qu'ils étaient de la police.

— Gueulé ? Mais quoi donc ?

— Qu'il n'en croyait pas un mot ! Qu'ils n'étaient pas des flics ! Que lui, Argouad, n'était pas un enfant de chœur et que, puisqu'ils étaient venus pour le descendre, ils allaient voir de quel bois il se chauffait. Et sur ce, il a carrément tiré à travers la porte fermée, atteignant au ventre l'un de nos hommes. Maudit chien ! » Lacrosse cracha un autre jet de salive. Il avait dû voir quelque chose derrière la fenêtre de la maison au crépi rose car il souleva rapidement son P M et lâcha une brève rafale. « Raté, dit-il.

— Et votre collègue ?

— A l'hôpital. Opéré d'urgence.

— Il s'en tirera ?

— Je l'espère. L'opération n'est pas finie. Et voilà — vous savez maintenant pourquoi nous sommes ici. Il s'agit de déloger notre homme. Roussel est là également. Derrière le wagon frigorifique à votre gauche. Mais vous ne pouvez pas le voir d'ici. »

Je ne pouvais pas le voir mais un moment plus tard, je devais l'entendre. Car sa voix tonitruante retentit, amplifiée par un mégaphone : « Argouad ! Argouad ! Ecoutez bien ! La maison est cernée ! Vous n'avez aucune chance de vous en tirer ! Rendez-vous ! Vous avez déjà un homme sur la conscience ! N'aggravez pas votre cas ! Jetez votre arme par la fenêtre et sortez, les mains sur la tête ! »

En réponse à cette exhortation, une rafale fut tirée de la fenêtre. Le dénommé Argouad n'avait manifestement pas l'intention d'abandonner la lutte. Lacrosse avait un petit émetteur sur lui. Il porta le microphone à ses lèvres et appela l'homme en haut de la tour : « Letouche, est-ce que vous m'entendez ?

— Je vous entends.

— Lacrymogènes maintenant. Dans les fenêtres.

— Entendu. »

J'avais pris appui de la main sur un rail. Je dus la retirer brutalement tellement le rail était chaud. Nous étions littéralement dégoulinants de sueur, Lacrosse et moi. Trois coups sourds furent tirés à intervalles réguliers du haut de la tour. Presque simultanément, je vis une épaisse fumée blanche sortir des fenêtres derrière lesquelles Argouad était terré. Le silence se fit aussitôt, pesant, presque irréel. Il dura une minute. Il dura deux minutes. Puis une voix se fit entendre dans le poste de Lacrosse. « Il abandonne, commissaire. »

Voix de Roussel : « Soyez prudents ! Il me le faut vivant ! S'il tire, tirez. Mais ne me le tuez pas !

— Compris chef. » Quinze secondes de silence. « Il ouvre la porte. » Dix secondes de silence. « Il sort, les mains sur la tête. Nous le tenons, chef. Nous le tenons !

— Allons-y ! » s'exclama Lacrosse. Et déjà, il courait devant moi, bondissant à travers les rails, en direction de l'avenue Pierre-Sémard. Je courus, moi aussi. Je heurtai du pied une traverse et m'étalai de tout mon long. Je me relevai aussitôt, les mains en sang, et je repris la course folle. Nous eûmes beaucoup de mal à nous frayer un passage à travers la foule de badauds. Je songeai soudain à mon pied. Il ne me faisait pas mal du tout et cela me parut miraculeux. Nous franchîmes le barrage de police. Roussel arriva en même temps que nous près de l'entrée de la maison. Il me fit un signe de tête. Trois policiers casqués, pistolet-mitrailleur sous le bras, sortirent de la maison. Puis un homme au teint sombre, la chemise pendant par-dessus le pantalon, les menottes aux mains. Argouad : grand type maigre, visage émacié, grosse moustache. Il paraissait dans un état d'excitation extrême et les deux policiers qui l'encadraient le traînaient davantage qu'ils ne le conduisaient.

« Me descendre, voilà ce qu'ils veulent ! Ouais, ouais, me descendre ! Chiens puants ! » Des larmes coulaient de ses yeux rougis, il toussait et s'étranglait. Il avait dû respirer une bonne quantité de gaz. Les deux policiers le poussèrent dans un fourgon. Roussel s'élança derrière eux et s'engouffra dans la voiture à la suite d'Argouad. La sirène se mit en marche en même temps que le clignotant sur le toit. Un instant plus tard, le fourgon démarrait sur les chapeaux de roues.

« J'ai ma voiture en face, me dit Lacrosse. Venez. »

45

Deux heures après.

Nous nous trouvions dans un bureau du commissariat central. Roussel, Lacrosse, deux officiers de police, moi et Argouad. Argouad était installé sur une chaise au centre de la pièce et nous faisions cercle autour de lui. Un médecin lui avait fait une piqûre tranquillisante et donné des remèdes pour les yeux et la gorge. L'Algérien avait ensuite passé une heure à se reposer dans une cellule puis le médecin avait dit qu'il était en mesure de répondre à nos questions. Entre-temps, j'avais essayé de joindre Kessler au Carlton. Mais sans succès. Il n'y était pas et on ignorait où le joindre. J'avais donc laissé un message pour lui : qu'il veuille bien se mettre en rapport avec le commissaire Roussel dès son retour à l'hôtel.

Roussel, Lacrosse et les deux fonctionnaires de police procédèrent ensemble à l'interrogatoire d'Argouad. Ce dernier ne cessait de répéter qu'il avait tiré à travers la porte parce qu'il ne croyait pas que c'était la police qui se présentait à son domicile.

« Ce n'est tout de même pas une raison pour tirer ?

— Oh si !

— Comment ça ?

— Parce qu'ils n'auraient pas hésité à m'abattre, eux.

— Qui ça, eux ? »

Argouad tremblait comme une feuille. Et cependant, comme nous tous, il était en nage. Les larmes coulaient toujours de ses yeux rougis.

« Tu vas répondre, sapristi ! s'écria Roussel.

— Je... Je ne peux pas », gémit Argouad qui, ainsi que je l'avais appris au début de l'interrogatoire, s'appelait Youssouf de son prénom. Youssouf Argouad, trente-cinq ans, surveillant de dépôt, célibataire.

« Tu ne veux pas répondre ? fit Roussel menaçant.

— Non, non ! Je ne peux pas !

— Comment ça, tu ne peux pas ! » s'écria Lacrosse, visiblement hors de lui.

« Comprenez-moi, se lamenta Argouad. Ils vont me descendre. Ils me descendront si je parle ! Voilà des jours et des jours que je ne mange plus et que je ne dors plus ! Depuis que ce maudit yacht a sauté. Et surtout depuis que cet Américain a été tué. Ils m'ont bien dit que cet Américain avait parlé d'un Algérien de La Bocca avec qui tout aurait commencé.

— Qui est-ce qui t'a parlé de ça ?

— Je ne m'en souviens plus. Quelqu'un, dans un bistrot.

— Menteur !

— Non, non, croyez-moi ! Je ne mens pas ! Je ne m'en souviens vraiment plus.

— Bien sûr que tu t'en souviens. Mais tu refuses de parler, c'est ça, non ?

— Mais vous ne comprenez donc pas ! Des jours et des jours que je les attends. Je savais qu'ils devaient venir... Pour me descendre... Et ils viendront... Ils me descendront... C'est sûr... Ils ne peuvent pas faire autrement.

— Et pourquoi ne peuvent-ils pas faire autrement ? » demanda Lacrosse. Il avait empoigné Argouad par le menton et le regardait droit dans les yeux. « Pourquoi, Youssouf ? Pourquoi doivent-ils te descendre ? Tu vas parler, dis !

— Parce qu'ils ont peur maintenant. Ils ont peur que je parle. Et je n'aurais sûrement pas parlé si... Mais maintenant...

— Maintenant tu vas parler, dit Roussel. Parce qu'il ne te reste pas mieux à faire. Si l'homme sur lequel tu as tiré meurt, tu es cuit !

— Mais je ne voulais pas... gémit Argouad. Je ne savais pas que... Il ne faut pas qu'il meure ! Non, il ne faut pas...

— Parle au lieu de te lamenter. Tu ne fais qu'aggraver encore ton cas en ne parlant pas.

— Si je ne dis rien, on me donnera la peine maximum pour avoir blessé ce flic », dit Argouad soudain très calme. « Et si je parle, ils me descendront.

— Aussi longtemps que tu seras en prison, personne ne te descendra, dit Roussel.

— Oh si ! Ils le feront, j'en suis sûr ! Ils y arriveront ! Ils peuvent tout faire ! Ils ont des hommes partout !

— Raconte-nous ce que tu sais et je te promets qu'on veillera sur toi en prison, dit Roussel. Si tu ne parles pas, on te laisse tomber. Tant pis, s'il se trouve un de leurs hommes en taule pour te faire la peau. A toi de choisir. »

Youssouf Argouad hésitait.

« Alors ? »

L'Algérien frissonna. « D'accord, dit-il. Je vais parler. »

46

Un magnétophone tournait sur le bureau installé dans un angle de la pièce. Il enregistrait la confession d'Argouad interrompue par de fréquentes quintes de toux : « Et puis quelqu'un est venu me voir... N'avais jamais vu cette personne auparavant... Savait que je travaillais à la gare. Comme surveillant de dépôt. Savait aussi qu'il y avait un stock de dynamite dans un hangar : de l'explosif destiné à des travaux dans l'Esterel. M'a chargé de lui procurer de la dynamite. Je serais payé. Bien payé.

— Et tu as marché ? demanda Roussel.

— Je suis pauvre, monsieur le commissaire. J'en avais marre de travailler dans cette sale gare. Et on me proposait tellement d'argent !

— Combien ?

— Cent mille francs nouveaux. On m'a promis de me les remettre dès que j'aurais volé la dynamite. Et j'ai marché. Ce n'était pas facile. Parce que toutes les caisses étaient clouées et la marchandise répertoriée. Me suis fait aider par un collègue. Il a disparu tout de suite après et je ne sais pas où il est maintenant. Lui ai refilé vingt mille quand on a eu sorti la caisse.

— Bon. Tu as donc volé une caisse.

— Avec un collègue.

— Et tu as remis la marchandise à qui de droit.

— Oui.

— Quand ?

— Le 5 mai. Un vendredi. C'était mon jour de paie hebdomadaire, c'est pourquoi je m'en souviens si bien.

— Et quand est-ce qu'on est venu te voir pour te demander ce service ?

— Deux jours avant. Le 3 mai. Vous allez vraiment veiller sur moi en prison ?

— Si tu nous dis tout ce que tu sais, oui. Autrement, non.

— Mais je vous dis tout... Je vous dis tout...

— Pourquoi avait-on besoin de toute cette dynamite ?

— J'en sais rien.

— Allons, allons, Youssouf ! s'exclama le petit Lacrosse. Le yacht de Hellmann a explosé en pleine mer. Tu nous l'as dit toi-même. Et c'est ta dynamite qui a servi à le faire sauter !

— Non, non !

— Ne nie pas ! Tu sais très bien que c'était ta dynamite ! Une machine infernale bourrée de dynamite ! Tu n'aurais pas fourni également la machine infernale, des fois ?

— Non !

— En pièces détachées ?

— Non ! Non ! Uniquement la dynamite !

— Et le fric ?

— Je l'ai touché à la livraison.

— Bon. Dans ce cas, tu vas nous dire maintenant comment s'appelait le type qui t'a payé.

— J'en sais rien.

— Evidemment.

— Mais j'en sais rien, je vous jure ! »

Un téléphone sonna.

Lacrosse décrocha et déclina son nom. Il ne dit que : « Oui » et « Ah, bon ! », après quoi il raccrocha. Il avait l'air soulagé.

« L'hôpital, dit-il. L'opération a réussi. S'il n'y a pas de complications, notre homme devrait s'en tirer. »

Argouad tomba à genoux.

« Allah est grand ! s'écria-t-il. Merci, mon Dieu, merci...

— Oh, ça va ! s'exclama Lacrosse. Pas de cinéma, tu veux bien ?

— Il va s'en tirer, balbutia Argouad. Je ne suis pas un meurtrier... Pas un meurtrier...

— Je te dis d'arrêter ce cinéma ! gueula Lacrosse. Et tout de suite ! Alors tu ne sais pas comment s'appelait le type à qui tu as livré la marchandise et qui t'a payé ? »

Argouad secoua la tête.

« Bon. Dans ce cas, tu vas nous le décrire. Et avec précision si possible ! Alors, à quoi ressemblait-il, ce type ?

— Ce n'était pas un type, dit Argouad. C'était une femme.

— Une femme ?

— Ouais, ouais, une femme !

— Son nom ?

— Je vous l'ai déjà dit. J'en sais rien.

— Alors décris-la-nous ! Allons ! En avant !

— C'est difficile, dit Argouad. Je ne l'ai rencontrée que de nuit, vous savez ? Ce qui est sûr, c'est qu'elle n'était pas d'ici.

— Pas d'ici ? Qu'est-ce qui te fait dire ça ?

— Son accent. Je me suis dit aussitôt : c'te femme-là, c'est pas une Française.

— Pas une Française. Alors quoi ? Qu'est-ce que c'était que cet accent ?

— Italien, dit Argouad. J'ai des copains Italiens. Ils parlent exactement comme cette femme. Et... et... son allure... Elle était très grande et très forte... Beaucoup plus forte que moi... Je dis la vérité, vous savez ! Elle était grande et forte comme un homme — et avec ça...

— Et avec ça ? murmura Roussel.

— Je... je ne sais pas comment vous dire... C'est bizarre, n'est-ce pas... Elle me faisait penser à ma mère... Je ne lui ai parlé que deux fois. Mais chaque fois, elle m'a fait penser à ma mère...

— Pourquoi à ta mère ?

— Parce que... Je... Cette femme avait l'air d'une mère. Une mère pour tous... Il y avait quelque chose de maternel en elle, vous comprenez ? »

47

On traversa Cannes à toute allure, deux voitures de police, l'une derrière l'autre. La sirène hurlait. Les voitures se garaient pour nous laisser passer. Les feux rouges ne nous arrêtaient pas. J'étais assis à côté de Roussel. Lacrosse était installé à l'avant, près du chauffeur. Nous occupions la première voiture. La seconde était pleine d'agents. On atteignit Les Vallergues, la propriété des Hellmann. Le grand mur hérissé de pointes. Le grand portail par lequel on accédait au parc. Les deux voitures stoppèrent net. Crissements de pneus. Le portier sortit de sa maisonnette. Livrée blanche à boutons de cuivre. Le chauffeur de notre voiture klaxonna.

Le portier lui fit signe de descendre.

« Il ne laisse pas entrer les automobiles, dis-je.

— Je vois, je vois, grogna Lacrosse. Un moment. » Il descendit, fila au portail, exhiba sa carte et engueula le portier. L'effet ne se fit pas attendre et, tandis que Lacrosse remontait en voiture, le portier ouvrait tout grand le portail.

Un instant plus tard, nous avancions dans le parc, parmi les cèdres, les cyprès, les palmiers et les oliviers. Puis ce fut le tunnel de verdure. Là, les bancs de pierre et les statues brisées. La piscine sans eau. Les plates-bandes fleuries dans la montée menant à la villa.

On stoppa de nouveau sur l'aire couverte de gravier. On longea à grands pas la galerie bordée de colonnes jusqu'à l'escalier menant à la porte d'entrée. Cette dernière était fermée. Un gros anneau métallique était fixé dessus. Lacrosse empoigna l'anneau et le laissa tomber contre le panneau à plusieurs reprises. Au bout de quelques secondes, la porte fut ouverte par un domestique — en blanc comme le portier.

« Police ! fit Lacrosse.

— Le portier a appelé, balbutia le domestique. Qu'est-ce que... Qu'est-ce que cela signifie ? Madame est très malade et vous ne pouvez pas...

— Où est-elle ?

— Dans son lit. Dans sa chambre. Mais...

— Conduisez-nous !

— Mais je ne... C'est impossible... Je ne suis pas autorisé à...

— Je vous y autorise, dit Lacrosse. Allons ! En avant ! » Un instant plus tard, nous avions traversé le grand hall. On grimpa l'escalier sans s'arrêter devant les tableaux de maîtres. Toujours ce parfum de fleurs qui m'était monté à la tête lors de ma première visite. On longea la galerie du premier. Les vitrines contre le mur avec les sculptures en ivoire. Nombreuses portes. Monter deux marches, en descendre trois. Le domestique s'arrêta à la porte du salon que je connaissais déjà. Une petite bonne ouvrit la porte. Elle, je ne la connaissais pas.

« Ces messieurs... », commença le domestique qui nous conduisait. Mais Lacrosse ne le laissa pas continuer. Il le poussa de côté et entra dans le salon. « Où est Madame ? Dans sa chambre ? » Il marcha droit sur la porte de la chambre de Hilde, mais celle-ci s'ouvrit avant qu'il l'eût atteinte et il se retrouva nez à nez avec Hilde-Gros-Diams. Quelle vision ! Un véritable cauchemar éveillé ! Hilde Hellmann avait enfilé une robe de chambre avec des passements roses. La perruque posée de travers sur la tête. Le visage blanc et lisse. Cette fois, elle portait un collier de diamants et deux bagues, dont l'une portait un solitaire énorme. Comme sa perruque avait glissé vers l'avant, je distinguai, derrière ses oreilles, des taches jaunâtres et des plis de peau : chirurgie esthétique, me dis-je aussitôt. Les Gros-Diams nous toisa de ses yeux roses chargés de colère — la couleur des yeux était assortie à celle des ornements de sa robe de chambre.

« Mais c'est parfaitement inqualifiable ! glapit-elle. Qu'est-ce que c'est que cette façon d'entrer chez moi ! Inspecteur Lacrosse ! Je me charge de vous faire sonner les cloches. Aujourd'hui même. Et vous aussi, Lucas ! Je m'en vais téléphoner à Düsseldorf !

— Je croyais que vous m'aviez chargé de retrouver les meurtriers de votre frère ? dis-je.

— Oh ! Taisez-vous ! Espèce de... Espèce de... » Puis, se tournant vers Roussel :

« Quant à vous, monsieur, je vous ferai...

— Rien du tout, dit placidement Roussel. Cessez de crier de la sorte, madame. C'est une simple suggestion. Il paraît que vous n'êtes pas bien ?

— Cela se voit, il me semble ! » Hilde vacillait légèrement. Impossible de dire si elle se sentait vraiment mal ou si elle voulait simplement nous donner le change. « Je vais très mal. Très, très mal.

— Mais où est donc votre gouvernante ?

— Anna ?

— Oui, Anna. Où est-elle ?

— Je n'en sais rien.

— Vous n'en savez rien ?

— Eh non. Je me suis rendormie après le petit déjeuner. Et c'est vous qui m'avez réveillée en faisant tout ce tintamarre. J'ai vu Anna ce matin. Elle sera montée dans sa chambre. »

Lacrosse s'adressa à la bonne qui nous avait ouvert : « Où est la chambre de la gouvernante de Madame ?

— Au deuxième, monsieur...

— Conduisez-nous.

— Ah non ! s'écria Hilde. Vous ne ferez pas cela ! Et d'abord, avez-vous un mandat de perquisition ?

— Non, dit Lacrosse. Nous nous en passons. Allons, en avant ! »

La bonne était hésitante. Elle regarda Hilde, cherchant son approbation.

« Bon, dit cette dernière. Faites ce que l'on vous dit ! Mais je vous accompagne !

— Je croyais que vous alliez très, très mal, intervins-je.

— Vous savez quoi, monsieur Lucas ? (Sa voix avait brusquement pris une intonation sifflante, presque vulgaire). Occupez-vous donc de vos oignons, vous voulez ? Et maintenant, conduisez-moi. » Elle s'accrocha à mon bras. On sortit dans le couloir. On monta au second par un escalier de marbre. En haut, le couloir était plus étroit et les portes moins grandes.

« C'est ici », dit la bonne.

Roussel frappa.

« Madame Anna ! »

Pas de réponse.

« Madame Anna ! Ouvrez ! C'est la police ! »

Rien.

« Aurait-elle filé ? » soufflai-je à l'oreille de Lacrosse.

L'un des policiers qui nous avait accompagnés dans la maison s'approcha. Il tourna le bouton de la porte et poussa.

« Fermé, dit-il. Il se baissa et regarda par le trou de la serrure. Pas de clé à l'intérieur.

— Enfoncez-la ! dit Lacrosse.

— Mais c'est insensé ! glapit Hilde Hellmann.

— Oh vous, la paix ! » grinça Lacrosse. Décidément, le timide Lacrosse avait pris le mors aux dents, lui que j'avais vu si effrayé par le monde des riches et des puissants.

Le policier, une véritable armoire à glace, se jeta contre la porte, une fois, deux fois. Au troisième essai, la porte s'ouvrit à grand fracas et le colosse, emporté par son élan, se retrouva au milieu de la pièce. Nous le suivîmes.

C'était une grande chambre avec des meubles anciens et des fenêtres en arceaux. Hilde-Gros-Diams fit un pas en avant. Puis elle s'arrêta net, poussa un cri de terreur et s'effondra. Je me tenais derrière elle et réussis à la rattraper *in extremis*. Elle avait perdu connaissance. Ou alors, elle faisait semblant. Mais si tel était le cas, on pouvait dire qu'elle jouait drôlement bien la comédie. Elle pesait lourdement dans mes bras et je la déposai doucement sur le plancher.

« Malédiction », dit Lacrosse.

La gouvernante Anna, la mamma milanaise, cette grande et forte femme si maternelle d'aspect était étendue sur son lit. Elle portait sa tenue blanche, mais la tenue n'était plus blanche du tout et Anna avait perdu son allure maternelle. Elle était couchée sur le dos, la tête légèrement en biais, les yeux écarquillés, la bouche grande ouverte. Le haut de sa tenue blanche était tout maculé de sang. Une dague était enfoncée dans sa poitrine, côté cœur, jusqu'à la garde.

48

Une demi-heure plus tard, les experts de la commission criminelle étaient sur les lieux. Le docteur Vernon, médecin légiste, et Kessler arrivèrent presque en même temps. Kessler avait appelé le Carlton. Il s'était ensuite mis en rapport avec le commissariat central où on lui avait demandé de se rendre immédiatement à la villa Hellmann. L'as du service de Répressions des fraudes du ministère fédéral des Finances regarda la morte étendue sur son lit et frémit.

« Qui est-ce qui a bien pu faire cela ? »

Lacrosse qui l'avait brièvement mis au fait des événements de la journée répondit : « Quelqu'un qui avait intérêt à réduire cette dame au silence, sachant que l'Algérien nous avait mis sur sa piste.

— Mais comment le meurtrier pouvait-il savoir que l'Algérien avait parlé ?

— Question de logique, dis-je. Notre descente à La Bocca n'a pas été spécialement discrète. Il a pu en avoir vent. Il a même pu y assister. Et pendant que nous interrogions l'Algérien, il a eu largement le temps de commettre son forfait.

— L'Algérien, dit Kessler songeur. C'est tout de même bizarre. J'ai passé la matinée à jouer au golf avec Malcolm Thorwell. Nous avons parlé de Kilwood et de ses relations d'affaires. Et plus particulièrement de cette allusion faite par Kilwood à un Algérien de La Bocca avec qui tout aurait commencé. Pour Thorwell, il ne fait aucun doute que cet Algérien est un pur produit de l'imagination de Kilwood. Phantasme d'ivrogne, m'a-t-il dit. Et voilà que cet Algérien existe quand même. Et voilà qu'il apparaît clairement que cet ivrogne disait la vérité.

— Bien entendu, dit Lacrosse. Kilwood disait la vérité. Ou du moins, s'apprêtait-il à la dire. Et c'est pourquoi on l'a liquidé. Et c'est pourquoi aussi on vient d'éliminer la gouvernante. »

Les hommes de la commission criminelle faisaient leur travail. On s'affairait autour du corps. On photographiait. On répandait de la poudre de graphite sur les meubles. Quand le cadavre eut été photographié sous tous les angles, le docteur Vernon prit le relais. Il tourna autour, se pencha dessus, l'examina sous toutes les coutures sans desserrer les dents.

« Je ne voudrais surtout pas vous presser, docteur, dit Lacrosse. Mais auriez-vous déjà une notion de l'heure à laquelle cette dame est passée de vie à trépas ?

— Bien sûr que non », dit le docteur Vernon. Il gloussa et s'essuya le front du revers de sa manche.

« A peu près ?

— La raideur cadavérique se manifeste d'ores et déjà. Quelle heure est-il maintenant ? 16 h 30. Bon. Raideur cadavérique malgré la chaleur. Mais ne pas oublier qu'il y a l'air conditionné dans la maison. Bon, bon. Eh bien, mon petit, puisque c'est vous qui me le demandez et sans vouloir m'avancer : cette femme n'a pas été poignardée avant dix heures ni après midi.

— Entre dix heures et midi donc, dit Lacrosse songeur. Puis, se tournant vers Kessler : Vous voyez ! Cela colle parfaitement. »

Je dis : « Mais sa porte était fermée à clé. Et la clé, nous n'en avons pas trouvé trace.

— Le meurtrier l'aura emportée, dit Roussel. Ou la meurtrière. Car dans cette affaire, j'estime que l'on peut s'attendre à tout.

— Bien, dis-je. Mais comment le meurtrier a-t-il pu entrer dans la maison ? Dans cette maison, qui plus est ? Vous avez vu combien il est facile d'y pénétrer !

— Oui, dit Roussel. J'admets que cela pose un problème. Mais pourquoi ne pas le supposer résolu ? Le meurtrier pouvait se trouver dans la maison. Il se peut qu'il y ait sa place.

— Un domestique ? fit Kessler.

— Par exemple. Ou alors, Gros-Diams.

— Vous n'allez quand même pas... Je ne terminai pas ma phrase.

— Vous voyez, dit Lacrosse. Après tout, pourquoi pas ? C'est ce que vous vous êtes dit, vous aussi, n'est-ce pas ? Pourquoi pas elle ? Elle peut se déplacer, contrairement à ce que nous croyions. Et la dague est un objet qui fait partie de la maison. » Les experts de la commission criminelle avaient en effet découvert, accroché dans la cage d'escalier, le fourreau délicatement ouvragé de la dague ancienne qui avait servi à commettre le crime.

« Et les empreintes ? » demanda Roussel à l'un des agents de la commission.

Ce dernier haussa les épaules.

« Nombreuses empreintes de la morte. Et puis un tas d'autres empreintes. Il peut s'agir de celles de la bonne et de celles d'autres domestiques. Il nous faudra du temps pour examiner tout cela en détail.

— Saloperie, dit Lacrosse. Une autre affaire Kilwood si je comprends bien. »

Le domestique qui nous avait ouvert la porte entra dans la pièce.

« Veuillez m'excuser, messieurs. Madame se sent très mal. Elle me prie de vous demander si monsieur le médecin légiste pourrait se rendre auprès d'elle. Son médecin personnel doit venir mais il lui faudra au moins une demi-heure pour faire le trajet.

— Bien sûr, bien sûr », croassa Vernon. Il était visiblement aux anges. « Le bon docteur va venir sur-le-champ. Messieurs ! Un peu de patience, je serai de retour dans un moment. » Il se dirigea vers la porte.

« Et monsieur Lucas aurait-il l'amabilité de se rendre également auprès de Madame ? s'enquit le domestique.

— Moi ? » demandai-je, éberlué.

— Madame vous serait reconnaissante de bien vouloir accompagner le docteur », insista le domestique.

Nous descendîmes tous deux chez Hilde Hellmann. Elle était étendue dans son grand lit rococo. Elle avait l'air extrêmement nerveuse. Sa tête roulait sans cesse sur l'oreiller. Et ses doigts fourrageaient inlassablement dans la couverture piquée. De nouveau le parfum obsédant des fleurs me monta à la tête. Tandis que Vernon auscultait Hilde, je laissai errer mon regard, par les fentes de la jalousie baissée, sur les plates-bandes fleuries à l'entrée de la villa. Cela me fit songer à ma première visite. Après avoir quitté Hilde-Gros-Diams, Seeberg m'avait conduit jusqu'au perron. J'étais remonté dans la jeep à baldaquin. Le chauffeur avait démarré et, tandis que nous nous éloignions, je m'étais retourné et j'avais vu, pressés contre les carreaux de cette même fenêtre les visages de Hilde et d'Anna, sa gouvernante. Un rideau avait masqué la fenêtre quand elles s'étaient rendu compte que je les observais. J'avais lu — ou avais cru lire — une terrible angoisse dans ces deux visages de femmes. La peur. L'effroi. Mais si je n'avais pas rêvé, qu'est-ce qui pouvait bien inspirer cette peur à Hilde et à sa compagne ? Etait-ce déjà la peur d'une mort brutale ? Et la vie de Hilde était-elle en danger ? Elle l'était certainement si ces deux visages traduisaient une même peur... Mais cela, je n'en savais rien...

J'entendis parler Vernon.

« ... le choc, chère madame. Uniquement le choc. Mon estimé confrère vous a prescrit là d'excellents tranquillisants. Vous allez prendre dès maintenant deux de ces pilules en attendant son arrivée... »

Il soutint la tête de Hilde et porta le verre d'eau à ses lèvres après qu'elle eut enfourné les cachets. « Voilà, chère madame. Dans quelques minutes vous vous sentirez mieux.

— Pourquoi a-t-on assassiné Anna ? » murmura Hilde. Elle portait de nouveau une liseuse par-dessus sa chemise de nuit.

« Nous n'en savons encore rien. Avez-vous un soupçon ? » demanda Vernon.

Elle secoua la tête.

« Il faut que je remonte maintenant.

— Que monsieur Lucas reste. Juste un moment.

— Comme vous voudrez, mais ne parlez pas trop. » Vernon se dirigea vers la porte et me glissa au passage : « Cinq minutes. Pas plus. »

Dès que nous fûmes seuls, Hilde me fit signe de m'approcher du lit. Je m'exécutai et elle chuchota : « Deux millions.

— Comment ?

— En marks. Deux millions. » Elle saisit à deux doigts un bouton de ma chemise.

« Je paierai cash si vous les livrez tous au bourreau. »

Elle n'allait quand même pas remettre ça.

« Oui, madame Hellmann, dis-je.

— Vous voyez ! J'avais raison ! Ces gens-là ne reculent devant rien ! Mon frère, Kilwood, Anna. Et demain, moi ! J'ai peur, monsieur Lucas ! J'ai peur ! » Elle tira sur mon bouton de chemise. Je me dégageai à grand-peine.

« Je fais ce que je peux, dis-je. La police également.

— La police ! Elle ne peut rien ! Vous m'entendez, rien ! Vous, monsieur Lucas, vous êtes le seul qui puissiez faire quelque chose. Le seul ! Faites-le avant qu'il soit trop tard ! Je vous en prie ! Je vous en supplie ! Vous voulez l'argent tout de suite ? Un chèque ?

— Je reviendrai, dis-je. Je reviendrai très bientôt. Il me faut d'abord parler à votre fondé de pouvoir.

— Seeberg ?

— Oui. Où est-il ?

— Il est parti pour Francfort, ce matin, très tôt. On a besoin de lui à la banque. La police l'a autorisé à quitter Cannes. Il sera de retour dans quelques jours. Que lui voulez-vous ?

— Il me faut lui parler, c'est tout, dis-je.

— Bon, bon. Mais vous êtes de mon côté, n'est-ce pas ? Vous livrerez cette canaille au bourreau, hein ? Il faut les éliminer — tous, tous, tous !

— Mais oui, madame Hellmann », dis-je. Ce parfum de fleurs menaçait de me flanquer la nausée. Comment Hilde pouvait-elle tenir le coup dans cette atmosphère ?

49

Roussel et Lacrosse avaient pas mal de pain sur la planche. Le travail de routine consécutif à ce nouveau meurtre. Je pris donc congé d'eux en leur signalant que j'appellerai le commissariat toutes les trois heures. A Lacrosse, je glissai que l'on pouvait me joindre chez Mme Delpierre. Il se borna à acquiescer silencieusement. Une voiture de police me conduisit jusqu'au Majestic. Je rédigeai deux longs télégrammes en code à l'adresse de Gustave Brandenburg. Le premier pour l'informer du meurtre de la gouvernante Anna Galina, un second pour lui demander de contrôler si Seeberg était vraiment à Francfort, par quel vol il y était arrivé et quand il devait retourner à Cannes. Gustave ne cessait de prétendre que l'on pouvait soudoyer n'importe qui. Il n'avait qu'à le prouver maintenant !

Je me changeai dans ma chambre puis j'appelai Angela. Alphonsine Petit, la femme de ménage, me répondit.

« Madame est sortie il y a dix minutes. Elle attendait votre appel et m'a priée de vous demander de la rejoindre.

— Où cela ?

— A l'église. Elle m'a dit que vous sauriez de quelle église elle voulait parler.

— Merci », dis-je. Je raccrochai. Au même instant, une douleur fulgurante me transperça la poitrine du côté gauche. Je me pliai en deux. Mais la douleur était déjà passée. Comme un mauvais rêve.

Livre troisième

I

Gaston Tilmant dit : « Il y a un sens à toute chose. Le problème, c'est de le percer à jour. Et quand le sens se révèle difficile à reconnaître, quand il se dérobe à notre investigation, nous nous mettons en colère ou alors le découragement nous paralyse. Et c'est un peu ce qui vous arrive, messieurs. Comprenez-moi bien, je n'ai pas à vous juger ni à vous critiquer. Et tel n'est pas mon propos. Cependant, je ne suis pas ici pour vous tenir des discours réconfortants ou pour vous jeter de la poudre aux yeux. J'ai moi-même une mission à mener à bien. Et pour la mener à bien, il est certain que j'aurai à lutter et contre la colère et contre le découragement. Car ma mission aussi a un sens précis. Et si pour moi, de ce point de vue, il n'y a pas de problème — car ce sens, je le connais — il n'en est pas moins vrai qu'il me sera sans doute très difficile de me tenir à ce sens, de lui rester fidèle. Mais ceci, c'est mon affaire. Que vous dire ? Je vois cela comme les pages d'un livre. Le livre de la vie. Chaque page a deux faces. Nous noircissons la première de signes par lesquels nous exprimons nos vœux, nos espérances, nos desseins, nos convictions. L'autre face, c'est le destin qui la rédige. Le sens de toutes choses, c'est finalement lui qui en décide. Et si, à bref terme, nos actions ne paraissent pas toujours conformes au sens voulu par le destin, c'est quand même le destin qui a le dernier mot. Et le dernier mot, le sens ultime voulu par lui, c'est la préservation d'un équilibre que nous nommerons justice. A plus ou moins long terme, le sens devient clair et c'est la justice qui l'emporte. »

Gaston Tilmant passa sa main dans ses cheveux blonds. Le geste n'était pas sans gaucherie et dénotait une certaine timidité. Tilmant était grand et vigoureux, la cinquantaine bien conservée, vêtu avec une élégance discrète. Le visage rond, rose, une certaine bonté dans le regard, le nez chaussé de lunettes. Haut fonctionnaire du quai d'Orsay, en mission à Cannes. Chargé de nous instruire de la position du ministère des Affaires étrangères. Et de nous convier à agir en conséquence. Nous étions assis autour d'une grande table ronde dans la salle de réunion de la préfecture. Nous, c'est-à-dire, le préfet de police, Lacrosse, Roussel, une demi-douzaine de fonctionnaires de la préfecture, Kessler et moi. Gaston Tilmant s'éclaircit la voix et ajouta : « Oui, à plus ou moins long terme, c'est ma conviction. Le sens se dessine de plus en plus nettement et la justice finit par l'emporter. »

Le petit Louis Lacrosse déclara d'une voix où l'on décelait quelque amertume : « Elle finit par l'emporter, dites-vous ? C'est bel et bon ! Mais quand ? Quand l'emportera-t-elle, M. Tilmant ? Dans cent ans ? Dans mille ans ? A plus ou moins long terme, dites-vous ? Mais jusqu'à ce que ce terme soit atteint, dans l'énorme intervalle de temps qui nous en sépare, qu'est-ce qui l'emporte, M. Tilmant ? N'est-ce pas l'injustice ? Je hais l'injustice ! Je l'abhorre ! Et cependant, elle triomphe ! Ainsi dans cette affaire ! Jusqu'ici, l'injustice l'a emporté, et de loin. Des crimes ont été commis. Plusieurs crimes. Et nous devons nous attendre à en déplorer d'autres, je le crains. Que m'importe la justice, si je ne dois pas vivre assez vieux pour la voir triompher ? La justice, il me la faut tout de suite ! N'ai-je pas fait serment, en acceptant la fonction que j'occupe, de combattre le crime de toutes mes forces ? Dois-je maintenant laisser l'injustice s'étaler avec arrogance ? Oublier mon serment sous prétexte que quelques grands messieurs, à Paris et ailleurs, en ont décidé ainsi ? »

Gaston Tilmant répondit calmement : « Messieurs, je ne vous ai pas caché les sentiments qui furent les miens lorsque j'ai été chargé de cette mission. Et mon point de vue personnel, vous le connaissez. Je comprends très bien votre réaction, monsieur Lacrosse, mais je puis vous assurer d'une chose : ceux qui m'envoient n'agissent pas à la légère. »

Il était un peu plus de 10 heures. Le 9 juin 1972. Un vendredi.

Gaston Tilmant était arrivé à Cannes le matin même par un vol spécial d'Air France. Sa venue nous avait été annoncée la veille, de même que la présente réunion qui avait commencé à 9 h 30. Tilmant nous avait déjà bien pris en main et nous savions de quoi il retournait et quelle était exactement sa mission : toute l'affaire avait été soigneusement étudiée en très haut lieu et au niveau international ; on s'était consulté à plusieurs reprises et l'on était tombé d'accord : la lumière devait être faite sur les différents points noirs constituant pour l'instant ce qu'on appelait déjà l'affaire de Cannes : l'explosion du yacht de Hellmann et la mort des douze personnes qui se trouvaient à bord, et aussi les crimes commis après cette explosion et qui semblaient en découler. Mais il fallait surtout tenir l'opinion dans l'ignorance. De la discrétion ! Eviter le scandale ! Et traiter avec le plus de ménagements possibles le groupe de magnats proches de Hellmann et qui étaient en affaires avec sa banque. A les attaquer de front, on risquait de provoquer quelque court-circuit. Menacé dans son intégrité, l'un ou l'autre de ces personnages pouvait être poussé à une action désespérée. Que ne ferait-on pour retirer son épingle du jeu ? Considérant la puissance du trust, il fallait éviter à tout prix une telle action. Dans un cas comme celui-ci, un court-circuit pouvait avoir des répercussions dans le monde entier. Qu'ar-riverait-il si l'opinion était informée de l'ampleur formidable du trafic de devises auquel ce groupe se livrait ? De l'énormité des sommes librement manipulées avec la complicité de la banque Hellmann ? Quelle serait la réaction des autres banques, des autres spéculateurs, des autres sociétés multinationales, des places boursières ? Si la Kood s'effondrait, si le groupe se défaisait d'un coup, cela risquait de déclencher de funestes remous et même, un krach boursier n'était pas exclu. Dans ces conditions, ce qui était arrivé — et ce qui pouvait encore arriver — devait être traité et présenté à l'opinion comme une succession de faits accidentels, voire criminels sans rapport les uns avec les autres. Ainsi s'était-on entendu en haut lieu pour déléguer sur place un homme qui serait chargé d'informer la presse, c'est-à-dire, en l'occurrence, de faire en sorte que le voile reste jeté sur les multiples implications de l'affaire tout en satisfaisant la curiosité de tout le monde. Lâcher en somme assez de bribes de vérité pour empêcher la vérité d'éclater prématurément, et aussi éviter à tout prix que l'un ou l'autre de ces richis-simes personnages ne fût directement et publiquement mis en cause.

Mais comment, dans ces conditions, mener efficacement une enquête ? Cela, Gaston Tilmant n'en savait rien non plus. Il l'avait d'ailleurs admis implicitement : « Nous devons rechercher ensemble le meilleur moyen de nous tirer d'une sale affaire. »

Décidément, Gaston Tilmant avait été chargé d'une mission bien difficile. Et il ne nous facilitait pas la nôtre.

Non sans un certain cynisme, Roussel déclara : « Au fond, tout est très clair. On nous laisse carte blanche. Débrouillez-vous, messieurs ! Mais surtout ne marchez pas sur les pieds de ces milliardaires ! Attention, pieds sensibles ! Pas question surtout de faire à l'un ou l'autre de ces messieurs l'affront de lui demander d'où lui viennent ses milliards, par quels moyens ils furent acquis. Ce serait de l'indélicatesse, n'est-ce pas ?

— Ne dramatisons pas, monsieur Roussel », déclara Tilmant. De nouveau il se passa la main dans les cheveux. « Trouvez une preuve concrète à charge de l'un ou l'autre de ces messieurs... » Il ne termina pas sa phrase.

« Et alors ? lança impitoyablement Roussel.

— ... et nous trouverons bien un moyen de le mettre sur la sellette, dit Tilmant.

— Toujours en tenant l'opinion publique à l'écart, renchérit Roussel non sans ironie.

— Autant que possible, oui. » Gaston Tilmant rejeta la tête en arrière.

« Vous semblez oublier une chose, monsieur Tilmant », intervint brutalement Kessler qui, jusque-là, n'avait pas desserré les dents. « Une chose seulement, oui. » L'émissaire du service de Répression des fraudes du ministère fédéral des Finances usait d'un ton si agressif que tous les regards se braquèrent sur lui. « L'opinion publique, c'est aussi nous ! Comment ? Ne serait-il plus vrai d'un seul coup que tous les hommes sont égaux devant la loi ? Et que la justice démocratique consiste aussi, voire principalement à informer équitablement nos concitoyens ?

— Si, monsieur Kessler, cela reste vrai, dit Tilmant.

— Et Anna Galina, M. Tilmant ? Et le capitaine Laurent Viale ? (La voix de Kessler s'était faite pressante.) Comment leur rendra-t-on justice ? Comment pourrait-on leur rendre justice dans ces conditions ? Anna Galina a de la famille à Milan, Viale quitte une vieille mère dont il fut l'unique soutien. A elles aussi il va donc falloir leur raconter des sornettes ? Leur masquer la vérité ? Inventer à leur mort brutale des causes plus ou moins fictives ?

— Je vous l'ai dit, messieurs, on nous a mis dans une situation difficile et même pénible, déclara Gaston Tilmant sans se départir de son calme. D'un geste gauche, il rajusta ses lunettes. « Mais ceux qui m'ont confié cette mission délicate — sans ignorer les problèmes que vous vous posez — ont aussi leurs raisons. De bonnes raisons. Il vaut mieux, dans un cas pareil, dissimuler la vérité — au moins pendant un certain temps — à ceux qui méritent pourtant de la connaître, que de risquer de déclencher des mouvements de panique incontrôlables à l'échelle de la totalité des places boursières occidentales, avec les conséquences que cela entraîne forcément. (Tilmant se tourna vers Kessler.) Et je puis vous certifier, monsieur Kessler, que de votre côté l'on se range à cet avis. M. Friese me le confirmait encore tout à l'heure.

— Je le sais bien ! lâcha brutalement Kessler. Je l'ai eu au téléphone, moi aussi. Je n'en déclare pas moins que c'est scandaleux ! Et je ne vous prie pas de m'excuser. Je le dis comme je le pense : scandaleux ! Comment ! Et je vous prends à témoins, messieurs ! Nous sommes assis là, ensemble, tenant conseil, alors que tous nous savons exactement de quoi il retourne, quelle partie est en train de se jouer et quel en est l'enjeu ! Le pourquoi et le comment, tous ici nous les connaissons — ou du moins, nous les devinons ! Des gens perdent la vie brutalement — innocents, coupables ? Là n'est pas la question —, le fait est qu'on envoie des gens *ad patres* et que ce n'est sûrement pas fini ! Et pendant ce temps on nous demande, à nous qui sommes chargés de l'enquête, de vous rendre compte de tout et de ne rien entreprendre sans votre conseil ! On vous charge en somme de nous diriger dans la bonne voie ! Et c'est vous qui allez nous dire ce qu'il faut faire et comment le faire — et aussi, ce qu'il vaut mieux éviter de faire. » Je n'avais jamais vu Kessler dans cet état. Surprenant spectacle ! Il me toisa d'un air interrogateur. « Dites quelque chose, nom d'un chien, Lucas ! »

Je dis : « Je viens de recevoir un télégramme de Düsseldorf. La société que je représente se range à des raisons venues d'en haut. Dorénavant, c'est de vous que je reçois mes instructions, monsieur Tilmant.

— Mais la Global est une entreprise privée ! s'exclama Roussel. Comment l'État peut-il s'immiscer ainsi dans la conduite d'une entreprise privée ? Et de quel droit ?

— D'aucun droit ! Intervint rapidement Lacrosse. Mais il le fait quand même ! Il est intéressant de le constater ! Puis, s'adressant à moi : Mais vous, monsieur Lucas, vous êtes libre en principe de refuser de jouer ce jeu-là ! Pourquoi n'usez-vous pas de cette liberté ?

— Parce que je suis convaincu, comme M. Tilmant, que la justice l'emportera forcément en dernier ressort », dis-je un peu lourdement car je n'y croyais pas trop. Je n'y croyais même pas du tout. Mais si je ne m'étais pas docilement placé sous la tutelle de Tilmant, Gustave Brandenburg n'aurait sûrement pas tardé à me rappeler à Düsseldorf.

A ma surprise, le préfet de police dit : « Soyez remercié de ces fermes paroles, monsieur Lucas. Messieurs, vous recevrez dorénavant vos instructions de M. Tilmant.

— ... qui tâchera d'user le moins possible des pouvoirs dont il est investi », dit Tilmant à voix basse.

« Vous, messieurs, vous continuez à mener l'enquête, déclara le préfet. Mais n'oubliez pas que M. Tilmant est chargé de la coordination de tout cela. C'est donc à son conseil qu'il faudra vous référer.

— Bien, bien », dit Kessler. Mais dans ce cas, il y a une question qu'il me faut poser séance tenante à M. Tilmant. »

— Et quelle est cette question, monsieur ? s'enquit Tilmant.

— Elle a trait à la visite éclair de Hellmann en Corse. Nous savons qu'il y a rencontré des hommes d'affaires mais, dès que nous dirigeons nos efforts du côté d'Ajaccio, il semble que l'on ne néglige rien pour brouiller les pistes et freiner notre avance de ce côté-là. Monsieur Tilmant, qui étaient donc ces hommes d'affaires?

— Des industriels français, dit Tilmant à mi-voix.

— Quels industriels ? Peut-on savoir leur nom ? Et où les trouver ?

— Non. Malheureusement, je ne suis pas autorisé à vous révéler leur nom, dit Tilmant à voix très basse.

— Et pourquoi pas ? s'enquit Roussel interloqué.

— Que voulez-vous ? dit Tilmant d'un air malheureux. Ce sont des instructions ministérielles. J'exécute moi aussi des ordres. Mais je puis vous certifier que ces industriels n'ont rien à voir avec cette série de meurtres ni avec toute cette affaire.

— Mais il faut les protéger de toute éclaboussure ?

— Oui, monsieur, dit Tilmant.

— Dans l'intérêt du pays ?

— Dans l'intérêt de tout le monde, dit Tilmant. Il jeta un regard circulaire. Je regrette que notre collaboration s'engage aussi mal. Avez-vous d'autres questions ? »

Personne n'en avait. La réunion était terminée. On quitta la grande salle. Je me retrouvai par hasard à côté de Tilmant. Il se pencha vers moi et me glissa : « Je vous remercie, monsieur, d'autant plus que vous n'y croyez absolument pas, n'est-ce pas ?

— Mais de quoi voulez-vous parler ?

— De la justice. De la justice qui finit toujours par l'emporter. Vous n'y croyez pas ?

— Non, dis-je. Et vous ?

— Moi non plus », dit Gaston Tilmant. Et il me fit soudain l'effet d'un homme accablé.

2

« Regarde », me dit Angela en levant la main gauche où brillait son alliance. « Il n'y a rien à quoi j'attache plus de prix. »

Sa main gauche retomba sur le volant et elle leva la droite. « Et ça, Robert, qu'est-ce que tu en dis ? » Le dos de sa main droite était uniformément doré par le soleil. Il n'y avait plus trace de la tache pâle. Disparue comme par enchantement. « Le miracle, dit Angela. Cette tache, c'est toi qui l'a effacée, Robert. Le vrai miracle dans ma vie, c'est toi. »

Après avoir longé le bord de mer, nous arrivions à Juan-les-Pins où Angela avait rendez-vous pour un essayage. Juan-les-Pins : une fourmilière humaine, une foire d'empoigne, une atmosphère de kermesse assourdissante et bigarrée.

La veille au soir et le matin même, j'avais reçu plusieurs télégrammes de Gustave Brandenburg. Deux de ces télégrammes m'informaient des faits et gestes du fondé de pouvoir Seeberg. Ce dernier avait effectivement séjourné à Francfort et devait être de retour à Cannes dans la journée de demain. Un troisième télégramme faisait allusion à la mort de la gouvernante Anna Galina et à l'arrivée à Cannes de Gaston Tilmant. Gustave avait reçu, à ce sujet, des instructions précises de la direction de la Global : dorénavant, c'était Tilmant qui dirigeait les opérations et je ne devais rien faire sans lui en référer. Décidément, on était bien d'accord, en haut lieu, tant à Paris qu'à Bonn et ailleurs, pour étouffer l'affaire autant que faire se pouvait.

Bien, bien. Je m'étais donc tenu à carreau lors de la réunion matinale et j'avais même apporté un peu de mon eau au moulin de Gaston Tilmant. Maudits milliardaires...

« En hiver, Juan-les-Pins est sinistre, dit Angela. Et en été, c'est parfaitement insupportable, comme tu peux t'en apercevoir. Mais j'ai découvert cette boutique où je trouve toujours exactement ce qu'il me faut. C'est la seule raison pour laquelle je viens ici. »

Foule de piétons, foule de voitures, tintamarre de klaxons. Cela faisait un peu penser à Las Vegas, au quartier Saint-Pauli à Munich, ou alors à une petite ville du Far-West au temps de la ruée vers l'or. Angela réussit à garer la voiture sous les grands arbres, devant le Casino. Le magasin se trouvait juste à côté. Une enseigne plutôt discrète au-dessus de la porte d'entrée : Old England. Une boutique pas très grande mais où l'on avait visiblement le souci de la qualité et où l'on savait recevoir. Tandis qu'Angela était priée de monter à l'étage, on m'offrit un siège et, pour me faire prendre patience, on me servit un whisky. A peine avais-je eu le temps de goûter le breuvage qu'une jeune couturière se présenta en bas de l'escalier et dit : « Pourriez-vous monter, monsieur ? Madame voudrait avoir votre avis. » Je grimpai l'escalier en colimaçon et me retrouvai dans une pièce bourrée de vêtements et de tissus. Il y avait un peu de place libre au centre. J'y retrouvai Angela dans le plus simple appareil. Pour tout vêtement, elle ne portait qu'un slip. Sa peau soyeuse avait des reflets ambrés. Une couturière apportait justement l'une des robes retenues par Angela.

« J'ai commandé trois choses, dit-elle. Et je veux que tu les voies.

— Parfait », dis-je, légèrement gêné par la situation dans laquelle on me mettait : Angela toute nue parmi une assemblée de couturières, moi tout habillé, le verre de whisky à la main, dans un rôle d'arbitre des élégances qui, je dois le dire, ne me convenait guère. Mais personne, parmi ces dames, ne semblait trouver ma présence pesante et Angela elle-même paraissait très à l'aise. Je jetai un coup d'œil par la fenêtre à laquelle elle tournait le dos : je vis les grands arbres devant le casino et la voiture d'Angela garée dessous.

On passa à l'essayage. Il s'agissait d'une robe longue en mousseline verte à col boutonné et à manches bouffantes.

« Elle te plaît ? demanda Angela.

— Oui, beaucoup. Le vert te sied à ravir. » La couturière planta ses épingles à différents endroits de la robe. Il y avait encore plusieurs retouches à faire. Je bus une gorgée de whisky et regardai Angela.

De nouveau, elle se déshabilla et une certaine émotion me noua la gorge à ce spectacle. La deuxième robe était noire. Une robe en soie, qui lui arrivait à hauteur du genou. Le col était également boutonné mais le haut était transparent jusqu'à la naissance des seins.

Et soudain, alors que mon regard plongeait par la fenêtre, je vis un homme agenouillé près de la roue avant gauche de la Mercedes blanche garée devant le casino. Voilà qui était plutôt bizarre. Je m'approchai de la fenêtre et me penchai au-dehors. L'homme portait une tenue kaki. Il paraissait assez jeune mais je ne pus distinguer son visage. J'allais crier quelque chose lorsque, prenant appui sur la roue, le singulier personnage se releva et disparut sous les arbres.

« Qu'est-ce qu'il y a ? » demanda Angela qui tournait le dos à la fenêtre.

« Rien, rien », dis-je. Mais je restai à la fenêtre, tâchant de repérer le type dans la foule des piétons. Sans succès.

La troisième robe était également longue, en mousseline citron, avec un large décolleté et dans le bas des volants superposés s'évasant en forme de corolle. Je la trouvai magnifique et ne cachai pas mon sentiment.

« Mais la noire est la plus belle !

— Dans ce cas, je la mettrai pour notre anniversaire, dit Angela. Le 13 juin prochain. Je la réserve pour cette occasion. »

Elle retira la robe citron et remit la jupe et le chemisier en soie mauve qu'elle portait en arrivant.

Les robes neuves avaient toutes besoin d'être légèrement modifiées. Cela prendrait quelques jours. On les enverrait à Angela dès que ce serait prêt.

Nous sortîmes du magasin. Non loin du casino, juste à côté du *Voom-Voom*, la boîte la plus célèbre de Juan-les-Pins, on s'installa à la terrasse d'un café. Je commandai du champagne. Au moment où il arrivait, deux hommes-sandwichs s'arrêtèrent nez à nez devant notre table. Ils se serrèrent la main et se mirent à discuter.

L'un des hommes portait un panneau sur lequel on lisait :

CHAQUE MARDI GRANDE NOCTURNE À L'HIPPODROME DE CAGNES-SUR-MER

Sur l'autre panneau, on lisait ces mots :

PÉCHEURS, REPENTEZ-VOUS CAR LA FIN DU MONDE EST PROCHE !

3

La mer était agitée ce soir-là. Pourtant, il n'y avait pas de vent et il faisait très doux. Nous étions chez Tétou et nous mangions une bouillabaisse. « J'ai rudement faim », m'avait dit Angela lorsque nous avions quitté Juan-les-Pins.

« Si nous allions manger une bouillabaisse ?

— Riche idée ! Attends voir ! Une bouillabaisse... Il faudrait aller...

— ... Chez Tétou ! » avions-nous dit tous les deux en même temps. La bouillabaisse de Tétou : je m'étais souvenu de l'avis élogieux formulé par mon chauffeur-cicerone à mon arrivée dans le Midi.

Le restaurant est installé dans une baraque peinte plantée au bord de la mer, entre la route et la plage. L'établissement ne paye pas de mine mais la bouillabaisse y est réellement délicieuse. La salle était comble quand nous étions arrivés et il y faisait très chaud. Le soleil avait tapé toute la journée sur les cloisons de bois. Mais nous avions trouvé de la place sur une petite véranda attenant à la salle principale. Véranda vitrée donnant directement sur la mer, montée pour cette raison sur pilotis et où il faisait beaucoup plus frais.

L'une des fenêtres de la véranda était ouverte et l'on entendait la forte rumeur de la mer. Dehors la lune brillait dans un ciel sans nuage et ses reflets dansaient dans l'eau mouvementée.

La bouillabaisse se fit quelque peu attendre. Angela trompa sa faim en mangeant de la baguette. Je caressai sa main droite posée sur la table.

« C'est l'énigme de ma vie, dit Angela en considérant le dos de sa main. Je suis allée voir un médecin de mes amis pour lui montrer cela. Il a été fort surpris de la disparition de la tache et n'a pas pu me donner d'explication.

— L'explication ? dis-je. Il n'y a pas d'explication et cependant nous savons ce qu'il faut en penser, n'est-ce pas ?

— Oui », dit Angela. Elle me dévisagea et je vis danser dans ses yeux de petits points dorés.

Je baisai sa main.

Angela leva son verre.

« Le Chaïm », dit-elle.

— Le Chaïm », répétai-je.

La bière était si froide qu'elle nous faisait mal aux dents.

La bouillabaisse arriva enfin. La soupe claire, le plat de poissons et de fruits de mer. Le pain croustillant. Et une sauce spéciale, dite « la rouille », le truc le plus pimenté que j'aie jamais mangé. Angela dévora. Je dévorai. Non, mon chauffeur n'avait pas exagéré, la bouillabaisse de Tétou était vraiment de première classe. Je bus force bière pour effacer le feu de la rouille.

« Encore un peu de soupe ? Encore un peu de poisson ? » me demanda Angela quand j'eus vidé mon assiette.

« Oui », dis-je. Je la regardai remplir mon assiette.

« Et ton pied ? demanda-t-elle.

— Impeccable, dis-je. Je ne sens absolument rien. »

Effectivement, mon pied gauche se faisait complètement oublier ces derniers temps.

4

Il était neuf heures et demie quand on se mit en route pour Cannes. Il y avait encore pas mal de circulation à cette heure, sur la route du bord de mer. Plusieurs voitures nous croisèrent sans baisser les phares puis on se retrouva coincé derrière une Citroën qui roulait à très faible allure. Et pas moyen de dépasser. Il y avait constamment des voitures qui venaient en sens inverse.

« Ce type me rendra dingue, marmotta Angela. Sûrement quelque vieux pépé gâteux. Ou alors, un ivrogne qui se méfie de lui-même. Ah, voilà, je crois qu'on va y arriver. » Angela se déporta à gauche et accéléra, se préparant à dépasser. Nous étions arrivés à la hauteur de la DS quand cette dernière modifia brusquement son allure. Au même moment, une voiture arrivait en sens inverse.

« Zut », dit Angela en poussant sur le frein. Et c'est alors que se produisit l'accident. La Mercedes fut brutalement déportée à gauche, vers le bord de mer. Je ne dis pas un mot. Angela non plus. En un éclair, je la vis, lèvres serrées, agrippée au volant, cherchant à ramener la voiture sur la droite. Mais en vain. La Mercedes continua à filer vers la gauche. La voiture qui arrivait en face changea de côté, évitant la collision *in extremis*. Elle se retrouva nez à nez avec la DS qui changea également de côté au tout dernier moment. Les deux voitures se croisèrent, chacune roulant à gauche tandis que la Mercedes, poursuivant sa course folle — le frein ne semblait pas répondre du tout — passait sur le bas-côté dans un bruit de tôles froissées, retombait sur le sable de la plage et continuait sa course folle droit dans la mer. Angela coupa le contact. L'eau avait stoppé notre course. Cependant j'avais l'impression que nous glissions insensiblement vers le large, aspirés par le reflux. Les vagues très fortes recouvraient de temps en temps la voiture à moitié immergée.

« Sortir ! m'écriai-je. Il faut sortir !

— Je n'arrive pas à ouvrir la porte, dit Angela étrangement calme.

— La pression de l'eau est trop forte. »

Je m'arc-boutai contre la porte et poussai de toutes mes forces. Je sentis mon cœur cogner dans ma poitrine. Le battant s'entrouvrit. J'insistai et d'un seul coup la vague le rabattit vers l'avant et l'eau s'engouffra dans la voiture. J'empoignai Angela et la tirai de mon côté. Etait-ce l'émotion où le choc de l'eau ? Elle paraissait sans réaction. Je me retrouvai hors de la voiture ; l'eau n'était pas très profonde, normalement elle ne devait guère m'arriver que jusqu'à la ceinture. Mais la mer était très agitée et je fus plusieurs fois renversé par des vagues qui arrivaient sur moi à toute allure. Je bus une bonne quantité d'eau salée. Enfin, je réussis à reprendre pied. Mais où était donc Angela ? Là ! Couchée sur la banquette avant, sa tête pendant hors de la voiture, sans connaissance. Je la saisis sous les aisselles et tirai. Elle était lourde, trop lourde, et les vagues trop fortes. Sans cesse, elles roulaient sur moi et j'avais peine à conserver un relatif équilibre. Cependant, je parvins à maintenir sa tête hors de l'eau. Mais mes forces déclinaient et il était clair que je n'arriverais pas à la tirer de là. Deux voitures stoppèrent sur le bord de la route et je vis accourir deux hommes qui se frayèrent sans hésiter un chemin contre l'assaut des vagues. Ensemble, nous réussîmes à sortir Angela de la Mercedes et à la transporter sur la plage puis en haut du talus, sur le bord de la route. L'un des hommes dit : « Je file. Au premier bistrot que je croise, je téléphone à police-secours. » Il disparut sans me laisser le temps de le remercier. Le second sauveteur s'en alla quérir une couverture dans sa voiture et nous étendîmes Angela dessus. Cette dernière ne tarda pas à reprendre connaissance.

« Robert ! Elle me dévisagea d'un air consterné. Qu'est-ce qui s'est passé ? J'ai appuyé sur le frein et la voiture m'a complètement échappé. Je ne comprends pas ! C'est la première fois que... je... » Elle fondit en larmes.

« Calme-toi, Angela. C'est fini maintenant. Et nous sommes saufs. C'est l'essentiel, non ?

— Et si ça avait mal tourné ! Quand je pense que j'ai failli nous tuer tous les deux ! C'est épouvantable ! Je... » Elle tremblait maintenant. Je rabattis la couverture sur elle et lui caressai doucement la joue et le front.

« C'est fini, Angela. Voyons, chérie ! C'est fini ! » Plusieurs autos s'étaient arrêtées et nous étions déjà bien entourés de badauds. Dix minutes s'écoulèrent environ quand la police arriva sur les lieux. Trois agents en uniforme sautèrent de voiture.

« Comment est-ce arrivé ? » me demanda l'un des agents pendant que les deux autres invitaient les gens à poursuivre leur route. Je lui fis un récit détaillé de l'accident.

« Trop bu ?

— Absolument pas. »

Il s'en alla quérir un tube de verre fixé à un sachet en plastique et me le présenta. « Voulez-vous souffler là-dedans ou bien devons-nous faire une prise de sang ?

— Je veux bien souffler dedans, dis-je. Mais ce n'est pas moi qui conduisais.

— Madame était au volant ?

— Oui », dit Angela.

Il nous fit souffler tous les deux dans le sachet et tint ensuite les tubes de verre pleins de petits cristaux sous le faisceau d'une lampe électrique.

« Légère coloration verte dans les deux cas, commenta-t-il.

— Nous avons bu chacun deux bières à dîner, déclarai-je.

— Je ne prétends pas que vous étiez ivres, protesta-t-il.

— Mais comment cela a-t-il pu arriver ? Un incident mécanique, peut-être ?

— Le type ! m'exclamai-je.

— Quel type ? De quoi voulez-vous parler ? »

Je m'étais subitement rappelé l'homme que j'avais aperçu agenouillé près de la roue gauche de la Mercedes pendant que nous étions chez Old England. Je racontai cette histoire à l'agent. Ses deux collègues nous rejoignirent sur ces entrefaites.

« Peut-être que ce type nous a suivis et qu'il a trafiqué la voiture pendant que nous dînions ? » suggérai-je. L'eau dégoulinait de mon pantalon.

« Et pourquoi aurait-il fait cela ? demanda l'un des agents.

— Ecoutez, dis-je. Mon nom est Robert Lucas.

— Et alors ?

— Pourriez-vous avertir immédiatement le commissaire Roussel de ce qui nous est arrivé ?

— Roussel ? Ne me dites pas que vous vous occupez de cette affaire qui...

— Si. Précisément.

— Nom d'un chien ! » L'un des agents rejoignit la voiture-patrouille au pas de course et passa un bref moment à parler dans le micro. Quand il revint, il dit : « Le commissaire est averti. Il ne va pas tarder. J'ai demandé aussi une dépanneuse. »

Quelques minutes plus tard, la voiture de dépannage arrivait sur les lieux. Les deux hommes qui se trouvaient à bord fixèrent un câble à l'axe arrière de la Mercedes qui fut halée ainsi sur la plage puis jusqu'en haut du talus, sur le bord de la route. Là, ils s'employèrent aussitôt à examiner le véhicule accidenté. Au même moment, une 504 noire arrivait à fond de train et se rangeait sur le bas-côté, à notre hauteur. C'était Roussel accompagné de Lacrosse et de Tilmant, l'émissaire du ministère des Affaires étrangères.

Je présentai Angela à Tilmant et à Roussel.

« J'étais justement avec Roussel quand la nouvelle est arrivée, dit Lacrosse. Nous avons prévenu M. Tilmant à son hôtel et il a absolument voulu nous accompagner.

— Je parierais que la voiture a été sabotée », dis-je. Et je racontai encore une fois ma petite histoire.

L'un des hommes de la voiture de dépannage s'approcha de nous. « Ça y est, dit-il. On a trouvé.

— Quoi ? s'enquit Roussel.

— Le tube de freinage de la roue avant gauche.

— Qu'est-ce qu'il a ? demanda Roussel.

— Sectionné. Sans doute avec des tenailles. Très facile à faire. Et très efficace ! dit l'homme. Une fois coupé, l'huile ne s'égoutte que très lentement pour autant qu'on ne se sert pas ou peu du frein. Mais, dès qu'on appuie dessus pour de bon, toute l'huile fiche le camp, le système de freinage n'est plus graissé. Ça se bloque d'un seul coup et la voiture s'en va dans le décor. »

Lacrosse et Roussel s'approchèrent de la Mercedes pour constater le fait. Je les accompagnai. Puis nous revînmes auprès d'Angela et de Gaston Tilmant. « Très bien, dit Lacrosse sur un ton amer. Tentative de meurtre. Enfin quelque chose de nouveau. »

La physionomie de Gaston Tilmant se rembrunit.

« Tentative de meurtre... Angela me regarda. Mais pourquoi, Robert ? Qu'avons-nous fait ?

— Toi, rien, dis-je. Mais moi, beaucoup trop.

— Et surtout, pas un mot à la presse, n'est-ce pas ? » lança Lacrosse, sarcastique, à l'adresse de Gaston Tilmant. « Accident banal. Causé par une défaillance mécanique. Trois lignes dans *Nice-Matin,* pas plus.

— Non, pas plus, dit Gaston Tilmant. D'ailleurs cela ne ferait que rendre plus périlleuse encore la situation de M. Lucas.

— Oh, ça va, ça va ! explosa Lacrosse. Pas de bonnes paroles, voulez-vous ? Nous sommes bien placés pour savoir de quoi il retourne. Il s'agit de minimiser l'affaire, si possible de la passer sous silence, un point c'est tout. Fort bien, monsieur Tilmant ! A vos ordres, monsieur Tilmant ! Si vous estimez que vous pouvez prendre sur vous la responsabilité de...

— Calme-toi, Louis, intervint Roussel. Je ne pense pas que M. Tilmant agisse ainsi de gaieté de cœur.

— Je ne comprends rien à tout cela, dit Angela. « Voudriez-vous m'éclairer, monsieur Tilmant ?

— M. Lucas le fera aussi bien que moi, madame, dit Tilmant. Il sait que je ne puis agir autrement. La voiture de dépannage va ramener votre véhicule à l'agence Mercedes de Cannes. Elle y sera remise en état, à nos frais. Mais vous, madame, êtes-vous certaine de n'être pas blessée ?

— Certaine, oui. Je suis gelée, c'est tout.

— La voiture-patrouille va vous reconduire chez vous. Je vous demande instamment de garder le silence, madame. Et je demande la même chose à tous ceux qui sont ici présents. N'est-ce pas, messieurs ? »

Personne ne dit rien.

« J'ai dit, n'est-ce pas, messieurs ? » répéta Tilmant.

Tout le monde hocha la tête en signe d'acquiescement.

5

Sous le soleil, la piscine vide brillait d'un éclat insoutenable. Comme moi, Paul Seeberg était en manches de chemise. Nous déambulions, côte à côte, sous le toit verdoyant des cèdres et des palmiers. De temps en temps, quand le rideau de verdure n'était pas trop dense, je pouvais voir les plates-bandes de fleurs en bordure de l'allée qui grimpait jusqu'à la villa Hellmann. Et la piscine vide, naturellement. Les dalles de marbre lézardées par endroits, jonchées de branches mortes. Il était environ 13 heures et tout était parfaitement silencieux dans le parc.

Dès son retour, j'avais appelé Seeberg pour lui demander de me recevoir. Contrairement à mon attente, Seeberg ne s'était absolument pas fait tirer l'oreille. Il m'avait même proposé de venir le voir tout de suite. Et c'est ainsi que je m'étais fait conduire à la villa Hellmann séance tenante.

Je lui rapportai les déclarations que m'avait faites à Francfort, soi-disant avec l'autorisation expresse du fondé de pouvoir, le sieur Fred Molitor, gardien de nuit municipal affecté à la surveillance de la banque Hellmann depuis bon nombre d'années. J'omis de lui parler de ma tournée des banquiers et évitai soigneusement de faire aucune allusion qui lui permettrait de penser que j'étais au courant de la réunion qui s'était tenue au Frankfurter Hof, et au sortir de laquelle Hellmann s'était précipité en droite ligne au siège de sa banque. Et ce, en pleine nuit.

Seeberg hocha la tête.

« Tout cela est exact. Parfaitement exact. Molitor m'a appelé pour me raconter cette histoire et je lui ai recommandé de vous en parler. Je me suis dit que cela pourrait vous aider. Me suis-je trompé ?

— Certes non. Et je vous remercie de cette bonne pensée. Encore que pour le moment, je nage lamentablement. Et c'est d'ailleurs pour cette raison que je voulais vous voir. Peut-être pourriez-vous éclairer quelque peu ma lanterne ?

— Je ferai de mon mieux, monsieur Lucas. » Il sentait le « Grès pour homme » et avait l'air parfaitement frais et reposé. Le travail à Francfort, le voyage, le changement de climat ne paraissaient pas l'avoir affecté le moins du monde. « Inutile de vous dire que l'histoire de Molitor m'a flanqué un coup.

— Oui, je l'imagine aisément. Vous avez dû avoir un choc en apprenant que votre patron était allé fouiller dans vos papiers comme s'il vous soupçonnait d'avoir commis je ne sais quel coup pendable. »

Je dis cela pour le provoquer et il réagit assez vivement.

« Coup pendable ? Comment cela ? Non, non, je ne vois pas les choses de cette façon.

— Et pourtant...

— Non, non ! Laissez-moi finir ! Je devine ce que vous pensez. Mais vous faites fausse route, monsieur Lucas ! Ce n'est pas cela du tout ! Car M. Hellmann n'avait aucune raison de fouiller dans mes papiers — à la recherche de je ne sais quel document, soustrait par moi à son attention ou signé par moi à son insu.

— C'est une affirmation péremptoire, M. Seeberg. Mais vous pouvez vous tromper, n'est-ce pas ?

— Absolument pas. Je veux dire, pas sur ce point. Et l'on voit bien que vous ignorez tout du fonctionnement et de l'organisation interne d'une banque. Et de la banque Hellmann en particulier. Rien ne pouvait se faire sans que M. Hellmann en fût automatiquement informé. Et il ne pouvait donc penser ou espérer découvrir chez moi quelque chose d'inédit ou de sensationnel. » Seeberg s'arrêta devant une tête sculptée représentant le dieu Janus. La tête du dieu à double face était plantée au sommet d'une colonne. Il la considéra d'un air songeur.

« Pouvait-il craindre de ne pas trouver chez vous quelque chose qui aurait dû s'y trouver ? demandai-je. Ou, pour le formuler plus clairement, pouvait-il redouter la disparition de quelque document important ?

— Une face tournée vers le passé, l'autre tendue vers l'avenir », marmotta Seeberg toujours perdu dans la contemplation du dieu Janus. « Comme moi. Mais à la différence près que, moi, je ne sais pas si ce que je vois est réalité ou si ce n'est qu'illusion des sens. » Il y eut un silence. Puis, comme s'il avait soudain pris conscience de la question que je venais de formuler : « Oui, sans aucun doute ! M. Hellmann aurait pu redouter quelque chose dans ce genre. Mais supposons un instant que j'aie effectivement fait disparaître quelque important document. De quel genre de document pouvait-il s'agir ? Tous les documents afférents aux transactions réalisées par une banque sont établis au moins en deux exemplaires. Et un exemplaire va toujours au client, qu'il s'agisse d'un particulier ou d'un organisme bancaire, avec lequel l'affaire a été traitée ou pour le compte duquel la transaction a été réalisée. Or, quel intérêt peut-il y avoir à faire disparaître un document si votre partenaire en possède le double ?

— Oui, c'est une bonne question, dis-je. Et de toute façon — pour continuer à vous faire jouer, pour les besoins de cet échange de vue, le rôle du traître — si vous aviez effectivement subtilisé quelque pièce ou document, il est probable que vous ne l'auriez pas dissimulé dans votre propre bureau, au siège même de la banque. Et de même, vous n'auriez sûrement pas dissimulé là des documents témoignant de transactions menées par vous contre l'avis ou à l'insu de votre patron. A supposer même qu'une telle chose fût possible.

— Juste, dit Seeberg. J'aurais trouvé un endroit plus sûr. Et je n'aurais en tout cas pas laissé traîner des pièces à conviction de cette nature en mon absence.

— Mais pourquoi l'histoire de Fred Molitor vous a-t-elle flanqué un coup comme vous dites ?

— Mon Dieu », dit-il en s'asseyant sur un banc de pierre, juste sous la tête du dieu Janus. « Quelle drôle de question ! Jusqu'au moment où ce Molitor m'a appelé, je croyais dur comme fer à un meurtre ou à un accident. De même d'ailleurs que Mme Hellmann.

— Elle croit toujours au meurtre, non ? »

Seeberg ne répondit pas à cette question. Il parlait vite maintenant, pressé par le sujet : « Après l'appel de Molitor, il était clair pour moi que M. Hellmann avait fouillé mon bureau pour faire disparaître certains papiers qui devenaient brusquement compromettants.

— Mais ne venez-vous pas de me dire que, puisqu'il y a toujours des copies...

— Certes, certes, monsieur Lucas. Mais M. Hellmann essayait peut-être d'entrer en possession de toutes les copies existantes afin d'effacer toute trace du ou des faits devenus compromettants. Et peut-être justement n'y est-il pas arrivé et cet échec explique-t-il le drame.

— Vous ne croyez donc plus ni à l'accident ni au meurtre, si je vous comprends bien.

— Vous me comprenez bien, monsieur Lucas.

— Et à quoi croyez-vous dans ce cas ? Allons, dites-le clairement !

— Au suicide. M. Hellmann s'est suicidé pour échapper à une situation sans issue. »

6

Des oiseaux gazouillaient dans les branches, l'air était bruissant d'insectes. Seeberg dit : « Je n'ai rien dit à Mme Hellmann. Dans l'état où elle est, mieux vaut lui éviter de nouvelles émotions. Mais à vous, je puis révéler les faits que j'ai découverts à Francfort avec l'aide de M. Grosser, notre expert-comptable. J'ai passé des nuits blanches avec lui à éplucher certains documents. La vérité n'est pas rose. Je vous la dis quand même. En mon absence, M. Hellmann et John Kilwood ont procédé à des achats massifs de livres sterling peu avant la dévaluation de la monnaie anglaise. M. Hellmann a également accordé des crédits en livres. L'ensemble de ces opérations portant sur une somme de cinq cents millions de marks.

— Heureux de vous l'entendre dire, déclarai-je. Car ces faits étaient connus de l'expert Kessler.

— Et vous étiez au courant ?

— Parfaitement.

— Et vous saviez aussi que M. Hellmann agissait pour le compte de John Kilwood ? »

J'acquiesçai silencieusement.

« Dans ce cas, vous devez savoir que M. Hellmann a omis de revendre aussitôt les livres à la Bundesbank et que, du fait même de cette omission absolument incroyable, s'ajoutant aux crédits accordés si mal à propos, la banque Hellmann s'est retrouvée avec un déficit net de quarante millions ?

— Oui, cela aussi, je le sais », dis-je. Et je songeai : Et toi, mon coco, tu sais que je le sais, sinon pourquoi me mettrais-tu dans la confidence ?

« La banque ne s'effondrera pas pour cela, ajouta Seeberg. J'ai pris toutes les dispositions voulues pour éviter la catastrophe. Mais pourquoi ces livres sterling sont-elles restées chez nous ? Et pourquoi avons-nous accordé ces crédits ?

— Ce n'est pas à moi qu'il faut poser cette question, monsieur Seeberg.

— Vous vous dites que je suis bien placé pour connaître la réponse, n'est-ce pas ? Mais vous faites erreur ! Je ne la connais pas, monsieur Lucas ! Et je ne comprends rien aux motifs qui ont pu pousser M. Hellmann à agir de la sorte. Ni moi ni aucun de ceux qui sont initiés, en principe, à cette sorte d'affaires.

— Initiés ? Je suppose que vous voulez parler de gens comme votre expert-comptable ou comme Sargantana, Fabiani, Thorwell et Tenedos, n'est-ce pas ? Parlons net, monsieur Seeberg : Je sais que ces messieurs ont créé, avec Kilwood, une société multinationale appelée la Kood. Je sais aussi que la Kood s'occupe plus spécialement d'électronique et que vous représentez l'établissement bancaire attitré de cette société.

— Dont John Kilwood était le fondé de pouvoir plénipotentiaire, ajouta Seeberg.

— Vraiment ? » dis-je en considérant la tête du dieu Janus. J'aurais bien voulu, moi aussi, à l'instar du dieu antique à double face, lire clairement dans le passé et dans l'avenir.

« Vous voyez que je ne vous cache rien, ajouta Seeberg. Et je ne vous cacherai pas non plus que ce n'était pas la première fois que la banque Hellmann procédait, pour le compte de la Kood, à des acquisitions massives d'une monnaie en passe d'être dévaluée. Sauf que M. Hellmann n'a jamais omis de s'en débarrasser en temps opportun.

— Je puis imaginer cela, dis-je. Mais pour en revenir à Kilwood, on peut se demander ce qui a bien pu le pousser à se déclarer coupable de la mort de Hellmann. Et aussi, qui avait intérêt à le supprimer pour ne pas être compromis par les aveux qu'il allait faire — car c'est de cela qu'il s'agit, n'est-ce pas ?

— Vous m'en demandez trop, monsieur Lucas. Si j'avais la moindre idée là-dessus, je m'en ouvrirais volontiers à vous. De même que je m'en ouvrirais volontiers à M. Tilmant qui doit venir me voir cet après-midi. Hélas, ce sont des points parfaitement obscurs pour moi. Et je puis vous assurer que, de moi, M. Tilmant n'en apprendra pas plus que vous n'en avez appris vous-même. Car je n'en sais pas plus. »

7

Vers six heures du soir, après avoir rapporté à Lacrosse mon entrevue avec Paul Seeberg, je me fis conduire chez Angela en taxi. Je l'avais appelée au téléphone avant de me rendre chez elle, mais en vain. Chose surprenante car elle m'avait dit qu'elle ne sortirait pas de l'après-midi. Aussi ne fut-ce pas sans appréhension que je sonnai à sa porte. Qu'avait-il bien pu se passer ? Pourquoi n'avait-elle pas répondu ? Ou bien était-elle uniquement sortie un court moment pour faire des courses ? Mon appréhension ne fit que croître quand elle m'eut ouvert. Elle me salua amicalement et pourtant il y avait en elle une inexplicable froideur. Je l'embrassai mais mon baiser rencontra sa joue car elle détourna vivement la tête au moment même où mes lèvres allaient rencontrer les siennes. Elle me précéda sur la terrasse et s'installa dans la balancelle.

Je me postai en face d'elle et la regardai. Elle alluma une cigarette et je remarquai que ses mains tremblaient légèrement.

« Que se passe-t-il, Angela ?

— J'ai eu de la visite, dit-elle. Il y a une heure à peine.

— Qui ?

— Mme Ilse Dreyer.

— *Qui ça ?*

— Tu as très bien compris. L'amie de ta femme, que nous avons rencontrée à la Chèvre d'or l'autre jour. Elle est venue de Juan-les-Pins en taxi. Elle a trouvé mon adresse dans l'annuaire. »

Je voulus la prendre par les épaules mais elle se dégagea.

« Je n'y comprends rien, Angela ! Que venait faire ici cette femme ?

— Cette femme ? dit Angela d'une voix faible. Après nous avoir rencontrés à Eze, elle a aussitôt appelé ton épouse pour la mettre au courant.

— Voilà qui ne m'étonne pas du tout, dis-je. Mais cela nous laisse parfaitement indifférents, toi comme moi, non ?

— Oui ? interrogea Angela. Est-ce que cela te laisse vraiment indifférent, Robert ?

— Voyons Angela ! Explique-toi clairement ! A quoi veux-tu en venir ? Que s'est-il passé ?

— Ta femme a raconté certaines choses à ton amie au téléphone. Je veux dire : à ton sujet. A votre sujet. Et puis, elle lui a envoyé une lettre un peu plus explicite. La lettre est arrivée ce matin. Mme Dreyer a tenu à ce que j'en prenne connaissance. Par sympathie pour moi, a-t-elle déclaré. » Angela fourragea dans une poche et en retira une enveloppe. « Tiens lis ceci », dit-elle d'une voix blanche.

Je sortis de l'enveloppe plusieurs feuillets couverts de l'écriture appliquée de Karin et me mis à lire.

« Ma chère Ilse,

« Ainsi que je te l'ai dit, et contrairement à ce que vous avez pu croire, ton mari et toi, nous formons un couple très uni, Robert et moi. Je suis nécessaire à Robert comme il m'est nécessaire. Mais il y a déjà dix ans que nous sommes mariés et si accoutumés l'un à l'autre sur le plan de l'amour physique que nous sommes tombés d'accord pour nous octroyer mutuellement une grande liberté de mouvement et d'initiative. Je comprendrais évidemment très bien que tu trouves cela immoral mais il fallait, au nom de notre amitié, que je te dise la vérité. Les expériences amoureuses que nous poursuivons chacun de notre côté n'ont, en fait, aucune influence néfaste sur notre union. Au contraire, elles ne font que resserrer davantage le lien spirituel — voire le lien érotique — qui nous attache l'un à l'autre. Tu ne saurais d'ailleurs imaginer à quel point cette liberté que nous nous sommes accordée mutuellement nous a rapprochés. C'est que j'ai pu me rendre compte quel merveilleux amant est Robert. Et lui, de son côté, éprouve exactement la même chose à mon endroit chaque fois qu'il revient de l'un de ses voyages. Il me rapporte alors, avec cet humour que nous lui connaissons, le détail de ses aventures amoureuses ; il rejoue même pour moi les scènes les plus intimes de ses histoires de femmes. Et de mon côté, je ne lui cache rien. Et ces récits, ma chère Ilse, ont le don de nous rendre fous l'un de l'autre !

Je levai la tête et regardai Angela. Elle avait l'air absent, le regard tourné vers la ville et la mer.

« Angela ! Tu dois bien te rendre compte que ce torchon n'est qu'un infâme tissu de mensonges ! Il n'y a pas un mot de vrai là-dedans !

— Continue !

— Ne comprends-tu donc pas que cette lettre a été écrite dans le seul but de me nuire ! De nous nuire !

— Continue ! »

Je fis ce qu'elle me demandait.

« Ah, Ilse, si tu nous voyais alors ! Peut-être taxeras-tu cela de perversion, mais tant pis ! La vérité est que nous passons des journées entières au lit, en proie à une véritable folie amoureuse. Oh, je sais que tu n'approuveras pas cette façon de voir les choses ! Mais que

10

veux-tu, c'est notre façon à nous de rester unis comme au premier jour de notre mariage. D'ailleurs, Robert m'a dit, la dernière fois qu'il était là, qu'il avait rencontré, à Cannes, une certaine Angela Delpierre qui valait tellement le coup qu'il allait, comme il se plaît à dire, lui sortir le grand jeu. Persuader cette pauvre malheureuse que, pour lui, elle est la seule au monde... »

« Ceci est d'une bassesse que... qui... »

... qu'il ne saurait respirer sans elle, que son mariage est une catastrophe et sa femme un affreux épouvantail, bref, tout ce qui fait partie de ce qu'il appelle — de ce que nous appelons — le grand jeu ! J'admets, ma chère Ilse, que je n'ai pas tout de suite réagi quand tu m'as dit au téléphone que cette personne t'avait fait une excellente impression. Mais depuis, j'ai réfléchi et il m'est venu à l'esprit que le jeu auquel nous jouons, Robert et moi, doit avoir des limites. A partir du moment où l'on risque de rendre l'autre malheureux, ces limites sont franchies. A vrai dire, cette sorte de scrupules ne m'avaient jamais effleurée : c'est que je n'avais jamais vu le problème sous cet angle. J'ai voulu appeler Robert pour l'entretenir de cette question et lui demander de cesser de jouer une comédie somme tout plutôt cruelle. Mais tu sais comment est Robert ! Il se serait moqué de moi, il aurait blagué et les choses se seraient arrêtées là. Et c'est aussi un peu la raison pour laquelle je t'écris. Je voudrais que tu montres ma lettre à cette femme et j'en profite pour la prier ici de pardonner à Robert — et de me pardonner car je ne vaux pas mieux que lui. C'est notre complicité qui a rendu possible cette sorte de jeu. Mais je ne veux plus y jouer. C'est que je ne puis songer à cette personne sans éprouver quelque chose comme de la honte et je veux que Robert comprenne que cette comédie a assez duré. Appelle-moi à l'occasion. Tu sais comme j'ai plaisir à t'entendre. Toutes mes amitiés à ton mari et encore, bonnes vacances. Je t'embrasse affectueusement. Karin. »

De nouveau, je levai la tête.
« Ne me dis pas que tu crois à ces mensonges ! »

Angela resta muette.

« Angela, s'il te plaît !

— Ilse Dreyer avait l'air plutôt gênée et je ne puis m'empêcher de penser que seule la vérité est gênante. Je connais moi-même des couples qui s'adonnent à ce genre de jeu.

— Et alors ? m'écriai-je outré. Ce sont des jeux qui me déplaisent, à moi !

— Pourquoi cries-tu ?

— Pourquoi ? Tu me demandes pourquoi ! Parce que ceci est absurde ! Et parce que je t'aime ! Tu m'entends, Angela ! Je t'aime ! Je donnerais ma vie pour toi ! Et ceci n'est pas un jeu ! Tu ne le sens donc pas ? Ne te l'ai-je pas suffisamment prouvé ? J'ai quitté Karin, j'ai demandé le divorce. J'habite dans un hôtel..

— Ah ? lança-t-elle. Mais dis-moi, combien de fois déjà as-tu fait cela ?

— Je... Tu crois donc à ces mensonges ? dis-je écœuré. Angela ! Ce n'est pas possible ! Après tout ce que nous avons vécu ensemble ! Non, tu ne peux pas y croire !

— Cela fait-il partie de la comédie ? demanda Angela. Et vas-tu jouer à ta femme toutes les scènes qu'elle ne connaît pas encore, quand tu seras de nouveau auprès d'elle ?

— Je ne retournerai pas auprès d'elle ! m'écriai-je.

— Encore ces cris ! Je t'en prie, calme-toi, je ne suis pas sourde !

— Angela, je te le jure sur notre amour, cette lettre est un tissu de mensonges éhontés.

— Tu jures toujours sur tes amours ?

— Sur notre amour, Angela ! Il n'y en a pas d'autres ! Comment peux-tu accorder le moindre crédit à ces vils racontars ? Comment peux-tu douter d'un seul coup de ma sincérité ?

— Je n'en sais rien.

— Tu n'en sais rien, mais le fait est que tu doutes, n'est-ce pas ? » Elle ne répondit pas.

« Pourquoi, Angela ? Pourquoi ?

— Tu sais quels déboires j'ai eus avec les hommes. Et singulièrement avec un homme. On en vient aisément à douter quand il vous est arrivé ce qui m'est arrivé. T'ai-je procuré les plaisirs que tu escomptais, Robert ? »

Je sentis le sang battre contre mes tempes.

« Angela ! Voyons Angela ! Ne me parle pas comme cela !

— Et pourquoi pas, je te prie ? Tu es donc sensible à ce point ! Mais j'oubliais, cela fait partie de la comédie habituelle, n'est-ce pas ? Tu vas en avoir, des choses à raconter à ta petite femme ! »

J'avais envie de hurler. Non, je ne pouvais en supporter davantage.

« Angela ! Je t'en supplie, sois raisonnable !

— Mais je suis très raisonnable, dit-elle. N'aie crainte, Robert, je ne me précipiterai plus du haut de la terrasse. Vraiment, ça doit être très excitant de vivre avec une femme comme la tienne.

— Si tu dis encore une chose pareille, je m'en vais, m'écriai-je. C'est de la folie ! Dis-moi que tu me crois, dis-moi que tu sais que tout cela n'est qu'un coup monté pour nous séparer ou bien...

— Ou bien quoi ?

— Ou bien je m'en vais pour de bon ! Je ne puis supporter plus longtemps d'être traité de la sorte !

— Et voilà, dit-elle. Fin du second acte ! »

Je fis un pas en avant et lui donnai une gifle.

Puis, réalisant ce que je venais de faire, je m'écriai : « Pardonne-moi, Angela ! Pardonne-moi cela ! » Je voulus la prendre par les épaules mais elle me repoussa.

« Tu peux partir maintenant, dit-elle d'une voix étrangement neutre.

— Bien, dis-je. Et je sentis les larmes me monter aux yeux.

— Le plus vite sera le mieux », ajouta-t-elle.

Je donnai un violent coup de pied contre une grande jarre pleine de glaïeuls posée à même le sol. Elle vola en éclats. L'eau et les fleurs se répandirent par terre. Je sortis et claquai la porte derrière moi. Dans l'ascenseur, je me mis à pleurer comme un gosse. L'ascenseur arriva au rez-de-chaussée mais je ne réussis pas à le quitter. Je restai adossé dans un angle de la cabine, tremblant de tous mes membres. Puis mes genoux se dérobèrent sous moi et je me retrouvai assis, cognant à poings fermés contre la cloison et jurant comme un charretier. J'avais une nausée terrible et je restai là, incapable de me relever.

8

Combien de temps restai-je là? Deux minutes? Une demi-heure? Je n'en sais rien. Je sais seulement que la porte s'ouvrit à un moment donné. Une vieille dame distinguée se tenait devant moi. Elle poussa un cri perçant et referma la porte. Je l'entendis s'éloigner en appelant le gardien de l'immeuble à cor et à cri.

Il fallait que je disparaisse — et en vitesse! Je réussis à me redresser. Mes genoux tremblaient. Mais je tenais debout. Je sortis de l'ascenseur, franchis le hall et me retrouvai dehors. Le jour avait sensiblement décliné. Dès le premier pas que je fis sur le gravillon qui recouvrait l'aire d'accès à l'immeuble, une vive douleur se manifesta dans mon pied gauche. Je stoppai net, le souffle coupé. J'avais la sueur au front et je dus m'éponger avec mon mouchoir. Puis je continuai mon chemin en claudiquant, les dents serrées. Péniblement, je rejoignis la route et m'arrêtai. Non, je n'arriverais jamais jusqu'au Majestic dans cet état. Des autos défilaient sans arrêt mais point de taxi. J'étais complètement bouleversé et n'arrivais pas à me faire une idée claire de ce qui venait de se passer. Nous vivions dans une trop grande incertitude, Angela et moi, pensai-je, tâchant d'oublier mon pied qui pesait de plus en plus lourd. Comme une boule de plomb. Dans ces conditions, une lettre comme celle de Karin peut suffire... Non! Cela ne peut suffire! Cela ne doit pas suffire! Pas pour créer la discorde entre Angela et moi! Ou alors, c'est qu'elle ne m'aime pas, Angela! Angela? Enfin, un taxi là-bas! Je lui fis signe. Il s'arrêta. Je me laissai glisser sur la banquette arrière.

« Majestic, je vous prie!

— Entendu, monsieur. »

Au moment où il démarrait, je sentis une vague douleur dans ma poitrine, côté gauche. Je connaissais ça. Ce n'était pas la première fois que ça m'arrivait. Cette douleur allait s'accentuer et s'accentuer encore. Et puis ce serait la crise. Ou bien, allais-je réussir à la faire passer ? Je fouillai dans mes poches. Là, les dragées. Vite. J'en croquai quatre et tâchai de me détendre en m'installant aussi confortablement que possible sur la banquette.

Et maintenant, qu'est-ce que j'allais faire ? Appeler Angela ? La supplier de me croire ? Non, c'était inutile. Il fallait qu'elle parvînt à surmonter elle-même ses doutes. Sinon... Sinon... Je n'arrivais pas à croire que tout pouvait se terminer ainsi entre nous. Et ce maudit pied. Il me faisait de plus en plus souffrir. Et la douleur dans la poitrine. Elle ne passait pas. Elle ne voulait pas passer. Patience, patience. Se détendre. Le bras gauche commençait à me faire mal maintenant. Angela ! Angela ! Ne pas penser a elle maintenant ! Oh, il y avait de quoi perdre la raison ! Et dire que ce matin encore, non, non, ne plus y penser. Ne pas penser à Angela. Ne pas penser à la douleur qui progressait. Mais comment ? Comment ?

Je remarquai soudain que la voiture s'était arrêtée et que le chauffeur me parlait.

On était arrivé au Majestic.

« Vous ne vous sentez pas bien, monsieur ?

— Si, si », dis-je. Je réglai la course. Je descendis non sans mal car je pouvais à peine prendre appui sur mon pied gauche. Il faisait presque nuit maintenant. J'avais dû passer pas mal de temps dans l'ascenseur. Je boitillai jusque dans le hall de l'hôtel. Je n'avais plus qu'une idée en tête : regagner ma chambre. M'y terrer. Attendre que ça se passe.

« Monsieur Lucas ! »

Je me retournai.

Gaston Tilmant — l'air avenant comme à l'accoutumée, me considérant gravement par-dessus ses lunettes.

« Oh, bonsoir monsieur Tilmant.

— Bonsoir. J'ai essayé de vous joindre chez Mme Delpierre. Elle m'a dit que vous veniez de la quitter. Qu'elle ne savait pas exactement où vous alliez mais que j'avais quelque chance de vous trouver à votre hôtel. Et voilà. Je vous attendais.

— Mais qu'est-ce qui me vaut l'honneur ?

— Vous avez eu une entrevue avec M. Seeberg, n'est-ce pas ? Je l'ai vu moi-même cet après-midi. Et je désirais maintenant m'entretenir avec vous. Mais qu'avez-vous ? Vous n'avez pas l'air dans votre assiette ? Cela vous ennuie de me voir maintenant ?

— Bien sûr que non, monsieur Tilmant. » Je rassemblai ce qui me restait d'énergie. Je ne tenais pas tellement à ce que Tilmant s'aperçût de mon état. Et puis, après tout, si ça devait aller très mal, peut-être valait-il mieux ne pas être tout seul. « Où voulez-vous ? Au bar ? A la terrasse ?

— Il y a trop de monde ici. Et je ne veux pas prendre de risque. J'ai loué une voiture pour la durée de mon séjour à Cannes. Elle est garée devant le Carlton. Allons-y si vous n'y voyez pas d'inconvénient, nous roulerons un peu et nous serons parfaitement tranquilles pour causer.

— Entendu, monsieur Tilmant. »

Et on y alla.

Je ne sais pas comment je fis pour arriver jusqu'au Carlton sans lui faire remarquer mon boitillement. Mais le fait est que je me retrouvai, à son côté, sur le siège avant d'une Chrysler noire. Tilmant démarra et s'engagea sur la Croisette. Nous roulions au pas tellement la circulation était dense à cette heure. Je serrai les dents pour ne pas crier. Maudite saloperie de pied. Et le bras. Et la main maintenant. Les doigts de ma main gauche étaient tout engourdis. Mauvais signe ça. Très mauvais signe. J'avais connu ça, il n'y avait pas si longtemps, à Hong-Kong !

« ... paraît tout à fait plausible. » Tilmant parle. Attention. Tu n'as pas entendu le début de la phrase.

« Pardon ? »

Il me jeta un bref regard. « J'ai dit que ce que Seeberg raconte à propos de son patron, Hellmann, paraît tout à fait plausible. Vous ne trouvez pas ?

— Oui. Euh, non. » Ça y était. Le vilebrequin maintenant. Et après l'étau. Là, dans la poitrine. Mon Dieu, non, non, pas ça !

« Vous ne manquez pas d'humour, monsieur Lucas ! D'humour et d'à-propos ! Car la réponse n'est pas mauvaise. Oui, non. Il se peut que Hellmann ait été aux abois. Sinon, pourquoi se serait-il précipité au siège de sa banque, en pleine nuit, à l'issue de la réunion du Frankfurter Hof, pour fouiller le bureau de son fondé de pouvoir ?

— Oui », dis-je. J'étais parfaitement incapable d'en dire davantage. Une main de fer se crispait sur ma poitrine. Je m'étirai autant que faire se pouvait et je baissai la vitre de mon côté. De l'air ! De l'air !

« Mais les choses peuvent être différentes aussi. Ce Seeberg est un renard. Nous ne sommes pas obligés de le croire sur parole. Ni lui ni personne.

— Tout à fait de votre avis. » Non, cette fois, ça ne passait pas. Le Nitrosténon ne faisait aucun effet. L'étreinte ne se relâchait pas. Au contraire ! Mes mains se crispèrent sur la garniture de cuir de la banquette.

« Admettons cependant pour le moment que la réputation de Hellmann était effectivement en jeu par suite de spéculations douteuses. Il descend à Cannes pour voir tous ces gens que nous connaissons, n'est-ce pas ? Et pour leur demander de l'aider à le tirer d'affaire. Pas question évidemment d'éponger purement et simplement le formidable déficit accusé par la banque à la suite de l'affaire des livres sterling. Mais peut-être la possibilité de masquer le rôle de la banque Hellmann. D'amener les différents patrons de Kood à endosser une part des responsabilités, voire des frais consécutifs à cette transaction malheureuse, et de sauver du moins, les apparences. C'est pensable, non ?

— Oui. » Les feux rouges des voitures qui nous précédaient se mirent à danser devant mes yeux. Chaque fois que les voitures roulant côte à côte freinaient, les feux rouges s'allumaient. Rouge. Rouge. Le vilebrequin. La main de fer. Je vais crever ici, dans cette bagnole, à côté de cet homme si gentil, si aimable, et qui ne remarque rien. Qui ne s'est pas encore rendu compte de mon état. Crever, oui. Ici, tout de suite. Terrible douleur dans le pied et dans la poitrine. Et dans le bras aussi. Angoisse mortelle. Ne peux plus parler. Ne peux plus penser. Uniquement mourir. Ici. Maintenant. Dans une grosse Chrysler noire. Sur la Croisette. Les feux rouges. Ils tournent maintenant. C'est comme un tourbillon de rouge. Mes mains contre ma poitrine. Je me penche en avant. Mais Tilmant ne remarque rien. Trop occupé à regarder ce qui se passe devant lui. A ne pas faire de fausse manœuvre.

« ... d'abord avec Kilwood. Et Kilwood dit non. Il n'a pas l'intention d'aider Hellmann. Et les autres disent également non. Peut-être ont-ils l'intention de le pousser au suicide. Pourquoi ? Ils doivent avoir leurs raisons. Toutes sortes de raisons que l'on peut imaginer. Certes, la vérité peut être tout à fait autre. Mais il se peut aussi que cette hypothèse soit la bonne, n'est-ce pas ? » Il parlait maintenant sans attendre ma réponse. J'avais la bouche sèche. Je respirais difficilement et je n'arrivais plus à avaler. De la sueur me coulait dans les yeux. Le vilebrequin. Le vilebrequin.

« ... qu'il s'agisse bel et bien d'un suicide. La gouvernante, me direz-vous, lui aurait donc fourni la dynamite pour se faire sauter sur son bateau ? Pourquoi pas ? Elle pouvait être sa confidente. Mais voilà ! Elle a été tuée. Et Viale a été tué. Et Kilwood a été tué. On les a liquidés et hier, on a saboté la voiture de Mme Delpierre. Et tout cela doit nous incliner à penser qu'il ne s'agit pas d'un suicide mais d'un crime. Hellmann a été tué. Et les meurtres commis depuis sa mort n'ont été commis que pour dissimuler ce crime. Je sais que ce que je vais vous dire peut paraître révoltant mais... »

Rouge ! Rouge ! Et lointaine la voix de Gaston Tilmant. Un goût de sang dans la bouche à force de me mordre les lèvres. De me mordre les lèvres pour ne pas hurler.

« ... éviter un scandale monstre. Minimiser l'affaire autant que possible. Et c'est moi que l'on a chargé de cette mission. Vous pouvez imaginer comme je me sens à l'aise ! »

Mon cœur battait maintenant à tout rompre. Je le sentais dans ma poitrine. Je le sentais contre mes tempes. Je le sentais dans ma langue et dans mon pied et partout.

« ... Mais enfin, j'ai accepté de m'en charger. D'où la question que je voulais vous poser. Pensez-vous — j'espère que vous n'allez pas pousser des hauts cris — pensez-vous que vous pourriez défendre valablement vis-à-vis de votre compagnie la version du suicide de Hellmann ?

— Arhhh !

— Attendez ! Ne vous méprenez pas sur mes intentions ! Il en va de notre intérêt à tous, n'est-ce pas ? La théorie du suicide étant officiellement admise, nous aurions alors une chance de... Monsieur Lucas ! Monsieur Lucas ! Que vous arrive-t-il ?

— Je... Arhhh... »

C'était trop. J'étouffais. Je brûlais vif. Enfin, il s'en était rendu compte. Il freina brutalement. La voiture stoppa avec un soubresaut. Je donnai de la tête contre la garniture en bois du tableau de bord. Après, je ne me souviens plus de rien.

9

Blanc. Tout était d'un blanc lumineux.

Lentement, précautionneusement, j'essayai de respirer. J'y arrivai sans difficulté. Aucune douleur, pas le moindre poids sur la poitrine. Mes yeux encore mi-clos s'habituèrent petit à petit à la blancheur, à la luminosité. J'étais étendu sur un lit, tout habillé mais sans chaussures. Un homme de haute taille au visage avenant et aux cheveux noirs ondulés était assis à côté du lit et m'observait. Il devait avoir une cinquantaine d'années.

« Alors ? dit-il. Vous vous sentez mieux ?

— Qui êtes-vous ?

— Je suis le docteur Joubert. Vous êtes à l'hôpital des Broussailles.

— A l'hôpital..

— A l'hôpital des Broussailles, oui, monsieur Lucas.

— Comment savez-vous mon nom ?

— Par la personne qui vous a amené ici.

— M. Tilmant ?

— Oui. Il a attendu un bon moment. Puis il est parti car il avait à faire. Mais il doit rappeler. Vous avez eu une attaque dans sa voiture.

— Oui, je me souviens. » Je regardai Joubert. « Quelle heure est-il ?

— 21 heures, monsieur Lucas. Je vous ai fait une piqûre alors que vous étiez dans le coma. Mais c'est passé maintenant, n'est-ce pas ?

— Oui, je pense.

— Pensez-vous pouvoir vous lever ?

— Je n'en sais rien.

— Essayez. »

J'essayai. C'était comme si je n'avais jamais eu mal au pied. Comme si cette attaque n'avait été qu'un mauvais rêve. Le docteur Joubert s'était levé en même temps que moi.

« Mais c'est magnifique ! dit-il.

— Oui, dis-je. Magnifique.

— Dites-moi, monsieur Lucas, ce n'est pas la première fois que cela vous arrive, n'est-ce pas ? »

J'hésitai.

« Je suis lié par le secret professionnel, n'ayez donc aucune crainte. »

Ce docteur Joubert m'inspirait assez confiance.

« Non, pas la première fois », dis-je. Et je lui fis un bref historique de mon mal. « *Claudicatio intermittens,* c'est, d'après mon médecin, le nom du mal dont je souffre.

— C'est exact, dit Joubert. Et un cœur malade. J'ai vu les médicaments que vous prenez. Ils sont tombés de votre poche quand on vous a transporté là-haut. Vous avez été terrassé par une crise très violente aujourd'hui.

— Oui, docteur. En fait, je ne crois pas en avoir subi jamais d'aussi violente. Et je me demande si cela signifie que mon état s'est aggravé depuis mon arrivée en France.

— Seul votre médecin en Allemagne pourrait répondre à cette question. Mais dites-moi, vous êtes-vous beaucoup dépensé ces derniers temps ?

— Oui, dis-je. Dépensé et aussi énervé. Et puis j'ai fumé, ce qui m'a été strictement interdit par mon médecin. Et... Mais je vous en prie, docteur, pas un mot de tout ceci à *quiconque.* Même M. Tilmant ne doit pas savoir...

— Ne vous en faites donc pas ! Je vous l'ai déjà dit, je suis lié par le secret professionnel.

— Dans ce cas, docteur, je voudrais vous demander quelque chose.

— Quoi donc, monsieur Lucas ?

— Pourriez-vous m'ausculter et me dire ce qu'il en est de mon état, là, maintenant ?

— J'allais vous le proposer, monsieur Lucas.

— Mais je veux la vérité, n'est-ce pas, docteur ?

— Venez », dit-il.

Il me conduisit au laboratoire et procéda à divers examens dont un électrocardiogramme. Il m'ausculta ensuite avec beaucoup de soin. Puis nous nous rendîmes dans son cabinet. Il y avait un bureau surchargé de papiers, un lit de camp, des étagères chargées de livres et deux gros fauteuils club.

Je m'assis dans l'un d'eux.

« Alors ?

— Vous voulez la vérité, monsieur Lucas ?

— Oui, évidemment.

— Toute la vérité ?

— Oui, docteur. Je préfère la vérité à l'incertitude.

— Bon — eh bien, dans ce cas... » Il me dévisagea d'un air songeur. « Vous êtes malade, monsieur Lucas. Gravement malade. Et je ne veux pas tellement parler du cœur. Vous êtes menacé par une angine de poitrine. Mais on peut espérer contenir ce mal grâce à certains remèdes tels que le Nitrosténon. Ce qui est vraiment catastrophique, c'est la jambe gauche.

— Le pied gauche ?

— Non, monsieur Lucas, votre jambe gauche. Car c'est toute la jambe qui est atteinte. Jusqu'à la cuisse. Irrigation sanguine défaillante. Plus une cigarette !

— Oui, oui, mais encore, docteur !

— Mais encore, monsieur Lucas ? » Son doux regard était rivé sur moi. « Eh bien, monsieur Lucas, préparez-vous à perdre l'usage de ce membre.

— Perdre l'usage... Que voulez-vous dire exactement, docteur ?

— Je veux dire qu'il faudra vous amputer. Très prochainement. Dans six mois, peut-être même avant.

— M'amputer ?

— Vous vouliez savoir la vérité, n'est-ce pas ?

— Oui, docteur, mais quand même... Je... N'y a-t-il pas d'autre moyen...

— Non, monsieur Lucas.

— Certains médicaments, peut-être ?

— Non, monsieur Lucas, il faudra amputer. Il le faudra !

— Mais pourquoi, docteur ?

— Parce que le moment est proche où vous ne pourrez plus vous en servir. Où votre jambe va dépérir. Comprenez-moi bien, monsieur. La gangrène va s'y mettre. Et il faudra amputer ou alors cette gangrène se généralisera. » Il me regardait toujours gravement. « C'est peut-être un peu brutal mais...

— Oui, docteur. Mais je vous remercie de ne m'avoir rien caché de la gravité de mon état.

— Vous vouliez savoir la vérité, n'est-ce pas ? Voilà, monsieur. Vous savez tout maintenant. »

10

Le portier du Majestic avait une commission à me faire.

« M. Tilmant vous prie de l'appeler aussitôt que possible.

— Merci. »

Je montai dans mon appartement. Il était presque 11 heures et la nuit était très chaude. Je m'assis à côté du téléphone et demandai le Carlton.

« M. Tilmant, je vous prie. »

J'obtins la communication aussitôt. La voix angoissée de Tilmant se manifesta à l'autre bout du fil.

« Je ne pouvais pas rester plus longtemps. J'avais rendez-vous avec le préfet. Mais pour l'amour du ciel que vous arrive-t-il ? »

Je m'esclaffai.

« Oh rien ! Rien du tout ! Le médecin dit que c'est la chaleur. Je me suis trop dépensé ces temps derniers. Et je supporte mal l'été à Cannes. Mais cela va mieux maintenant. Il suffira que je prenne quelques médicaments et que je ne me mette pas au soleil.

— Vous êtes sûr de ce que vous dites ?

— Comment cela ? Le docteur Joubert m'a examiné de la tête aux pieds. Je suis en parfaite santé. Soyez rassuré, monsieur Tilmant !

— Bon, bon, je suis rassuré. Mais je puis vous dire que je n'en menais pas large quand vous avez fait cette crise dans ma voiture. Enfin, puisque le docteur déclare que ce n'est pas grave... »

Je me dis que le mieux était d'enchaîner tout de suite sur notre conversation si malencontreusement interrompue : « Je n'ai pas eu le loisir de répondre à la question que vous m'avez posée tout à l'heure. Ecoutez, cher monsieur, je comprends votre point de vue. La situation est délicate et votre mission ne l'est pas moins. Cependant, malgré la grande sympathie que j'ai pour vous, je ne puis... Comprenez-moi, monsieur, au point où j'en suis il me faut aller jusqu'au bout. »

Il y eut un long silence.

« Monsieur Tilmant ! Avez-vous entendu ce que je viens de dire ?

— Absolument. C'était une tentative. Dans ma situation, il faut tout tenter, n'est-ce pas ? Mais pour vous dire la vérité, je ne m'attendais pas à ce que vous souscriviez à... » Tilmant poussa un soupir. « Ce qui est grave, c'est que j'entrevois déjà comment tout cela va finir.

— Comment donc ?

— Vous me demandez cela, monsieur Lucas ? » dit Tilmant. Il y avait de la lassitude dans sa voix. De la tristesse aussi. « J'entrevois une fin conforme aux vœux formulés par mes supérieurs. Et aux vœux informulés de différentes autres personnes. J'entrevois que mes efforts de conciliation finiront par être couronnés de succès. Un succès que j'abhorre. Que j'exècre. Quant à vous, monsieur Lucas... Mais n'en disons pas plus, n'est-ce pas ? Chacun de nous fait ce qu'il doit faire. Et je vous remercie donc malgré tout.

— Vous me remerciez ? Mais de quoi donc ?

— De votre franchise, monsieur Lucas », dit Tilmant.

Après avoir raccroché, je pris une douche. Puis j'enfilai une robe de chambre et m'installai sur le balcon. Il y avait la Croisette. Il y avait les lumières. Il y avait la mer. Il y avait encore tout cela. Et je pouvais encore jouir de ce spectacle. Je pouvais encore travailler. J'avais encore mes deux jambes. Et il y avait encore quelque argent sur mon compte en banque. Encore.

II

Malcolm **Thorwell** se planta jambes écartées devant la balle. Il observa posément le terrain. Puis il fit tournoyer le club et frappa. La balle fila par-dessus le gazon impeccable.

« Pas mal », dit Malcolm Thorwell satisfait. Il était vêtu avec une élégance un peu trop recherchée : chemise de soie sauvage, pantalon de lin gris souris, foulard de soie à motifs cachemire noué avec art sous le col de la chemise. Il se mouvait avec une grâce presque féminine et parlait d'une voix douce et chantante. On se rendit au quatrième trou non loin duquel la balle avait atterri. Le caddie nous suivit, poussant devant lui la petite carriole sur laquelle étaient disposés, soigneusement rangés dans un sac, les clubs et les balles du joueur. Le caddie était un garçon d'une quinzaine d'années au visage constellé de taches de rousseur. Il ne parlait que le français. Nous parlions anglais, Thorwell et moi.

Cela se passait le 13 juin à 8 h 30 du matin. J'avais appelé Thorwell chez lui, à la première heure, sachant qu'il jouait au golf chaque jour sur le terrain de Mougins. Il était venu me prendre au Majestic à bord de sa Bentley. J'avais à peine dormi une heure cette nuit-là mais, bizarrement, je me sentais parfaitement reposé.

« Il est charmant, non ? » Thorwell esquissa un signe de tête en direction du garçon qui se tenait à notre côté quoique légèrement en retrait. « Je l'aime beaucoup. Et il m'aime bien aussi. Veut toujours venir avec moi. Bon petit diable. Et ces taches de rousseur — c'est mignon, non ?

— Très mignon, oui. » J'avais rapporté à Thorwell ma conversation avec Seeberg et l'avais mis au courant de la théorie de ce dernier concernant la mort de Hellmann.

« Hellmann poussé au suicide ! Laissez-moi rire ! » s'exclama Thorwell. « Vous ne le connaissiez pas, cela se voit ! Un sacré gaillard ! Et avec des nerfs d'acier ! Et puis, un vieux routier de la banque ! Non, non, monsieur Lucas ! Pour moi, Hellmann a été tué. Il s'agit bel et bien d'un meurtre. Il n'y a aucun doute là-dessus.

— Et pourquoi l'aurait-on supprimé ?

— Alors là, vous m'en demandez trop. Mais tout ce qui s'est passé depuis sa mort confirme l'hypothèse du meurtre, vous ne pensez pas ? Kilwood assassiné parce qu'il risquait de dire des choses compromettantes. L'expert Viale supprimé parce qu'il avait appris je ne sais quoi. Puis la gouvernante de Hilde Hellmann. Le meurtrier craint d'être découvert. Pour moi, cela ne fait aucun doute. J'ai même entendu dire que vous veniez d'échapper à un attentat ?

— En effet », dis-je. Nous étions arrivés près de la balle. Elle s'était arrêtée dans un repli du terrain, assez près du trou visé. Thorwell examina posément la situation. Puis il choisit un autre club et en profita pour passer sa main dans les cheveux du caddie et pour lui tapoter affectueusement la joue. Il visa ensuite et frappa un petit coup sec. La balle fila dans le trou. « Bravo », dis-je. Le caddie s'en alla chercher la balle dans le trou. « Mais qui pouvait avoir intérêt à se débarrasser de Hellmann ?

— Qui ? » fit Thorwell en souriant. « Allons, allons, monsieur Lucas, soyons francs ! Vous voulez dire que ce pourrait fort bien être moi ? C'est bien cela, non ? Mais savez-vous, la faillite de la filiale anglaise de la Kood provoquée par Kilwood et Hellmann ne m'affecte guère. Oui, bien sûr, cette filiale était à moi, mais j'ai d'autres affaires. Beaucoup d'autres affaires.

— Oui, je sais. »

Thorwell s'appuya sur son club. « Et puis n'oubliez pas que la Kood nous appartient à tous. Ma filiale est en faillite mais la Kood existe toujours. Et nous avons tous part égale dans cette société — je veux dire Fabiani, Sargantana, Tenedos, moi.

— Si je comprends bien, vous voulez dire qu'aucun de vous n'avait réellement intérêt à voir disparaître Hellmann ?

— Exactement, monsieur Lucas. Après tout, Hellmann était notre banquier attitré. Sa disparition ne fait que nous plonger dans l'embarras.

— Et cependant, vous pensez qu'il s'agit d'un meurtre ?

— Oui. Mais ai-je jamais dit que l'un de nous pouvait avoir commis ou fait commettre ce meurtre ? Certainement pas ! Il y a eu meurtre.

Et il y a donc un meurtrier mais ce n'est certes pas parmi nous qu'il faut le chercher. Je pense plutôt que nous sommes les prochaines victimes possibles. Et j'espère bien que la police mettra très vite la main sur le coupable. Je crois en effet — la mort brutale de Kilwood ne fait que confirmer cette hypothèse — que nous sommes tous menacés.

— Peut-être, peut-être, dis-je. Cependant le même Kilwood s'accusait et vous accusait tous d'être responsables de la mort de Hellmann.

— Kilwood — ce pauvre John — était un ivrogne invétéré. Dieu ait son âme.

— Et l'histoire de l'Algérien de La Bocca ? Tout aurait commencé, d'après Kilwood, avec un Algérien de La Bocca. Or nous avons retrouvé cet Algérien. Il existait bel et bien. C'était même lui qui avait fourni la dynamite pour la machine infernale qui devait faire sauter le yacht de Hellmann. C'est la gouvernante de Mme Hellmann qui s'est occupée de cela. Elle a chargé cet Algérien du vol de l'explosif. Elle a reçu l'explosif de ses mains. Et c'est elle aussi qui a payé l'Algérien en question pour ce travail.

— C'est ce que prétend votre Algérien.

— La gouvernante a été assassinée avant que nous ayons eu le temps de l'interroger pour vérifier les dires de notre homme. »

Thorwell choisit un club, le remit dans le sac, en choisit un autre. Il tapota la main du caddie qui lui adressa un large sourire.

« Peut-être la gouvernante avait-elle partie liée avec le meurtrier ?

— C'est probable, oui. Mais comment Kilwood avait-il eu connaissance de l'existence de cet Algérien ?

— Peut-être avait-il fait ouvrir à notre insu une enquête sur la mort de Hellmann. Peut-être en savait-il plus que nous autres.

— Vous dites vous-même que c'était un ivrogne invétéré.

— Et alors ? L'un n'empêche pas l'autre ! » Thorwell fit tournoyer son club et la balle disposée à ses pieds par le caddie s'envola au loin. « L'enquête de la police piétine. Vous, monsieur Lucas, vous piétinez ! Pourquoi ?

— Pourquoi ? Je vous le demande, mister Thorwell.

— Parce que vous êtes littéralement possédé par une idée fixe ! D'après vous, il faut absolument que l'un de nous — l'un des membres de notre clan — soit responsable de la mort de Hellmann. Et vous piétinerez aussi longtemps que vous ne vous serez pas libéré de cette idée fixe ! »

12

Vers onze heures, j'étais de retour au Majestic. Quelques estivants s'ébattaient dans la grande piscine, devant l'hôtel. D'autres se doraient au soleil. A la table où j'avais l'habitude de m'installer avec Angela, j'aperçus Pasquale Trabaud. Elle me fit signe.

« Il y a deux heures que je t'attends », me dit-elle.

Un garçon se présenta à notre table.

« Qu'est-ce que tu bois là ?

— Gin Tonic.

— Un Gin Tonic pour moi. Et un autre pour Madame. »

Le garçon disparut.

« Quel bon vent t'amène, Pasquale ?

— Angela.

— Qu'est-ce qui se passe avec Angela ?

— Elle nous a rendu visite hier soir. Et elle a passé la nuit chez nous. Nous ne pouvions pas la laisser rentrer chez elle dans son état. Claude l'a ramenée ce matin.

— Dans son état ? Qu'est-ce que cela veut dire ?

— Elle était à bout de nerfs. Elle nous a tout raconté. Votre dispute. La lettre apportée par cette femme. Sa réaction et puis ta réaction.

— Oui, je regrette de l'avoir frappée. J'ai perdu la boule. Mais que veux-tu, j'ai des nerfs, moi aussi.

— Je comprends cela, dit Pasquale. Et Angela aussi le comprend. Et elle regrette aussi.

— Elle regrette ? Qu'est-ce qu'elle regrette ?

— D'avoir cru aux boniments de ton épouse. De ne pas t'avoir cru, toi.

Je sentis mon cœur se serrer. C'était comme une vague qui me submergeait.

« Alors ? dit Pasquale. Tu ne dis rien ?

— Que veux-tu que je dise ?

— Et voilà ! dit Pasquale. La même attitude figée qu'Angela. Elle ne sait que dire ni que faire. Eh bien, Robert, je vais te dire, moi, ce que *tu* vas faire.

— Quoi donc ?

— Tu vas aller chez elle. Tout de suite.

— Quoi ! Non... Non... Je ne...

— Et pourquoi non ? »

J'avais du mal à contenir mon émotion. Je détournai la tête. Mon regard tomba sur la piscine. Une belle jeune fille plongeait justement dans l'eau limpide.

« Réponds-moi, Robert ! »

Le garçon arrivait avec nos Gin Tonic. Je ne l'attendis pas. Je bondis de ma chaise et franchis la terrasse d'un pas pressé. Je filai à la réception.

« Taxi ! m'écriai-je. Vite, c'est urgent !

— Tout de suite, monsieur. »

13

L'Age d'or, rue des Frères.

Le restaurant compte plusieurs salles, toutes voûtées, communiquant les unes avec les autres par des galeries à arcades. Il s'agit, en fait, d'un ancien monastère. Un grand jardin fait suite à l'établissement proprement dit. Angela m'apprit qu'on servait également à dîner dans le jardin, en été, quand les nuits étaient assez douces. Elle me précéda dans un long couloir dont les cloisons chaulées étaient décorées d'assiettes anciennes et d'énormes poêles en cuivre. Un grand bonhomme jovial vint à notre rencontre.

Il salua Angela. Elle nous présenta.

« Robert, voici Nicolaï. Nicolaï, voici mon futur époux.

— J'ai entendu dire que vous alliez vous marier, madame Delpierre », dit l'aubergiste. Par-dessus le pantalon noir et la chemise blanche au col déboutonné et aux manches retroussées, il portait un grand tablier rouge feu.

« Et qui vous a parlé de cela ? demanda Angela.

— Je ne m'en souviens pas », dit le grand bonhomme à la face rougeaude et aux mains énormes. « Mais vous savez comment cela se passe ici, n'est-ce pas ? On ne le croirait pas, mais Cannes est un vrai village ! Tout se sait. Toutes mes félicitations aux futurs époux ! Et spécialement à vous, monsieur !

— Merci, monsieur Nicolaï.

— Non pas. Nicolaï tout court, je vous prie ! »

L'aubergiste nous conduisit à une table, au fond de la salle. Elle était recouverte d'une nappe rouge. Il y avait un petit vase avec des roses rouges et un candélabre à trois branches où brûlaient des bougies. Toute la salle était uniquement éclairée à la bougie.

« Que boirez-vous pour commencer ? demanda l'aubergiste. Vin ? Champagne ?

— Champagne, dit Angela.

— Très bien », dit Nicolaï. Mes yeux s'étaient habitués à la lumière parcimonieuse. Dans l'angle opposé de la salle, un grand foyer à feu ouvert où, comme me l'expliqua Angela, Nicolaï faisait la cuisine. Spécialités du chef : grillades sur feu de bois et une tarte aux pommes qu'on se rappelait toujours, une fois qu'on y avait goûté. Plusieurs tables étaient occupées. Nous étions assis depuis un court moment quand un couple entra dans la salle. Je reconnus aussitôt l'homme. C'était le docteur Joubert, de l'hôpital des Broussailles. Il était accompagné d'une petite femme à la physionomie agréable. Le couple se dirigea droit vers notre table.

14

De son côté, Joubert me reconnut.

Il eut un bref mouvement d'hésitation dont Angela, me semble-t-il, se rendit compte. Que pouvais-je faire ? Je n'avais pas le choix. Je me levai, m'apprêtant à saluer les nouveaux arrivants. Joubert et sa compagne s'arrêtèrent devant notre table.

— Bonsoir, monsieur Lucas. »

— Bonsoir, monsieur Joubert. »

Je fis les présentations.

La petite femme était l'épouse de Joubert. M'adressant aux deux dames, j'expliquai : « Le docteur Joubert m'a rendu grand service hier.

— Ah ? dit Angela.

— Oui, dis-je. A l'hôpital des Broussailles. J'ai eu un malaise dans la voiture de Gaston Tilmant. Un accès de faiblesse sans doute provoqué par la chaleur. Mais Tilmant a eu si peur qu'il m'a immédiatement conduit à l'hôpital le plus proche. Et il se trouve que c'était l'hôpital des Broussailles et que le docteur Joubert était de permanence.

— Mais pourquoi ne m'en as-tu rien dit ? » demanda Angela visiblement inquiète.

« Tu te serais inquiétée inutilement, dis-je. Je voulais éviter cela. Et puis, c'était tellement bénin. Simple indisposition due au soleil. Pas la peine de s'étendre là-dessus, n'est-il pas vrai docteur ?

— Non, non », dit Joubert avec un sourire. « Comment vous sentez-vous aujourd'hui, monsieur Lucas ?

— Très bien, docteur.

— Suivez bien mon conseil. Evitez le soleil. Et puis, si quelque chose ne va pas, vous savez où me trouver, n'est-ce pas ? » Il esquissa une brève courbette devant Angela, sa femme nous fit un signe de tête et ils s'éloignèrent pour s'installer à une table libre à quelque distance de la nôtre. Angela me dévisagea un long moment sans rien dire.

« Tout de même, murmura-t-elle enfin. Si Tilmant a cru bon de te conduire à l'hôpital...

— Voyons Angela ! Ne n'inquiète pas ! Tu as entendu ! Le docteur lui-même l'a dit : le soleil. Tu sais que je supporte mal la chaleur. Et puis hier, tu sais, après notre dispute... ça m'a fichu un coup...

— Tu es sûr qu'il n'y a pas autre chose ?

— Oui, Angela. J'en suis sûr. Ce n'était rien.

— Le cœur ! s'exclama-t-elle d'une voix sourde. C'est ça, non ?

— Angela ! Voyons, chérie ! Puisque je te dis que ce n'était rien ! Joubert m'a ausculté. Un check-up dans les règles de l'art. Et il se trouve qu'il est précisément spécialiste des maladies circulatoires. On peut donc se fier à son jugement.

— Son jugement ? Et quel est-il ?

— J'ai le cœur un peu faible. En fait, rien de grave. En abandonnant la cigarette et en prenant régulièrement mon médicament, même mon pied devrait guérir. Voilà l'opinion du spécialiste. Es-tu satisfaite maintenant ?

— Non, dit-elle. Si c'était si bénin que tu le dis, tu m'en aurais parlé.

— Justement ! protestai-je. C'était la bonne surprise du jour. Je voulais t'en parler ce soir même ! Après le dîner ! Et voilà que... »

Elle ne m'écoutait plus. Elle s'était brusquement levée de table et filait dans la direction de Joubert. Je vis le docteur se lever. Je le vis parler avec Angela. Conversation muette pour moi, mais, oh ! combien animée. Dieu du ciel, pensai-je. Il ne manquait plus que cela. Le dialogue durait et durait. Je n'y tins plus. J'allais justement me lever pour rejoindre Angela et Joubert quand je vis Angela serrer la main du médecin et revenir vers notre table. Je cherchai à deviner ce que Joubert lui avait dit, mais en vain.

« Alors ? » demandai-je, quand elle eut repris place à table.

Elle ne répondit pas.

« Angela ! Qu'est-ce qu'il t'a dit ?

— Exactement la même chose que toi », répondit-elle en un murmure. « Une attaque bénigne à mettre sur le compte de la chaleur et de l'énervement. Quant au cœur, il n'est pas si mauvais que ça.

— Mais dans ce cas, pourquoi fais-tu cette tête-là ? »

Elle prit ma main et la pressa contre sa joue. « Il faut... Il faut que je me ressaisisse, chuchota-t-elle. J'ai eu si peur, tu sais.

— Peur ? Mais de quoi donc ?

— Peur que tu m'aies menti, dit-elle. Peur que ce ne soit très grave — si grave que... si grave que...

— Que quoi ?

— Qu'on ne doive... Je ne sais pas, moi... te couper le pied,,, ou qui sait, la jambe entière... »

15

Curd Jürgens mimait avec de grands gestes je ne sais quelle scène. Elizabeth Taylor et Richard Burton et les autres gens qui étaient assis à la table de Curd Jürgens riaient à gorge déployée. Un peu plus loin, le roi de Grèce en exil et son épouse s'entretenaient avec la Begum et une autre jeune et belle dame. Tout au bout de la terrasse, le conseiller du Président américain, Henry Kissinger, expliquait quelque chose à plusieurs messieurs qui l'écoutaient sans mot dire. Les différentes terrasses de l'Eden Roc étaient pleines de monde. C'était l'heure de l'apéritif. Le soleil était déjà bas et le ciel commençait à rougeoyer. Nous étions installés sur la terrasse supérieure, Athanasios Tenedos, son épouse et moi-même. Je les avais priés de m'accorder une entrevue et Tenedos, plutôt que de me recevoir chez lui, avait proposé une sortie au cap d'Antibes. On dînerait à l'Eden Roc. Là, au moins, on pourrait parler tranquillement, sans être épié par la valetaille maoïste.

« Allez donc y comprendre quelque chose », dit Athanasios Tenedos en hochant sa grosse tête carrée. « Le destin, monsieur Lucas, le destin ! Vittorio me jalouse ! Mais pourquoi ? Parce que j'ai su saisir ma chance

et lui non. Sachez que j'ai débuté dans la vie comme cireur à Athènes !
Et voyez ce que je suis devenu ! Le destin, oui. Ou la chance. Appelez
cela comme vous voudrez ! Mais je sais que vous pourriez être assis là
à parler avec l'armateur Vittorio ! Et que moi, Athanasios Tenedos, je
pourrais aussi bien être le butler de ce même Vittorio ! Mais le destin
a voulu que je sois l'armateur et lui le butler. Et ça, il n'arrive pas à s'en
faire une raison. »

Melina Tenedos battit des cils et déclara à brûle-pourpoint :

« Ce soir, je ne mange que du caviar ! Du caviar uniquement ! Et
arrosé de Roederer ! Mon Dieu ! Quel soulagement de savoir qu'il n'y a
personne pour épier ce que vous avez dans votre assiette !

— D'accord, chérie, dit Tenedos. Tu auras du caviar. Et du Roederer.
Mais avant, prenons encore un apéritif. M. Lucas a des questions à poser.
Nous pourrions en discuter avant le dîner. Alors, monsieur Lucas ? De quoi
s'agit-il ? »

Je racontai aux Tenedos tout ce que Seeberg m'avait dit à propos de
Hellmann. Ils m'écoutèrent attentivement. Quand j'eus fini, Tenedos dit :
« Nous sommes d'avis, Melina et moi, que Hellmann a été assassiné.

— C'est également l'avis de M. Thorwell, dis-je.

— Vous voyez bien. Tout le monde est d'accord. Il s'agit d'un meurtre.
Mais l'on a tort de vouloir trouver le meurtrier au sein de notre clan.
D'ailleurs, aucun des actionnaires de la Kood n'avait intérêt à faire disparaître Hellmann. Hellmann, le banquier attitré de la Kood, ne l'oublions
pas. » Tenedos hocha sa grosse tête carrée. « Là où il y a crime, il faut
un mobile. Et quel mobile sérieux pouvions-nous avoir ? Aucun, n'est-il
pas vrai ?

— Je n'en vois pas, non. Mais ça ne veut rien dire.

— Rien dire ? s'exclama Tenedos. Mais s'il y en avait un, vous l'auriez
trouvé, vous, la police, Tilmant, depuis le temps que vous courez après !
Non, monsieur Lucas, c'est ailleurs qu'il faut chercher ! Et je vais vous
dire où !

— Ah ! bon. Et où donc, je vous prie ?

— En Corse. Aucun d'entre vous n'y a songé jusqu'à présent, n'est-ce
pas ? C'est en Corse que le meurtrier a agi. Et il a agi sur l'ordre de
gens qui se trouvaient alors en Corse. Voilà ce que je pense. Et Melina
partage cette conviction. N'est-ce pas, Melina ? »

Melina-Face-de-bébé battit des cils.

‹ Et qui pouvaient être ces gens ? m'enquis-je.

— Hellmann s'est rendu à Ajaccio pour y rencontrer deux industriels. Des industriels de ses amis, nous dit-on toujours, hein ? Mais ces messieurs de la police doivent bien être au courant, non ?

— Je ne le pense pas. ›

Tenedos ricana.

« Ah, ah ! Nous y voilà ! monsieur Lucas !

— Que voulez-vous dire par : nous y voilà ?

— Ce que je veux dire ? Je trouve que l'on s'intéresse trop peu à ces messieurs. A votre place, je poserais quelques questions à M. Tilmant. Il est parfaitement renseigné. Pourquoi se montre-t-il si discret ? Pour ma part, je puis vous dire en confidence que ces deux industriels ne sont nullement des fantômes insaisissables. Ce sont des hommes de chair et d'os. Comme nous. Vous voulez leurs noms ? Ils s'appellent Clermont et Abel.

— Clermont et Abel, répétai-je machinalement.

— Oui. Pour plus de précisions, adressez-vous à M. Tilmant.

— Et s'il ne me dit rien ?

— Insistez ! Ne le lâchez pas d'une semelle ! Et s'il ne veut vraiment rien vous dire, ma foi, il ne vous restera qu'à tirer de son silence obstiné les conclusions qui s'imposent. Et s'il parle, je gage que vous serez surpris.

— Surpris ? Comment cela ?

— Je n'en dirai pas plus, monsieur Lucas. Interrogez M. Tilmant, vous verrez bien.

— Caviar, dit Face-de-bébé. Caviar et Roederer. ›

16

Gaston Tilmant poussa un soupir, enleva ses lunettes, essuya consciencieusement les verres avec son mouchoir, remit ses lunettes et déclara : « Je me disais bien que vous reviendriez à la charge avec cette question un jour ou l'autre. » Nous étions assis à la terrasse du grand bar du Carlton et nous buvions un whisky. Sur la Croisette, devant nous, s'écoulait un fleuve ininterrompu de voitures.

Tilmant dit : « Ce Tenedos est un rusé. Il a réussi à détourner votre attention sur Clermont et Abel. Il y avait un moment que je me demandais qui le ferait. Apparemment, Tenedos est le plus malin. A moins que les autres ne l'aient chargé de vous glisser ces noms.

— Le fait est que c'est Tenedos qui m'a mis la puce à l'oreille, dis-je. Mais lui ou un autre — qu'importe. Vous voilà bien ennuyé, n'est-ce pas, monsieur Tilmant ? Clermont et Abel. Qui sont-ils ? Que sont-ils ?

— Clermont et Abel possèdent et dirigent le plus important trust français de matériel électronique, déclara Tilmant. Le nom de ces messieurs est peu connu parce qu'ils fuient la publicité et se tiennent autant que possible à l'écart de la scène. Il serait vain — et maladroit — de ma part de vouloir vous cacher davantage la vérité. Je préfère vous dire ce qu'il en est plutôt que de vous voir diriger votre enquête de ce côté-là, car c'est une direction où il n'y a à glaner que désagréments. Et ce n'est pas là que se dissimule la vérité. Cela, monsieur Lucas, j'en suis persuadé. Mieux, je le sais. Clermont et Abel — je les connais personnellement, et leurs affaires aussi me sont familières. Sachez donc que ces messieurs se trouvent actuellement dans une situation financière extrêmement délicate, et ce par la faute des dirigeants de la Kood. C'est que la Kood cherche par tous les moyens à s'assurer le monopole du marché. Par tous les moyens, c'est-à-dire essentiellement en vendant elle-même du matériel à des prix inférieurs au coût de production. Hellmann connaissait effectivement fort bien ces deux industriels français. Il était même lié d'amitié avec eux. Naguère encore, mais plus au moment où il s'est rendu en Corse pour les voir. Les menées de la Kood — dont Hellmann était le banquier attitré — avaient quelque peu détérioré les relations. Cela se comprend, n'est-ce pas ?

— Oui, naturellement. Mais dans ce cas, qu'allait faire Hellmann en Corse ?

— Clermont et Abel lui avaient demandé de venir. Ils avaient l'intention d'en appeler — en dernier ressort — à l'honnêteté proverbiale de Hellmann et à son caractère. Hellmann, en sa qualité de banquier de la Kood, était bien placé pour dissuader les dirigeants de cette société de poursuivre leurs efforts tendant à mettre la main sur le marché de l'électronique. Bien placé, en d'autres termes, pour garantir à Clermont et Abel les débouchés qui permettraient à la firme française de survivre.

— Et alors ?

— Hellmann leur a déclaré tout de go qu'il ne pouvait rien pour eux. Et là-dessus, Clermont et Abel ont pris le mors aux dents.

— Le mors aux dents ? Qu'entendez-vous par là ?

— Disons qu'ils se sont faits plus pressants. Vous vous souvenez de la remarque faite à Hellmann au Frankfurter Hof par ce banquier dont nous ne connaissons pas l'identité ? »

J'acquiesçai silencieusement.

Tilmant poursuivit : « Ils ont fait la même chose. Ils ont même menacé de rendre publiques les transactions monétaires plutôt douteuses opérées par Kilwood au nom de la Kood sous couvert de la banque Hellmann, si ce dernier refusait d'appuyer leurs légitimes revendications. Après tout, ils n'étaient pas tenus de subir sans se défendre la concurrence déloyale de la Kood. Et puis Hellmann était un homme libre. Rien ne l'obligeait à faire les quatre volontés de Kilwood.

— Et comment Hellmann a-t-il réagi ?

— Il a déclaré qu'il ne pouvait rien pour eux. Qu'il était, pieds et poings liés, à la merci de Kilwood et de la Kood.

— Dans ce cas, je ne vois pas quel intérêt pouvaient avoir les gens de la Kood à éliminer Hellmann. Mort ou vivant, qu'est-ce que cela changeait ?

— Apparemment rien, je vous le concède. Et cependant, depuis la mort du banquier, plus rien n'a été entrepris contre Clermont et Abel.

— Cela ne doit-il pas nous inciter à penser que c'est Hellmann qui mettait des bâtons dans les roues de Clermont et Abel et que ceux-ci respirent enfin à leur aise depuis qu'ils se sont débarrassés de lui ?

— C'est effectivement ce que l'on veut nous faire croire, monsieur Lucas. Mais c'est un faux-semblant.

— Qu'est-ce qui vous fait dire cela ?

— Clermont et Abel sont quelque chose comme une institution nationale. Si ce sont eux qui ont fait tuer Hellmann, autant accuser carrément le gouvernement français de ce crime.

— Ce ne serait pas la première fois qu'un homme est éliminé sur ordre d'instances gouvernementales.

— Certes non, monsieur Lucas. Je vous le concède. Mais en l'occurrence ce n'est pas le cas. Je suis là pour en répondre. Voyez-vous, comme je vous le disais tout à l'heure, ce Tenedos est très malin... Que vous dirai-je ? Depuis que l'on m'a chargé de la mission que vous savez, je ne cesse de penser à une phrase d'un auteur que j'aime beaucoup. Il s'agit d'un auteur allemand — Georg Christoph Lichtenberg.

— Et quelle est cette phrase, monsieur Tilmant ?

— Elle dit : " Il pleuvait si fort que tous les cochons paraissaient propres et tous les hommes sales. " Depuis que l'on m'a chargé de cette affaire, c'est un peu l'impression que j'ai. Une impression de saleté générale. Difficile dans ces conditions de s'y reconnaître, n'est-ce pas, monsieur Lucas ? »

17

Un tout petit hôtel plutôt minable : l'hôtel d'Autriche. Mme Bernis nous avait fixé rendez-vous à quatre heures. Nous étions arrivés en temps voulu mais Mme Bernis avait encore des clients et le portier nous invita à patienter. Il nous introduisit dans une sorte de salon d'attente. Nous nous assîmes. Cela sentait le renfermé. Je voulus ouvrir la fenêtre, mais la targette était bloquée et je dus y renoncer. J'avais très mal à la tête, j'étais nerveux et plutôt mal à l'aise. Si l'on m'avait dit un jour que j'irais consulter une voyante ! Mais il me fallait en passer par là. Angela avait beaucoup insisté. Elle voulait rééditer l'expérience de naguère. On lui avait chanté les louanges de cette Mme Bernis. Pourquoi n'irait-on pas la voir ? Et puis, après tout, qu'est-ce qu'on risquait ? Une petite indication sur l'avenir ne pouvait pas faire de mal. Pour des gens dans une situation aussi problématique que la nôtre...

A 4 h 30 enfin, le portier entra et déclara que Mme Bernis pouvait nous recevoir. Nous montâmes au troisième par un ascenseur branlant et il nous conduisit jusqu'à la porte de la chambre louée par la voyante. Il faisait très chaud dans la chambre et, là encore, cela sentait le renfermé. Un gros chat roux était couché sur le lit. Mme Bernis, une femme très corpulente aux cheveux blanc filasse et à la mise incroyablement petite-bourgeoise, était assise à une grande table ovale plantée au milieu de la chambre. Nous nous installâmes en face d'elle, Angela et moi.

« On a tort de dire que je suis une voyante, commença par déclarer Mme Bernis. Tout le monde le dit, tout le monde le pense mais c'est faux. Je suis médium, ce qui n'est pas du tout pareil. Quand j'étais très jeune, j'ai eu une méningite et, après cela, je n'ai plus pu suivre en classe. Mes parents finirent par m'emmener chez un neurologue car je souffrais de maux bizarres. C'est ce médecin qui, le premier, constata que j'avais des facultés de médium. Des facultés qui, je le souligne, ne se détériorent pas avec l'âge. J'ai maintenant quatre-vingt-six ans. Je parierais que vous ne me les donniez pas, n'est-ce pas ?

— Certainement pas ! dit Angela.

— Le travail que je fais est très éprouvant, dit Mme Bernis. Je ne puis recevoir plus de quatre clients par jour. Aujourd'hui, vous êtes les derniers. » Elle se passa les mains sur les tempes.

« D'abord vous, monsieur, dit Mme Bernis. Veuillez poser votre main sur la table. » Je fis ce qu'elle me demandait. Elle ferma les yeux et, de sa main, elle effleura brièvement la mienne. Je vis saillir les veines de ses tempes. Ses yeux restèrent clos.

« Vous n'êtes pas d'ici, monsieur, dit Mme Bernis. Mais vous resterez ici... oui, oui, pour toujours... Je vois une femme dans une ville lointaine... Vous êtes marié, n'est-ce pas ?

— Oui », dis-je.

Le chat roux gronda sur le lit.

« Vous avez quitté votre femme... Vous ne la reverrez pas... Non, vous ne la reverrez jamais... »

Je lançai un regard à Angela. Elle ne le remarqua pas. Elle dévisageait Mme Bernis, comme fascinée par son visage, par ses yeux fermés, par son monologue.

« Je vois une autre femme... Très proche d'ici... Cette femme vous aime et vous l'aimez... Vous resterez ensemble... Oui, oui, ensemble... » Elle parut hésiter. Je constatai que ses ongles bleuissaient. Je dois admettre que cela m'impressionna. Mme Bernis articula péniblement : « Rien ne pourra plus vous séparer... Je vois de l'argent... Beaucoup d'argent... » Parfait, parfait, me dis-je. « Oui, oui, je vois que vous allez toucher une très grosse somme d'argent pour une certaine affaire.

— Quelle affaire ?

— Je ne vois pas bien... Ce n'est pas très clair... Attendez... Oui... Non... J'ai beau faire. » Je vis battre les veines sous ses tempes. Ses ongles étaient presque noirs maintenant. « Je vois des formes... Des morts... Des morts brutales... Un assassin... Et aussi beaucoup d'argent pour vous, monsieur... Je vois des blouses blanches... Des hommes et des femmes en blouses blanches... Des médecins et des infirmières... Quelqu'un va mourir cette année encore et cette mort rendra possible l'union avec la femme que vous aimez... oui, oui, vous serez unis... A jamais... Je vois le bonheur... Un grand bonheur... Et de la pluie... Un cimetière... On enterre quelqu'un mais je ne peux pas voir qui. Vous voilà, monsieur, sous la pluie, assistant à cet enterrement...

— Ce quelqu'un qui doit mourir, vous ne voyez pas qui est-ce ? demandai-je.

— Non... Impossible... Trop sombre... Il pleut trop fort... » De nouveau, elle effleura ma main. « Avez-vous quelque chose à voir avec des enquêtes ?

— Qu'entendez-vous par là ?

— Je veux dire des enquêtes comme en fait la police... Sauf que vous, vous n'êtes pas de la police.

— Oui, dis-je.

— Ce ne sera plus nécessaire... Grâce à tout cet argent... Attendez, cet homme qui va mourir... Oui, oui, c'est un homme... Je vois une route, une automobile...

— Un accident ? »

Elle ouvrit les yeux. Son visage était tout gris, elle avait l'air épuisée.

« Je ne sais pas. » Elle se leva, s'en alla chercher une carafe d'eau, s'en versa un verre et le vida. Puis elle se rassit. Elle avait l'air d'avoir récupéré et ses ongles étaient redevenus normaux.

« A vous maintenant, madame. »

Angela posa sa main droite sur la table et la séance reprit : « Vous êtes d'ici, madame... Et vous resterez ici... Mon Dieu, vous êtes la femme qui... oui, oui, vous et ce monsieur... Vos vœux se réaliseront...

— Cette année ?

— Oui, cette année, dit Mme Bernis. Très bientôt... Attendez... Je vois une grande fête... De la musique... Un feu d'artifice... Vous voilà tous les deux... Vous êtes très heureux... Mais attention à la pluie, madame... Un accident est vite arrivé quand il pleut...

— Vous voulez dire en voiture ?

— En voiture aussi, oui... Vous êtes célibataire... Tiens, voilà de nouveau cette personne qui doit mourir... Des gens en blouse blanche... Une salle d'opération... Toujours cette mort qui rend possible votre union avec ce monsieur... »

De nouveau, je vis bleuir les ongles de Mme Bernis.

« Je vois une petite église... Vous y êtes tous les deux... Là, oui, une voiture que l'on retire de l'eau... Un mort au volant...

— Est-ce la même personne dont vous...

— Cela, je ne le sais pas... La police... Beaucoup de monde... Votre prénom commence-t-il par A ?

— Oui.

— La pluie... Toujours la pluie... Méfiez-vous de la pluie, madame... Votre chiffre porte-bonheur est le treize... »

Lorsqu'elle en eut terminé avec Angela, Mme Bernis me pria de tirer des cartes.

« Une sorte de contrôle pour moi », expliqua-t-elle. Je tirai des cartes de différents jeux. Elles portaient des signes bizarres. Une carte revenait toujours

318

et Mme Bernis m'expliqua que c'était la carte de la mort. Angela aussi tira cette même carte à plusieurs reprises.

Puis la voyante déclara la séance terminée. Elle nous demanda cinquante francs. Elle avait l'air très malheureuse. Elle nous salua machinalement. De nouveau, nous empruntâmes l'ascenseur grinçant. En bas, dans la rue où la circulation était très dense, nous hélâmes un taxi et nous nous fîmes conduire au Majestic. Durant tout le parcours, nous n'échangeâmes pas un mot.

18

Un quartier de Cannes que je ne connaissais pas encore : les Gabres. La villa Fabiani, construction récente nichée au fond d'un vaste parc. Piscine en fer à cheval, tout autour parterres de fleurs. Un domestique en blanc vint à ma rencontre.

« Veuillez prendre place près de la piscine, monsieur Lucas. On s'occupe de vous dans un moment. »

Tiens, tiens, c'est curieux, me dis-je. Pourquoi ne me fait-on pas entrer ? Enfin... Je m'installe dans un fauteuil en rotin laqué et j'attends...

L'attente dura vingt bonnes minutes puis Bianca Fabiani sortit de la maison et se dirigea vers moi.

« Bonjour, monsieur Lucas.

— Bonjour madame. J'avais rendez-vous avec votre mari à 11 heures et il est maintenant...

— Je sais, je sais. Mon mari ne peut pas vous recevoir.

— Comment ? »

Elle retira son manteau de bain blanc. Dessous, elle portait un bikini minuscule.

« Mon mari ne vous recevra pas. » Elle s'empara d'un tube de crème solaire posé sur une petite table, dévissa le capuchon, pressa une noix de crème sur la paume de sa main et commença à se beurrer consciencieusement les épaules et les bras.

« Ce qui veut dire quoi ? m'enquis-je plutôt vivement.

— Ce qui veut dire que mon mari ne veut plus avoir aucun rapport avec vous. » Elle cessa de se beurrer les épaules, me fixa droit dans les yeux et ajouta : « Et moi non plus, monsieur Lucas.

— Ecoutez, madame, je ne suis pas ici pour mon plaisir...

— Ni pour le mien, dit-elle.

— ... mais pour débrouiller le mystère de la mort brutale de M. Hellmann.

— Cela, monsieur Lucas, c'est l'affaire de la police. Mon mari recevra volontiers tout enquêteur de la police qui désirerait s'entretenir avec lui.

— M. Fabiani m'a fixé rendez-vous ici même à 11 heures, dis-je. Je me suis déplacé et voici que brusquement, l'on ne veut plus me recevoir. Aussi vous saurais-je gré de me dire sans détour ce que cela signifie.

— Sans détour ? Mais très volontiers, monsieur Lucas. Nous avons appris que vous êtes marié en Allemagne.

— Et alors ?

— Ici, à Cannes, vous vivez avec Mme Delpierre. Pour ainsi dire maritalement. Vous vous affichez partout. Vous lui avez même offert une alliance alors que votre divorce est loin d'être prononcé. Il se peut que Mme Delpierre soit au-dessus de cette sorte de contingence — et vous aussi. Mais que va penser la direction de votre compagnie d'un tel comportement ?

— Que voulez-vous qu'elle en pense ? Cela ne regarde que moi », dis-je. Et je songeai : décidément, ces gens-là veulent t'évincer à tout prix.

« Je comprends votre point de vue, monsieur Lucas. Il n'en reste pas moins que la mission dont on vous a investi devrait vous inciter à conduire plus discrètement votre vie privée.

— Je ne sais pas si vous êtes au courant, madame Fabiani. Mais il s'agit d'un meurtre. Et même d'une série de meurtres.

— Justement, monsieur Lucas ! L'affaire est grave. Très grave ! Et à cause de cela précisément, vous n'êtes plus un interlocuteur valable.

— Dans ce cas, il faudra que je vous envoie M. Lacrosse ou le commissaire Roussel.

— A votre aise, monsieur Lucas. Je ne vous retiens pas. Adieu. »

11

19

J'appelai le Majestic et demandai à parler au portier.

Il se manifesta aussitôt à l'autre bout du fil.

« Monsieur Lucas ! Comme je suis content de...

— Quelque chose pour moi ?

— Oui. M. Lacrosse a appelé. Il vous prie de vous rendre au vieux port.

— A son bureau ?

— Non, non, au port, monsieur Lucas. Il a dit que vous le trouveriez sans peine.

— Qu'est-ce que ça veut dire ? Vous en avez une idée ?

— J'ai cru comprendre qu'il y avait eu un accident !

— Bien. Merci. » Je sortis de la cabine et hélai un taxi.

« Au vieux port, je vous prie.

— Bien, monsieur. »

Au vieux port, on tomba sur un barrage de police. Les agents commencèrent par ne pas vouloir me laisser passer. Je déclinai mon identité.

« Veuillez nous excuser, monsieur Lucas. Ces messieurs sont par là-bas. » L'agent étendit le bras en direction du quai Saint-Pierre. Là, plusieurs voitures de police, une certaine agitation. Deux grues installées sur le quai, les câbles plongeant dans l'eau noirâtre. Je m'approchai à grands pas. Roussel, Tilmant et Lacrosse parmi un groupe de policiers. Lacrosse m'aperçut et se précipita à ma rencontre.

« Dieu soit loué ! Vous êtes bien vivant ! C'était donc un mensonge !

— Un mensonge ? Que voulez-vous dire ? »

Roussel et Tilmant venaient de nous rejoindre. Leur physionomie aussi exprimait le soulagement.

« Nous avons reçu un coup de téléphone anonyme, déclara Roussel.

Un quidam qui nous prévenait que vous étiez tombé en voiture dans le vieux port.

— Moi !

— Oui, vous ! Cela nous a paru bizarre mais nous sommes arrivés ici à fond de train. Nos hommes-grenouilles ont effectivement découvert la carcasse d'une voiture là-dessous. » Roussel fit un geste vers l'eau noire et huileuse.

« Espérons que cette fois ils auront pu fixer convenablement les crochets », dit Lacrosse. Deux hommes-grenouilles firent surface au même moment. L'un d'eux leva le bras. « Allons-y », s'écria Lacrosse à l'adresse des grutiers en attente à bord de leur machine. Les câbles se tendirent lentement. Tilmant se tenait à côté de moi. Muet, l'air accablé. Au bout d'un moment, un capot boueux surgit de l'eau. Puis la voiture entière se trouva suspendue en l'air. C'était une grosse Chevrolet vert sombre. Elle se balançait légèrement au bout des câbles et l'eau ruisselait de partout. Les grutiers firent doucement pivoter leur engin, ramenant la voiture au-dessus du quai. Les câbles se déroulèrent, la carcasse toujours ruisselante se posa sur le macadam. Côté chauffeur, la vitre était baissée. Il y avait un homme effondré sur le siège, les mains crispées sur le dessus du volant, la tête plaquée contre la barre transversale. On s'approcha. Un tout petit trou à la tempe gauche, l'arrière de la boîte crânienne littéralement arraché.

« Alain Danon », articulai-je péniblement, en proie à la nausée.

« Qui ? demanda Lacrosse.

— Danon. Vous savez bien, le type de la résidence Bellevue, le protecteur de Nicole Monnier.

— Oui, bien sûr, fit Lacrosse. J'avais même dit qu'on aurait du mal à le retrouver.

— Eh bien, intervint Roussel, voilà qui est fait. » Il se pencha légèrement par-dessus la vitre baissée puis fit volte-face et ajouta : « Abattu à bout portant, balle dum-dum. Exactement comme Viale. » Roussel observa un silence puis, dévisageant Tilmant : « Simple accident, n'est-ce pas ? Je veux dire pour la presse ?

— Non, non, meurtre », dit Gaston Tilmant d'une voix exagérément pondérée. « Meurtre crapuleux, probablement un règlement de compte entre souteneurs. Ça ira, je pense, non ? »

20

Une voiture de police me conduisit au Majestic où je rédigeai un télégramme chiffré à l'adresse de Gustave Brandenburg. Je lui rapportai les plus
récents événements et lui demandai des instructions. Je venais de passer mon
télégramme au central quand un employé de la réception se présenta.

« On vous demande au téléphone, monsieur.

— Tout de suite. » J'entrai dans l'une des cabines du hall et décrochai.
L'employé me passa la communication.

« Ici Robert Lucas. »

Une voix de femme à l'autre bout du fil.

« Nous nous connaissons, monsieur. C'est moi qui voulais vous vendre
quelque chose — au bar du Majestic — vous vous souvenez ? »

Nicole Monnier ! Je n'aurais pas reconnu sa voix.

« La rose rouge, dis-je.

— Oui. Je l'entendis renifler. Vous savez ce qui est arrivé ?

— Je le regrette pour vous », dis-je.

Elle étouffa un sanglot.

« Vous êtes toujours acquéreur ?

— Evidemment, dis-je.

— Dans ce cas, il faut que vous veniez ici. Le plus tôt possible car je dois
m'en aller. Loin, très loin.

— Et où êtes-vous ?

— A Fréjus. Prenez un taxi et venez. Mais seul ! Je vous préviens : si
vous vous faites accompagner par quiconque, vous ne me trouverez pas !

— Je viendrai seul.

— Et ne dites à personne où vous allez, n'est-ce pas ?

— Soyez rassurée. Je serai le plus discret possible. Où vous trouverai-je ?

— 121, boulevard Salvarelli. Chez Jules Lurey. Mais ne vous faites pas conduire jusqu'au 121. Dites au chauffeur de vous laisser à la plate-forme. Tout le monde connaît. Et apportez l'argent !

— Combien ?

— Cent mille. Nous voulions un million au départ. Mais peu m'importe maintenant. Je suis pressée. Très pressée. »

Je réfléchis à toute vitesse. J'avais encore trente mille sur le premier lot de travellers que m'avait donné Gustave à mon départ. Et puis les cinquante mille perçus lors de mon dernier séjour à Düsseldorf. Le tout en marks. Ouais, ça irait.

« J'ai des traveller-checks, dis-je.

— Pas question, dit Nicole Monnier. Je veux du liquide. Uniquement.

— Les banques sont fermées entre midi et deux heures, dis-je. Il me faut attendre l'ouverture pour monnayer les chèques. Je ne pourrai donc être à Fréjus que vers le milieu de l'après-midi. Pouvez-vous patienter jusque-là ?

— Je patienterai. Mais attention, n'est-ce pas ? Souvenez-vous de ce que je vous ai dit ! Sinon, vous ne me trouverez pas. Vous me comprenez, n'est-ce pas ? Alain a été... Et je ne veux pas finir comme lui.

— Je comprends parfaitement, dis-je. A tout à l'heure. » Je raccrochai et sortis de la cabine.

21

121, boulevard Salvarelli. Petite maison avec un affreux crépi verdâtre. Un étage seulement. A l'entrée, une plaque : Nettoyage à sec Lurey. La porte était fermée à clé. Je frappai. Rien. Je frappai encore et encore. Au bout de cinq minutes enfin, des pas se firent entendre de l'autre côté. « Qui est-ce ? » demanda une voix d'homme.

« Robert Lucas. »

La clé tourna dans la serrure, la porte s'ouvrit et je me retrouvai face à un jeune colosse à la mine patibulaire. Deux têtes de plus que moi, pantalon de survêtement et tricot de peau.

« Qu'est-ce que vous voulez ?

— J'ai rendez-vous avec Mlle Nicole Monnier.

— Décrivez-la. »

Je fis de mon mieux. Quand j'évoquai les dents gâtées, le colosse opina.

« C'est bon. Suivez-moi. » Il verrouilla la porte derrière moi et me conduisit à travers une grande cour carrée jusqu'à un escalier métallique. Au premier, l'escalier donnait sur une galerie extérieure qui tournait tout autour de la cour. « Là », fit le colosse en levant le bras. Une série de portes et de fenêtres donnaient directement sur la galerie. « Première porte. Frappez trois coups. »

Je montai. Je m'arrêtai devant la porte et frappai trois coups. La porte s'ouvrit aussitôt et je me retrouvai face à face avec Nicole Monnier. Difficile de cacher ma stupeur. Ni coiffée ni maquillée, les yeux rougis et gonflés, le teint gris, les lèvres blanches, exsangues. Je lui aurais donné vingt ans de plus que la première fois que je l'avais vue.

« Entrez », dit-elle. Je fis deux pas en avant, petite cuisine sombre et sale. « Passons dans la chambre, voulez-vous ? »

La chambre : sale aussi ; indescriptible désordre ; pour tout mobilier, un lit de milieu mal fait, une horrible armoire à glace, deux chaises paillées branlantes et une table. Sur la table, quelques photos et un magnétophone.

« Asseyons-nous, voulez-vous ? »

Je m'assis sur l'une des chaises et fis glisser mon mocassin gauche vers la pointe du pied.

« Vous avez l'argent ? »

J'acquiesçai.

« Faites voir. »

Je tirai une grosse liasse de mon porte-documents.

« Bon. Ecoutez bien. La dernière fois —au bar du Majestic — je voulais vraiment vous vendre ce que vous êtes venu chercher aujourd'hui. Alain m'avait envoyée pour négocier avec vous. Et la transaction aurait eu lieu si nous n'avions pas vu ces deux types vous attaquer et vous malmener dans le parc de la Résidence.

— Vous avez assisté à la scène ?

— Oui. De l'appartement. Et là-dessus, Alain a eu les foies. Et il a dit que c'était trop risqué. Qu'il valait mieux attendre parce que les autres étaient à vos trousses.

— Les autres ? C'est qui ?

— Chaque chose en son temps, vous voulez bien ? D'accord. Bon. Donc Alain me dit : " Ça ne peut pas aller maintenant. S'il monte, je vais le recevoir. Toi, tu n'es pas là. "

— Comment ? Vous y étiez ? Mais nous avons visité tout l'appartement.

— J'étais cachée dans un placard. Et puis, après votre visite, Alain a pensé qu'il valait mieux disparaître pendant quelque temps. On a filé le soir même. Et on a crêché un peu partout. Ici en dernier lieu. Et c'est d'ici qu'Alain s'est mis en rapport avec Seeberg.

— Avec qui ?

— Seeberg. Vous savez bien, le type de la banque.

— Oui, naturellement. Je m'étonne simplement qu'Alain l'ait connu.

— Alain ! Vous voulez rire ! Il connaissait toute la bande. Et c'est d'ailleurs pour cette raison qu'il voulait vous vendre la vérité, à vous et non à l'un ou l'autre de ces messieurs. " Beaucoup trop dangereux ", disait-il. Vous, non, vous n'étiez pas dangereux. Disposé à payer dans l'intérêt de la compagnie que vous représentez, n'est-ce pas ? » Nicole Monnier fourragea dans ses cheveux emmêlés. « Enfin, c'est ce qu'il disait alors. Mais quand on a été bien planqués, il a commencé à changer d'avis. La folie des grandeurs, vous savez ce que c'est ? S'est mis dans la tête de vendre le tout à Seeberg pour un million. A pris rendez-vous avec ce monsieur par téléphone. Devait le rencontrer hier soir au vieux port. Evidemment, il y est allé sans emporter les pièces à conviction. Vous savez comment ça s'est terminé. » Nicole Monnier scruta le dos de ses mains. Son vernis à ongles était tout écaillé. « Eh oui, soupira-t-elle.

— Vous pensez que c'est Seeberg qui a descendu Alain ?

— Pas lui personnellement. Ils ont un spécialiste pour ce genre de travail.

— Ah bon ! Mais comment...

— Un peu de patience, monsieur Lucas. Vous ne tarderez pas à comprendre. » Elle se pencha en avant et me confia à mi-voix : « Il faut savoir pour commencer qu'Alain connaissait très bien Argouad.

— Qui ça ?

— Argouad, voyons ! L'Algérien de La Bocca ! Dites donc, vous êtes drôlement dur à comprendre !

— Je... Oui. Excusez-moi. Argouad — naturellement. Et alors ?

— Un beau jour Argouad rend visite à Alain et lui raconte qu'une femme, une Italienne, est venue le voir pour lui proposer une somme de cent mille francs en échange d'une caisse de dynamite. Cette histoire a beaucoup intéressé Alain et il s'est aussitôt mis sur le coup. S'est rendu compte, en filant cette personne tout de suite après la transaction, qu'il s'agissait de la gouvernante de Mme Hellmann. Sur ces entrefaites, Hellmann débarque à Cannes. Que fait Alain ? Il le prend sous la loupe. Le suit dans ses déplacements qui le mènent sans arrêt chez les mêmes gens : Fabiani, Tenedos, Sargantana, Kilwood, Thorwell. Bien. Le problème, c'était de pénétrer dans l'intimité de ces gens. Alain connaissait un Italien qui connaissait très bien le maître d'hôtel de Tenedos.

— Vittorio ?

— Vittorio, oui. Par le truchement de cet Italien, Alain prend contact avec Vittorio. C'est la bonne affaire car ce Vittorio déteste cordialement son patron.

— Oui, je sais, parce que Tenedos est milliardaire.

— Pas du tout !

— Pourquoi donc ?

— Parce que Tenedos est un porc ! Et que Vittorio n'aime pas les porcs. Bref, le maître d'hôtel et Alain tombent d'accord. Vittorio tâchera de lui procurer quelques lumières sur Tenedos. Alain lui propose de l'argent. Il n'en veut pas. Pas un sou. Ce qui l'intéresse, c'est de démolir Tenedos. Et il installe donc un système de micros dans le salon des Tenedos. Les micros sont reliés à un magnéto à cassettes dissimulé dans sa chambre. » Nicole Monnier se leva, brancha le magnéto posé sur la table à une prise au pied du lit et revint s'asseoir. « Je vais vous faire entendre maintenant une conversation entre Tenedos et Hellmann. » Elle poussa sur une touche. Le témoin rouge s'alluma. « Vittorio a fait tourner le magnéto alors que la conversation était déjà commencée. Mais ce n'est pas très grave. On en apprend bien assez comme ça. » Elle poussa sur une autre touche. Une voix d'homme se fit entendre...

« ... faudra-t-il que je vous le répète ! Je ne me suis douté de rien jusqu'au jour où l'on m'a fait cette remarque au Frankfurter Hof. De rien, vous m'entendez ! J'ai filé à la banque et j'ai fouillé dans les papiers de Seeberg. Et là, j'ai compris. Tout ! Il trafiquait derrière mon dos depuis des années ! Avec Kilwood et, par son intermédiaire, avec vous tous ! Mais ça ne se passera pas comme ça ! Vous m'entendez, Tenedos ! Vous allez voir de quel bois je me chauffe ! »

VOIX DE TENEDOS : « Ce que vous demandez est absurde ! Les transactions ont eu lieu. Vous ne pouvez pas en effacer la trace. Et personne ne croira que vous n'en saviez rien, que tout cela a pu se faire derrière votre dos ! »

VOIX DE HELLMANN : « Vous croyez ça ? Je citerai des experts ! Je compte quelques amis dans la banque, Tenedos ! Des gens au-dessus de tout soupçon ! Ils témoigneront ! Ils démontreront que le patron d'un établissement bancaire de l'importance de celui que je dirige peut effectivement être tenu dans l'ignorance de transactions de cet ordre par un fondé de pouvoir sans scrupules ! »

TENEDOS : « Ne criez pas comme ça ! »

HELLMANN : « Je vais crier encore plus fort, Tenedos ! Tenez-vous-le pour dit ! Vous avez voulu me ruiner ! Faire main basse sur la banque avec l'appui de Seeberg ! Vous pensiez que j'allais me flanquer une balle dans la tête, hein ? Eh bien, non ! Vous allez couvrir mon déficit ! Vous allez m'aider à effacer toute trace de ces trafics ! Vous allez sortir de l'ombre au lieu de vous cacher derrière mon dos ! Ou alors, je prendrai le risque de révéler vos agissements ! »

TENEDOS : Dans ce cas, vous êtes fichus, vous et votre banque. »

HELLMANN : « C'est ce que nous verrons ! Ce n'est pas vous qui en déciderez, en tout cas ! Je ferai déclencher une enquête ! Je veillerai moi-même à la formation d'une commission d'experts ! On verra ce qui en résultera ! »

Nicole Monnier poussa sur la touche *Stop*.

« Et ça continue comme cela pendant un bon moment. Hellmann s'emporte et menace. Tenedos ne dit ni oui ni non. Vous aurez tout le temps d'écouter la totalité chez vous. Je préfère vous faire entendre maintenant une autre conversation entre Tenedos et Sargantana. La visite de Sargantana fait suite à celle d'Hellmann. Là encore, Vittorio a branché le magnéto un peu trop tard. » Nicole Monnier fit défiler la bande. Puis elle poussa sur la touche *On*.

SARGANTANA : « ... bien d'accord, n'est-ce pas ? On laisse mariner Hellmann. On n'accepte pas de l'aider mais on ne refuse pas non plus. On lui dit qu'il aura une réponse définitive à son retour de Corse. »

TENEDOS : « Dont il ne reviendra jamais. »

SARGANTANA : « Non, jamais. A condition, naturellement, que chacun fasse proprement son boulot. Vous êtes sûr du type qui a livré l'explosif à la gouvernante ? »

TENEDOS : « Absolument. »

SARGANTANA : « Je l'espère pour vous ! Et pour nous tous ! Il faut que nous puissions avoir toute confiance dans les gens que nous employons. Le moindre faux pas, la moindre indiscrétion et notre plan s'écroule. »

TENEDOS : « Je sais. Nous sommes tous parfaitement conscients de cela. Vous nous prenez pour des idiots ? »

SARGANTANA : « Loin de moi cette pensée ! »

TENEDOS : « Si cela peut vous rassurer, nous avons fait appel uniquement à des gens du milieu. J'ai déniché un spécialiste des bombes à retardement. Un type très fort et qui n'a pas l'habitude de poser des questions. Thorwell, de son côté, a trouvé quelqu'un pour toute la partie électrique. De notre côté, il n'y a pas à s'en faire. Reste le tueur que vous deviez recruter, vous et Kilwood. Qu'en est-il ? »

SARGANTANA : « Nous avons trouvé ce qu'il nous fallait. »

TENEDOS : « Qui est-ce ? »

SARGANTANA : « Je pense qu'il vaut mieux que vous l'ignoriez. Comme j'ignore, moi, qui vous faites travailler. »

TENEDOS : « Bon, bon. »

SARGANTANA : « Tout ce que je peux vous dire c'est que, de ce côté-là non plus, il n'y a pas à s'en faire. Il nous débarrassera des indiscrets. Et sans risques ! Car c'est un professionnel et de plus, un personnage au-dessus de tout soupçon. »

Nicole Monnier poussa sur la touche *Stop*. « On n'en apprend pas davantage sur le tueur, dit-elle. Mais nous savons maintenant à qui revient l'initiative de tous ces meurtres : Viale, la gouvernante, Alain.

— Et ces photos ? » demandai-je en montrant la table.

« Toutes faites par Alain. Il a beaucoup travaillé à cette affaire, vous savez ? Elle fouilla dans le tas. Tenez ! Ici, le type qui a construit l'engin de mort. Elle me passa le cliché. Son nom et son adresse sont portés au dos. Il y a aussi la photo du type qui s'est occupé du système électrique. D'autres encore où on les voit, tous les deux, en grande conversation. Et puis surtout, il y a le coup de maître d'Alain. » Elle passa rapidement les photos en revue.

« C'est quoi, son coup de maître ? m'enquis-je.

— Un instantané de la personne qui a dissimulé la machine infernale sur le *Moonglow*.

— Quoi ! Mais comment...

— Alain avait soudoyé les deux matelots qui dormaient habituellement à bord du yacht. Il y est lui-même resté trois jours et trois nuits, sachant que quelqu'un viendrait nécessairement placer l'engin à bord. Et la troisième nuit, effectivement... Tenez, voyez vous-même. Elle me tendit le cliché. Photo aux infrarouges. Formidable, non, on y voit comme en plein jour... »

J'examinai la photo. Effectivement ! Dans la salle des machines, transportant à bout de bras une sorte de cassette cubique, Hilde-les-Gros-Diams, la sœur de Herbert Hellmann.

22

A 21 h 30, j'étais de retour au Majestic.

Je louai un second coffre et y déposai tout le matériel que Nicole Monnier m'avait vendu pour cent mille francs.

« Téléphone pour vous, monsieur Lucas », me dit le portier au moment où je lui remettais la clé. « Un monsieur de Düsseldorf. C'est la quatrième fois qu'il appelle. Cabine trois, je vous prie. » J'entrai dans la cabine et décrochai.

« Robert ?

— Gustave ! Tu tombes à pic ! Si tu savais ce que... » Un curieux pressentiment brisa mon élan. « Quest-ce qui se passe ? demandai-je.

— Tu vas revenir à Düsseldorf, dit Gustave Brandenburg. Demain matin par le premier vol. Et je veux te voir au bureau. Illico !

— Mais qu'est-ce que...

— Angela Delpierre.

— Qu'est-ce qu'il y a avec Angela Delpierre ?

— Tu le sais fort bien.

— Toi aussi, il me semble ! Ne m'as-tu pas félicité toi-même la dernière fois que...

— Première nouvelle, coupa sèchement Gustave.

— Voyons, Gustave ! Tu te souviens bien, non ?

— Là n'est pas la question. On s'est plaint. Des gens de Cannes. Des gens très influents. Et pas à moi, à la direction, mon bonhomme ! Ta conduite fait scandale. La direction a promis de te retirer de la circulation. Tu es bon pour la retraite, Robert.

— Dis donc, Gustave, tu te souviens de tes belles paroles de l'autre fois : vous pouvez compter sur moi, il n'y a rien que je ne ferais pour vous, pour toi et pour elle, etc., etc.

— J'ai dit ça, moi ? Tu m'étonnes, fiston ! Mais après tout, pourquoi pas ? Si je devais me rappeler toutes les conneries que j'ai pu proférer dans ma chienne de vie...

— Espèce de fumier !

— Boucle-la, dit Brandenburg. Demain matin, Düsseldorf. A la première heure. Et à mon bureau, illico ! Est-ce que c'est clair ? »

Je raccrochai sans répondre.

J'allai voir le portier et le priai de faire réserver une place à mon nom sur le premier vol pour Düsseldorf, le lendemain matin.

« Bien volontiers, monsieur Lucas. Je suppose que vous gardez votre chambre ?

— Oui, bien sûr. »

Je me dirigeai vers la sortie.

« Monsieur Lucas ! » C'était le portier, derrière moi. « J'ai failli l'oublier ! Une lettre pour vous. Arrivée cet après-midi. » Il me tendit le pli. Je regardai le dos de l'enveloppe. Expéditeur : Paul Fontana, docteur en droit, avocat au barreau.

23

« Cher monsieur, vous trouverez ci-joint copie d'une lettre que vient de m'expédier le docteur Borchert, avocat de votre épouse. J'espère vous voir bientôt à Düsseldorf afin que nous examinions ensemble la situation. Signé, Paul Fontana, avocat. » Je regardai Angela, assise sur la balancelle, suivant attentivement ma lecture. « Voyons cette copie. » Je tirai de l'enveloppe un mince papier. Je le dépliai et lus : « Cher collègue, Mme Karin Lucas a reçu de vous une lettre par laquelle vous l'informez avoir introduit une demande de divorce émanant de M. Robert Lucas, son époux. J'ai l'honneur de vous faire savoir que ma cliente, Mme Karin Lucas, n'envisage en aucun cas de souscrire à cette demande. Il apparaît d'ailleurs clairement, au vu de la situation qui m'est décrite par ma cliente, qu'il ne saurait même être question d'engager valablement une procédure en ce sens. Signé Borchert, avocat. »

Je baissai les bras.

« Encore pire que ce que je craignais, dis-je.

— Nous savions que ce ne serait pas simple, déclara Angela. Pour moi, je me suis préparée à affronter toutes les difficultés. Je te l'ai dit, Robert, si ça ne marche pas, tant pis. Rien ne nous empêche de vivre ensemble malgré tout. »

Elle me sourit. Je m'approchai d'elle et l'embrassai.

« Tu es vraiment merveilleuse.

— Je t'aime, Robert, voilà tout. »

Je pris mon courage à deux mains.

« Il va falloir que j'aille à Düsseldorf », dis-je.

Elle se borna à acquiescer en silence.

« Il faut que je voie Fontana. Et puis aussi Brandenburg.

— Tu as du nouveau pour lui ?

— Oui. Figure-toi que j'ai retrouvé la petite amie de Danon, tu sais, le type qu'on a retrouvé avec une balle dans la tête au fond du vieux port.

— Sans blague !

— Oui. Elle a pas mal d'informations à vendre. Elle et les amis de Danon. Mais ça risque de nous coûter cher. Il faut que j'en parle à Gustave. Et il est probable qu'il devra consulter la direction.

— Quand pars-tu ?

— Demain matin.

— Et... et quand te reverrai-je ?

— Bientôt, chérie. Très bientôt. »

24

« J'ai fait ce que j'ai pu pour te tirer d'affaire, déclara Gustave Brandenburg. Si tu savais ce que j'ai pu user comme salive ! Mais en vain. Je le regrette pour toi. Mais permets-moi de te dire que tu t'es vraiment comporté comme un idiot. Un idiot fini.

— Et en quoi faisant, s'il te plaît ?

— En quoi faisant ? Il me demande en quoi faisant ! » Gustave jeta dans la corbeille à papiers le bout de havane éteint planté au coin de son bec et leva les bras au ciel. « Nous passons outre à l'avis de Betz concernant ton état de santé. Nous faisons en sorte que la direction n'y regarde pas de trop près. Et monsieur ne trouve pas mieux à faire que de jouer les jolis cœurs à Cannes ! Je m'en fiche, moi, que tu baises à droite et à gauche ! Je ne t'en ai jamais fait reproche ! Mais filer le parfait amour au vu et au su de tout le monde, là, à Cannes, où il fallait surtout ne pas donner prise à la critique, où se jouait la partie la plus serrée de ta carrière... Un idiot fini, oui.

— Gustave ?

— Ouais ?

— Tu ne te rappelles toujours pas ce que tu m'as dit l'autre fois ? Les bonnes paroles du bon oncle Gustave ? Vous pouvez compter sur moi — toi et elle — le bon oncle Gustave sera toujours là pour vous aider, etc. Bla-blabla, hein ?

— Je n'ai jamais rien dit de tel, déclara Gustave froidement.

— Espèce de sale menteur !

— Quoi ! Des insultes maintenant, gueula-t-il. Tu ferais mieux de te tenir à carreau ! Dans la situation où tu es, tu ne peux pas te permettre de jouer les fiers-à-bras ! Car tu es fini ! Viré ! Tu m'entends ?

— Pas la peine de me faire un dessin. J'avais compris. »

Il se calma aussitôt.

« Au rancart, fiston ! La Global en a assez de tes frasques. Nous avons une réputation à défendre. Et moi qui te faisais confiance ! Moi qui... Ah ça, je t'aurais cru plus malin ! Mais voilà, tout le temps la queue en l'air, hein ? Les histoires de cul, c'est ça qui...

— Encore un mot là-dessus, Gustave, et je te casse la gueule ! » dis-je très vite. Il se souleva légèrement de son siège, l'air éberlué, oubliant même de mâchonner le pop-corn qu'il avait dans la bouche. « Plus d'allusion à cette dame, compris ! Ou alors, je te fais avaler ce qui te reste de dents ! »

Il fit la grimace et se rassit.

« Bon, bon, n'en parlons plus. Estime-toi heureux du sort qui t'est réservé. La Global est plus correcte avec toi que tu ne l'as été avec elle. Retraite anticipée sur foi de l'avis exprimé par le docteur Betz. Et pas du tout — comme nous aurions pu le faire — pour faute professionnelle. Car il y a eu faute professionnelle, n'est-ce pas ? Et la direction aurait pu, considérant ta conduite scandaleuse et compte tenu des plaintes formulées par certaines personnalités...

— Oh, ça va ! Ecrase ! »

Il blêmit.

« Qui est-ce qui va prendre l'affaire en main maintenant ? m'enquis-je. Bertrand ? Holger ?

— Personne, dit-il.

— Ça veut dire quoi ?

— L'affaire est classée. La Global paye. »

25

« Et qu'est-ce que tu vas faire maintenant ? » s'enquit Fontana, à qui je venais de raconter mon entrevue avec Brandenburg. Comme d'habitude, sa physionomie ne traduisait aucune espèce d'émotion.

« Je retourne à Cannes. Dès que j'aurai reçu la lettre officielle de la Global. Dès demain, j'espère.

— Je... Ecoute, Robert...

— Ne t'en fais donc pas pour moi, Paul. Cette révocation déguisée ne me gêne finalement pas tellement. Et le divorce — ma foi... Mais dis-moi, il y a une chose que je voulais te demander.

— Si c'est dans mes cordes...

— Est-ce que tu connais un notaire à Cannes ? Je veux dire quelqu'un que tu puisses me recommander ?

— Je crois que oui. Attends voir. » Fontana sortit un dossier de son bureau et se mit à le feuilleter. « Voilà. » J'inscrivis sur mon agenda le nom et l'adresse du notaire. Il s'appelait Charles Libellé. Puis je pris congé de Fontana. Il m'accompagna jusqu'au palier sans cesser de me tapoter sur l'épaule. On se serra la main. Je montai dans l'ascenseur. Fontana se tenait toujours sur le seuil. « Bonne chance, me lança-t-il. Et à bientôt ! »

Je le vis encore, très rapidement entre les barreaux de la porte, tandis que la cabine commençait à descendre, et je crus voir tressaillir quelque chose dans son visage.

Je ne devais jamais revoir mon ami Paul Fontana.

26

« Demain après-midi, oui. Et définitivement !

— Définitivement ! s'exclama-t-elle.

— Oui, Angela. Brandenburg est aux anges !

— Parce que tu as remis la main sur cette fille ?

— La petite amie de Danon, oui. Et j'en ai profité pour demander ma mutation à Cannes. Je serai l'agent attitré de la compagnie en France. C'est pas formidable, ça ?

— Formidable, oui !

— Quant à mon divorce, je...

— L'essentiel c'est que tu reviennes, Robert, dit-elle. L'essentiel, c'est que nous soyons ensemble. Tant pis si le divorce est long à obtenir ! »

27

« Je suis très malade, dit Hilde Hellmann. Et je n'entends rien aux affaires. Je souhaite que M. Seeberg reste à mon côté.

— Et moi, je souhaite que M. Seeberg nous laisse seuls, dis-je.

— Je suis le fondé de pouvoir de la banque Hellmann et l'ami de Mme Hellmann, intervint Seeberg. Ou vous parlez en ma présence, ou alors vous vous en allez. »

Mais le temps où je me laissais marcher sur les pieds était bel et bien révolu. Et, m'adressant à Seeberg : « Disparaissez ou alors ce n'est pas à Mme Hellmann que je vais parler mais à la police. » L'effet ne se fit pas attendre.

« Laissez-nous, Seeberg », déclara Hilde-les-Gros-Diams.

Et le fondé de pouvoir quitta la pièce.

Cela se passait le lundi 26 juin à 16 heures.

Le matin même, j'avais rendu visite à Charles Libellé, le notaire que m'avait recommandé mon ami Paul Fontana. Je lui avais remis deux enveloppes scellées, l'une contenant les photos, l'autre la bande magnétique, achetées par moi à Nicole Monnier. Nous nous étions rendus à la Banque Nationale de Paris et nous avions déposé ces documents dans un coffre. Libellé avait reçu de moi une clé et une procuration qui lui donnait accès au coffre.

« Au cas où je viendrais à mourir de mort violente, je vous charge d'organiser une conférence de presse internationale à Zurich et d'y présenter la totalité du matériel que je vous confie. Après quoi, vous remettrez le tout à Interpol. Mais après la conférence de presse seulement, j'insiste sur ce point.

— J'ai parfaitement compris, monsieur Lucas. Et si vous mourez de mort naturelle ?

— Dans ce cas, vous ne bougez pas. Et tout reste à la banque. Sauf si...

— Sauf si ?

— C'est le deuxième cas qui peut se présenter. Il concerne une personne qui s'appelle Angela Delpierre dont je vous prie de prendre immédiatement les coordonnées. »

Le notaire s'était exécuté.

« Et quelles sont les dispositions à cet égard, monsieur Lucas ?

— Les mêmes que pour moi. Si je meurs de mort naturelle et si, après mon décès, cette personne devait périr de mort violente, vous présenterez les documents à la presse internationale avant de les transmettre à Interpol. »

Bref, tout s'était très bien passé chez Me Libellé et j'avais quitté l'étude, rasséréné, non sans lui avoir demandé d'appeler Hilde Hellmann vers 17 heures pour la mettre au fait de notre arrangement.

« Et de quoi voulez-vous me parler ? » s'enquit Hilde-les-Gros-Diams quand Seeberg eut disparu.

« Des meurtres que vous avez commis et de ceux que vous avez fait commettre.

— Quoi ! Elle me fixa de ses yeux roses mi-clos. Vous êtes fou ?

— Mais non, mais non. Et vous le savez bien. Je veux vous parler à vous parce que vous êtes l'instigatrice de tout cela. Et ne nous perdons pas en vains détours, vous voulez bien ? Je sais tout, vous m'entendez ? Tout !

— Vous êtes tombé sur la tête !

— Peut-être bien, dis-je. Mais vous, en tout cas, vous avez de la suite dans les idées. Car le plan, c'est vous qui l'avez conçu. Avec l'appui de votre acolyte Seeberg. Et c'est vous qui avez distribué les rôles. Anna Galina a été chargée de la négociation avec Argouad. Tenedos a fourni le spécialiste artificier, Thorwell l'électricien, Kilwood et Sargantana le tueur. »

Les-Gros-Diams secoua la tête. « Vous délirez complètement, Lucas ! siffla-t-elle. Je vais vous faire jeter dehors ! » Sa main se tendit vers le téléphone.

« Allez-y, dis-je en la regardant droit dans les yeux. Appelez la police tant que vous y êtes. »

Elle retira sa main.

« Oui, chacun avait son petit rôle à jouer. Sa part dans l'exécution du plan. Et vous, la chère sœur du regretté Herbert Hellmann, vous avez placé la bombe à bord du *Moonglow*.

— Moi ? Mais c'est... Mais...

— La stricte vérité, madame. Puisque je vous dis que je sais tout. Et non seulement je sais tout, mais j'ai les pièces à conviction. Bande magnétique, photographies, tout ce qu'on veut. Tenez, j'ai même un cliché qui vous montre dissimulant l'engin sur le *Moonglow*. »

Je tirai une photo de ma poche et la laissai tomber sur le tapis. Hilde-les-Gros-Diams sauta prestement du lit et ramassa la photo. C'était une carte postale représentant la Croisette.

« Espèce de...

— Pas de gros mots, madame. Je le supporte mal. »

Elle se recoucha. Le téléphone sonna. Hilde décrocha, je pris l'écouteur.

« Ici Charles Libellé, notaire. Madame Hellmann ?

— Oui.

— M. Lucas est auprès de vous ?

— Oui.

— C'est lui qui m'a chargé de vous appeler. J'ai mission de vous informer qu'il m'a confié des photos et une bande magnétique que je dois communiquer à la presse puis transmettre à Interpol sous certaines conditions que M. Lucas vous expliquera lui-même. C'est tout ce que j'avais à vous dire. Mes hommages, madame. »

Il avait raccroché.

Hilde me fixa longuement.

« Et qu'est-ce qui me dit que vous ne bluffez pas ?

— Rappelez le notaire ! Et avertissez la police ! On verra bien !

— Les photos..., marmotta-t-elle. Qu'est-ce qu'elles montrent ?

— Un peu de tout. Plus particulièrement le type qui a construit la bombe. L'électricien aussi. Et puis vous, à bord du *Moonglow*.

— Impossible. Il faisait noir.

— Le cliché a été pris aux infrarouges. »

De nouveau, elle me fixa de ses yeux mi-clos.

« Si je comprends bien, vous voulez me faire chanter ?

— Exactement, madame.

— Voilà qui intéressera sûrement votre compagnie. Et la police aussi.

— Oh ! sûrement », dis-je. Je décrochai le téléphone et commençai à composer un numéro.

« Qu'est-ce que vous faites ?

— J'appelle le commissariat central. »

Sa main s'abattit sur le combiné.

Il y avait une certaine panique dans son regard maintenant.

Elle murmura : « Qu'est-ce que vous voulez ?

— Une confession manuscrite, madame Hellmann. Avec tous les détails.

— Tous ? C'est impossible !

— Il le faudra bien pourtant.

— C'est vraiment impossible.

— Et pourquoi donc ?

— Parce que je ne sais pas... je ne sais pas qui est le tueur.

— Tant pis, dis-je. Nous nous passerons de ce détail. Mais pour le reste, je veux un récit minutieux. Mettez-vous tout de suite au travail. Je vous donne jusqu'à lundi prochain. Mais avant, il y a autre chose.

— Quoi ? »

— La Global va payer pour le *Moonglow*, dis-je. Quinze millions de marks. Ces quinze millions, je les veux. »

28

« Quinze millions... murmura Hilde Hellmann. Vous courez à votre perte. On vous demandera d'où vous vient cet argent. Vous ne pourrez jamais justifier...

— Personne ne me demandera de justifier quoi que ce soit.

— Comment cela ?

— Je veux l'argent en Suisse. Sur un compte chiffré. Jeudi prochain, à Zurich.

— Jeudi prochain ! Je ne pourrai pas débloquer une somme aussi considérable sans éveiller l'attention !

— Madame Hellmann ! Vous avez un excellent fondé de pouvoir, non ? Et j'ouvrirai mon compte à une banque que vous m'indiquerez et où vous disposez de fonds importants. Cela facilitera la transaction. D'autre part, le versement se fera en deux temps. Huit cent mille marks jeudi matin et les quatorze millions deux cent mille restants en début d'après-midi.

— Et pourquoi cela ?

— Parce que je ne serai pas seul. Et je ne veux pas que la personne qui m'accompagnera soit informée du montant total.

— Mme Delpierre, hein ? Vous allez l'emmener à Zurich et lui donner pouvoir sur ce compte ?

— Exactement. Je ne veux pas que Mme Delpierre pleure misère si je venais à disparaître.

— Je... Oh... Vous n'êtes qu'un...

— Madame Hellmann ! Jeudi à 10 heures. Hôtel Baur-au-Lac, Zurich.

N'oubliez pas ! Je patienterai jusqu'à 10 h 30. Pas une minute de plus. Et maintenant une dernière chose.

— Quoi ? Encore ! Mais vous êtes insatiable !

— Pas autant que vous, madame. Et comme il faut bien vivre, vous me verserez dorénavant, en plus de ces quinze millions, cinquante mille francs par mois. Je vous indiquerai très prochainement où et quand le premier paiement devra être effectué. Par la suite nous tâcherons de trouver une solution simple et efficace à ce problème. Il faut que ces versements mensuels se fassent automatiquement, à une date que je vous fixerai.

— Lucas, je... je vous... je vous... »

Gros-Diams avait visiblement du mal à se contenir.

« Ne vous donnez pas cette peine, madame Hellmann. Je vous tiens. Et je ne vous lâcherai pas. Souhaitez-moi tout le mal que vous voudrez, mais n'oubliez pas que s'il m'arrive quelque chose ou s'il arrive quelque chose à Mme Delpierre, je lâche aussitôt le morceau. Est-ce que c'est clair ? »

Elle ne dit rien.

« Je vous ai demandé si c'était clair.

— Oui... c'est... clair... Gros-Diams respirait difficilement. Je... vous... hais... marmotta-t-elle.

— Le contraire m'étonnerait », dis-je.

Et d'un seul coup, elle explosa.

« Je vous hais, Lucas ! Allez au diable ! Je... Oh... » Elle pressa ses mains baguées contre sa poitrine et respira convulsivement. Seeberg fit irruption dans la chambre.

« Mon Dieu ! Mais qu'est-ce qui se passe ?

— Madame vous l'expliquera, dis-je. Au revoir, madame Hellmann. Au revoir, monsieur Seeberg. » Je sortis. Un domestique en livrée me conduisit jusqu'à la porte d'entrée. La jeep à baldaquin attendait au pied de l'escalier. Je montai à bord. Le chauffeur démarra aussitôt. On passa devant la colonne surmontée de la tête sculptée du dieu Janus. Un oiseau bariolé était perché dessus.

29

« Je voudrais que tu viennes avec moi à Zurich, dis-je. J'y ai rendez-vous jeudi.

— A Zurich ? Mais pourquoi ?

— J'ai fait un héritage il y a quelques années. Huit cent mille marks. Je veux les transférer sur un compte chiffré afin que Karin ne puisse pas y toucher. Il faut que tu signes, toi aussi. De cette façon, s'il m'arrivait quelque chose, tu disposerais de cet argent.

— Robert, je t'en prie ! Ne dis pas des choses pareilles.

— Il faut penser à tout, non ? Il y a un vol Swissair tôt le matin. On sera de retour ici dans la soirée. D'accord ? »

Angela acquiesça en silence.

30

On descendit donc à l'hôtel Baur-au-Lac. Je louai deux chambres attenantes. Elles donnaient sur le canal et il y faisait plutôt sombre. Mais comme nous n'avions pas l'intention de nous attarder à Zurich...

La veille, on était allés à Cagnes-sur-Mer. Il y avait foule à l'hippodrome et nous y avions rencontré Claude et Pasquale Trabaud. Ils nous avaient invités au grand gala annuel du Palm Beach commémorant le jour de l'Indépendance américaine.

« Noblesse oblige, avait dit Claude avec un sourire. Nous avons une table aux premières loges et la possibilité d'inviter deux personnes. On aimerait que ce soit vous.

— D'autant plus que cela couperait court aux ragots qui circulent sur votre compte, avait ajouté Pasquale.

— Toujours Bianca Fabiani ? avais-je demandé.

— Elle et les autres. Il faut que cela cesse. Et je ne vois pas de meilleur moyen que celui-ci : Vous afficher ostensiblement, avec nous, au cours de cette soirée. Alors ? Qu'est-ce que vous en dites ? Vous viendrez ?

— Avec grand plaisir, Pasquale ! » Angela avait l'air ravi. « Nous irons, n'est-ce pas, Robert ? »

C'était chose décidée. On nous verrait au gala du Palm Beach et je songeai justement à la tête que ferait cette catin de Bianca Fabiani quand le téléphone sonna dans ma chambre. Je consultai ma montre — 10 h 15 — et je décrochai.

« Monsieur Lucas ?

— Oui.

— Il y a un M. Liechtenstein qui vous demande. Il déclare avoir rendez-vous avec vous. Il est là, dans le hall.

— Nous descendons immédiatement », dis-je.

Jeune — trente-cinq ans environ —, plutôt corpulent, vêtu avec une élégance discrète, Liechtenstein avait une physionomie impénétrable. Il nous salua très brièvement et me tendit un papier. Le document portait la signature de Seeberg et autorisait Liechtenstein à mener à bien la transaction convenue.

« Nous sommes attendus à la Schweizer Merkurbank, m'apprit Liechtenstein. Ce n'est pas loin d'ici. Le mieux est d'y aller à pied. »

A Zurich aussi, le temps était doux et le soleil brillait. Arrivés à la banque, on grimpa au quatrième en ascenseur. Là, luxe feutré, boiseries et moquette. Un employé vint à notre rencontre. Liechtenstein lui expliqua le motif de notre visite. « Un instant, je vous prie. »

Il disparut dans un bureau et en ressortit, trente secondes après, accompagné d'un petit monsieur rondouillard à la mine paterne. Il se présenta :

« Ruth, directeur de la Schweizer Merkurbank », et nous conduisit dans son somptueux bureau. « Veuillez prendre place. »

Liechtenstein tendit plusieurs papiers à Ruth et les deux hommes échangèrent quelques mots à voix basse.

« Qui est ce Liechtenstein ? s'enquit discrètement Angela.

— Un représentant de ma banque à Düsseldorf, lui soufflai-je. Je l'ai prié de venir à Zurich. Il s'occupe du transfert des fonds. Cela ne pouvait se faire que de banque à banque, tu comprends ? »

Le directeur Ruth leva les yeux.

« Très bien, très bien, dit-il. M. Liechtenstein va nous quitter maintenant car il a fort à faire. Et ma foi, nous sommes bien assez grands pour régler cette petite affaire entre nous, héhé.

— Héhé », dis-je. Je me levai, fis deux pas dans la direction de Liechtenstein, lui tendis la main et lui glissai : « A 2 heures devant la banque. Avec le reste. » Il acquiesça, esquissa une brève courbette devant Angela et disparut.

Je me rassis. Ruth reprit place derrière son bureau, se frotta vigoureusement les mains et dit : « Compte chiffré, n'est-ce pas ?

— Oui, dis-je.

— A votre nom et à celui de madame, si j'ai bien compris.

— Exactement.

— Bien. Voulez-vous me confier vos passeports, je vous prie. Cela m'évitera de vous poser un tas de questions. »

Nous lui tendîmes nos passeports. Il tira de son bureau deux formulaires avec un carbone, prit quelques notes et nous rendit les pièces.

« Je n'ai besoin que de vos nom et date de naissance. Bien. »

Il réfléchit un instant, puis, se courbant de nouveau sur les formulaires, il marmotta tout en écrivant : « Huit cent mille marks — ce qui fait... » Il calcula rapidement. « Neuf cent quarante-neuf mille trois cent soixante francs suisses. J'inscris tout de suite le montant. Vous verrez tout à l'heure mon secrétaire, il comptabilisera le dépôt et vous délivrera un reçu. Voilà. » Il déposa son stylo à bille en or. « Compte joint. Ce qui veut dire que chacun de vous peut à tout moment déposer de l'argent ou en retirer. Sous chiffre, c'est-à-dire anonymement. Pas d'impôts à payer, pas d'indiscrétions à craindre. Je n'ai plus qu'à vous demander vos signatures. Celle de M. Lucas puis la vôtre, madame. »

Nous signâmes. Ruth apposa son propre paraphe et nous conduisit dans le bureau voisin. « Mon secrétaire va s'occuper du reste. » Il nous remercia d'avoir fait confiance à la Schweizer Merkurbank et prit congé. Le jeune homme qui lui servait de secrétaire nous demanda de patienter un instant et nous laissa seuls, Angela et moi. Deux minutes après, il était de retour et me tendait le reçu. Le montant du dépôt y était porté en lettres et en chiffres : 949 360 francs suisses. Au-dessus, le numéro du compte. Nous remerciâmes le secrétaire et regagnâmes notre hôtel. C'était à cinq minutes à pied seulement...

A 14 heures précises, j'étais de retour à la Schweizer Merkurbank. Liechtenstein arriva presque en même temps que moi. On remonta au quatrième et on se retrouva dans le bureau de Ruth. Derechef Liechtenstein lui tendit un certain nombre de papiers et ils échangèrent quelques mots à mi-voix. Ruth ne montra pas le moindre signe d'étonnement. A 14 h 20, l'affaire était réglée et je quittais la banque en compagnie de Liechtenstein, toujours impassible et qui me quitta sans desserrer les dents, me saluant simplement d'une brève courbette. Dans ma poche, une grande enveloppe avec les deux reçus, le second d'un montant de quatorze millions deux cent mille marks, soit seize millions huit cent cinquante et un mille cent quarante francs suisses.

A l'hôtel, je m'installai à la terrasse en attendant Angela qui était allée faire quelques emplettes. Je regardai ma montre. 14 h 45. Notre avion quittait Zurich à 17 h 30. Je songeai que le mieux serait de passer au Palm Beach dès notre arrivée à Cannes et de déposer l'enveloppe dans le coffre d'Angela. Elle y serait bien à l'abri et Angela pourrait en disposer librement au cas où...

« Oui, dis-je, la Global va payer pour le *Moonglow*. Elle pourrait s'en dispenser car le mystère n'est pas élucidé. Mais la direction espère susciter de nouveaux développements en classant officiellement l'affaire. »

On s'était réunis au commissariat central pour faire le point de la situation, Roussel, Lacrosse, Tilmant, Kessler et moi-même.

Lacrosse éclata : « Payer ! Vous allez payer ! Il ne manquait plus que ça ! Décidément, je n'ai pas choisi le bon côté de la barrière ! »

Je remarquai que Tilmant lorgnait dans ma direction.

Je dis : « La Global pourrait évidemment exiger le remboursement intégral du montant de l'assurance et des frais d'enquête s'il devait s'avérer ultérieurement que Hellmann s'est donné la mort. Comprenez-moi bien, messieurs. Officiellement, nous classons l'affaire. Officiellement, je ne m'en occupe donc plus. Je reste à Cannes à titre privé. En vacances jusqu'à ce que la compagnie décide de me confier une autre mission. Nous espérons ainsi calmer les esprits — et aussi endormir un tant soit peu la méfiance de certaines gens. »

Kessler intervint : « Quant à moi, je reste en lice ! Que Dieu me damne si je lâche prise avant d'avoir tiré cette affaire au clair ! »

Roussel et Lacrosse lui firent écho.

Alors que nous quittions le commissariat, Tilmant me prit entre quatre yeux.

« Vous savez, Lucas, je ne crois pas que la Global tirera grand profit de cette nouvelle stratégie. »

« Ah bon ! Et qu'est-ce qui vous fait dire cela ? »

« Parce que ces gens dont vous comptez ainsi endormir la méfiance ne se méfient déjà plus. Ils se sentent d'ores et déjà parfaitement en sécurité, hors de portée des enquêtes policières, hors d'atteinte en somme. Pour tout vous dire, Clermont et Abel sont de nouveau en butte à toutes sortes de tracas. La guerre a repris de plus belle. »

Tilmant se gratta pensivement la tête.

« Eh oui, Lucas, ces gens-là se prennent pour des dieux. Tout leur est dû. Tout leur est permis. Ils vivent avec la conviction profonde qu'on ne pourra jamais leur demander raison de leurs agissements.

— En quoi ils ont tort, déclarai-je. On risque fort de leur en demander raison un jour.

— Non, dit Gaston Tilmant. Ce jour-là ne viendra jamais. » Et, après un silence, avec cet air accablé que je lui connaissais bien : « Le monde est pourri, Lucas. Et il le restera. »

32

« Voilà », dit Hilde-les-Gros-Diams en étendant le bras en direction de la table de chevet.

« Fini ?

— Oui », dit-elle.

Je m'assis, m'emparai des feuillets posés sur la table et lus attentivement. C'était une confession complète. Avec tous les détails, telle que je l'avais exigée. Rien n'y manquait — sauf évidemment le nom du tueur que Hilde ne semblait effectivement pas connaître. Et Sargantana avait dû refuser de le nommer.

« Satisfait ? » demanda Hilde-les-Gros-Diams d'une voix sourde. Elle ne portait aucun bijou ce jour-là. Et ma foi, je lui trouvai une mine plutôt anxieuse.

« Très bien, dis-je.

— Et le premier versement de votre rente mensuelle ? Comment pensez-vous vous faire payer ?

— Je vous le ferai savoir.

— Quand ?

— Très prochainement, madame Hellmann. »

Je la quittai et filai chez le notaire Libellé. La confession fut placée dans une enveloppe scellée et nous nous rendîmes ensemble à la banque. L'enveloppe vint s'ajouter dans le coffre aux pièces à conviction que m'avait vendues Nicole Monnier.

33

Le 4 juillet, vers 20 h 30, nous arrivions au Palm Beach, Angela et moi, à bord de la Rolls-Royce de Claude Trabaud. Atmosphère de fête. Façade illuminée, grand tapis rouge déroulé jusqu'au pied de l'escalier d'accès, essaim de photographes de presse, reporters de la télé, files de voitures plus somptueuses les unes que les autres, haie d'honneur formée par un régiment de la Garde républicaine. Et le gratin des grands soirs : édiles de Cannes et de Nice, aristocrates et artistes en vue, politiciens et grosses fortunes, financiers, industriels, banquiers et aussi bon nombre d'officiers, surtout américains, en grand uniforme, bardés de leurs décorations.

Un maître d'hôtel nous conduisit à travers le grand hall du casino jusqu'à la terrasse qui lui fait suite et qui donne directement sur la mer. Là, tables dressées — une centaine peut-être — et, en bordure de la terrasse, un vaste podium où un orchestre de variétés jouait des airs d'opérette. On nous installa à notre table, tout près du podium.

Après le dîner, le spectacle : d'abord un ballet, puis le clou de la soirée : tour de chant vivement applaudi de la vedette israélienne Esther Ofarim.

Le podium fut libéré vers les onze heures : place à la danse. Claude Trabaud invita Angela, je dansai avec Pasquale. La soirée, assez calme jusqu'alors, s'anima considérablement.

Nous étions revenus — non sans mal — à notre place lorsque le fondé de pouvoir Seeberg vint s'incliner devant Angela. Elle dansa avec lui. Aussitôt après, Sargantana l'invita, puis le préfet de police suivi par un officier américain.

J'étais seul à notre table depuis un bon moment quand Bianca Fabiani s'approcha.

« J'espère que vous ne m'en voulez plus, monsieur Lucas ?

— Vous en vouloir, madame ? Mais pourquoi ?

— Vous le savez bien. Je me suis mal conduite avec vous l'autre jour. Et je le regrette. Me pardonnerez-vous ?

— C'est déjà fait, dis-je.

— Dans ce cas, monsieur Lucas, dansons, voulez-vous ? »

Et je dansai donc avec Bianca Fabiani qui en profita largement pour presser contre moi son opulente poitrine et me contraindre à un frotti-frotta parfaitement déplacé. Elle me conduisit ensuite à la table de Tenedos et j'eus l'avantage de danser avec Melina-Face-de-Bébé et, aussitôt après, avec Maria Sargantana...

Un peu plus tard, j'avais enfin retrouvé Angela, nous dansions une valse et elle murmura à mon oreille : « Il semble bien que le vent ait tourné en notre faveur.

— Oui, dis-je, c'est bien possible. » Et en même temps je songeai aux paroles récemment prononcées par Gaston Tilmant : " Le monde est pourri, Lucas. Et il le restera... "

Les projecteurs s'éteignirent un à un, cédant la place aux lumières magiques du feu d'artifice : étoiles colorées, boules de feu, gerbes et fontaines éblouissantes reflétées par la mer immobile.

Angela se serra contre moi et chuchota : « A la Saint-Sylvestre aussi, il y a un feu d'artifice. Nous viendrons, n'est-ce pas, Robert ? »

Je n'eus pas le temps de répondre.

Claude et Pasquale venaient de nous rejoindre.

Claude avait l'air particulièrement joyeux.

« Qu'est-ce que vous diriez d'une petite sortie en mer ? Je suis libre après-demain.

— Formidable, dit Angela. Qu'en penses-tu, Robert ? »

Il me vint subitement une idée.

« Avec grand plaisir, dis-je. Et je suggère que nous allions à l'Eden Roc. Je vous invite à déjeuner.

— Affaire conclue, déclara Claude. Et maintenant, il faudra m'excuser. Je vais aller tâter un peu de la roulette. Il faut que je gagne ma vie, moi. Tu viens, Pasquale ? »

34

« Bonjour, Marcel ! » éructa Marcel, le perroquet. Nous nous tenions devant sa cage suspendue en bordure de l'allée qui mène à l'Eden Roc. Mon pied gauche me faisait passablement mal et il faisait chaud, terriblement chaud, en ce début d'après-midi du 6 juillet 1972, un jeudi.

Nombreux yachts ancrés dans la baie, à nos pieds. Claude et Pasquale Trabaud grimpaient à bord du canot amarré contre la coque du *Shalimar*. L'échelle mobile était encore fixée au bastingage. Le chien Naftali courait sur le pont, en proie à une visible excitation. Mon regard glissa légèrement vers la droite, par-dessus la mer immobile, rencontra le port bigarré et les maisons de Juan-les-Pins puis, au-delà, au fond de la grande baie à demi masquée par le voile miroitant de lumière et de chaleur, l'image floue du vieux et du nouveau port de Cannes, Port-Canto, les palmiers bordant la Croisette et les hôtels blancs en surplomb, et toute la ville en silhouette...

« Deux heures et trois minutes, dit Angela. Ton type a du retard.

— Oui, dis-je, mais il viendra. Il doit venir. C'est Brandenburg lui-même qui m'a annoncé sa venue. Et c'est Brandenburg lui-même qui lui a remis les instructions chiffrées et l'argent dont j'ai besoin pour payer mes indicateurs. »

La veille, j'avais rendu visite à Hilde-Gros-Diams.

« Demain, jeudi, à 14 heures, arrangez-vous pour m'envoyer quelqu'un à l'Eden Roc. Je veux le premier versement de ma rente. Six mois d'avance. Soit trois cent mille. J'attendrai votre émissaire devant la cage du perroquet.

— Je voudrais vous voir crever, avait lâché les-Gros-Diams.

— Comme je vous comprends, chère madame. Mais vous savez ce qui arrivera si votre homme ne vient pas, ou si vous essayez de me liquider. »

Elle avait acquiescé.

« Oui, je sais. Espèce de... Il viendra, soyez tranquille.

— Avec les trois cent mille ?

— Avec les trois cent mille. »

Et voilà. Jeudi était arrivé. Nous attentions devant la cage du perroquet. Et il était 2 h 03.

« Mais pourquoi lui avoir fixé rendez-vous ici ? Pourquoi justement ici ?

— Voyons, Angela, tu le sais bien. Ne te l'ai-je pas dit et répété ? Après tout ce qui s'est passé, mieux vaut éviter de prendre des risques. Ici, en plein jour, en présence de tous ces gens, une tentative criminelle est pratiquement exclue. Brandenburg veut que je sois prudent. Et je l'approuve. Je ne tiens pas à ce qu'il m'arrive la même chose qu'aux autres.

— Mon Dieu ! murmura-t-elle. J'ai peur, Robert. J'ai très peur ! Je ne veux pas te perdre ! Je ne veux pas vivre sans toi ! Je ne sais pas ce que je ferais si...

— Voyons Angela, calme-toi ! Tout va très bien se passer. Il n'y a aucune raison de...

— Je ne sais pas, dit-elle à voix basse. Toute cette histoire... Et maintenant, tout cet argent qu'on doit te remettre. Je n'aime pas ça. Il s'agit de beaucoup d'argent, n'est-ce pas ?

— Une montagne ! Mes informateurs sont très gourmands !

— Voici les Trabaud », dit Angela. Le canot du *Shalimar* décrivait en effet un vaste arc de cercle avant de venir se placer contre l'escalier où nous venions nous-mêmes d'accoster. Une chance, me dis-je, que mon interlocuteur soit en retard. J'avais prié Claude Trabaud de faire discrètement quelques photos du type que j'attendais, des photos de lui et de moi et de la transaction prévue.

Angela s'était écartée de moi pour suivre des yeux les Trabaud qui montaient maintenant l'escalier que nous avions emprunté avant eux. Je lui dis : « Je t'en prie, Angela. Si je devais mourir ici même, sur l'heure, promets-moi... » Cette phrase, je ne pus l'achever. Un choc terrible me creusa le dos sous l'épaule gauche. Je tombai en avant, visage contre terre. Un coup de feu, pensai-je. Une balle. Et pourtant, je n'ai pas entendu de détonation. J'entendis crier Angela mais je ne compris pas quoi. Bizarrement, je ne ressentais aucune douleur. En revanche, impossible de bouger ni d'émettre un son. Je perçus encore d'autres voix puis ce fut le noir et la sensation de choir vite, de plus en plus vite, en un tourbillon vertigineux. Avant de perdre connaissance, je pensai : c'est donc cela, la mort. Mais ce n'était que la première phase de la mort. Je repris connaissance à plusieurs reprises. Bruit de moteur. On me transportait en hélicoptère. Le tendre visage d'Angela inondé de larmes. Sa bouche contre mon oreille : Robert, je t'en prie, je t'en supplie, ne me quitte pas ! Tu survivras mais il faut le vouloir ! Je dus fermer les yeux. Tourbillon kaléidoscopique, défilé de visages, vertige de couleurs, de sons et de formes : Gustave Brandenburg, ma femme Karin, Angela et moi sur la terrasse fleurie, John Kilwood pendu dans sa salle de bains, une tache blanche sur la main d'Angela, la gouvernante Anna Galina, couchée sur le dos, une dague plantée jusqu'à la garde dans sa poitrine, voix glapissante de Kilwood. Assassins ! Tous ! Tous ! Malcolm Thorwell jouant au golf, rafale de pistolet-mitrailleur, razzia sur La Bocca, une petite église avec une icône noire, la voix soudain distincte d'Angela lisant un poème : libre du vouloir-vivre, de la peur et de l'espoir...

Puis on me transporte. Hommes et femmes en blanc. Un long couloir. Une salle. Un disque de lumière aveuglante. Des hommes masqués se penchent sur moi. Une aiguille pénètre dans le creux de mon coude droit. La voix d'Angela se fait plus distante : ... Que toute vie trouve son terme et que la mort soit sans retour... On me presse quelque chose contre la face. Fabuleuses, les couleurs. Non, ce ne sont pas des couleurs de ce monde.

Très faible maintenant, la voix d'Angela : ... Que le fleuve le plus las trouve aussi le chemin de la mer...

Clapotis léger. Fleuve profond serpentant à travers une immense prairie tapissée de fleurs. Quelque chose de froid, de coupant contre ma poitrine. Je sais ce que c'est que ce cours d'eau. C'est le Léthé qui sépare le monde des vivants de celui des morts. Surprise : le soleil brille sur les berges du fleuve. Puis, progressivement, mon cœur faiblit. Je le sens faiblir. Il va s'arrêter. La prairie tapissée de fleurs, le fleuve Léthé s'effacent doucement ;

12

les couleurs s'assombrissent, virent au gris puis au noir. Me voici de nouveau entraîné par le tourbillon. Je me dénoue. Je sombre. Mon souffle s'arrête. Mon sang cesse de battre dans mes veines et dans mes artères. Puis c'est l'obscurité, paisible moiteur. Et alors je suis mort.

Épilogue

I

Après ma mort, ce fut une autre vie qui commença pour moi. La vie dont je rêvais depuis si longtemps. Il y eut quelque chose comme un bref passage à vide puis l'existence reprit son cours. La mort ne serait-elle donc qu'un état de faiblesse transitoire ?

Ma vie après la mort, quelle est-elle ? Une vie de rêve ? Une vie rêvée ? Une autre réalité, en tout cas. Il y a un grand ciel nocturne. Nous sommes étendus côte à côte sur le pont supérieur d'un paquebot, Angela et moi, et nous contemplons ce ciel admirable, mais sans éprouver l'ombre d'une nostalgie. Nous ne parlons pas ou très peu comme si les mots avaient perdu, en grande partie, leur sens. C'est qu'il n'y a plus ni inquiétude ni incertitude. Pas d'interrogation anxieuse de l'avenir. Rien que le présent immobile, un grand calme intérieur, une sérénité sans équivoque, un clair amour partagé, une joie silencieuse et profonde. Angela. Moi. Libres du vouloir-vivre, de la peur et de l'espoir.

Rêve ? Réalité ? Quelle est la différence ? C'est toujours la vie. C'est toujours ma vie. Une vie qui commença quand mon cœur eut cessé de battre. Quand je fus mort. Cliniquement mort.

On m'avait transporté à bord d'un hélicoptère de l'Eden Roc à l'hôpital des Broussailles. Là, Joubert et son équipe, avertis de notre arrivée, m'avaient aussitôt pris en charge. Anesthésie, opération. On m'avait ouvert le thorax. Une balle de fusil s'était logée dans mon cœur. Pendant l'opération, il avait cessé de battre. On avait procédé à une injection intra-cardiaque et à une stimulation électrique et l'on avait réussi à remettre en fonction le cœur à l'arrêt. On l'avait vidé de son sang et recousu la blessure. Conséquence : lésion cérébrale anoxémique entraînée par la défaillance cardiaque, coma profond de dix jours, traitement à la station de réanimation.

Mais moi, que savais-je alors de tout cela ? Rien. J'étais en croisière avec Angela et je lui faisais visiter des lieux connus de moi : Casablanca, Durban, Dar-es-Salam où je lui achetai un splendide collier de corail. Puis les Indes, Bombay, Madras, Calcutta ; la Thaïlande et le Cambodge ; le Japon ensuite et la Nouvelle-Zélande. Nous avions visité Hawaii et croisé au large de San Francisco avant de nous engager dans la mer des Caraïbes par le canal de Panama.

Et nous voguions justement en pleine mer des Caraïbes, il faisait nuit et je dormais dans la cabine, à côté d'Angela quand je fus réveillé par un bruit inhabituel. J'ouvris les yeux, il faisait très clair — et pourtant c'était la nuit — et je rencontrai le regard d'Angela posé sur moi.

« Qu'est-ce qui se passe ? Pourquoi as-tu allumé ?

— Je n'ai pas allumé, dit Angela. C'est le soleil qui brille à travers les jalousies.

— Mais quelle heure est-il ?

— 3 heures de l'après-midi, Robert.

— Et où sommes-nous ?

— A l'hôpital des Broussailles. On t'a transporté dans cette chambre ce matin.

— Transporté ? Mais d'où ?

— De la station de réanimation. Tu as passé dix jours dans le coma, Robert. Mais tu as surmonté la crise. Tu vis, Robert, tu vis ! Et j'ai la permission de rester ici, avec toi. On va installer un second lit dans la pièce.

— Mais quel jour sommes-nous ?

— Dimanche, le 16 juillet. »

2

Joubert me rendit visite ce même jour, accompagné du médecin-chef, un petit homme replet, visage rond et lisse, nez chaussé de lunettes à monture dorée : professeur Brillet. Joubert était radieux. On m'ausculta longuement.

« Puisque me voici revenu à la vie, peut-être pourra-t-on m'autoriser à recevoir certaines visites, dis-je. Il y a plusieurs personnes que je dois voir d'urgence.

— Exclu, trancha le médecin-chef. Mais vous ne vous rendez pas compte que c'est un pur miracle si vous êtes encore là ? Pour le moment, vous êtes trop faible. Aucune visite. J'ai permis à madame de rester auprès de vous. C'est une présence dont je ne me promets que du bien. Pour le reste, strict repos. D'ailleurs, il m'a fallu éconduire déjà deux personnes qui souhaitaient vous voir.

— Qui était-ce ?

— Une certaine Mme Hellmann et un M. Libellé, notaire.

— Il faut que je leur parle. C'est très urgent.

— Et moi je vous dis que c'est exclu. Dans une semaine peut-être, nous verrons cela. Pour le moment, votre état ne le permet pas et c'est ce que j'ai dit à ces personnes. »

3

Samedi, 22 juillet. Mon état s'était très nettement amélioré et le médecin-chef autorisa de brèves visites.

Angela était là quand Roussel, Lacrosse et Tilmant vinrent me voir. On nous accorda cinq minutes.

Une question les tracassait terriblement : pourquoi avait-on voulu attenter à mes jours. Qui ? Pour quel motif ? La réponse était simple : Je n'en avais pas la moindre idée.

Lacrosse intervint : « Vous ne nous cachez rien ?

— Et que voudriez-vous que je cache?

— Ecoutez, Lucas — le fait est qu'on a tenté de vous éliminer. Vous devez donc représenter un danger pour... pour ces gens. Avez-vous découvert quelque chose qui...

— Rien du tout, dis-je. Je n'en sais pas plus que l'autre fois — vous vous souvenez bien — quand on a saboté la voiture de Mme Delpierre. »

Roussel jugea bon de changer de sujet.

« Nous nous sommes mis en rapport avec votre compagnie — après l'attentat — pour prévenir vos supérieurs, n'est-ce pas. »

Voilà qui sentait le roussi.

« Oui, c'est tout à fait naturel, dis-je.

— Et nous avons appris que vous étiez suspendu. Qu'on vous avait retiré l'affaire. »

J'étais cuit. Il ne me restait que la fuite en avant.

« C'est parfaitement exact, messieurs. Ou plutôt non, car on ne vous a pas tout dit. Ces messieurs de la Global se sont montrés un peu trop discrets.

— Qu'entendez-vous par là ? s'informa Roussel.

— On ne m'a pas seulement retiré l'affaire. En fait, je ne travaille plus pour la Global.

— Robert ! » Angela s'approcha de mon lit.

« Calme-toi, chérie. Je t'aurais tout dit un jour ou l'autre. Mais enfin, puisqu'il faut que ce soit maintenant...

— Et cela signifie quoi ? s'enquit Tilmant. Vous êtes révoqué ?

— Non, pas précisément. On m'a mis au repos. Retraite anticipée.

— A cause de ta jambe ! s'exclama Angela. C'est cela, n'est-ce pas ?

— Ma jambe oui. Mais ce n'est que le motif officiel. Bien misérable prétexte, en vérité.

— Qu'est-ce qu'elle a, votre jambe ? s'enquit Roussel.

— Rien, dis-je. Ou presque rien. Mauvaise vascularisation. Mais ce n'est pas une affaire.

— Alors pourquoi ? insista Roussel.

— Pourquoi ? Eh bien, je vais vous le dire. A cause de ma liaison avec Mme Delpierre. Des gens se sont plaints à la direction de la Global. Ont jugé mon comportement scandaleux. Ont en fait trouvé ce moyen pour me mettre hors course. Ont déclaré qu'ils feraient tout pour nuire à la réputation de la compagnie si l'on ne classait pas l'affaire. Je regrette, messieurs ! Je ne vous ai pas dit toute la vérité la dernière fois. Mais quoi, vous me comprenez, n'est-ce pas ? Au point où nous en étions arrivés, je voulais rester en piste ! J'étais pris au jeu, je suis encore pris au jeu. Comme vous tous !

— Robert ! intervint Angela. A cause de nous tu as perdu ta situation ! Et tu ne m'en as pas parlé ! Pire encore, tu m'as raconté des histoires ! Cet homme que Brandenburg devait t'envoyer à l'Eden Roc avec de l'argent destiné à payer tes informateurs ! Mon Dieu, pourquoi tout cela ? »

De mensonge en mensonge. De fuite en fuite. Allais-je être pris au piège ?

4

Il y eut un long silence. Puis Tilmant demanda : « Cet homme que devait vous envoyer Brandenburg, pure invention, n'est-ce pas ? »

J'acquiesçai.

« Mais alors, monsieur Lucas, intervint Lacrosse plutôt sèchement, la vérité, c'est quoi ? »

Une infirmière pointa la tête par l'entrebâillement de la porte.

« Il est l'heure, messieurs ! Les cinq minutes sont passées !

— Donnez-nous encore deux minutes, lança Roussel.

— Deux minutes ! Bon ! Mais pas davantage. Après, j'appelle le médecin ! »

Elle disparut.

« La vérité, monsieur Lucas ! exigea Lacrosse.

— La vérité c'est qu'on m'a appelé au téléphone, tard dans la nuit, au Palm Beach, lors du gala. » Je me tournai vers Angela : « Tu n'en as rien su, ça s'est passé pendant que tu jouais à la roulette avec Claude.

— Et qui était à l'appareil ? s'enquit Roussel.

— Un homme. Mais je ne sais pas qui.

— Ça m'aurait étonné, marmotta le commissaire.

— Allons, allons, Roussel, fit Tilmant. Continuez, Lucas.

— L'homme m'a proposé de l'argent, beaucoup d'argent, si j'acceptais de ne plus m'occuper de l'affaire Hellmann.

— Il n'était donc apparemment pas au courant de votre mise à la retraite.

— Apparemment non.

— Combien vous a-t-il proposé ? demanda Lacrosse.

— Un million de nouveaux francs. »

Lacrosse émit un léger sifflement.

« Mais alors, vous devez avoir appris quelque chose de très compromettant pour ces gens !

— Bien possible.

— Quoi ?

— Pas la moindre idée. Mais dans ma position, on accepte de l'argent, je suppose que vous pouvez comprendre cela, non ? Et puis, j'étais curieux de voir la tête du type en question. J'espérais bien découvrir quelque chose de nouveau.

— Robert, Robert ! intervint Angela. Pourquoi m'avoir caché tout cela ?

— Pour ne pas t'inquiéter inutilement, chérie. Et puis, la discrétion était de rigueur. Mon interlocuteur m'a laissé le choix du lieu de rendez-vous et de l'heure. Et comme Trabaud venait de nous inviter à une sortie en mer, j'ai pensé à l'Eden Roc. C'était pratique et sûr. Mais voilà, ça ne s'est pas du tout passé comme je l'escomptais. J'espérais au moins voir le type en question. J'avais demandé à Trabaud de faire des photos. Et bien entendu, messieurs, je me serais mis en rapport avec vous si on m'en avait laissé le loisir.

— Vous auriez fait cela ? demanda Roussel avec une pointe d'ironie.

— Quelle question ! lançai-je, feignant l'indignation. Vous ne pensez tout de même pas que j'ai partie liée avec ces canailles !

— Du calme, Lucas, du calme ! dit doucement Tilmant. Personne n'a dit cela.

— C'est vrai, intervint Lacrosse, personne n'a dit cela. N'empêche que je ne vous crois pas.

— Et moi non plus, renchérit le commissaire.

— Moi, je vous crois », trancha Tilmant. Puis s'adressant aux deux fonctionnaires de police : « Je veux qu'il soit immédiatement placé sous votre protection. L'un de vos agents en permanence devant sa porte. Tous les visiteurs devront décliner leur identité et seront fouillés. Il se peut que ces gens-là croient vraiment que Lucas sait quelque chose qui pourrait leur nuire et qu'ils tentent encore de l'éliminer. Donc, protection policière, jour et nuit. »

Lacrosse et Roussel ne dirent rien.

« Est-ce que je me suis bien fait comprendre ?

— Oui, monsieur, dit Roussel. Le nécessaire sera fait. »

5

Une heure après, un agent était en faction devant ma porte. La relève se faisait toutes les six heures et cette mesure décidée par Gaston Tilmant rassura beaucoup Angela. Elle en profita pour me quitter pendant de longues heures. Il y avait pas mal d'affaires laissées en plan et dont il lui fallait s'occuper maintenant sans tarder. Elle était justement sortie ce 26 juillet lorsque, vers 16 h 30, le policier de garde entrebâilla la porte et me lança : « Des visiteurs pour vous, monsieur Lucas ! Une certaine Mme Hellmann et un M. Libellé. Permission du médecin accordée. Je me suis assuré qu'il n'y avait pas d'armes. Mme Hellmann voudrait vous voir en tête à tête.

— Faites-la entrer », dis-je.

Un instant plus tard, Hilde-les-Gros-Diams se tenait près de mon lit, sans le moindre bijou sur elle, mal fardée, dans une affreuse robe de soie blanche. Il y avait une certaine frayeur dans ses yeux d'albinos. J'étendis mon bras vers une chaise, elle la tira contre le lit et s'assit.

« Ce n'est pas la première fois que je tente de... murmura-t-elle.

— Je sais. Les visites m'étaient interdites. Qu'est-ce que vous me voulez ?

— Vous dire que ce n'est pas nous qui... Aucun de nous ! » Elle parlait tout bas, d'une voix sourde, presque étranglée. « Vous devez me croire, monsieur Lucas ! Nous étions consternés quand nous avons appris que... Consternés, oui ! Nous ne sommes pour rien dans cet attentat ! Nous espérons que vous vous rétablirez très vite et que vous vivrez longtemps... oui, longtemps... Mais qu'est-ce qui vous fait rire ? »

Et de fait, je me tordais dans mon lit, en proie à un rire irrésistible. J'en avais les larmes aux yeux.

« Vous en avez de bonnes, madame Hellmann ! Qu'est-ce qui me fait rire ? Meilleure santé, monsieur Lucas ! Longue vie à vous, monsieur Lucas !

Je sais très bien ce que vous me souhaitez réellement, chère Madame. Mais certainement pas — du moins, je le suppose — la mort qu'on a voulu me donner l'autre jour. Car en cas de mort violente, vous savez très bien ce qui arrivera, n'est-ce pas ?

— Exactement, monsieur Lucas. Et c'est pourquoi je suis là. Mes amis et moi, nous nous posons une question. Une grave, une terrible question !

— Laquelle ?

— Nous nous demandons qui a commis cet attentat contre votre personne — ou plutôt qui en est l'instigateur. Avez-vous une idée là-dessus, monsieur Lucas ?

— Je ne sais pas, moi, dis-je en plaisantant. Peut-être avez-vous réussi à acheter mon notaire et vous a-t-il remis tous les documents ? Et peut-être l'avez-vous chargé de surcroît contre paiement d'une bonne prime, de vous débarrasser de ce mécréant de Lucas ?

— Je... Oh... Mais vous êtes fou ! On n'achète pas un notaire. Et même si nous avions tenté ou réussi une chose pareille, quel avantage pour nous ? Il nous tiendrait comme vous nous tenez et... » Elle marqua une pause, avala péniblement, puis : « Mais je vois que vous dites cela pour blaguer, n'est-ce pas ? Et moi, je marche comme une... Non, monsieur Lucas, nous avons notre petite idée sur cet attentat. Et cette idée, c'est que quelqu'un sait que vous nous tenez et comment vous nous tenez. Quelqu'un qui cherche à nous détruire. A nous détruire en vous détruisant.

— Et à qui songez-vous, chère Madame ?

— A Clermont et Abel.

— Absurde » déclarai-je. Et aussitôt, je songeai qu'après tout, ce n'était pas si absurde que ça en avait l'air. Clermont et Abel ? Eh oui, pourquoi pas ? La Kood était en train de les ruiner, lentement mais sûrement. Mais comment auraient-ils su que... Par Tilmant ? Tilmant m'avait-il percé à jour ? Jouait-il à fond un jeu que je ne connaissais pas ? Le jeu de Clermont et Abel ?

« Vous ne dites rien, monsieur Lucas ? Intéressante hypothèse, n'est-ce pas ? Mais c'est une situation terrible pour nous. Qu'arrivera-t-il si cela se reproduit ? Et si vous êtes tué ?

— Vous le savez très bien, Madame.

— Je... Mon Dieu ! Je n'ose pas y penser, murmura-t-elle. Mais peut-être que Libellé...

— Qu'est-ce qui se passe avec Libellé ?

— Je l'ai prié de venir avec moi. Je voulais que vous soyez entièrement rassuré et... » Elle se leva, se rendit à la porte qu'elle entrebâilla pour appeler le notaire. Il entra. Froid mais courtois, à son habitude. Il me salua et exprima sa joie de me voir presque rétabli.

Il dit : « Mme Hellmann m'a rendu visite tout de suite après l'attentat. Je lui ai confirmé les instructions que j'ai reçues de vous. Révéler la teneur des documents si vous veniez à mourir de mort violente ou des suites d'un attentat contre votre personne, les mêmes dispositions s'appliquant à Mme Delpierre.

— Parfaitement exact, Maître », dis-je.

Il s'inclina brièvement.

« Cependant vous n'êtes pas mort. On a cru longtemps que vous alliez mourir mais vous vous en êtes tiré.

— Il s'en est fallu d'un cheveu, dis-je.

— Quoi qu'il en soit, je n'ai pas bougé, dit Libellé. A juste titre, n'est-ce pas ? »

J'acquiesçai, il poursuivit.

« Mme Hellmann est venue me voir immédiatement après l'attentat. Elle m'a remis trois cent mille francs pour vous. Je les ai déposés dans votre coffre, à la banque.

— Oui, intervint Hilde-les-Gros-Diams, il fallait que vous sachiez — que Maître Libellé sache — que nous sommes de bonne foi ! Que nous n'y sommes pour rien ! Je vous avais envoyé quelqu'un à l'Eden Roc mais notre homme a été pris de vitesse... Je...

— Merci pour l'argent, dis-je. Désormais, tous les versements se feront de cette manière. Sans reçu naturellement. A charge de Maître Libellé de m'avertir s'il devait y avoir un retard dépassant...

— Je paierai à l'heure, monsieur Lucas ! Vous pouvez y compter ! Je...

— C'est très bien, dis-je. Et puisque je vous ai sous la main, madame Hellmann, je vais vous faire part d'une décision que j'ai prise ces jours-ci. Cela m'évitera de vous en informer par le truchement de Maître Libellé.

— De quoi s'agit-il ? » demanda Hilde-les-Gros-Diams, anxieuse.

Je leur dis de quoi il s'agissait.

6

« J'apprends que tu as eu des visiteurs », dit Angela. Il était environ 19 heures et elle revenait de chez elle.

« Mme Hellmann, oui. Et le notaire Libellé.

— Qui ?

— Maître Libellé, notaire à Cannes. C'est mon avocat Fontana qui m'a recommandé à lui. C'est un type très bien. Parfaitement intègre. Mme Hellmann est allée le voir après l'attentat pour l'assurer qu'elle et ses amis n'étaient pour rien là-dedans. »

— Et tu y crois ?

— Oui. Et j'ai d'assez bonnes raisons pour cela. Car je suis au courant de pas mal de choses concernant Hilde Hellmann et ses amis. En outre, je connais des gens qui en savent encore davantage sur leur compte et qui sont tout disposés à me vendre des informations. J'ai constitué un dossier sur cette affaire et je l'ai déposé chez Maître Libellé en lui recommandant de tout révéler s'il devait m'arriver quelque chose. Et j'ai informé Mme Hellmann de ces dispositions afin de lui faire passer, à elle comme aux autres, toute envie d'entreprendre quoi que ce soit contre moi.

— Joli résultat ! s'exclama Angela.

— Non, chérie. Je crois que tu fais fausse route. Ils ne sont pas dans le coup. Pas cette fois. Ils ont été doublés par quelqu'un qui veut leur nuire. Ou alors, qui sait... En tout cas, cela ne se reproduira pas.

— Et d'où te vient cette certitude ?

— J'ai trouvé un moyen de dissuasion de tout premier ordre. J'en ai parlé à Libellé et à Hilde Hellmann.

— De quoi s'agit-il ?

— Je vais écrire toute cette histoire. Notre histoire. Tout ce que je sais, tout ce que je suppute, tout ce qui m'est arrivé, j'en ferai le récit.

Les médecins disent que j'en ai encore pour des mois à rester ici. J'ai donc du temps devant moi. Et rien de mieux à faire. Je vais travailler tous les jours. La secrétaire de Libellé passera tous les soirs. Elle tapera mon travail de la journée et le manuscrit sera déposé dans mon coffre, à la banque. Libellé s'occupera de cela. C'est lui qui a la seconde clé. Les-Gros-Diams était au courant, la nouvelle se répandra là où il faut. Tout le monde, bientôt, sera informé de mon activité littéraire. Et les intéressés sauront que s'il m'arrive encore quelque chose — à moi ou à toi — tu vois ce que je veux dire, n'est-ce pas ? Bref, quand j'aurai fini, quand tout ce que je sais sera couché sur le papier, nous ne risquerons plus rien. Absolument plus rien. »

Angela vint s'asseoir sur le bord de mon lit. Elle se pencha sur moi et m'embrassa tendrement. Mon Dieu que ses cheveux sentaient bon...

7

Il me fallut attendre le mois de novembre pour qu'on me laisse enfin quitter l'hôpital.

La sortie eut lieu dans l'après-midi du 6. C'était un jeudi et il pleuvait des cordes à Cannes.

Le commissaire Roussel avait insisté pour faire durer quelque temps encore après mon retour à la vie normale, la protection policière dont j'avais bénéficié pendant mon hospitalisation. Je lui avais bien dit que cela ne me paraissait plus nécessaire, mon récit était achevé, à l'abri dans mon coffre à la Banque nationale de Paris. Et cela Hilde Hellmann le savait.

Et à coup sûr, Clermont et Abel aussi le savaient : Tilmant, pensais-je, ne peut pas avoir omis de leur signaler le fait dans l'hypothèse où... Oui, il subsistait cette ombre au tableau : qui avait pris l'initiative de l'attentat ?

Peut-être le saurait-on un jour ? Pour ma part, j'étais tranquille. J'avais pris toutes les dispositions voulues pour me préserver — pour nous préserver, Angela et moi, de nouvelles tentatives meurtrières. Mais enfin, Roussel avait persisté à penser que deux précautions valaient mieux qu'une, et cette discrète protection assurée par ses soins était de nature à rassurer Angela qui, il faut bien le dire, ne partageait pas entièrement ma tranquille assurance.

Quarante-huit heures avant de quitter l'hôpital, j'avais eu une conversation peu encourageante avec Joubert : il faudrait m'amputer de la jambe gauche dans les trois mois à venir. Pour sa part, il aurait volontiers procédé tout de suite à l'opération mais je m'y étais catégoriquement refusé. Ça durerait ce que ça durerait. Dans la mesure du possible, je voulais passer Noël et Nouvel An en possession de mes deux jambes. Il me fallait un délai pour préparer Angela à affronter cette pénible réalité : vivre avec un infirme. Comment le prendrait-elle ? Sombre perspective. J'admets que de ce point de vue-là, j'étais plutôt inquiet.

A 16 h 30, nous nous arrêtions sur le pas de la porte principale du bâtiment central de l'hôpital des Broussailles. Pour moi, c'était un grand moment. Je restai un instant là, Angela me donnant le bras, à contempler la grande cour, les palmiers dégouttant d'eau, le ciel noir, presque hivernal déjà. Et dire que c'était le plein été quand on m'avait amené là, inconscient, presque mort... La pluie me fouettait le visage et c'était une sensation merveilleuse. Aussi merveilleuse que si ç'avait été la caresse d'un soleil printanier. Enfin, j'étais de nouveau à l'air libre ! Angela me sourit et me serra le bras.

« On y va ? »

Je hochai la tête, relevai le col de mon trench-coat et nous traversâmes la cour, nous dirigeant vers le parking réservé aux visiteurs. Lacrosse, Roussel et Tilmant nous y attendaient depuis un moment déjà.

On se serra la main. Je regardai autour de moi. Il y avait au moins une demi-douzaine d'hommes en gabardine disséminés sur le parking. Roussel leur fit signe, ils se répartirent aussitôt dans deux voitures en stationnement.

« Suivons le mouvement, voulez-vous ? » dit Roussel.

Angela s'installa au volant de la Mercedes. Je pris place à son côté et on démarra. Les deux voitures avec les flics en civil passèrent devant.

Nous les suivîmes, Angela et moi. Derrière nous la DS conduite par Roussel. A son bord, Tilmant et Lacrosse.

« Bel équipage ! » lançai-je à Angela tandis que nous traversions la cour au pas.

« Dieu soit loué, oui », fit-elle.

On arriva au portail. Au-delà, on a aménagé une bretelle d'une dizaine de mètres rejoignant l'avenue de Grasse plutôt étroite et où le trafic est fort intense. Au bout de la bretelle, des feux de signalisation. La voiture de tête s'engagea prudemment dans l'avenue de Grasse puis les feux passèrent au rouge. La seconde voiture s'arrêta. Nous nous rangeâmes derrière, juste dans l'ouverture du portail. En face, légèrement en retrait sur l'avenue, une station de taxis. Je me retournai et jetai un regard par la lunette arrière.

Roussel me fit signe. Et au même moment, la vitre arrière de la Mercedes vola en éclat dans un crépitement de balles. En un clin d'œil, je vis les brèves flammèches s'échappant de l'avant d'une vieille Buick garée sur la station de taxis, de l'autre côté de l'avenue. Angela poussa un cri sourd. Je la tirai sur la banquette puis sur le tapis de sol, sous le volant. Le moteur cala. Autre rafale puis une série de détonations sèches, à intervalles irréguliers. Ça y est, me dis-je, ils tirent à leur tour. Puis une rage folle m'envahit. J'entrouvris le battant de mon côté et me glissai hors de la voiture. A Angela, je lançai : « Ne bouge pas ! A aucun prix ! Je reviens ! » Et je fonçai comme un dératé, en traçant des zigzags, de l'autre côté de l'avenue. Derrière moi, deux des flics en civil, revolver au poing. Nous atteignîmes la Buick presque en même temps. Pare-brise et vitres latérales en miettes. J'ouvris brutalement la porte côté volant. Un homme en manteau bleu, les mains crispées sur son PM, s'affaissa lentement sur le côté et roula sur la chaussée où il resta étendu, face contre terre. Je me baissai, le saisis par une épaule et le retournai. Un flot de sang s'échappait de la bouche d'Otto Kessler, l'as du service de Répression des fraudes du ministère fédéral des Finances.

8

Les yeux révulsés, Kessler râlait doucement. Un son sifflant entrecoupé de hoquets. Lamentable spectacle qui cependant ne calma pas ma fureur. Je l'empoignai par les épaules et le secouai.

« Espèce de sagouin ! C'était donc toi qui...

Son manteau s'ouvrit découvrant sa veste poisseuse de sang.

« Viale, Kilwood, la gouvernante ? C'était toi, hein ? Je le secouai. Tu vas répondre, dis ! Tu vas répondre !

— Arrrh ! Moi, oui...

— Danon, le sabotage de la Mercedes, la lettre à Hellmann ? »

Il se recroquevilla en un spasme sur la chaussée mouillée. La pluie lui fouettait la face.

« Moi, oui. » Horrible gargouillis. Nouveau flot de sang s'échappant de sa bouche.

« Et c'est toi qui as tiré sur moi à l'Eden Roc.

— Arrrh... »

Otto Kessler se raidit brutalement. Sa tête roula sur le côté. Je vis la cicatrice sur sa tempe gauche, le grand nez busqué, les yeux fixes, écarquillés.

Je sentis qu'on me tirait par la manche. C'était l'un des deux flics en civil qui étaient arrivés avec moi à la voiture de Kessler.

« Qu'y a-t-il ?

— On vous appelle en face. Allez-y. Nous nous chargeons de lui. »

Je traversai en claudiquant. Mon pied gauche me faisait soudain atrocement mal. Sous la pluie battante, je me frayai un passage jusqu'à la Mercedes autour de laquelle des gens étaient agglutinés. Un homme en blouse blanche était agenouillé sur le siège avant, à côté de la place du chauffeur.

Je lui tapotai sur l'épaule.

« Elle est blessée ? »

Il lorgna en arrière puis sortit à reculons. Je me penchai à l'intérieur. Angela était toujours recroquevillée sur le tapis de sol, le visage légèrement tourné vers le haut, les yeux ouverts, une expression grave et cependant quelque chose comme un sourire au coin de sa bouche.

« Angela ! Angela ! C'est fini maintenant ! Il est mort. Je... »

Quelqu'un me toucha légèrement le dos. Je jetai un bref regard pardessus mon épaule. C'était Gaston Tilmant.

« Sortez, dit-il. Vous empêchez les médecins de...

— Mais elle n'a rien, n'est-ce pas ? C'est le choc qui...

— Allons, allons, monsieur, dit l'homme en blouse blanche.

— Vous voyez bien que cette femme est morte. »

9

Mercredi, le 8 novembre 1972.

Aujourd'hui j'étais à l'enterrement d'Angela. Cimetière du Grand Jas. Il a encore plu toute la sainte journée. Il y avait pas mal de monde au cimetière. Il me semble avoir reconnu des gens. Roussel, Lacrosse, Tilmant, Quémard et son épouse, Claude et Pasquale Trabaud et aussi Alphonsine Petit, la gentille petite vieille qui faisait le ménage chez Angela. Mais c'est à peine si je les ai vus. Ces deux journées se sont écoulées comme un rêve glauque. J'ai passé un bon moment sur la tombe d'Angela quand tout le monde a été parti. Puis je suis rentré ici, dans cet appartement qui avait été le nôtre. Pour la première fois, j'ai conduit la Mercedes. La porte avant, côté chauffeur, criblée de balles. J'ai mis la voiture au garage et je suis monté en ascenseur. Devant la porte, j'ai trouvé un flic en civil. Je n'ai pas bien compris pourquoi Roussel continuait à assurer ma protection. Ce n'est plus nécessaire maintenant.

Je n'ai pas la tête assez claire pour y réfléchir sérieusement, mais je ne comprends pas non plus ce qui a pu pousser Hilde Hellmann et ses amis à cette dernière action. Ils savaient bien ce qui devait arriver si... Ou bien avaient-ils trouvé une échappatoire ? Un moyen de faire échec à mon plan ? C'est une chose que je n'arrive même pas à imaginer. Et puis après tout, quelle importance. Tout cela a désormais cessé de m'intéresser.

Dans l'appartement, il faisait froid. J'ai allumé toutes les lumières et j'ai erré longtemps dans les chambres, dans l'atelier surtout où j'ai examiné les toiles d'Angela, une à une.

Il est maintenant 22 h 15 et je viens d'appeler Libellé. Je l'ai prié de bien vouloir passer ici à 11 heures afin de prendre possession des dernières pages de mon récit.

Libellé m'a assuré qu'il viendrait et, à ma demande, il m'a certifié que mes instructions seraient suivies à la lettre. Je suis sorti et j'ai remis les clés de l'appartement au type en faction devant ma porte. Je lui ai dit que le notaire Libellé devait passer prendre quelque chose à 11 heures et qu'il veuille bien le laisser entrer. Quant à moi, j'étais épuisé, je voulais aller me reposer tout de suite.

Je suis rentré. Je suis allé sur la terrasse. Il pleuvait toujours. Je suis resté un moment sous la pluie. Puis j'ai parcouru toutes les pièces et j'ai éteint toutes les lampes, sauf celle du bureau où je me suis assis pour écrire ces lignes. Dans un quart d'heure Libellé va venir. Il trouvera tout de suite ces feuillets. Je les laisserai en évidence, la lampe allumée. Il ne me reste qu'à retourner sur la terrasse. Je n'aurai pas grand-peine à escalader la balustrade et après, ça descend tout seul.

DÉCLARATION SOUS SERMENT

Je soussigné, Charles Libellé, notaire à Cannes, déclare que le dénommé Robert Lucas qui a mis fin à ses jours dans la nuit du 8 au 9 novembre 1972 m'a rendu une première fois visite à mon étude le 26 juin de cette année, me priant de l'accompagner à la Banque nationale de Paris — agence de la rue Buttura — afin d'y louer un coffre auquel nous aurions tous deux accès. Deux enveloppes cachetées y furent déposées par le défunt. A ses dires, elles contenaient, l'une des photographies, l'autre une bande magnétique, et je fus chargé par le susnommé, au cas où il serait attenté à sa vie ou à celle de Mme Delpierre, d'organiser une conférence de presse à

Zurich pour révéler à l'opinion la teneur de ces documents, avant de les transmettre à Interpol.

Après l'attentat infructueux contre sa personne, Robert Lucas eut l'idée de rédiger un mémoire autobiographique contenant certaines révélations de nature à prévenir toute autre tentative criminelle visant à l'éliminer physiquement. Ma secrétaire se rendait chaque soir à l'hôpital des Broussailles pour y quérir les feuillets sténographiés. Elle les tapait ensuite à la machine et je me rendais chaque matin à la banque pour les déposer dans le coffre. Ayant été amené à prendre connaissance de ce mémoire après la mort de Robert Lucas, je déclare qu'il s'agit purement et simplement du produit d'une imagination maladive — à moins que les affabulations du défunt ne fussent destinées à masquer ses propres crimes. Je n'ai jamais parlé de Mme Hilde Hellmann avec le défunt et je n'ai jamais appelé cette personne au téléphone. Je ne l'ai rencontrée qu'une seule fois — et tout à fait par hasard — à l'hôpital des Broussailles où j'étais allé rendre visite à Robert Lucas. Il est donc parfaitement faux de prétendre qu'il y aurait eu entre Mme Hellmann et moi des relations ou conventions particulières de quelque nature qu'elles soient et je me tiens prêt à porter plainte contre quiconque contribuerait à accréditer une telle hypothèse ou à répandre des rumeurs en ce sens. Je n'ai jamais reçu de Mme Hellmann les trois cent mille francs dont Robert Lucas parle dans son récit et j'ignore tout de la prétendue confession rédigée par cette dame et que le défunt m'aurait remise.

La police judiciaire a procédé aujourd'hui, au Palm Beach, à l'ouverture du coffre n° 13 ayant appartenu à Mme Delpierre et ce en présence du commissaire Roussel, de l'inspecteur Lacrosse, de Gaston Tilmant, fonctionnaire des Affaires étrangères et du juge d'instruction Gérard Panisse. Hormis des bijoux et de l'argent liquide ayant appartenu à la défunte, le coffre contenait une enveloppe qui a été ouverte avec l'autorisation du juge. Dans l'enveloppe, on a trouvé un formulaire de la Schweizer Merkurbank, Zurich, faisant référence à un compte sous chiffre crédité d'une somme de 17 800 500 (en lettres, dix-sept millions huit cent mille cinq cents) francs suisses. Ainsi que l'on pouvait s'y attendre, la Schweizer Merkurbank a refusé catégoriquement de révéler le nom du titulaire ou de fournir quelque indication que ce soit sur les circonstances dans lesquelles le compte en question a été crédité de cette somme.

Robert Lucas m'a téléphoné peu avant son suicide, me priant de me rendre à l'appartement de Mme Delpierre pour y prendre livraison des dernières pages de son récit. Ma secrétaire a dactylographié ces quelques feuillets le lendemain matin et je me suis rendu à la banque pour retirer l'ensemble des documents contenus dans le coffre, m'apprêtant à suivre à la lettre les instructions qui m'avaient été données et confirmées par le défunt. A noter que ce dernier m'avait demandé, après la mort de Mme Delpierre, de ne pas ouvrir le coffre tout de suite mais d'attendre qu'il eût rédigé les ultimes pages de son mémoire. Robert Lucas a dû lui-même retirer du coffre les deux enveloppes cachetées que nous y avions déposées ensemble — soit avant l'attentat perpétré contre lui, soit juste après sa sortie de l'hôpital. En tout état de cause, le coffre ne contenait que ce récit dactylographié.

Cannes, le 10 novembre 1972.

Charles Libellé

Notaire

*La composition
et l'impression de ce livre ont été effectuées
par l'Imprimerie Aubin à Ligugé
pour les Editions Albin Michel*

le 17 janvier 1975
d'impression 8085
trimestre 1975

Imprimé en France